民國文化與文學^{研究}

民國文化與文學 研究文叢

十　編

李　怡　主編

第 **8** 冊

陪都文化論

郝　明　工　著

國家圖書館出版品預行編目資料

陪都文化論／郝明工 著 — 初版 — 新北市：花木蘭文化事業
有限公司，2018〔民 107〕
序 8+ 目 2+256 面；19×26 公分
（民國文化與文學研究文叢 十編：第 8 冊）
ISBN 978-986-485-525-4（精裝）
1. 中國文化 2. 文化評論
820.9   107011805

ISBN-978-986-485-525-4

9 789864 855254

民國文化與文學研究文叢
十　編　第八冊　　　　　ISBN：978-986-485-525-4

陪都文化論

作　　　者　郝明工
主　　　編　李　怡
企　　　劃　四川大學中國詩歌研究院
總 編 輯　杜潔祥
副總編輯　楊嘉樂
編　　　輯　許郁翎、王　筑　美術編輯　陳逸婷
出　　　版　花木蘭文化事業有限公司
社　　　長　高小娟
聯絡地址　235 新北市中和區中安街七二號十三樓
　　　　　　電話：02-2923-1455／傳眞：02-2923-1452
網　　　址　http://www.huamulan.tw 信箱 hml810518@gmail.com
印　　　刷　普羅文化出版廣告事業
初　　　版　2018 年 9 月
全書字數　233667 字
定　　　價　十編 14 冊（精裝）新台幣 26,000 元

陪都文化論

郝明工　著

作者簡介

郝明工，文學博士，教授，重慶師範大學文學院教師。先後出版《陪都文化論》（2016 年修訂版題名《抗戰時期的重慶文化》）、《陪都重慶文化與文學考論》；《從經學啓蒙到文學啓蒙——現代文學思潮的中國生成》、《20 世紀中國文學思潮及流派》、《人道主義與二十世紀的中國文論》、《中國現代小說生成論》；《20 世紀末中國大陸社群生態紀實與解讀》、《無冕國度的對舞——中外新聞比較研究》，《經濟全球化時代的精神生產》。

提　　要

　　進入現代轉型的重慶文化，在一個多世紀的歷史進程之中，在國民政府明定重慶爲陪都後獲得空前迅速的全面發展。陪都，既表明抗日戰爭時期的重慶作爲中國首都這一政治地位的確立，更成爲重慶從經濟實力到意識作用隨之發生巨大轉折的文化標誌——完成了從區域性文化中心向全國性文化中心的戰時過渡，陪都文化，就是這一文化中心轉向的產物。

　　陪都文化的戰時發展歷經了從愛國主義到民主主義兩階段，其內在的一致基於「抗戰建國」這一中國戰時文化主旨。所以，關於陪都文化的闡釋嘗試，將從以下三個方面展開：首先，將陪都文化發展與城市現代化聯繫起來，著重考察陪都重慶在經濟、政治、意識這三個層面上的交互作用與系統功能的整合水平，由此呈現出陪都重慶的文化空間拓展與文化氛圍演變；再次，選取陪都大眾傳播和文藝活動兩個基點進行過程描述，以完成關於文化交流融合與自由創造水準的綜合分析，進而揭示陪都重慶走向現代城市的文化變遷風貌與文化區域特徵；其三，對陪都大學教育的戰時發展進行總體把握，通過由點到面地展開培養現代青年的體系性考量，初步展現出陪都重慶爲現代中國的向前發展而形成的文化傳承格局與文化更新根基。

在民國史料中重新發現現代文學
——《民國文化與文學研究文叢》第十輯引言

李　怡

　　研究中國現代文學需要有更大的文學的視野，也就是說，能夠成爲「文學研究」關注的對象應該更爲充分和廣泛，甚至是更多的「文學之外」的色彩斑斕的各種文字現象「大文學」現象需要的是更廣闊的史料，是爲「大史料」。如何才能發現「文學」之「大」，進而擴充我們的「史料」範圍呢？這就需要還原現代文學的歷史現場，在客觀的「民國」空間中容納各種現代、非現代的文學現象，這就叫做「在民國史料中重新發現攜帶文學」。

　　但是這樣一個結論卻可能讓人疑竇重重：文獻史料是一切學術工作的基礎，無論什麼時代、無論什麼國度，都理當如此。如果這是一個簡單的常識，那麼，我們這個判斷可能就有點奇怪了：爲什麼要如此強調「在民國史料中發現」呢？其實，在這裡我們想強調的是：文獻史料的發掘、整理並不像表面上看去那麼簡單，並不是只需要冷靜、耐性和客觀就能夠獲得，它依然承受了意識形態的種種印記，文獻史料的發掘、運用同時也是一件具有特殊思想意味的工作。

　　對於現代文學學科而言，系統的文獻史料工作開始於 1980 年代以後，即所謂的「新時期」。沒有當時思想領域的撥亂反正，就不會有對大量現代文學現象的重新評價，就不會有對胡適等自由主義作家的「平反」，甚至也不會有對 1930 年代左翼文學的重新認識，中國社科院主持的「文學史史料彙編」工程更不復存在。而且，這樣的文獻史料的發掘整理也依然存在一個逐步展開的過程，其展開的速度、程度都取決於思想開放的速度和程度。例如在一開

始，我們對文學史的思想認識和歷史描述中出現了「主流」說——當然是將左翼文學的發生發展視作不容置疑的「主流」，這樣一來至少比認定文學史只存在一種聲音要好：有「主流」就有「支流」，甚至還可以有「逆流」。這些「主」「次」之分無論多麼簡陋和經不起推敲，也都在事實上為多種文學現象的出場（即便是羞羞答答的出場）打開了通道。

即便如此，在二三十年前，要更充分地、更自由地呈現現代文學的史料也還是阻力重重。因為，更大的歷史認知框架首先規定了那個時代的社會性質：民國不是歷史進程的客觀時段，而是包含著鮮明的意識形態判斷的對象，更常見的稱謂是「舊中國」「舊社會」。在這樣一種認知框架下，百年來的中國文學發展史常常被描繪為一部你死我活的「階級鬥爭史」，是「新中國」戰勝「民國」的歷史，也是「黨的」「人民的」「正義」的力量不斷戰勝「封建的」「反動的」「腐朽的」力量的歷史。

這樣的歷史認知框架產生了 1980 年代的「三流」文學——「主流」「支流」和「逆流」。當然，我們能夠讀到的主要是「主流」的史料，能夠理所當然進入討論話題的也屬於「主流文學現象」——就是在今天，也依然通過對「歷史進步方向」「新文學主潮」的種種認定不斷圈定了文獻史料的發現領域，影響著我們文獻整理的態度和視野。例如因為確立了「五四」新文學的「方向」，一切偏離這一方向的文學走向和文化傾向都飽受質疑，在很長一段時期中難以獲得足夠充分的重視：接近國民黨官方的文學潮流如此，保守主義的文學如此，市民通俗文學如此，舊體詩詞更是如此。甚至對一些文體發展史的描述也遵循這一模式。例如我們的認知框架一旦認定從《嘗試集》到《女神》再到「新月派」「現代派」以及「中國新詩派」就是現代新詩的發展軌跡，那麼，游離於這一線索之外的可能數量更多的新詩文本包括詩人本身就可能遭遇被忽視、被淹沒的命運，無法進入文獻研究的視野，例如稍稍晚於《嘗試集》的葉伯和的《詩歌集》，以及創作數量眾多卻被小說家身份所遮蔽的詩人徐舒。再比如小說史領域，因為我們將魯迅的《狂人日記》判定為「現代第一篇白話小說」，就根本不再顧及四川作家李劼人早在 1918 年之前就發表過白話小說的事實。

同樣的情況也出現在文學思潮的認定框架中。過去的文學史研究是將抗戰文學的中心與主流定位於抗日救亡，這樣，出現在當時的許多豐富而複雜的文學現象就只有備受冷落了。長期以來，我們重視的就僅僅是抗戰歌謠、「歷

史劇」等等，描述的中心也是重慶的「進步作家」。西南聯大位居抗戰「邊緣」的昆明，自然就不受重視。即便是抗戰陪都的重慶，也僅僅以「文協」或接近中國共產黨的作家為中心。近年來，隨著這些抗戰文學認知的逐步更新，西南聯大的文學活動才引起了相當的關注，而重慶文壇在抗戰歷史劇之外的、處於「邊緣」的如北碚復旦大學等的文學活動也開始成為碩士甚至博士論文的選題。這無疑得益於學術界在觀念上的重大變化：從「一切為了抗戰」到「抗戰為了人」的重大變化。文學作為關注人類精神生活的重要方式，最有價值的恰恰是它能夠記錄和展示人在不同生存境遇中的心靈變化。

　　在我看來，能夠引起文學史認知框架重要突破的原因就在於我們的現代文學史觀正越來越回到對國家歷史情態的尊重，同時解構過去那種以政黨為中心的歷史評價體系。而推動這種觀念革新的，就是現代文學研究的「民國視野」的出現。中國現代文學發生於民國，與民國的體制有關，與民國的社會環境有關，與民國的精神氛圍有關，也與民國本身的歷史命運有關。這本來是個簡單的事實，但是對於習慣於二元對立鬥爭邏輯的我們來說，卻意味著一種歷史框架的大解構和大重建——只有當作為歷史概念的「民國」能夠「祛除」意識形態色彩、成為歷史描述的時間定位與背景呈現之時，現代歷史（包括文學史）最豐富多彩的景象才真正凸顯了出來。

　　最近 10 來年，現代文學研究出現了對「民國」的重視，「民國文學史」「民國史視角」「民國機制」「民國性」等研究方法漸次提出，有力地推動了學術的發展。正是在這樣的新的思想方法的啟迪下，我們才真正突破了新中國／舊中國的對立認知，發現了現代文學的廣闊天地：中國文學的歷史性巨變出現在清末民初，此時的中國開始步入了「現代」，一個全新的歷史空間得以打開。在這個新的歷史空間中，伴隨著文化交融、體制變革以及近代知識分子的艱苦求索，中國文學的樣式、構成和格局都發生了巨大的變化。具體而言，就是在「民國」之中發生著前所未有的嬗變——雖然錢基博說當時的某些前朝遺民不認「民國」，自己在無奈中啟用了文學的「現代」之名，但事實上，視「民國乃敵國」的文化人畢竟稀少——中國的「現代」之路就是因為有了「民國」的旗幟才光明正大地開闢出來。大多數的「現代」作家還是願意將自己的夢想寄託在這樣一個「人民之國」——民國，並且在如此的「新中國」中積累自己的「現代」經驗。中國的「現代經驗」孕育於「民國」，或者說「民國」開啟了中國人真正的「現代」經驗「新中國」與「民國」原本

不是對立的意義，自清末以降，如何建構起一個「人民之國」的「新中國」就是幾代民族先賢與新知識階層的強烈願望。可惜的是，在現實的「新中國」建立之後，為了清算歷史的舊賬，在批判民國腐朽政權的同時，我們來不及為曾經光榮的「民國理想」留下一席之地。久而久之「民國」就等同於「民國政府」，「民國」的記憶幾乎完全被北洋軍閥、國民黨反動派所淤塞，恰恰其中最值得珍惜的部分——民國文化被一再排除。殊不知，後者也包含了中國共產黨及許多進步文化力量的努力和奮鬥。當「民國文化」不能獲得必要的尊重，現代中國文學（文化）的遺產實際上也就被大大簡化了。

民國時期的中國文學也是民國文化當然的組成部分，當文化的記憶被簡化甚至刪除，那麼其中的文學的史料與文獻也就屈指可數了。在今天，在今後，現代文學文獻史料的進一步發掘整理，就有必要正視民國歷史的豐富與複雜，在祛除意識形態干擾的前提下將歷史交還給歷史自己。

嚴格說來，我們也是這些民國文獻搜集整理的見證人。民國文獻，是中華民族自古代轉向現代的精神歷程的最重要的記錄。但是，歲月流逝，政治變動，都一再使這些珍貴的文獻面臨散失、淹沒的命運，如何更及時地搜集、整理、出版這些珍貴的財富，越來越顯得刻不容緩！十五年前，我在重慶張天授老先生家讀到大量的民國珍品，張先生是重慶復旦大學的畢業生，收藏多種抗戰時期文學期刊和文學出版物。十五年之後，張老先生已經不在人世，大量珍品不知所終。三年前，我和張堂錡教授一起拜訪了臺灣政治大學的名譽教授尉天聰先生，在他家翻閱整套的《赤光》雜誌。《赤光》是中國共產黨旅法支部的機關刊物，由周恩來與當時的領導人任卓宣負責，鄧小平親自刻印鋼板，這幾位參與者的大名已經足以說明《赤光》的歷史價值了。三年後的今天，激情四溢的尉先生已經因為車禍失去行動能力，再也不能親臨研討現場為大家展示他的珍藏了。作為歷史文物的見證人，更悲哀的可能還在於，我們或許同時也會成為這些歷史即將消失的見證人！如果我們這一代人還不能為這些文獻的保存、出版做出切實的努力，那麼，這段文化歷史的文獻就可能最後消失。為了搜求、保存現代文學文獻，還有許許多多的學人節衣縮食，竭盡所能，將自己原本狹小的蝸居改造成了歷史的檔案館，文獻史料在客廳、臥室甚至過道堆積如山。中國社科院文學所的劉福春教授可謂中國新詩收藏第一人，這「第一人」的位置卻凝聚了他無數的付出，其中充滿了一位歷史保存人的種種辛酸：他每天都不得不在文獻的過道中側身穿行，他的

家人從大人到小孩每一位都被書砸傷劃傷過！民國歷史文獻不僅銘記在我們的思想中，也直接在我們的身體上留下了斑斑印痕！

由此一來，好像更是證明了這些民國文獻的珍貴性，證明了這些文獻收藏的特殊意義。在我們看來，其中所包合的還是一代代文學的創造者、一代代文獻的收藏人的誠摯和理想。在一個理想不斷喪失的時代，我們如果能夠小心地呵護這些歷史記憶，並將這樣的記憶轉化成我們自己的記憶，那就是文學之福音，也是歷史之福音。

民國時期的中國文學是色彩、品種、形態都無比豐富的「大文學」。「大文學」就理所當然地需要「大史料」——無限廣闊的史料範圍，沒有禁區的文獻收藏，堅持不懈的研究整理。這既需要觀念的更新，也需要來自社會多個階層——學術界、出版界、讀書界、收藏界——的共同的理想和情懷。

2018 年 6 月 28 日於成都

簡論陪都文化
（代序）

　　陪都，既表明抗日戰爭時期重慶作爲中國首都這一政治地位的確立，更成爲重慶從經濟實力到意識作用隨之發生巨大轉折的文化標誌。

　　從區域性文化中心向全國性文化中心過渡，陪都文化，就是重慶這一轉變的產物，它作爲中國抗戰時期戰時文化發展的一個重要文化現象，需要進行整體性的研究，即從「大文化」的器物、制度、心理的各個層面來進行闡釋。這樣就能避免僅從所謂精神文明的角度予以考察的偏頗，將文化發展的不同時態與勢態結合起來，以達到一種較具客觀性的認識。同時，將陪都文化置於 20 世紀的中國文化現代轉型中來描述，就可以看到它在中國內陸城市的文化發展中所具有的代表性意義：從抗戰爆發前的滯後於沿海沿江中心城市，到抗戰中逐漸轉向全國領先的地位，而抗戰勝利後又如何失去這一地位。由此而引發關於文化發展的思考：文化滯後走向文化領先的可能性和可行性。

　　陪都文化這一文化現象是極其龐雜的，要把握其全貌是一個極爲複雜的系統工程。爲此，不得不在簡化的基礎上進行闡釋的嘗試。首先，將重慶文化發展與城市現代化聯繫起來，著重考察陪都重慶在城市經濟、政治、意識這三個層面上的交互作用與系統功能的整合水平。其次，選取大眾傳播和文藝活動兩個視點進行過程描述，以完成關於文化交流與自由創造水準的綜合分析，進而揭示陪都重慶在走向現代城市的文化變遷風貌。

　　陪都文化具有三重特殊性，那就是它與抗日戰爭的關係，與國民政府的關係，與愛國民主思潮的關係，由此而形成與第二次世界大戰的整個戰局相

適應的兩個時期：從爭取民族獨立解放到反對法西斯專制的文化運動導向。因此，有必要通過動態的描述，來闡明陪都文化發展兩個時期之間的有機聯繫及不同時期內的文化運動特徵，文化運動中大眾傳媒與文藝創造的多重關係及其對陪都文化的直接影響和推動。

從十九世紀末到二十世紀初，重慶已經成為長江上游地區的文化中心，其文化發展的總體特徵具有滯後性，整體上落後於沿海沿江中心城市；其文化發展的個體特徵則表現為在經濟、政治、意識諸層面上，功能轉換強度以特定社會階層的實際利益為限度，功能效率增長則以該利益集團的現實需要為準繩。因此，出現了以報業為主的大眾傳播，新聞事業的相對繁榮主要是滿足商品貿易與地方自治的需要，而出版事業則因成本高收益低與人口中文盲眾多而難以發展。與此同時，雅文藝、俗文藝、市民文藝分別在文藝觀念、藝術形態、藝術傳播模式等方面表現出由舊趨新的走向。

抗戰爆發後，隨著戰略與政略的調整，文化中心的轉移，陪都文化為適應抗戰而形成特別的發展機制：通過戰時體制進行指令性控制。這樣，陪都文化發展趨於領先就體現出戰時性這一總體特徵。然而，戰時體制雖然有助於功能轉換的強化，但同時又導致功能的失範，使文化運動難以為繼。戰時性的實質就是暫時性，抗戰勝利之後重慶的全國文化中心地位的喪失即可證實。抗戰帶來了創造民族新文化的歷史契機，促使人們更多地關注文化與戰爭的關係，提出了民族文化，特別是民族精神復興的要求。在陪都，群眾性的文化運動轟轟烈烈地開展起來，公開性和宣傳性逐漸與合法性和專業性趨於一致，也就形成了陪都文化發展的個體特徵。隨著抗戰從民族主義朝向國際主義的方向發展，陪都文化發展及其運動就表現出如下的根本性特點：在第一時期以愛國主義來推進民主主義，打倒日本帝國主義；在第二個時期以民主主義促進愛國主義，粉碎法西斯主義，從而形成全民總動員，團結起來堅持抗戰到底。

抗戰爆發前，重慶的愛國民主運動具有廣泛的社會性和一定的自發性。盧溝橋事變之後舉國一致抗戰到底，陪都的抗日救亡運動就公開地合法地迅速發展起來。重慶的陪都地位的明定，不但促進了重慶向全國文化中心過渡的完成，而且提高了知名度，從內陸城市向著國際大都市的方向邁進。在戰略與政略相一致的前提下，堅持持久抗戰，這就需要「國民精神總動員」以確保民族獨立與自由這一奮鬥目標的實現。

　　抗戰初期，隨著國民政府遷渝，新聞事業打破了封閉的格局，逐漸走向引導全國輿論的中心地位，同時加強與世界各國的聯繫，成為向全世界，特別是以各種形式支持中國抗戰的各國進行新聞宣傳的中心。陪都新聞界以團結抗日為其主要政治傾向，《重慶各報聯合版》的出刊發行就充分顯示了這一點。陪都新聞界通過報紙、電影、圖片，直至廣播，使大眾傳播達到了一個新的高度，從而縮短了與國外同行的差距。陪都的出版事業也從幾乎是零的基點上起步，並且與抗戰緊密相聯繫以服務於抗戰，從而成為重要的出版中心。對新聞出版的戰時審查，雖然難免例行防範，但仍有張有弛，有利於為爭取自由權利而不斷努力。

　　在全民抗戰的洪流中，陪都文藝界除參與民眾動員的種種活動，以實際行動來響應有力出力，有錢出錢的號召，更是以辛勤的創作與艱苦的宣傳，直接去推動民眾動員向前發展，致使文藝活動不但成為民眾動員的有機組成部分，而且在民眾動員中發揮著引導作用，從而形成頗具影響力的文藝運動。陪都文藝界以文藝服務於抗戰為神聖使命，認定文藝與抗戰有關，注重文藝的表現範圍與傳播效果，以促進文藝在抗戰中的自身發展，一切文藝爭論都圍繞著文藝如何更好地服務於抗戰而展開，從而達到共識，指導抗戰文藝運動的正常進行。隨著全國性文藝團體遷往陪都，尤其是眾多具有全國性影響的文藝工作者的到來，陪都日益成為抗戰文藝運動的中心，體現出中國文藝發展的新方向來。陪都的話劇、電影、美術、音樂諸多運動所產生的社會反響，有的較之文學運動甚至更為深遠。抗戰文藝表現出紀實性與正面性的審美特徵，正是文藝服務於抗戰所具有的基本特點，即所謂文藝創作的「報告文學化」。儘管存在著種種不足，但紀實性與正面性相交融的基點正是「這一個」，抗戰文藝同時也是關於「人」的文藝。

　　太平洋戰爭促進了世界反法西斯陣線的形成，而廢除不平等條約，簽訂建立平等國家關係的新約更促使國人對自由平等的進一步思考，促使各界人士廣泛參與陪都的民主運動。這一運動有著堅實的群眾基礎。這對於陪都「文化界總動員」來說，就提出了更高的要求：從經濟上予以保障，從政治上作出承諾，從意識上進行重建，從而爭取自由創造的個人權利。因此，重提科學與民主的「五四」課題也就是具有了強烈的時代意義和現實作用，以滿足廣大農村、軍隊日益增長的文化需要，達到鼓舞鬥志，堅持抗戰到底的目標。但同時也出現了文化虛無主義的惡劣傾向，造成了文化發展上的短視行為，

不利於陪都文化運動的正常進行。

隨著世界反法西斯陣線的形成，對於陪都新聞傳播進行單向性輿論控制的狀況有所改變，開始體現出大眾性與社會性的一致來。同時，陪都的大眾傳播手段除國外剛剛投入試播階段的電視之外，已經與國際大眾傳播水平完全接近，提高了新聞傳播的效率。尤其是陪都報業發展狀況更表明隨著抗戰前途的日趨明朗，來自戰時環境的制約，已經從以戰略需要為主轉入以政略需要為主，這與陪都文化運動的大趨勢是相吻合的。在香港、上海等地的出版工作者陸續來到陪都後，在編輯工作社會化、印刷技術現代化、發行方式商業化三方面有力地促進了陪都出版事業的全新發展，確立了全國出版中心的地位。但出版事業的過渡商品化，造成了文化意識的混亂與衰退。所幸的是，以市場的評價掩蓋文化的評價的出版怪現象，隨即遭到陪都文化界的反擊，開始由個人創辦出版社，出版文化品位較高的各類叢書來促進文化創造水準的提高。因此，廢除新聞出版審查的事實更是顯示出爭取言論自由的來之不易。

在民主運動興起之中，陪都文藝界努力爭取保障生存與創作自由的權利。抗戰文藝不僅是戰爭現實的形象反映，也是生活體驗的獨特表現，抗戰文藝運動將由此而走上民主之路。因此，也就更加強調文藝的自由發展，造成了一種濃鬱的審美文化氛圍。所以，並非是文藝的貧困，而是個體自覺的缺陷與文化素質的偏頗，當務之急就是以認識抗戰文藝運動與中國文化的現代轉型之間的關係為前提，承擔起重塑國人文化人格的時代使命。這就要求人們必須正視抗戰文藝與現實政治的關係，文藝工作者與戰時文化的關係。因此，要建設起具有民族高度的新文藝，就必然是文藝工作者提高自身的人格力量，深入現實生活，進行立足於真實的自由創造。於是，通過抗戰文藝創作的心靈化，進行文化意識的剖析與再造，使抗戰文藝成為中華民族新舊嬗變的心靈史，抗戰文藝運動成為中華民族意識更新的心靈探索。由於紀實性與正面性的審美特徵對抗戰文藝的發展具有自我約束性，這就意味著必須有所突破，有所創新，以更深刻更鮮明地揭示新形勢下全民族的情緒與精神，而不是停留在某一層面上，進而從整體上顯示出民族的靈魂。自然，紀實性生成為史詩性，正面性生成為重構性，在描寫民族文化心態的現實中來重建民族文化人格的理想，來促進古樹開新花的藝術創造的普遍產生。「霧季公演」作為陪都文藝運動的中堅，正是在對祖國母親呼喚的回應中，進行文化的啓

蒙，以其最爲優化的社會傳播效果，推動著人的自覺，人的創造，從而達到民族文化的全面復興。

陪都重慶在抗戰時期成爲全國性文化中心同時，又延續了區域性文化中心的戰後發展，不但在中國抗日戰爭中發揮了應有的作用，而且在中國文化變遷中顯示出發展的現代趨向。

在抗戰建國過程中，陪都重慶的經濟發展不僅能夠滿足前方對於戰爭物質的需要，而且更是有利於生產建設的進步與社會秩序的穩定；陪都重慶的政治作用，不僅促進了世界反法西斯陣線各國政府及人民的團結，而且更是有助於中國抗日民族統一戰線中國共兩黨的合作；陪都重慶的意識嬗變，不僅推動了以愛國主義爲標誌的民族主義的興起，而且更是有益於以民主主義爲核心的國際主義的傳播。因此，國共兩黨即以「重慶談判」爲轉折點，由抗戰建國轉向和平建國，開始進入廣泛的政治協商。

在文化轉型的過程中，陪都重慶的經濟發展，不僅顯示出中國城市發展的前景，而且更是表明工業化對民族文化轉型的必要性；陪都重慶的政治作用不僅表現出首都地位所具備的效應，而且更是說明民主化對民族文化轉型的決定性；陪都重慶的意識嬗變不僅展示出民眾意識覺醒的重要，而且更是證明個人自覺對民族文化轉型的必然性。因此，輿論界重提「科學與民主」，引發全社會的反響，進而要求保障個人自由權利。

但是，無論是抗戰建國抗日方針的實施，還是文化轉型歷史進程的展開，政治因素都是具有支配性的，這就是二十世紀的中國文化發展的政治化傾向。抗戰建國作爲抗日戰爭中文化發展的特殊形態，更是借助戰爭將這一政治支配放大，通過戰時體制來促進陪都重慶文化地位的迅速轉變，從而由滯後一躍而爲領先。

文化發展的滯後現象，既存在與民族國家國內不同區域之中，也存在於世界各國之間，從民族國家的開發中區域到世界範圍的發展中國家，首先從政治上進行制度的變革以促進經濟的起飛和意識的更新，則是具有普遍性的。因此，通過政治層面上的運動來調適經濟和意識層面上的運動實際上是作爲對現代化進程中滯後的一種替代性補償。然而，政治化必須以文化整體性爲前提，順應人類文化發展的大趨勢來努力推動民族文化的進步，必須排除任何形式的主觀隨意性，尤其是僅只憑藉黨派政治綱領來進行人爲地操縱。只有這樣，才能保證文化的正常發展。簡言之，就是政治化必須適度。

　　應該看到，過渡的政治化不僅造成陪都重慶在抗戰勝利後文化中心地位因「復員」而逐漸喪失；而且正是黨派利益高於一切致使政治協商破裂，斷送了和平建國的發展局面。更應該看到適度的政治化必須以中國的現實文化形態爲基礎，通過政治層面上一系列民主制度的建立，直接促動文化的整體轉型，從而眞正實現民族文化的自我更新。可以說，陪都重慶的文化運動正是初步體現出這一重點的。

　　從抗戰時期的重慶文化發展來看，由愛國主義到民主主義的主導文化方向具有鮮明的時代性，而民族復興的主流文化變遷具有穩定的民族性。但是，黨派政治的極度擴張，反而導致了時代性與民族性的分離，壓抑了文化發展的時代性，強化了文化發展的民族性，退回到所謂固有文化中去，化腐朽爲神奇卻窒息了民族文化的活力，於是，復興成爲倒退的代名。這樣，政治上的短視不僅加速了權力體制的解體崩潰，而且阻礙了民族文化的更新發展。值得高興的是，要求民主自由的思想並未在重壓之中萎縮，相反，促成了社會性的意識轉換。這不僅表現爲陪都重慶以民主運動爲主體的群眾性運動，更重要的是呈現出對個人自由創造的自覺追求，即要求對個人基本權利的確認。

　　儘管抗戰高於一切的現實，要求必須以國家民族利益爲重，但是，「天下興亡，匹夫有責」的民族傳統中已經注入了時代的新內容，在爲民族的獨立自由而戰的同時，對個人自由權利的追求更加明確，不再限於思想上的個性主義，而是具體到爲從生存自由到思想自由的實現而鬥爭。陪都重慶文化運動中重提「五四」課題的事實表明，對於科學與民主的呼喚不是停留於思想解放的範圍內，而是走向全面的行動，將政治民主化與個人自由創造緊密地聯繫在一起。在這裡，愛國民主並非是個人的義務，而是每一個中國人的基本權利，正是民族文化時代性的表現。至此，個性解放已經向著個人自由的文化方向發展，並非是發展中的現實導致了以個性解放爲標誌的「五四」精神的全面萎縮，〔註1〕而是這一現實促進了以個人自由爲標誌的新「五四」精神的全面發展。

　　這是因爲：首先，無論是國際還是國內的現實狀況都發生了巨大的變化，從第一次世界大戰到第二次世界大戰，強權政治已經向著民主政治的方向發

〔註1〕　欒梅建：《二十世紀中國文學發生論》第123～124頁，臺灣業強出版社1992年版。

展；從國內軍閥混戰到民族解放戰爭，地方割據已爲槍口對外一致抗日的局面所取代。正是在這樣的歷史環境中，陪都重慶才得以成爲全國性文化中心，在大後方、全國及全世界都具有不容忽視的影響。其次，民族文化的自我更新開始從偏於意識層面而轉向整體性轉換，從發現人向著「逐步完成眞正人性的人」發展，〔註2〕這不僅表現爲政治黨派的多元化，而且也展現爲人民團體的多樣化，正是在這樣的現實前提下，陪都重慶的民主運動才顯現出在三個層面上競相展開的大好局面。

同時，也應該注意到戰時體制下政治控制的嚴密，是「五四」時期難以望其項背的，陪都重慶對思想自由的呼聲日益高漲，就從另一側面反映出執政黨實行思想禁錮的專制程度。然而，正如壓力與反作用力形成正比關係一樣，陪都重慶民主運動中對思想自由爭取的執著與廣泛，也是「五四」時期難以比較的。這表明，在「眞人」復歸的過程中，陪都重慶的人們已經開始感覺到二十世紀的中國文化現代轉型中的必然性要求，那就是人的現代化。這正是改變文化發展滯後現狀的最根本需要，到本世紀 70 年代初已成爲全世界的共識：「國民的心理和精神還被牢固地鎖在傳統意識之中，構成了對經濟與社會發展的嚴重障礙」——「一個國家可以從國外引進現代化最顯著標誌的科學技術，移植先進國家卓有成效的工業管理方法、政府機構形式、教育制度以至全部課程內容。」但是，「如果一個國家的人民缺乏一種能賦予這些制度以眞實生命力的廣泛的現代心理基礎，如果執行和運用著這些現代制度的人，自身還沒有從心理、思想、態度和行爲方式上都經歷一個向現代化的轉變，失敗和畸形發展的悲劇結局是不可避免的。」〔註3〕

這或許能夠給予陪都重慶最終失卻文化發展勢頭以一種更爲深刻的解釋：沒有造就一代具有現代文化素質的新重慶人。這或許更能夠揭示中國文化現代轉型的關鍵：必須全力培養一代又一代文化新人。然而，新人的產生與文化現代化協調一致，自由創造當爲根本；新人的湧現以個人基本權利的確立爲前提，思想自由至關重要。這樣，自由地創造，自由地思想，也就成爲走向現代的文化標幟。

〔註2〕 于潮：《論生活態度與現實主義》，《中原》創刊號，1943 年 6 月。
〔註3〕 〔美〕阿歷克斯·英格爾斯等：《人的現代化》第 3～4 頁，四川人民出版社1985 年版。

目
次

導言　重慶文化發展的新階段

第一章 戰前文化概況

一、區域性文化中心的生成

外來非正義戰爭作爲經濟侵略與政治侵略的前導，在以暴力手段克服了主權國家的軍事抵抗之後，所採取的殖民地化的方式之一就是通過締結不平等條約來從經濟和政治上進行控制，在和平的僞裝下靜悄悄地改變被征服民族的社會結構和生存方式。

十九世紀的中國，在帝國主義各國用武力強加的一系列不平等條約的推動下，開始滑向殖民地國家的深淵。但是，歷史悠久的古老帝國，以其穩固的自然經濟秩序，統一的政治行政體系，高漲的民族主義意識，頑強地抗拒著殖民地化的推進，促使了民主主義革命的發生。於是，帝國崩潰，自然經濟秩序開始解體，政治行政體系走向重建，民族主義意識趨於自覺。這樣，中國就進入了它的歷史發展的現代階段，與全人類文化發展的現代化進程接軌，開始了由舊而新的文化轉型。

然而，現代化並不意味著僅僅是固有的民族文化某一層面上的變動，而是需要變遷中的民族文化的整體性轉換。這是因爲「文化的物質層，是最活躍的因素，它變動不居，交流方便；而理論、制度層，是最權威的因素，它規定著文化整體的性質；心理的層面，則最爲保守，它是文化成爲類型的靈魂。」〔註1〕因此，所謂新與舊，無非是對文化發展的時代性作出一種相對規定，並非是絕對的對立。

所以，由舊而新的文化轉型，在中國展現爲由洋務運動經變法運動到新

〔註1〕 龐樸：《文化結構與近代中國》，《中國社會科學》1986 年第 4 期。

文化運動這樣的漸次深化的歷史過程，從而體現出從十九世紀後期到二十世紀前期中國文化發展在物質、制度、心理三個層面上的民族性特徵，直接影響著中國文化轉型的活力、性質、類型的可能限度與現實走向——所謂富國強兵、立憲政治、倫理覺悟，促使中國由舊而新的文化轉型簡化為以政治、經濟、意識為主的三個文化層面上的現實運動。其中，政治運動成為文化運動中的主導性運動，無論是政治革命還是社會革命，無論是國內戰爭還是國際戰爭，都支配著與之同時的經濟運動與意識運動，中國文化發展因此而呈現出政治化的傾向。

民族文化變遷的引發動因與轉換範式各不相同：「可以表現為文化發展的自主進化，可以是文化交流中的參照更新，也可以成為文化類型的直接轉換」〔註2〕因而在不同民族之間文化發展的道路是多元的，也就是每一民族文化的現代化都有其獨特的運動軌跡。但是民族文化的發展最終將指向「現代」，人類文化的現代化進程將民族文化發展的時代性與民族性統一起來，每一民族文化在走向世界的過程中將成為全人類文化中富有活力的，獨具魅力的，多樣化的有機構成。

所以，如果不從包括物質、制度、心理三個層面的大文化觀的角度來對民族文化發展，無論是全國性的還是區域性的，進行整體考察，就往往會停留於繁複的文化表象之上，而無法把握民族文化的特質，去進行歷史的描述，揭示民族文化的實際樣態與運動流程。

中國文化由舊而新的轉型過程，集中體現為城市的現代化。首先，作為全國文化發展的標誌，城市因其在經濟、政治、意識三個層面上的交互作用，形成民族國家文化運動的總體網絡；其次，作為區域文化發展的核心，城市因其在經濟、政治、意識三個層面上的系統功能，成為整個區域文化活動的中心；其三，作為區域文化中心的城市，能否佔據民族國家文化網絡中的核心城市位置，往往取決於該城市在經濟、政治、意識三個層面上交互作用和系統功能的整合水平。可見，通過對中國城市現代化進程的考察，就有可能發現其運動形態及運動機制，達到關於中國文化轉型的某種具有規律性的認識。

城市現代化在中國呈現為波浪衝擊式的運動形態。在列強的武力威脅下，國門的開放從沿岸向內地波及，其途徑是沿長江而上溯。這表現為從沿

〔註2〕 郝明工：《試論瞿秋白的文化追求》，《甘肅社會科學》1992年第4期。

海到沿江越來越多的城市成為傾銷洋貨的通商口岸，並且出現了享有法外治權的租界。重慶正是在 1876 年中英簽訂的《煙台條約》中被確定為對外通商口岸的，1891 年重慶海關的開關，標誌著重慶正式開埠，1902 年，日本依仗中口之間的不平等條約奪取了在重慶的王家沱建立租界的特權。這樣，作為長江上游地區第一個滲入列強勢力的城市，重慶成為僅次於上海、大津、武漢的洋貨傾銷中心。﹝註3﹞

城市現代化在中國表現出發展不平衡的運動機制。由於社會組織結構和自然地理因素的制約，沿海地區與內陸地區之間出現了區域的超前或滯後，並且在同一區域內也會出現中心城市的轉移。因此，城市是以經濟發展水平為標準，按照經濟交往形式來決定城市發展的方式和走向。重慶開埠以來經濟實力的增長，一方面是國外商品進口的增加，隨之沿海沿江城市商品進口的激增，最後國內進口以壓倒優勢超過了國外進口；另一方面，重慶的商品出口也從無到有地直線上升，在進出口總額中佔據了主導性地位。﹝註4﹞

重慶的經濟地位是在國內與國外，特別是在區域內與區域外之間的商品貿易中迅速提高的。依靠國內市場甚於國外市場，不僅是重慶在全國城市網絡中具有了相當重要的位置，更為緊要的是，這將直接影響到重慶在政治上堅持地方自治的獨立性和意識上愛國反帝的全社會性。從 1929 年 3 月到 1931 年 10 月的兩年多時間裏，在重慶各界民眾的不斷要求和堅決支持下，重慶市政府最終派軍警接管了王家沱日本租界。﹝註5﹞

必須指出的是，重慶作為四川最大的商品進出口集散地，其日益增長的城市經濟地位主要是區域間商品交流活動的產物。與此同時，重慶的政治地位也逐年提高，從「二次革命」，「護國戰爭」，到「護法戰爭」，重慶實際上已成為統領全川的戰略要地。﹝註6﹞1919 年四川防區制的確立，更促使重慶變成地方軍事勢力必爭之地。這一狀態一直延續到 1935 年川政統一，四川省政府在重慶成立。﹝註7﹞

這樣，到本世紀 20 年代，重慶主要憑藉其在四川經濟，政治領域內無可

﹝註3﹞《重慶大事記》第 22～23 頁，科學技術文獻出版社重慶分社 1989 年版。
﹝註4﹞《重慶大事記》第 23～54 頁；隗瀛濤：《近代重慶城市史》第 118～119 頁，四川大學出版社 1991 年版。
﹝註5﹞《重慶大事記》第 113～126 頁。
﹝註6﹞《重慶大事記》第 48～67 頁。
﹝註7﹞《重慶大事記》第 68、141 頁。

置疑的重要地位，成為長江上游地區唯一的中心大城市。〔註8〕

儘管直到 1929 年 2 月 15 日，重慶才根據在 1928 年國民政府頒佈的《市組織法》正式建市，組成了以重慶市政府為首的行政管理體系。但在建市以前，於 1926 年就出現了現代形態的市政管理機構：重慶商埠督辦公署。這是因為「重慶踞長江上游，為四川交通實業之中心，華洋雜處，商務繁盛，誠吾國西隅一大大市場也。然而市政窳敗，街道之狹隘，溝渠之穢污，煤煙之蒸蔽，其不堪居住，亦為全世界通商各埠所無，加以地狹人稠，肩摩踵接，非推行市政，力謀改造，實不足以策交通實業之發展。」〔註9〕從城市建設來看，重慶的市容與其商業重鎮的城市地位卻不相稱的。但是，重慶作為四川省的政治中心的地位而是無可取代的。自辛亥革命後，確立蜀軍政府為四川政治中樞的口號的提出開始，〔註10〕革命運動在重慶此伏彼起，中國國民黨四川省黨部、中國共產黨四川省委和中國共青團四川省委都先後在重慶成立，各派政治力量在四川都以重慶為焦點進行較量。1935 年 2 月 10 日，四川省政府在重慶建立，從而確立了重慶的政治中心地位。同年 3 月 4 日，國民政府軍事委員會委員長蔣中正在重慶表示，在統一川政的前提下，「四川應作民族復興之根據地」。〔註11〕這不僅表明了長江上游地區在抗日戰爭中即將成為戰略大後方的現實可行性，而且也顯示出重慶在戰時體制下由區域文化中心向著全國文化中心發展的潛在可能性。

但是，以商品流通為主的重慶城市經濟活動，固然可以在較短時間內擴大重慶的政治影響。最終卻因經濟發展的偏頗使政治活動局限於區域之內，以致成為地方軍事實力長期爭奪的一塊肥肉，反而為向現代城市發展設置了重重障礙，與沿海沿江的中心城市拉開了差距。這正是內陸商業城市的重慶只能生成為長江上游地區文化中心的主要原因之一。

如果說重慶文化在經濟與政治層面上與中國文化轉型的總體水平的差距還不算太大的話，那麼，在意識層面上，重慶文化的意識自覺運動的軌跡雖然同樣是從反帝反封建到走向民主主義過渡，但卻落伍於時代。新文化運動作為中國歷史上第一次真正的思想大解放，是借助「五四」愛國運動為中介

〔註8〕 〔美〕G·W·施堅雅：《中國封建社會晚期城市研究——施堅雅模式》第 160 頁。

〔註9〕 唐式尊：《重慶市政計劃大綱》，《重慶商埠彙刊》1926 年度。

〔註10〕 張培爵：《蜀軍政府始末》，《辛亥革命紀事》，重慶出版社 1986 年版。

〔註11〕 周開慶：《四川與對日抗戰》第 10 頁，臺灣商務印書館 1971 年版。

才在重慶引起初始反響的，對於科學與民主的追求根植於高昂的愛國激情之中，在顯示巨大的感召力的同時卻失落了冷靜的理性思考，反而延緩了對思想大解放本身的眞正把握。

1919 年 5 月 20 日，重慶各中等學校代表開會籌備成立「川東學生救國會」（6 月 28 日改名爲川東學生聯合會），其行動綱領即爲：「一、對內振興學術言論，發展組織經濟之接濟，持永久不變之態度。二、對外演說，印刷小說和報章通訊，拍電聯絡京津各團體爲一致進行。」〔註 12〕顯然，這一綱領將思想解放與愛國運動雜糅在一起，以至於表現出某種程度的認識含混，直到 1921 年 6 月，川東學生聯合會才公佈了五條行動措施——「實行鄉村講演」，「推廣平民教育」，「提倡實業」，「改組風俗」、「傳播文化」。〔註 13〕至此，在重慶開始了有意識地觸及現代文化構成內涵，有目的地著手與之有關的民眾活動，雖然仍未能擺脫理論思考的幼稚與籠統，實際行動的盲目與空洞。

儘管如此，新文化運動和新文學運動的影響仍然使重慶人「如像服了興奮劑一般，一變以前沉默態度，而爲一種熱烈興奮的樣子」。〔註 14〕於是出現了不少宣傳新思想的刊物，開始普遍使用白話文，也進行新文學的創作嘗試。同時，由於商品流通的發達，形成了以商業資本家爲主體的富商階層而居於國民之首。儘管較之沿海地區，他們的經濟實力要弱小得多，但仍不發與「歐美爭一點雄心」的意願，開始認識到「中外交通」的必然性，「創新世局」的可能性，「各得利權」的必要性，「喚醒同胞」的現實性，並將上述認識刻成楹聯懸掛於重慶總商會內外。這樣，1904 年重陽節成立的重慶總商會作爲第一個具有社團性質的重慶商業資產階級組織，不僅完成了行幫會館向著同業公會的過渡，更爲重要的是，它作爲第一個具有現代色彩的社會團體的出現，標示著重慶社會組織結構開始由傳統向現代轉化。

重慶總商會一方面積極參與經濟和政治活動以保護商權，爭取民權，另一方面也以不同形式來表達愛國主義精神和民主主義思想，從而影響著社會其他階層。在「五四」愛國運動中，重慶商界和學界成立了「重慶商學聯合會」，以「提倡國貨，維持現狀，聯絡商學界一致行動」爲宗旨，〔註 15〕領導了聲勢浩大的抵制日貨運動。「重慶總工會」也於 1920 年成立投入這一運動。

〔註 12〕《國民公報》1919 年 5 月 27 日。
〔註 13〕《國民公報》1921 年 6 月 29 日。
〔註 14〕《重慶商務日報十週年紀念特刊》1924 年。
〔註 15〕周勇：《重慶，一個內陸城市的崛起》第 206～207 頁，重慶出版社 1989 年版。

重慶社會組織結構中的社團化意向是堅持反帝愛國，形成了全社會性的持續不斷的運動態勢，促使了重慶人愛國民主意識的普遍覺醒。僅只 1926 年 9 月 5 日「萬縣慘案」發生後，9 月 10 日重慶市民大會通電宣佈「由川民自動廢除英國對華之一切不平等條約，在川境完全失效。」〔註16〕9 月 18 日，全市罷市、罷課、罷工，300 多個社會團體共 6 萬餘人舉行反英大遊行，圍觀助威群眾幾達 20 萬人，「規模之宏大，萬眾之一心，」真是「迥異乎從前。」〔註17〕

重慶文化在意識層面上的滯後，由於「五四」愛國運動的促進，開始慢慢地向全國看齊。但是，重慶商界與學界聯合引導的意識覺醒，因受制於不同階層的利益訴求，義與利的難以區分而導致了不同層面上文化運動的混淆，使重慶人的意識自覺水平，依然處於落後狀態，這除了內陸城市的空間限制之外，主要在於重慶這一商業城市中人口構成的文化素質較為低下，到抗戰爆發前，全市 47 萬人口中，加入袍哥的竟有 7 萬左右。〔註18〕同時，重慶的教育事業較為落後，尤其是學校體制遠非完善，第一所大學重慶大學遲至 1929 年才創辦〔註19〕這就造成城市社會組織結構的極大缺陷，未能形成城市中開時代風氣之先的知識分子階層，因而無法正常地發起思想運動來促進重慶人的意識現代化。於是，社會心態是呈現出守舊的姿態，而鮮見新舊思想之間的激烈交鋒，難以促動個人獨立意識的迅速萌發。在「五四」愛國運動中，雖然也出現過「川東女子救國運動會」這樣的愛國學生社團，但在 1921 年市政當局卻仍舊明令「禁止男女同行」，且女子纏足的陋習盛行，以至於直到抗戰爆發後的 1939 年，才由市政府發布《禁止婦女纏足條例》來進行腳的「解放」。

重慶的城市現代化由於受到自然地理條件的限制，主要以川江水道為運輸線，尤其是：「吾蜀偏遠，民氣樸弱，日前所受專制之虐政，受禍遠出各省之上。」〔註20〕這就使重慶文化的總體發展一開始就處於極為不利的地位，

〔註16〕《國民公報》1926 年 9 月 11 日。
〔註17〕當時重慶市內人口大約 30 餘萬，可謂傾城出動。參加遊行的社會社團數目是以具體參加的各級社團數量來統計的。《重慶工人運動史 1919～1949》第 75 頁，西南師大出版社 1986 年版。
〔註18〕隗瀛濤：《近代重慶城市史》第 398、427 頁四川大學出版社 1991 年版。
〔註19〕《重慶大事記》115～116 頁。
〔註20〕《國民報》1912 年 3 月 11 日。

導致在抗戰爆發前重慶文化狀況大大落後於同期沿海沿江中心城市。這就使得文化發展的滯後性成為類似重慶這樣的中國內陸城市現代化的共同特徵。當然，對重慶市來說，這一滯後性的特殊表現則在於它是一個商業城市。

如果說滯後性是區域文化中心城市重慶發展的總體特徵，那麼其發展的個體特徵又是什麼呢？在這裡，僅從主要決定著區域性文化中心地位的城市文化功能系統的角度來予以回答，那就是開放性與功利性的一致，競爭性與群體性的一致。

所謂開放型與功利性的一致，就是指經濟、政治、意識諸方面的功能轉換強度以實際利益的獲取為限度，當舉國一致為反對帝國主義對中國進行經濟侵略而進行「商戰」時，儘管也高喊「商戰有何奇哉，只期補塞漏卮共謀利益；會心不在遠也，要識挽回大局各保利權」。〔註21〕但卻不敢「浪投鉅資，輕試險業」，〔註22〕捨棄了作為民族國家經濟發展根本的現代工業的建設，難以挽回商戰失敗的大局。蜀軍政府高揚民主共和的旗幟，「紳商學界，備極歡迎，兵不血刃唾手而克復名城」。〔註23〕重慶總商會籌組了商團以保護革命成果，維持地方秩序，卻因未能提出明確的政治要求，無形中反而成為地方軍事勢力殘害人民的幫兇。「五四」愛國運動在重慶即是以學生高呼「還我青島」、「懲辦國賊」、「勸我國貨」的口號進入高潮的。「勿以抵制日貨為無意識之舉動，須知萬眾一心，眾志可以成城，同為自立之國民，勿為他人之奴隸。」〔註24〕這樣，抵制日貨在重慶就成為反帝愛國，甚至民族意識自覺的唯一形式，從而忽略了對封建主義和專制主義的認識與批判。

所謂競爭性與群體性的一致，就是指經濟、政治、意識諸方面的功能效率的增長以群體需要的實現為準繩。商品流通需要作為流通手段的貨幣，統一的貨幣有利於城市經濟的發展。建立民國以來，由於忽視這一市場法則，從中央到地方，從公有到民營，各行政、軍隊、商業、金融群體都爭先發行貨幣，以致在 1912 年到 1935 年間，重慶市場上發行的貨幣就有 20 餘種，總金額超過億元以上，直接影響到重慶城市經濟的發展。〔註25〕修築公路作為

〔註21〕《廣益叢報》光緒三十三年第四期。
〔註22〕《近代重慶城市史》第 206 頁。
〔註23〕《辛亥革命》第 6 冊第 12 頁，上海人民出版社 1957 年版。
〔註24〕中國共產黨重慶市黨史工作委員會：《五四運動在重慶》第 96 頁，1984 年編印。
〔註25〕《近代重慶城市史》第 281 頁。

「新政」推行的舉措，本應造福桑梓。1913 年即提出修築成渝公路，但由於地方軍事勢力各自劃地為界，1921 年才制定出《成渝馬路計劃書》，到 1933 年成渝公路方始全線貫通。結果，「人民未蒙其利，而年須負擔修補公路之義務，於是群視公路為附骨之疽，而深惡痛絕矣！」〔註 26〕真是公路猛於虎。城市現代化最重要的使命就是人的意識的現代化。民國建立伊始就確立了新教育宗旨：「注重道德教育，以國家為中心，而以實利教育和軍國民教育輔之，更以美感教育完全其道德。」〔註 27〕注重德、智、體、美一體化的教育本應以幼兒教育開始，「以補助家庭教育之不足」，〔註 28〕但是，重慶的幼兒教育卻一直未能受到全社會的真正重視，以致長期處於停滯狀態，絕大部分幼兒實際上被剝奪了全面發展的合法權利，無疑表明了對於個人健全人格發展的極度輕視。

重慶文化發展的個體特徵表現說明，注重實利而忽略對現代文化的領悟，就會造成文化發展中急功近利的短視行為，強調集團利益而無視個人權利的確立，就會出現文化發展中口惠不實的非人傾向，從而產生文化發展過程中活力減退，性質異化，類型凝固的負面效應，致使重慶人徘徊於新舊文化的夾縫之中，欲退不能，欲進無法，處於進退兩難的困境之中。這同樣也是戰前重慶文化的形象寫照。

通過對戰前重慶文化發展的總體特徵和個體特徵的整體性考察，雖然有利於進一步的特徵分析，但卻缺乏一種總體觀照，難以把握住戰前重慶文化發展全貌。當然，把握全貌是一個極其艱巨的系統工程，為了簡便地領略起見，將從兩個視點來進行描述以期達到事半功倍的鳥瞰效果。一個是從以新聞出版為主的大眾傳媒這一角度來描述戰前重慶文化的社會方式與水平，展示重慶在走向現代城市的過程中的文化交流狀況；一個是從以文學藝術為主的審美活動這一角度來描述戰前重慶文化的創造形態與活力，顯示重慶在走向現代的城市過程中的文化變遷風貌。

同樣，對文化發展的總體特徵和個體特徵進行整體性考察，與對文化發展風貌從大眾傳播和文藝活動兩個視角進行過程描述將成為對抗戰時期的重慶文化──陪都文化發展進行考察和描述的綜合分析框架。

〔註 26〕 《近代重慶城市史》第 340～343 頁。
〔註 27〕 《文牘月刊》第四冊，四川省行政公署教育司編。
〔註 28〕 《重慶商埠幼稚園草案》，《重慶商埠會刊》1926 年度。

二、報業爲主的大眾傳播

社會傳播在文化交流過程中因信息的傳播方式的變化和傳播水平的高低，最終形成了三大類型：人際傳播、組織傳播、大眾傳播。〔註 29〕社會傳播三大類型的逐漸形成，以及由人際傳播爲主，經組織傳播爲主向著大眾傳播爲主的歷史演進，實際上從一個側面證實了人類文化發展進程已經進入現代化階段。也就是說，城市現代化的一個顯著標誌在於是否出現了以大眾傳播爲主的較爲完善的社會傳播體系。

大眾傳播一方面要受到信息交流者文化素質的制約，另一方面也要受到城市現代化程度的制約。這雙重的制約具體化爲對於傳播媒介的歷史性選擇，即取決於個體的文化需要與媒介的發展水平。同時，也應該注意到大眾傳播媒介將涉及到人類所有的文化活動領域，具有多種功能。其中，新聞傳播功能與出版傳播功能正是在印刷技術機械化過程中擴張了傳播空間，成爲進入現代社會所不可缺少的主要信息傳播功能。因此，新聞與出版也就成爲大眾傳播的主要行業。隨著時代的進步與科學的發展，廣播、電影、電視的陸續出現，形成了日益完備的行業性大眾傳播媒介體系。

從十九世紀初起，在歐美各國報刊開始成爲主要的大眾傳播媒介，並借傳教士之手於 1833 年在中國沿海城市廣州創辦了國內第一家中文報刊《東西洋考每月統紀傳》。它提倡「中國人應該合四海爲一家，聯合百家爲一體，中外無異視」，而且「就是要使中國人認識我們的工藝科學和道義，從而清除他們那種高傲和排外的觀念。」這表現出在歐洲中心主義支配下的居高臨下的啓蒙姿態：也就是要使古老帝國「在智力的炮彈前讓步，給知識以勝利的棕櫚枝。」〔註 30〕與此同時，爲了便於吸引中國讀者，除了刊載經濟、政治、社會諸方面的新聞外，也刊登以傳統詩詞爲主的文學作品，而宗教性的內容則逐漸消失。

鴉片戰爭後，在來華外國人於上海等地紛紛創辦了外語報刊的促動下，國人方始認識到報刊作爲傳播媒介的重要性：「製一精器，登報以速流傳，而工作興矣；立一公司，入報以招貿易，而商途群矣。與國之政令，朝夕可通，而敵情得矣，刑司之獻辭，纖毫必具，而公道彰矣。」〔註 31〕更何況，「尤在

〔註 29〕〔日〕竹內郁郎：《大眾傳播社會學》第 3～5 頁，復旦大學出版社 1989 年版。
〔註 30〕復旦大學新聞系新聞史研究室《簡明中國新聞史》第 30 頁，福建人民出版社 1986 年版。
〔註 31〕陳熾：《庸書‧報館》，轉引自《簡明中國新聞史》第 64 頁。

聞見多而議論正，得失著而褒貶嚴」〔註32〕從 1895 年始，隨著維新變法運動的興起，國內才第一次發行由以康有爲、梁啟超爲首的強學會先後在北京和上海兩地主辦的《中外紀聞》、《強學報》、《時務報》，從而開啟了國人辦報的熱潮。於是，在 1897 年 11 月初，重慶出現了宋育仁主辦的《渝報》。

《渝報》作爲重慶出版的第一家具有現代色彩的報刊，抱定「廣見聞，開風氣」的辦報宗旨，在內容上除了倡導「復古即維新」的中體西用式的政治改良主張外，也以較大篇幅刊載中外商情報導本埠工商業的發展。〔註33〕《渝報》的出現表明，儘管重慶文化發展具有總體上的滯後性，但是重慶作爲長江上游的商業中心城市，對於大眾傳播媒介的迫切需要正是其開放性的具體表現。新聞出版業在中國起步維艱，主要是封建專制的壓迫所致。雖然從現代報刊在中國出現的日期來看，固然可以說重慶與廣州、上海等地存在所謂「近半個世紀的時間差」，〔註34〕然而，從中國人辦報的角度來重新加以認識，可以說重慶是繼京、滬兩地之後聞風而起的少數城市之一。《渝報》成爲第一批具有全國影響的報刊之一：從 1897 年 11 月到 1898 年 4 月共發行 16 期，最高發行量爲 2600 份；其發售範圍，在省內從成都到川東、川西、川南、川北共達 22 個府縣，在省外則遍及京、津、漢、濟南、廣州、貴陽、昆明等全國 26 個城市，派報處計 48 家。《渝報》與 1897 年 4 月創辦的長沙《湘學新報》、1897 年 10 月底創辦的天津《國聞報》等報刊，同時出現在維新變法運動的高潮中。〔註35〕可見，從中國新聞出版發展史的層面來講，重慶的新聞出版業的肇起是與之完全同步的，並不存在所謂的「時間差」。

《渝報》作爲維新變法運動的直接產物，一方面要提倡政治改良以保持與全國輿論的一致，要求「伸民權」，「民爲主」，實行「君民共治」的政治主張；另一方面也根據重慶的現實狀況，指出「陳民隱、通下情」的方法則在於「選士於商」，「舉入議院」。〔註36〕因此，宋育仁在其主持制定的《四川商務局招股公司章程》中明確提出：「經商者，富國之資」，「而國富乃因其自然

〔註32〕王韜：《論日報漸行於中土》，轉引自《簡明中國新聞史》第 65 頁。
〔註33〕重慶日報新聞研究所編：《〈渝報〉概況──重慶第一家近代報紙的觀察》，《重慶報史資料》第一輯。
〔註34〕《近代重慶城市史》第 761 頁。
〔註35〕重慶日報新聞研究所編：《〈渝報〉概況──重慶第一家近代報紙的觀察》，《重慶報史資料》第一輯。
〔註36〕《渝報》第 14 冊，1898 年 3 月（光緒二十四年三月上旬）。

之勢」，於是要求既「不准召集洋股」，又不得「動以官法治」，而應該「專用賈人，毋參用士夫；經以商規，毋治以官體」。〔註37〕在這樣的編輯思想指導下，《渝報》除了通過評介世界各國與國內各地的情況以開風氣之外，有極力主張發展工商金融、交通郵政、新聞出版、新式教育名行業，特別是強調了報紙與商業的緊密關係：「凡地方之腴瘠，民氣之囂靜，歲月之豐歉，市價之浮洛，有關財務者，莫不博探輿情、快登快靈，捭鄉塾里肆咸知」。〔註38〕從第十冊起《渝報》即設立「為開通商務起見」的物價表專欄。

　　《渝報》未能聲名彰著全國，主要是由於其存在時間較短，而主辦者的聲望又遠不及康、梁、譚、嚴等維新變法首腦人物。不過，有一點值得指出的是，《渝報》實際上還不是現代意義上的報紙，而是介乎於報紙與期刊之間的具有新聞性的刊物。1839 年，林則徐令屬下翻譯館創辦專以翻譯外文報刊為參考的《澳門新聞報》，又從《澳門新聞報》中選編出版《澳門月刊》。這兩個不公開發行的官辦刊物在突出新聞性的同時，又不得不採用信息刊載量大的期刊形式來擴大傳播範圍。直到 1858 年，伍廷芳在香港主辦的《中外新報》才成為最先採用現代報紙編排技術的漢語日報。1896 年創刊的《時務報》，就是採用書本式期刊形式，每旬一冊，每冊 20 多頁，三、四萬字。而《渝報》顯然是仿此而行：略大於 20 開本的書本式裝幀，每旬一冊，每冊約雙面 20 餘頁（俗稱「筒子頁」），字數 1.8 萬至 2.4 萬。〔註39〕於此，出現了《渝報》的屬性之爭，是重慶第一家報紙？還是重慶第一家期刊？這表明了在新聞出版業作為大眾傳播媒介行業在中國這個剛剛進入文化轉型的傳統社會中，其雛型的功能兼容是難以避免的，國人尚未意識到新聞事業與出版事業在功能上的差異：前者注重信息交流的時效性後者注重信息交流的專門性，而期刊在某種程度上恰好可以兼備。所以，國人的初次選擇只能如此。

　　隨著維新變法運動對大眾傳播媒介的日益藉重，《湘學新報》由旬刊改出日報形式的《湘報》，而《國聞報》在作為日報發行的同時，也出版旬刊《國聞彙編》（不過出至第六期後即停刊），開始顯示出國人對報紙的新聞事業功能的自覺。在這一方面，重慶也不落後，1898 年 5 月，《渝報》主筆潘清蔭創

〔註37〕　《渝報》第三冊，1897 年（光緒二十三年十月下旬）。
〔註38〕　梅際郇：《說渝報》，《渝報》第 1 冊 1897 年 11 月（光緒二十三年十月上旬）。
〔註39〕　蘇朝綱：《重慶第一家近代期刊——〈渝報〉》，《重慶出版史志》1991 年第 2 期。

辦了日報形式的白話通俗報《渝州新聞》。到辛亥革命爆發前，重慶出版的報刊已達 10 餘種，除《廣益叢報》、《重慶商會公報》等旬刊外，已經出現了《重慶日報》等日報，《崇實報》等週報，以多種形式進行新聞傳播，開始向現代報業發展。

不過，隨著新聞業逐漸走向繁榮，出版業都顯得相對蕭條。此時重慶最大的善成堂書局，規模已相當於當時的商務印書館，但出版的主要是五經四書等古代典籍。〔註 40〕進入二十世紀以來，現代書刊則主要來自上海等大城市的商務印書館、中華書局、北新書局、廣益書局、大東書局等出版單位。1934 年，今日出版合作社創辦於重慶之後，才開始專營新文藝書刊，名曰出版，實為銷售。〔註 41〕由此可略見重慶出版業不景氣之一斑。

出版蕭條的原因，其一在於重慶印刷業供過於求，加之成本費用偏高，出現了效率高而效益差的反常現象，有所謂「作揖買來磕頭賣」之稱。〔註 42〕除了承印報紙外，多為印製鈔票、股票、商標、包裝、證券、票據、表冊等，與商業金融。政治、軍事等需要直接相聯繫，與薄利多銷的書刊出版似乎無緣。其二在於重慶城市居民文化素質偏低，未能形成必不可少的讀者群體，從而無從產生對於出版事業發展的直接需要。對這一事實，本可根據城市人口職業構成和教育水平的統計資料來進行定量分析予以確證。但是由於當時重慶市政管理的落後與混亂，導致缺乏這方面的統計資料，只好採用間接的資料來予以說明，也就是引用小學教育的普及水平來試加分析。

從清末推行「新政」，廢科舉辦學堂始，重慶到 1911 年辛亥革命前才有小學 24 所。〔註 43〕民國建立至重慶商埠督辦公署成立後的 1927 年，小學才增至 36 所，在建市後的 1936 年共有小學 99 所，與此同時，重慶人口也從 30 萬左右上升到 47 萬，失學兒童比例雖有所下降，但仍然超過學齡前兒童的半數。〔註 44〕這就不利於中等教育與高等教育的發展，以至於不可能盡快地形

〔註 40〕傅珍：《對善成堂書局的點滴回憶》，《重慶出版紀實‧第一輯》重慶出版社 1988 年。

〔註 41〕劉水：《別具一格的今日出版合作社》，《重慶出版紀實‧第一輯》。

〔註 42〕《抗戰前的重慶印刷業》，《重慶出版史志》1991 年第 2 期；鄧惜罕：《重慶印刷業的鱗爪回憶》，《重慶出版紀實‧第一輯》。

〔註 43〕《重慶‧一個內陸城市的崛起》第 464 頁。

〔註 44〕《近代重慶城市史》第 691 頁。稱 1936 年重慶市兒童「失學者占 8/10 以上」，顯然不確。城市小學失學率是明顯低於農村的，從該書第 690 頁所引 1927 年的統計數字來看，按該書的計算方法，以 30 萬人口總數計，重慶市小學失學

成知識分子階層。在一個文盲占人口絕大多數的城市中，出版事業的迅速發展是難以想像的。

由此可見，成本高收益低在經濟上限制了出版事業正常運作，而文盲眾多則致使出版事業前途渺茫。

重慶新聞事業的繁榮首先在於他的巨大市場效應和社會效應適合了重慶商業貿易的進行與行政管理的需要，其次在於它的廣泛的傳播作用和輿論影響促進了重慶政治格局的變化與意識自覺的發展。

重慶總商會在清末新政期間成立後，於 1905 年創辦《重慶商會公報》始，在辛亥革命勝利後的 1914 年 5 月 25 日創辦機關刊物《商務報》，至 1950 年 1 月 16 日停刊，歷時 36 年，是爲重慶市出報最久的一張日報。《商務報》的《發刊詞》宣稱「邇來商界復鑒於世界遷變之大勢，知商事與國事，兩有密切之關係，不可不寄耳目於報紙，」強調「注重商業消息，此本報唯一之任命也。」因此，「命意立言，不涉黨派，不尙偏激」，同時卻又能「商事雖特注重，然不苟抑揚，時寓利導整齊之意。總期達福國善群之職志」。所以，《商務報》能堅持據事直書，不偏私不毀譽的新聞品格，至有「衛生報」之稱，並在袁世凱 1915 年 12 月稱帝時放假停刊以示抵制。1916 年 5 月始復刊改稱《重慶商務日報》，「五四」愛國運動發生後，首先進行報導，刊載重慶總商會聲援電，同時由 8 版增爲 10 版至 12 版，加強對重慶愛國運動的報導。此後雖以經濟消息和市場動態的報導爲主，但仍不忘國事，無論是孫中山、魯迅逝世，還是反帝反軍閥都積極參與其中。1938 年 10 月 20 日又改名《商務日報》，於《今後本報》中稱「本報是全國商界唯一的報紙，尤其與商界人士有密切關係，無特殊的背景。換言之，商人的意見、商人的疾苦、商界的情況、商業的知識這就是本報宣傳的對象。」

重慶《商務報》的出現及其發展表明重慶的新聞事業建立在市場經濟的基礎上，需要發揮傳播媒介的作用，因而有眾多報紙或長或短地發行；同時也證實報紙的生命則在不斷適應於包括經濟、政治、意識諸方面的文化發展。

1911 年 11 月 25 日，重慶蜀軍政府出版《皇漢大事記》，以宣傳軍政府法令爲主，到 1912 年 1 月 14 日，改稱《國民報》，作爲政府機關報發行。1914 年重慶報業發起組織重慶報界促進會，表明了重慶新聞事業發展的新起點。

率在 1927 年即在 8/10 左右，而 1936 年小學數是增加 175%，而同期人口增加才不過約 56%，可見小學失學率應是有所下降的。

1917 年，四川鹽運使公署在渝發行《四川鹽運公報》、《民鳴日報》，以使「川省鹽務機關以及商民人等，了然於鹽法之規定，而不致措施失當，誤落法網」。1924 年四川省長行署秘書處政報股編輯發行《四川政報》，1926 年重慶商埠督辦公署成立後又出版發行《重慶商埠彙刊》、《重慶商埠月刊》。

可見，運用報紙公佈法令法規，市政管理章程，行業組織條例來進行有效的行政管理，已逐漸成為重慶報業的傳播功能之一。

自民國建立以來，各派政治力量集聚重慶，報紙即成為鬥爭的武器。從黨派報紙看，1912 年有 1 月創刊的統一黨在渝機關報《益報》、共和黨創辦的《正論日報》、中國國民黨創辦的《重慶新中華報》，3 月創刊的中國社會黨四川支部的《國是報》。1926 年有 1 月創刊的中國國民黨四川臨時執行委員會的機關報《四川國民》，3 月有改由廣東中國國民黨中央黨部每月資助津貼一千元、中國國民黨四川臨時黨部接辦的《四川日報》，11 月創刊的由中國國民黨西山會議派支持的中國國民黨四川省黨部機關報《中山日報》。〔註45〕

值得一提的是，《四川日報》自 1923 年 8 月由一批歸國留日、留美學生創辦，從 1924 年 1 月起，即以中國國民黨第一次代表大會宣言為辦報宗旨，宣傳三民主義，1924 年 11 月，蕭楚女曾任該報主筆。由於《四川日報》信息量大，符合社會現實發展的要求，加之文筆流暢通俗，發行量由 400 份激增至 3000 份，在重慶頗有號召力。1925 年底，創辦人吳自偉聘請牟煉先任總編輯，楊闇公、熊子俊任主筆，致使該報與中國國民黨四川省臨時黨部發生密切聯繫，最終成為其機關報，在重慶樹立起大造國民革命輿論的旗幟。

從軍隊報紙看，1929 年 1 月創辦的二十一軍劉湘部的《平民晚報》，3 月創辦的二十四軍劉文輝部的《川康日報》，4 月創辦的二十一軍師長藍文彬的《建設日報》。1931 年 1 月 11 日，二十一軍「武德學友會」機關報《濟川公報》創刊，稱謂「大局所繫，風雨同舟，故以吾中華民族之固有道德為濟為倡」，以「從事救濟川難與國難之工作」，至「對川事有利，對川民有福，」表現出既反對帝國主義侵略又堅持地方自治的政治傾向。郭沫若之兄郭橙塢為首任總編輯，設置欄目達十餘個，採用電訊、評論等方式，從社論時評到國際國內要聞，從本省政情到社會現狀，從武學到文藝，均有涉及，後又設文學副刊。《濟川公報》作為地方軍隊報紙，既有反帝反封建的一面，又有其遺毒人民反對進步的一面，但從總的趨向來講，其愛國熱情是可嘉的。這表

〔註45〕王斌：《四川現代史》第 83～89 頁，西南師範大學出版社 1988 年版。

明，《濟川公報》的生存時間較長正是其在某種程度上跟上了時代。〔註46〕

創辦於重慶「五四」愛國運動熱潮中的《新蜀報》，從 1921 年 2 月 1 日首刊以來，以「輸入新文化、交流新知識」為宗旨，積極支持抵制日貨的愛國行動，並通過發表社論和專刊，以套紅和採用木刻大號字的形式，紀念「五一」國際勞動節，「五四」愛國運動；同時，號召反對帝國主義侵略和軍閥專制，抨擊封建守舊頑固勢力和宗教迷信社會陋習，推動了科學與民主意識在重慶的傳播。由於《新蜀報》迅速在重慶擴大了影響，增加了聲譽，很快就成為出版兩大張，不時附以四開版增刊一張的大型日報，發行量也由最初的數百份增加到 1924 年的 3000 份，占重慶當時全部報紙發行量的三分之一，最高發行量曾近兩萬份。成為繼《商務報》之後，重慶唯一兩家出報時間最長的大報之一。

《新蜀報》的成功不是偶然的，它是一代中國優秀青年努力傳播現代意識的結果，也可以看作國共兩黨在新聞事業上合作的成果。

在 1923 年到 1925 年間，中國社會主義青年團中央特派員蕭楚女擔任《新蜀報》主筆，共發表了 100 多萬字的各類文章。在 1923 年到 1926 年間，留法歸來的陳毅在《新蜀報》上發報的作品達 10 萬餘言，其中包括短篇小說、白話新詩與雜文。在 1925 年至 1927 年間，留日學者漆南薰擔任主筆，每日一篇社論，對帝國主義的侵略本質進行揭露，對封建軍閥的專制獨裁進行抨擊。從 1922 年到 1927 年，留法歸來的周欽岳先後擔任主筆、總編輯，堅持每日出報，節假日不停刊，同時革新版面，增多欄目，充實中外新聞來源，主編副刊「文學世界」，主要刊登新詩、散文、隨筆、小說、短劇，在重慶開新文學創作風氣之先。

《新蜀報》從 1922 年 6 月至 1927 年 3 月先後擔任主筆的即有中國共產黨員蕭楚女、陳毅、周欽岳，中國國民黨黨員漆南薰。《新蜀報》正是借助他們手中的筆傳達了時代的呼聲。隨後《新蜀報》在艱難的環境中仍堅持出版並不斷發展。1935 年周欽岳擔任報社社長之後，進行全面整頓，使《新蜀報》成為具有國內一流水準的獨具特色的大型日報。〔註47〕

重慶新聞事業的繁榮具有兩大特點：一個是社會各界參與辦報，另一個

〔註46〕鄧宣：《〈濟川公報〉源委》，《重慶報史資料》第 11 輯。周開慶：《民國四川史事》第 297 頁，臺灣商務印書館 1969 年版。

〔註47〕肖鳴鏘：《周欽岳與〈新蜀報〉》，《重慶報史資料》第一輯。

是報紙體系的初步完成。

從社會傳播的途徑來看，在不同的社會結構中分別表現出不同的形態：官僚等級型社會結構是以垂直型路線為主，強調信息傳播的層次性，表現出控制的態勢；民主參與型結構是以水平型路線為主，重視信息傳播的互補性，顯示出合作的趨勢。大眾傳播正是在官僚等級型社會結構向著民主參與型社會結構開始轉型過程中逐漸形成的。中華民國建立後，重慶在地方勢力之間的軍事衝突和地方勢力與中央政權的政治對峙之中，表現出一定的地方自治的傾向，政治控制相對寬鬆，這對於新聞事業的發展在客觀上無疑會起到促進作用。除前述商界、市政當局、黨派、軍隊、文化人辦報之外，工界也於 1922 年 11 月創辦了《工務日報》，工會則於 1924 年 3 月創辦《團悟日報》。在 1929 年重慶建市後，重慶各界辦報的熱情更高，各類報紙的數量迅速增加：

戰前重慶報紙創刊狀況對照表〔註48〕

年代 （建市前）	1897～ 1911	1911～ 1918	1919～ 1921	1922～ 1925	1926	1927	1928	共計		
（家數）	10	24	14	22	15	5	3	93		
年代 （建市後）	1929	1930	1931	1932	1933	1934	1935	1936	1937	共計
（家數）	15	16	16	11	14	6	9	18	3	107

應該指出的是，社會各界所辦報紙由於經濟、政治等原因，能夠長期堅持者為數不多。1929 年 4 月 1 日由中國共產黨重慶地委軍事委員會籌辦的《新社會日報》創刊，不久就在蔣中正、何應欽等人對劉湘的再三密電催促下被重慶市警察局查封了。〔註49〕另外，1914 年日本商人企圖在重慶創辦《瀛華報》，因重慶警察廳不予立案而告吹；1935 年冬，日方通過中國代理人在重慶

〔註48〕重慶市區劃以 1943 年頒佈的《重慶市全圖》為準；報紙以公開發行者為準，時間以 1897～1937.6 為準。根據《重慶報紙一覽表（1897～1937）》，《重慶報史資料》第 11 輯；《重慶報業大事記（1897～1937.7）》，《重慶報史資料》第 13 輯，加工整理。

〔註49〕停刊日期有兩說：一為 1929 年 5 月 26 日，一為 1929 年 6 月 13 日，見《重慶報業大事記》（1897～1937.7）》，《重慶報史資料》第 13 輯，《四川現代史》第 150～151 頁。

公開發行《朝報》，1936 年 8 月即被查封。〔註50〕1936 年 10 月 12 日，重慶市政府社會科發表登記的合格報紙，計有日報 15 家，晚報兩家。〔註51〕這對一個 47 萬人口的城市來講，也算是歎為觀止的了。從報紙作為大眾傳播媒介來看，它的體系性主要表現為傳播範圍廣泛和傳播形式多樣。僅從新聞來源的角度看，重慶出現了眾多的通信社。這些通信社以私人創辦的為主，其成員與各報專職記者於 1928 年 8 月成立了重慶市新聞記者協會。到 1930 年 6 月，經「重慶青年通信社」調查統計，重慶通信社經市政當局立案批准的定期及不定期者共 45 家。〔註52〕1931 年又出現了由自由投稿人組成的「重慶訪員聯合會」。〔註53〕

戰前重慶通信社發展狀況對比表〔註54〕

年代（建市前）	1920	1922	1924	1925	1926	1927	1928	共計	
（家數）	2	2	16	20	21	18	12	91	
年代（建市後）	1929	1930	1031	1032	1933	1934	1935	1936	共計
（家數）	21	22	15	4	15	2	2	1	82

之所以稱通信社而不稱通訊社，就在於通信社採用剪貼，採訪的方式收集新聞。直到 1933 年《巴蜀日報》購置五管收音機一部，方可直接收聽中外新聞，此為重慶報業首次採用無線電通訊工具。1934 年以後通信社銳減，則與各報陸續採用無線電通訊設備直接相關。

從報紙類型的角度看，重慶報紙雖然以日報為主，但在 1914 年 4 月即有晚報《普通白話報》創刊，在 1930 年又有午報《市聲午報》創刊，構成了一個完整的系列。同時，重慶報紙又有大張、中張、小張之分：對開、四開、八開；四版、八版、十版、甚至十二版，報紙印張與版面靈活多變。

可見，正是重慶新聞事業的相對繁榮，促使報紙成為重慶的主要大眾傳播媒介，而報業開始成為主要的大眾傳播行業。

〔註50〕丁孟牧：《重慶有家漢奸報紙》，《重慶報史資料》第 12 輯。
〔註51〕《重慶大事記》第 148 頁。
〔註52〕《重慶報業大事記（1897～1937.7）》，《重慶報史資料》第 13 輯。
〔註53〕丁孟牧：《「聯訪會」和「江東圍」》，《重慶報史資料》第 10 輯。
〔註54〕根據《重慶通訊社一覽表》，《重慶報史資料》第 11 輯，統計整理。

三、由舊趨新的文藝活動

　　文學藝術以其獨具的意識綜合功能，在對社會生活的形象性描述中既能最大限度地顯示出人類的生活方式，又盡可能體現出個人的生存狀態。〔註55〕文學藝術由此而成爲不同民族在特定歷史階段之中文化發展狀況的意識表達方式。這一表達方式從群體性到個體性的轉變，也就從一個文化活動領域揭示了人類文化發展的現代趨向，那就是文學藝術作爲人類生命力的象徵，標誌著人的主體地位的確立和個人創造自由的確認。城市現代化提供了文學藝術更新的歷史契機與現實需要，從而促進文學藝術的變革。文學藝術以其日漸增強的意識綜合功能復現城市文化變遷的整體風貌，藉以揭示人的意識現代化正是二十世紀的中國文化的被動轉型所必需的。戰前重慶文學藝術的落後與重慶文化發展的滯後是相一致的，無疑就間接地卻又充分地證明：沒有意識層面上的功能徹底轉換，那麼，無論是在經濟層面上，還是在政治層面上，都不可能真正完成功能的轉換，而只能是一種迫於人類歷史大趨勢的應激調適，以致城市文化發展畸形。戰前重慶與被曾稱爲「文化沙漠」的香港頗有類似之處：它們作爲商業中心城市對城市意識功能，特別是對文學藝術功能的極端忽視。當然，香港之被稱爲「文化沙漠」，是在於它的意識功能虛弱與經濟功能發達的巨大反差所導致的，這與戰前重慶文學藝術的沙漠化動因是完全不同的。

　　大眾傳播體系與文學藝術活動之間的關係如何？如果將前者視爲現代城市功能的手段性體現的文化裝置，與社會的現實演變保持著緊密的直接聯繫，重在信息的交流，那麼，後者則當視成現代人個體的創造性表達的文化活動，與社會的現狀保持著審美的心理距離，要在經驗的重構。在此前提下，可以說大眾傳播體系與文學藝術活動之間的關係相類似於形式與內容，或手段與目的，也就是大眾傳播體系有利於文學藝術的傳播範圍的拓展，並促進文學藝術的變革和發展，而文學藝術因其接受過程中要求通過傳播環節的多樣化來實現其意識功能，促動了大眾傳播體系的完善與改進。可見，大眾傳播與文學藝術是相得益彰的。

　　戰前重慶開始形成以報業爲主的大眾傳播體系，各種報紙紛紛設立文藝副刊或文藝欄目，登載了一定數量的文藝作品。但是，文學藝術活動在重慶的社會反響微弱，一個是讀者面的狹窄，一個是未能產生具有影響力的作者。

〔註55〕〔匈〕阿諾德・豪譯爾：《藝術社會學》第3～6頁，學林出版社1987年版。

究其原因，主要是舊文藝仍占新文藝的上風，文學青年的創作水平始終處於業餘創作階段；加之出於商業競爭和群體利益的考慮，文藝期刊與文藝著作的出版更是勉爲其難。直到 1936 年前後，才出現了少數幾種文學期刊：《沙龍》、《山城》、《春雲》，以及文學週刊《濺花週報》、《榴璉週報》等。其中以《春雲》最爲出名，它作爲純文學月刊，發表了不少詩歌、小說、散文、書評以及文藝消息。這些作品的作者均爲重慶當地的文學青年，因此能通過目的創作來初步反映重慶生活的各個方面，頗具重慶文化特色，或多或少地顯示出新文學在戰前重慶生成與發展的實績。

1932 年，重慶第一座民營廣播電臺建立開播，節目以商業廣告、文藝娛樂爲主。〔註 56〕1934 年，第一座公營廣播電臺——重慶廣播電臺開播，其節目有新聞、川戲、歌曲等。到 1936 年中央廣播事業指導委員會成立後，除規定限制廣告與文娛節目的播出時間以進行宣傳教育之外，還要求各地廣播電臺一律轉播中央廣播電臺的簡明新聞、時事評述、名人講演、學術演講、話劇、音樂節目，其餘節目自辦。如無轉播設備，到時則停播。〔註 57〕重慶的廣播事業雖然起步較全國晚，但它畢竟開始了以電臺廣播爲媒介進行大眾傳播，也爲話劇、現代音樂的傳入進行了較大範圍內的介紹。重慶廣播事業一開始就以其新聞性、商業性、娛樂性的特點適應了重慶文化發展的需要。

1926 年，在重慶第一次進行了新聞電影的拍攝，隨後又籌組西南影片公司，但主要以發行外來影片供放映用。從 1912 年首次放映以國外默片爲主的無聲電影始，20 年後的 1932 年才得以放映有聲電影。電影放映場所開始在川戲劇院放映，到 1918 年，重慶修建了第一家簡易電影院「涵虛電影場」。1925年，第一家正規的，擁有現代放映設備的「環球電影院」建成，以滿足社會上層人士對電影藝術的欣賞。〔註 58〕進入 30 年代，重慶電影院增多，〔註 59〕社會下層群眾也逐漸成爲電影觀眾。1937 年 2 月，國泰大戲院建成，它是達到全國一流水準的，建築宏偉而又設施完備的新興電影院，〔註 60〕標誌著重慶電影放映業正式進入了大眾傳播的行列。至此，電影藝術方成爲全社會各

〔註 56〕《重慶大事記》第 131 頁。
〔註 57〕梁家祿：《中國新聞業史》（古代至一九四九年）》第 285 頁，廣西人民出版社1984 年版。
〔註 58〕《近代重慶城市史》第 773～774 頁。
〔註 59〕《重慶市中區文化藝術志》第 281 頁，文化藝術出版社 1990 年版。
〔註 60〕張德華、張宏：《夏雲瑚與國泰大劇院》，《重慶文化史料》1991 年第 2 期。

階層的欣賞對象而家喻戶曉，顯示了新一代大眾傳播媒介對文學藝術活動的有力促進。當然，重慶的電影事業還處於光放映而無拍攝的起步階段，商業追逐勝於拍攝創作，娛樂消遣勝於藝術接受，不過仍然昭示了電影作爲新型藝術的巨大魅力。

以上主要以文學藝術與大眾傳播的關係來說明重慶的文學藝術正處於由舊趨新的變動中。儘管這一變動是緩慢而又弱小的，但可喜的是，它表明戰前重慶能夠尾隨於中國文學藝術的發展之後，從而爲新的發展時期的到來奠定了一定的創作與接受的社會基礎和心理基礎，以及必要的傳播手段。

然而，借助重慶文學藝術活動來具體折射重慶文化現狀，不能僅僅局限於大眾傳播，文學藝術的傳播是社會傳播，必然涉及到個人傳播與組織傳播；更爲重要的是文學藝術活動是創作和接受兩個過程的統一，具有自由創造的根本特徵。這就意味著要將文學藝術活動置於文化發展的意識層面構成上來進行過程考察，以發現文學藝術發展的運動特徵，從上層文化與下層文化，精英文化與民間文化著眼，〔註61〕簡言之，就是以雅與俗的文化意識構成層次來對重慶文學藝術活動進行分離，由此而見出重慶文學藝術發展的獨特性是否體現出重慶文化發展的整體趨向。

在由等級制的傳統社會向科層化的現代社會的過渡中，社會角色的宗法等級逐漸爲階層分化所代替，君子與小人不再成爲勞心者與勞力者之間的唯上智與下愚不移的人格符號。在重慶，商由士、農、工、商的四民之末而躍居四民之首。這樣，勞心者與勞力者開始成爲職業的區分，即所謂腦力勞動者與體力勞動者。

但是，應該認識到雅與俗的文學藝術分流的主要原因——首先在於，在勞心者與勞力者之間，由於階層職業的關係，勞心者較之勞力者有更多的收入和時間來供其做自由的選擇，產生了意識發展的差距，轉化爲上層與下層相峙，以群體社會地位爲其分流標誌。在重慶，雅文學藝術開始借助報業來穩固其地位，俗文學藝術通過茶館來獲得其發展的機遇。其次在於，勞心者與勞力者之間，直接決定著兩者不同的創造取向，轉化爲精英與民間並存，以個體文化素質爲其分流標誌。在重慶，雅文學藝術堅持個人創作爲主，而俗文學藝術則以群體創作爲主。

〔註61〕這裡的上層文化與下層文化，精英文化與民間文化，屬於狹義上的文化範疇，即通常所說的「精神文明」，顯示出有社會意識到文化心理的結構性對峙。

　　自楊庶堪等人於 1903 年 4 月創辦《廣益叢報》，在該報下編文章門中即闢有「國風」、「短品」、「小說」等欄目。不過，當時的文學創作均為傳統詩、詞、曲與文言的散文和小說。1905 年創刊的《重慶商會公報》也設有「小說」、「拾遺」、「雜俎」等欄目來發表文學性作品。

　　如果說以上這些報刊還帶有期刊的某些特色的話，那麼，隨著新文化運動的興起，《重慶商務日報》、《新蜀報》先後創辦副刊，於其上發表文學作品，特別是新文學的各類創作。這就促進其後出現的大大小小的報紙以各種方式發表文藝作品。1930 年由重慶總工會創辦的《市聲午報》，其第四版為副刊，專登趣味性的小品文。1929 年創辦的《重慶晚報》有文藝性副刊《夜之花》，1930 年創辦的《西蜀晚報》有文藝性副刊《桃花源》。自然，這些報紙為了吸引訂戶，其發表的作品既要兼顧不同階層的讀者，古典文言與現代白話並駕齊驅，又要注重娛樂性和趣味性，抨擊諷刺與遊戲消遣相安無事。從總體上看，具有反帝反封建性質的反映社會現實人生的新文學的影響多限於文學青年之中。如《濟川公報》的文學副刊是以軍中文學青年為對象，這固然與該報由軍方分派部隊發行有關，但也從一個側面證明新文學生存園地的來之不易。

　　儘管戰前重慶的新文學創作水準較低，但畢竟還是在重重困難中緩緩發展，1936 年《春雲》文學月刊的出現表明重慶新文學創作已完成了從業餘向專業的過渡。與此同時，重慶的其他藝術門類卻逗留於古代與現代之間。美術仍以傳統的國畫、書法、篆刻為主，到 1936 年 7 月 4 日，《新蜀報》首次刊登現代木刻《高爾基像》，並於 1937 年初成立《重慶木刻研究會》，開始在重慶各報上發表作品。音樂在雅樂衰落俗樂興旺的局面下，西洋音樂主要以開設音樂課程的形式在學校中推行，形成獨特的「學堂樂歌」。同樣，西洋舞蹈也以黎錦暉所創作的《葡萄仙子》等 12 部兒童歌舞劇為教材在學校中流行。〔註62〕

　　相對於文藝創作的變動，文藝觀念的變化，對於文學藝術創作的指導是一個十分重要的前提。曾任重慶大學中文教授的「白屋詩人」吳芳吉，一方面高度強調詩歌必須隨時代前進而變革：「非變不通，非通無以救詩亡也」；另一方面極力主張新詩應該注重民族性與時代性的一致：「余所理想之新詩，

〔註62〕《重慶市市中區文化藝術志》第 242、255 頁。

依然中國之人，中國之語，中國之習慣，而處處合乎新時代者」。〔註63〕因此，它不但創作了以真人真事爲素材的敘事詩《婉容詞》，反對封建禮教對女性的戕害；同時也能在現實的感召下，大聲疾呼反對日本帝國主義的侵略。1932年4月底，他以十九路軍在上海英勇抗日爲題材，創作《巴人歌》，在重慶基督教青年會的講演中當眾朗讀，以致在返回江津中學再次朗讀時，詩情洶湧而昏倒在地，終於以生命譜寫了發自中國人內心的時代新詩。

無論是從文藝創作上，還是從文藝觀念上，雅文學藝術在重慶都表現出由舊趨新的變革特徵。儘管可以說由於經濟、政治、意識各方面因素，這一變革若隱若現，並未成爲重慶文學藝術活動的主流，但是它作爲對二十世紀的中國文學藝術發展的回應，勢將佔據主導性地位，這是必須予以承認的。

進入二十世紀三十年代，重慶包括滑竿、涼轎、藤轎在內的轎子約近萬乘，以抬轎爲生者當在2萬人左右，〔註64〕占此時重慶30餘萬人的1/15。在抬轎中爲齊一步伐，減輕疲勞，便出現了「轎夫令」這種口頭詠唱形式，即事而發，隨心所欲，前後應答，順口轉韻，表現出簡潔活潑，俗白詼諧的情趣：

（前）「對面來個胖大嫂，

（後）啷個起的這樣早，

（前）手裏提這小籮筐，

（後）10個雞蛋半斤糖。」

口頭流傳開後，而被稱爲「滑竿民歌。」〔註65〕抬轎之餘，轎夫閒坐於遍佈大街小巷的茶館中，大擺其「龍門陣」。這種聚散來自偶然，交談出於興會，自由抒發情思的個人交流形式向著口頭表演逼近。

由此推之，挑夫、縴夫、船工、棚民與轎夫一樣，構成了重慶俗文學藝術的廣泛群眾基礎，從而發展出以茶館爲活動中心，以口頭說唱爲主的曲藝。重慶曲藝具有大眾傳播的某些特點：從參加者的規模來看，表演由民間藝人與眾多茶客共同參與；從傳播機會看，以茶館爲表演場所，以工餘爲演出時間；從參與者的角色分化來看，演員與觀眾有明確的區分；從所交流的信息來看，無論是內容還是形式，都是茶客喜聞樂見的，多爲師承或改編的「段子」，也有據時事、掌故敷衍而成者。

〔註63〕《自序》《白屋吳生詩稿》，1929年版。

〔註64〕陳宗樹：《重慶之轎行》，《四川省文史資料選輯》第34輯。

〔註65〕《今日重慶》第87～89頁，上海三聯書店1990年版。

　　不過，從信息傳播媒介來看，表演主要是由藝人運用姿態，表情、聲音來進行；從交流反饋來看，觀眾能以叫好或喝倒彩來直接影響表演的進行。因此，從文學藝術的創作過程與接受過程相一致的角度來考察，就可以看到茶館型的曲藝表演，其通俗性超過了獨創性，群體性壓倒了個體性。然而，茶館型的曲藝表演卻能適應 20 世紀初文化發展滯後的重慶現狀，產生了較大的社會影響。在出版業不景氣的情況下，清末明初在重慶出版上市的唱本卻達數百種之多。

　　進入民國以來，隨著重慶文化的發展，俗文學藝術也逐漸走向藝術表演的專門化，開始形成藝術流派；同時座唱場地也由茶館擴展到茶樓、遊藝場，從 20 年代到 30 年代即達 10 餘處。〔註 66〕特別是在藝術形態上呈現出由舊趨新來追隨重慶文化的發展。

　　「清音」作爲主要曲種之一，係由「月琴」演變而成：演出方式由在煙館、飯館、旅館中賣唱轉向以茶館座堂清唱爲主；演出曲目也由短小多變的小調轉向鋪陳渲染的大調，有時還輔之以川劇清唱。這樣，不但提高了藝術創作與接受的水準。同時也促進了曲種自身的發展。六朝民歌有云：「何必絲與竹，山水出清音」。1930 年，200 餘名「月琴」藝人成立了「清音歌唱改進會」，「月琴」正式更名爲「清音」，成爲以月琴伴奏爲主的地方性曲種。因此，「清音」不僅能進入較一般茶館檔次高的茶樓，而且也能登堂入室，成爲具有一定雅俗共賞節能性的藝術。

　　其他曲種，說唱兼備的如由「魚鼓筒」在清末民初改稱「竹琴」之後，逐漸形成了以重慶爲代表的正宗老腔，粗獷豪放，極富地方語言特色的川東派；「洋琴」在民國初年更名爲「揚琴」，也出現了「文采派」與「本色派」。以說爲主的「評書」，在重慶亦有「清棚」與「擂棚」之分，前者的代表藝人爲王秉誠，後者的代表藝人爲胡雨琴。此外，如「花鼓」、「蓮簫」等集說唱於一身的曲種，因不適於茶館演出，結果在街頭演出中自生自滅。

　　戰前重慶的文學藝術雖然發生了俗與雅分流的現象，但同時也出現了介於雅俗之間的市民文學藝術。

　　重慶的社會科層分化顯然不夠充分，儘管缺乏必要的職業構成，社團分佈、教育水平諸多有關統計資料，但仍然可以通過城市人口的文盲比例來略加分析。以 1927 年重慶在校小學生 6000 餘人爲基數測算，重慶 30 餘萬人口

〔註 66〕《重慶市中市區文化藝術志》第 276 頁。

中，非文盲人口至少在 4 萬人以上，而重慶的中等教育又偏重與商業有關的職業訓練，〔註67〕從而形成了市民階層。可見，作為內陸商業城市的重慶，其市民階層構成主要是男性從業人員，〔註68〕因而市民階層自然會立足於娛樂消閒和交際應酬來提出他們對文學藝術的需要，一開始就要求文學藝術的商業化和社會化，具體表現為以川劇為主的傳統戲劇在戰前重慶的興旺發達。

首先，在清末民初，由流動演出的川內外戲班通過各具特色的表演，一方面打下了以重慶為中心的下川東川劇流派的根基，另一方面又培養和吸引了一大批川戲愛好者。在此基礎上，1917 年重慶「裕民社」創辦，造就了一批青年演員，1927 年成立「進德社」率先在全川帶頭招收女性科生進行學習，顯然是時代風氣之使然。這表明重慶開始了川劇專業化與職業化。

其次，川劇演出在固定的劇場進行。重慶劇場林立而名目繁多，分別有茶園、舞臺、戲院之稱謂。從民國初年到 1937 年 6 月，較有名的劇場總數共計達 30 餘處之多。〔註69〕這就為川劇及川劇的藝術傳播提供了充分的舞臺，同時也使戲劇演出業成為與電影放映業相媲美的大眾傳播行業，促使了重慶市電影戲劇同業公會的成立。這表明川劇演出已成為商業性的傳播行業。

其三，在通過眾多江湖班的表演而形成融多種聲腔為一體的下川東川劇藝術流派的同時，也能夠既演傳統戲又演時裝戲，來直接反映中國社會的變動，湧現了專業劇作家，創作了諸如《柴市節》、《林則徐》、《祭鄒容》、《打倒袁世凱》等一批反帝反封建，民主愛國的劇目。這表明川劇注重對大眾的「高臺宣化」。

川劇在重慶的勃興，對於川劇走向全國無疑是有力的支持。1936 年，「成渝川劇促進社」沿長江而下赴上海演出成功，並由百代公司灌製唱片，標誌著川劇發展的高峰。聲名大振的川劇不僅以「唱堂會」的方式進入上流社會，也以其唱腔曲牌直接影響著「清音」、「竹琴」、「揚琴」、「金錢板」、「荷葉」等曲種。同時，社會各階層的川劇愛好者以「打圍鼓」形式進行清唱自娛。因川劇而愛屋及烏，漢劇、京劇在重慶此時的口碑亦甚好。

與商業化和社會化所造成的川劇轟動效應相對照，話劇在重慶的命運頗

〔註67〕 《近代重慶城市史》第 690～693 頁。
〔註68〕 1936 年重慶市人口統計達 33 萬，男性幾近 20 萬，女性 13 萬餘。《重慶大事記》第 147 頁。
〔註69〕 《重慶市市中區文化藝術節》第 275～276 頁。

不佳。1913 年 4 月，「開明劇社」來重慶演出，以《都督夢》、《新茶花女》等文明新劇推動了話劇在重慶的肇起，隨之又出現了「群益新劇社」。1919 年元旦，重慶求精中學學生劇團演出《浪子回頭》，引起一定的反響。從 20 年代到 30 年代，重慶先後出現了「革新話劇社」、「一九話劇社」、「西南話劇社」等團體。但由於這些團體均爲追求現代話劇藝術的業餘劇團，在演出活動中，不僅常遭到世俗偏見的誤解與歧視，並且也常因經費不足而人不敷出敗下陣來，以致於煙消雲散。〔註 70〕儘管如此，僅從演出的內容和形式上來看，一方面是從文明新劇向現代話劇的轉換，另一方面是從反帝反封建走向抗日救亡，初步地顯示出話劇藝術在重慶的頑強生命力，與中國話劇運動接上了軌。〔註 71〕

川戲的繁榮表明它作爲市民的戲劇是當之無愧的，但它的程式化所造成的戲曲接受定勢，又影響著話劇這一外來藝術的發展，客觀上形成一枝獨放的格局，使話劇成爲少數人的戲劇，不能爲全社會的人們所共享。川劇的藝術世界帶著幾分狹隘與偏執，這恰好是市民性格，甚至在某種程度上是重慶文化負面的一個寫照。

雅文學藝術主要表現爲文藝創作和觀念的由舊趨新，俗文學藝術主要表現爲在藝術形態上的由舊趨新，市民文學藝術主要表現爲藝術傳播模式的由舊趨新。這樣，由舊趨新也就成爲重慶文學藝術活動的運動特徵，與重慶走向現代化的文化發展整體趨勢是相吻合的。

〔註 70〕席明眞：《苦難的歷程——憶「西南話劇社」點點滴滴》，《重慶文史資料》1991
　　　年 2 期。
〔註 71〕《近代重慶城市史》第 768～769 頁。

第二章 陪都文化概述

一、全國性文化中心的形成

帝國主義侵略戰爭，固然造成民族國家的文化浩劫，但民族國家的反侵略正義戰爭，卻能夠激發民族主義意識的覺醒，表現爲愛國主義精神的高漲，形成空前的民族團結，促進國內各派政治勢力消除意識形態、集團利益的衝突與分歧，由對峙走向合作，重建一致對外的較爲穩定的政治局面，從而有效地保證了國民經濟的轉軌，爲戰爭勝利奠定物質的基礎。反侵略戰爭在爲民族國家的文化發展提供全面向前的動力的同時，在反侵略戰爭中固有的文化形態由於遭到了外科手術式的軍事的打擊，破壞了既存的經濟結構、政治格局、意識導向，使之得以重新進入整合狀態，在客觀上爲民族國家的文化發展掃清了形形色色的障礙。這樣，反侵略戰爭就成爲民族國家復興的歷史機遇，而作爲民族個體的人也因此實現意識更新。

正如郭沫若所指出的那樣，「舊中國非經過一次大掃蕩，新中國是不容易建設的。這大掃蕩的工作，卻由日本軍部這大批蛆蟲在替我們執行著了。」〔註1〕所以，「目前我們的對日抗戰，也可以說是民主政治與專制政治的抗戰，」因爲「由專制而民主，是人類進化的基本動向，」從而「提醒我們的建立民主政治的革命精神！促進我們的對於專制惰力的掃蕩！」〔註2〕簡言之也就是「復興我們中華民族的精神」──「富於創造力」，「富於同化力」，「富於反侵略性」。儘管由於歷史的原因，我們的「民族在世界文化的競賽中便因而落

〔註1〕 《關於華北戰局應有的認識》，《羽書集》孟夏出版社 1941 年版。
〔註2〕 《惰力與革命》，《羽書集》。

伍了，更因而招致了目前的空前的危難」，但在全民抗戰的正義洪流中，「我們的民族精神漸漸蘇醒起來了。」〔註3〕抗日戰爭提供了將重慶推上了領先全國的文化地位的這樣的歷史機遇，使重慶由區域文化中心逐漸轉變爲全國文化中心。然而，這並非是一蹴而就的，相反，這就是一個從戰略與政略分離到戰略與政略統一的調整過程。也是一個文化中心由沿海沿江向長江上游轉移的擴散過程，更是一個文化地位由落後到領先的上升過程，正是抗日戰爭促進了以陪都文化爲標誌的重慶城市現代化進程。

1931 年 9 月 18 日，日軍進攻瀋陽，日本公開發動了侵略中國的局部戰爭。1932 年 1 月 1 日，「團結一致」的國民政府在南京成立。1 月 28 日，日軍進攻上海，日本進一步擴大侵略中國的態勢。1 月 30 日，國民政府宣佈遷都洛陽辦公，隨即開始政略與戰略的調整。〔註4〕由於在「安內攘外」戰略上出現分歧，〔註5〕1932 年主要就戰略問題達成一致，要求「全國軍隊應抱同一抗戰之決心」，議定以「長安爲陪都」，「洛陽爲行都」；同時決定成立國民政府軍事委員會，「其目的在捍禦外辱，整理軍事，俟抗日軍事終了，即撤銷之」，以蔣中正任軍事委員會委員長。〔註6〕1933 年 4 月 12 日，蔣中正在南昌舉行的「軍事整理會議」上，指出：「現在對於日本，只有一個法子——就是作長期不斷的抵抗」，在軍事上進行從第一線到第三線「這樣長期的抗戰，越能持久，越是有利。若是能抵抗得三、五年，我預料國際上總有新的發展，敵人自國內也一定將有新的變化，這樣我們的國家和民族才有死中求生的一線希望。」〔註7〕

隨著日本對中國侵略事態的擴大，國民政府軍事委員會制定的 1935 年度《防衛計劃綱要》，「將全國形成若干防衛區及核心，俾達長期抗戰之要求。」〔註8〕爲實施這一綱要，1935 年 1 月，國民政府軍事委員會南昌行營參謀團，由主任賀國光率隊到達重慶，開始進行行政、財政、金融、軍事、交通諸方面的整理。10 月，參謀團奉國民政府令改組爲國民政府軍事委員會委員長重慶行營。在 1936 年度的國防防衛計劃中，最後確立以四川爲對日作戰的總根

〔註3〕 《復興民族的真帝》，《羽書集》。
〔註4〕 李松林等編：《中國國民黨大事記》第 216～218 頁，解放軍出版社 1988 年版；劉建清等主編：《中國國民黨史》第 371～372 頁，江蘇古籍出版社 1992 年版。
〔註5〕 《中國國民黨史》第 382～386 頁。
〔註6〕 《中國國民黨史》第 374～375 頁。
〔註7〕 〔日〕古屋奎二《蔣介石秘錄（下）》第 398 頁，湖南人民出版社 1988 年版。
〔註8〕 國民政府軍事委員會檔案，中國第二歷史檔案館藏。

據地，重慶行營成立江防要塞建築委員會。1937 年 3 月，成渝鐵路正式開工。
4 月，川軍退出重慶，中央軍進駐重慶，〔註9〕這樣，在抗日戰爭全面爆發前，
以重慶爲核心城市的戰略大後方已經在逐漸形成之中。

　　盧溝橋事變，表明日本對中國的侵略已從局部發展到全面，從此進入了
中國人民「運用全力抗戰」的抗日戰爭期間。〔註10〕1937 年 11 月 20 日，國
民政府發表《遷都宣言》：「國民政府茲爲適應戰況，統籌全局，長期抗戰起
見，本日遷駐重慶。以後將以最廣大之規模從事更持久之戰鬥」，「繼續抗戰，
必須達到維護國家民族生存獨立之目的。」〔註11〕顯然，此次遷都重慶決非
當年遷都洛陽，不是出於一時的權宜之計，恰恰相反，正是從政略與戰略相
一致的長期抗戰的現實需要出發，重新確立戰時文化發展領導中樞。

　　因此，長期抗戰不再僅是從戰略角度去考慮進行消耗性防禦戰，而是更
多地結合戰略的實際需要從政略的角度來予以強調：「中國持久抗戰，其最後
決勝之中心，不但不在南京，抑且不在各大城市，而實寄於全國之鄉村與廣
大強固之民心。」〔註12〕所以，遷都重慶，不只意味著確立大後方的戰略地
位，且進而確立了大後方作爲復興民族文化戰時中心的地位。這樣，重慶作
爲大後方的第一大城市，從全面抗戰一開始就成爲事實上的陪都。隨著國民
政府、中國國民黨中央黨部，中國共產黨代表團，國民參政會，國民政府軍
事委員會先後遷往重慶，國民革命軍陸軍第八路軍在重慶設立辦事處，中共
中央南方局在重慶正式成立。〔註13〕這樣，重慶不僅成爲最高當局所在之地，
也成爲國共兩黨保持聯繫之地，無疑成爲全國的政治中心。1939 年 5 月 5 日，
國民政府令重慶由四川省政府直轄乙種市改爲行政院院轄市。1940 年 9 月 6
日，國民政府明定重慶爲中華民國陪都。10 月 1 日，重慶各界 3 萬餘人舉行
陪都建立大會，並於當晚進行火炬遊行。至此，重慶正式成爲抗日戰爭時期
中國的首都。〔註14〕

　　戰時體制通過對文化各個層面上進行指令性控制，致使文化爲適應戰爭

〔註9〕　《重慶大事紀》第 151～152 頁。
〔註10〕　《中國國民黨大事記》第 270～271 頁。
〔註11〕　《國民政府公報》渝字第 1 號，1937 年 12 月 1 日。
〔註12〕　蔣中正：中國國民黨臨時全國代表大會講演詞》，《新華日報》1938 年 4 月 3
　　　　　日。
〔註13〕　《重慶大事記》第 167、172 頁。
〔註14〕　《重慶大事記》第 176、190 頁。

需要而形成特別的發展機制；在經濟上，轉向戰時生產，保障經濟建設的專門性和針對性，國民政府組建經濟部主管戰時工業生產，並將重慶定為大後方工業發展的重點城市，從而確立了重慶作為大後方工業中心的地位，在政治上，穩定社會秩序，保證行政管理的有效性和連續性，重慶由省轄市定為陪都，直接促進了中央機關對地方政權的干預和督導，有利於市區擴大和市政建設；在意識上，喚起民眾覺醒，保持思想導向的主流性和及時性，國民精神動員總會在重慶成立，「動員全國國民之精神充實抗戰國力」，使「國家至上，民族至上」的思想深入人心。〔註15〕

正是戰時體制的實施，促使陪都文化的影響與功能達到較高的整合水平，從而加快了重慶向現代大都市過渡的進程。

隨著全面抗戰的到來，國民政府確定「政府第一期的工業政策，其中心工作就是協助廠礦內遷。」〔註16〕到 1940 年，內遷大後方工廠共 425 家，〔註17〕其中遷往重慶約 243 家。〔註18〕這就直接推動了重慶工業的飛躍。在「開發礦廠，%立重工業的基礎，鼓勵輕工業的經營，並發展各地手工業」的綱領指導下，〔註19〕重慶工業在極為薄弱的基點上，形成了具有兵工、機械、冶金、採礦、化工、電器、建材、能源等重工業，紡織、煙草、食品、造紙、製革、印刷等輕工業，並以軍用生產為核心的較為完備的工業體系。這一形成中的工業體系具有如下特點：由以工場手工業為主轉向以機械大工業為主；由以輕工業為主轉向以重工業為主；〔註20〕由以民營資本為主轉向以公營資本為主。〔註21〕這樣就加強了公營企業在兵工、冶金、化工等行業中的決定性地位，在重慶工業的戰時生產中佔據了主導地位，有力地支持了抗日戰爭的進行。

抗戰期間形成規模生產的重慶工業，不但使重慶城市經濟結構由戰前的殘缺不全逐漸轉向合理布局，呈現出體系性，而且使重慶城市經濟的交互作用與生產功能由戰前的偏廢失常逐步轉向完善適度，達到了較高的整合水

〔註15〕《國民精神總動員綱領》、《中央日報》1939 年 3 月 12 日。
〔註16〕《抗戰時期工廠內遷資料選輯（一）》，《國民檔案》1987 年第 2 期。
〔註17〕《經濟部的戰時工業建設》、《資源委員會公報》第 4 卷 4 期。
〔註18〕《近代重慶城市史》第 215 頁。
〔註19〕《中國國民黨抗戰建國綱領》，《新華日報》1938 年 4 月 3 日。
〔註20〕《重慶市情》第 23 頁，重慶出版社 1985 年版。
〔註21〕李紫祥：《抗戰以來的四川工業》，《四川經濟季刊》第 1 卷 1 期。

平，因此而具有了一定的現代性，這一轉向的意義就不僅僅是大後方工業中心的誕生，更重要的是顯示出陪都文化中心地位的經濟實力，從而表明重慶城市文化開始發生根本性轉變。這一轉變也由商業和金融業與工業同步的幾何級數般增長而更爲顯著。〔註22〕顯然，重慶商業與金融業的高度擴張，不但滿足了人口激增的城市發展的自身需要，更對整個大後方甚至全國都產生了直接影響，較爲充分地發揮著作爲全國性商業中心和金融中心的大都市效能。這不但促進了陪都重慶的全國性文化中心地位的形成，也對穩固這一地位發生著正反兩方面的作用。此外，交通運輸也由戰前單一的川江航運發展成爲水陸空一體化的現代交通運輸體系雛形，重慶成爲戰時中國的交通運輸樞紐。這對於陪都重慶的全國性文化中心地位的形成，也是不應忽視的。

重慶作爲戰時首都，其行政效能的轉變尤爲令人矚目。除了發揮全國行政中心的領導作用外，由於重慶具有陪都與直轄市的雙重政治地位，產生了政治領導的兩重性。一方面是國民政府等中央級黨政軍機關對重慶採取監督指導的方式，以保證重大政策法令的落實，另一方面是市政府各主管部門對重慶進行具體的行政管理，執行有關政策法令。這一流程就是：由國民政府任免市政府主要官員，國防最高委員會過問市政府日常行政工作，行政院批准市政府制定的法令法規；內政部督導重慶地方自治，重慶衛戍區總司令部參與重慶社會治安，經濟部掌管重慶各公營企業及協調民營企業，交通部專管重慶對外交通運輸機構。這樣，雙管齊下，不僅使重慶成爲大後方城市的表率，而且也使重慶加快向現代大都市過渡，奠定了重慶作爲全國政治中心的行政基礎。

1939年2月，在日機大轟炸的威脅下，重慶市政府奉國民政府令動員全市機關、學校、商店疏散市郊。重慶市政府成立緊急疏散委員會負責疏散市民。中國國民黨中央黨部與與國民政府各機關組成遷建委員會決定各單位遷散。〔註23〕這樣，不但擴展了重慶市區，同時也爲新興城市社區和衛星城市的出現創造了必要的條件。被稱爲重慶市文化區的沙坪壩地區，就是由疏散區劃歸重慶市政府，設立了13、14、17區三個行政區，形成了由數十家大中型企業，國民政府下屬機構以及各政、黨機構，近20所大專院校和幾十家醫

〔註22〕《陪都工商年鑒》第2編第7頁，文信書局1945年版；中央銀行編：《全國金融機構一覽表》。

〔註23〕《重慶大事記》第173～175頁。

療單位爲主要成員的功能齊備的現代城市小區。北碚也由戰前的鄉村建設實驗區在劃爲遷建區之後，隨著一些重要的國家機關、大專院校、文化團體的陸續遷入，改造成爲具有一定現代市政基礎，公共設施較爲齊全，城市環境較爲優美的衛星城市典範。〔註24〕

　　爲了促進重慶向現代大都市過渡，1939年12月，重慶市建設期成會成立。1940年4月，重慶市政府擬定《重慶實施性地方自治三年計劃大綱》以適應戰時城市發展。〔註25〕9月6日，國民政府「茲特明定重慶爲陪都，著由行政院督飭主管機關，參酌西京之體制，妥籌久遠之規模」。〔註26〕9月17日，行政院議決組織直隸行政院的陪都建設計劃委員會，詳細規劃重慶城市建設方案。10月1日，行政院通過《重慶陪都建設計劃委員會組織規程》，以孔祥熙爲主任委員。1941年5月2日，陪都建設計劃委員會舉行第一次委員會，通過了《陪都計劃工作綱要及初步工作綱要》、《陪都分區法》等10餘條法規。10月14日，陪都建設計劃委員會舉行中外記者招待會，報告陪都整體建設計劃，宣佈陪都重慶在抗時期爲全國政治、軍事、經濟中心，戰後亦爲西南政治、經濟中心，因而陪都建設以貫徹戰時和平時兩重性爲原則。〔註27〕可見重慶的城市建設是在國民政府的直接指導下，由地區主管機關來進行，在兼顧戰時和平時的前提下，確保其戰時政治中心地位，同時也奠定其現代大都市的城市建設基礎。這首先就促進了郵電通訊現代體制的完成，〔註28〕不但滿足了重慶城市發展的迫切需要，更爲重要的是提供了陪都文化在內外信息交流中進行社會傳播的充分手段。

　　隨著重慶向現代大都市的過渡，重慶人的文化素質有所提高，促進了愛國精神與民主意識的不斷高漲，不僅是重慶人的文化心態趨向現代，而且是陪都也成爲開風氣之先的中心，從而在抗日戰爭發揮更大的作用。

　　抗戰時期的大移民，使重慶人口八年間突破了百萬大關，奠定了現代大都市的人口基礎。更爲突出的是，外來移民的教育程度一般來說較高，相應地促動了重慶教育程度平均水準的上升。同時，重慶教育事業在內遷高校的推動下，形成了結構合理的現代教育體系，加之國民政府大力推行國民教育

〔註24〕《近代重慶城市史》第467～470頁。
〔註25〕《重慶大事記》第181、185頁。
〔註26〕《國民政府公報》渝字第290號，1940年9月7日。
〔註27〕《重慶大事記》第198、203、204頁。
〔註28〕重慶市郵電志編輯室編印：《重慶百年郵電大事縱覽》第16、22、25頁。

制度，使學校教育向社會教育的方向發展。這就促使重慶人口中文盲比例逐年大幅度下降。據 1945 年 1 月的統計顯示，全市 104.8 萬人口中不識字者占總人口的 32.02%（其中包括 4.12% 的教育程度未詳者），初等教育畢業以上者達總人口的 38.33%，初等教育肄業，與識字者，分別占總人口的 17.47% 與 12.18%，〔註 29〕表明了重慶人口素質低下的落後狀態已經開始得到改善。

這一改善與重慶社會的科層化趨向直接相關，突破了戰前重慶上層社會與下層社會相對峙的封閉格局。一些需要較高文化程度的行業，如商業、工業、交通、公務、自由職業等，其從業人員已占重慶總人口的 48.97%，〔註 30〕充分證明重慶此時已經形成了一個接近總人口半數的市民階層，向著現代大都市的階層人口構成不斷過渡。

正是由於在抗戰期間重慶形成了較為廣泛的市民階層，於此基礎上出現了發揮不同文化作用和功能的有組織的多樣化群體。這既是社會科層化所產生的後果，也是執政者進行指導的結果：「發動全國民眾，組織農工商學各職業團體，改善而充實之，使有錢者出錢，有力者出力，為爭取民族生存之抗戰而動員。」〔註 31〕

1942 年 3 月，公佈了全國人民團體總登記辦法，由改隸行政院的社會部實施總登記。全國人民團體由 1940 年 10 月的 16363 個，增加到登記後的 1943 年 12 月的 19871 個，1944 年上升到了 26126 個，其中職業團體 22630 個，以工商業團體為最，達 9892 個，婦女團體、文化團體次之，顯示了「使有錢者出錢，有力者出力的組織動員水平。〔註 32〕

重慶的人民團體共 257 個，職業團體為 167 個，社會團體為 90 個；會員人數 154898 個，其中職業團體會員 113901 人，社會團體會員 40997 人分別占全國同類會員的 3.8% 和 3%，從每一團體會員平均人數上看，重慶居全國各省市首位，〔註 33〕會員人數約占重慶總人口的 15%。〔註 34〕同時，各人民團體的總部大都設在重慶，這樣就更加有助於重慶人民團體進行抗日救亡活動，並通過重慶的示範影響到大後方及全國各地。1939 年 5 月 1 日，重慶 1

〔註 29〕未列入外僑人口，《本市教育程度》，《重慶要覽》第 18 頁，1945 年版。
〔註 30〕未列入外僑人口，《本市人口職業分配》，《重慶要覽》第 17 頁。
〔註 31〕《中國國民黨抗戰建國綱領》。
〔註 32〕社會部統計處編製：《全國人民團體統計》第 1、2、5 頁。
〔註 33〕《全國人民團體統計》第 7 頁。
〔註 34〕《本市歷年戶口及人口增加率》，《重慶要覽》第 19 頁。

萬餘工人爲慶祝「五・一」國際勞動節舉行集會和遊行。當天晚上 7 時，國民政府召開國民精神總動員宣誓大會，會後 10 餘萬人參加了火炬遊行，〔註35〕顯示了重慶人民團體不但在一系列獻金、反轟炸、勞軍、獻機等活動中表現出群體的力量，更能在爭取自由權利，實行民主政治的運動中顯出群體的意志，從而使陪都重慶的抗日救亡運動在大後方乃至全國產生了巨大的感召力。

毋庸諱言，戰時體制的大大有利於陪都文化迅速處於領先的地位。不過，戰時體制對陪都重慶的文化功能系統施加影響促其變化，通常是採用強制性手段來進行的，難免產生雙刃劍效應：雖然在一定時期內強化了功能轉化的趨向，但是同時也造成功能失範，影響陪都文化的正常發展，從而導致城市現代化的難以爲繼。

在通貨膨脹日益嚴重的狀況下，在經濟上通過稅收、限價、專賣、專控等政策來進行全面管制，固然能保障軍需民用的基本需要，維護社會秩序的穩定，但無論對工業、還是對商業來說，都遏制了它們的正常發展。在工業方面，這就造成生產廠家的嚴重虧損。重慶煤礦工業因此被迫停產或減產，使能源與原料不足的狀況更趨惡化，促成工業衰退的惡性循環。在商業方面，這就促使巧取豪奪的黑市貿易呈現一派畸形繁榮，通過囤積居奇、投機倒把來侵佔社會財富和損害消費者利益。金融業由於四聯總處的高度控制所造成的管理不善，對工業的投資常被轉爲商業投資，結果出現了投資向商業傾斜的不正常現象，一方面加劇了工業的衰退與商業的畸形繁榮，另一方面也使交通建設始終處於體系初創的低水平。

推行地方自治，意在鞏固社會政治基礎以利抗戰，並爲憲政實施作準備。〔註36〕1939 年 9 月 19 日，國民政府公佈《縣各級組織綱要》，強化保甲制度，以進行基層行政民主管理。可是，作爲實施地方自治示範區的重慶，本應民選的區鎮一級行政首腦，卻由同級警官充當，地方自治實際上成爲一紙空文。因此，儘管規定了保甲人員的任職資格，但就任者大多文化素質低下，甚至有文盲混於其中。所以，「本市雖爲戰時首都，亦爲文化薈萃之區，但一般知識分子常自居高等社會地位，藐視保甲職務，尤以軍界人員輕蔑保甲人員，致使優秀青年，公正紳耆不願充當。」更有甚者，對於保甲人員，「一般行政軍事機關常

〔註35〕 《重慶大事記》第 179 頁。
〔註36〕 《中國國民黨抗戰建國綱領》。

爲一己之方便，視如差役，任意驅使，一有不遂，即加侮辱」。〔註37〕由此可見保甲制度不得人心之一斑，從一個方面證實了民主空氣的嚴重缺乏。

　　實行戰時新聞出版檢查制度，在參戰各國之中是很普遍的。但是，檢查的目的是爲了有利於人民的團結，軍隊的穩定，盟國的協作，戰局的進展。因此，採用「原稿送審」、「宣傳名詞止誤」等手段，難免促使新聞出版檢查出現禁錮思想自由的傾向，導致了報紙開天窗、刊物被腰斬的怪現狀。1943年11月，老舍、茅盾等53名文藝界知名人士，在重慶向國民政府行政院提出改進檢查制度的14條建議，要求以「三民主義之最高原則及抗戰建國綱領」作爲統一的檢查標準，不得再加其他限制，不能扣留原稿，准許作者自行修改。〔註38〕1945年7月20日，國民參政會第四屆第一次大會在決議中重申保障人民身體言論出版及集會結社之自由。〔註39〕8月17日，由16家雜誌在重慶發起波及全國的拒檢運動。〔註40〕9月22日，中國國民黨第六屆中央常務委員會第十次會議決定於10月10日起撤銷新聞出版檢查。〔註41〕由此可見重慶各界人士對思想自由要求的強烈與迫切。

　　抗日戰爭爆發，陪都重慶開始向現代大都市過渡，而且整個大後方也取得了程度不等的社會進步。戰時體制對陪都文化發展的確是至關重要的。隨著抗日戰爭的勝利，國民政府還都南京，內遷工廠復員搬遷，掀起了勝利之後回老家的浪潮，僅1946年的12個月中，就有數十萬人離開重慶，差點失去了作爲大都市所必需的人口構成。〔註42〕這樣，陪都文化出現了全面的衰退。可見，促成陪都文化取得領先地位的戰時性實際上是暫時性，因而它的領先地位也只能是暫時性的。

　　在抗戰期間居於領先地位可以說是陪都文化發展的總體特徵。這一點對

〔註37〕重慶警察局：《本市保甲工作現狀與改進意見》，《重慶市政府公報》第8〜9期合刊，1940年6月。

〔註38〕《國民黨行政院檔案》，中國第二歷史檔案館藏。

〔註39〕《重慶大事記》第240〜241頁。

〔註40〕尚丁：《難忘的戰鬥──重慶雜誌界聯誼會紀實》。

〔註41〕《重慶大事記》第244頁。

〔註42〕《陪都十年建設計劃草案》第10頁統計重慶城市人口1946年爲124.5萬，實際上應是1945年而非1946年。因爲作爲年度公佈的人口數字其實只是前一年的實有人口，該草案於1946年5月完成編製。據1947年1月統計，重慶人口爲999967人，重慶市教育局統計室：《重慶市人口教育程度統計圖》，《重慶市教育概況統計要覽》第19頁，1947年版。

於整個大後方文化來說也是具有普遍意義的。這一切不過表明了中國文化的現代轉型必須立足於現存文化形態的自我更新，而任何層面上的強化因素只能起到促動的作用，除非這一因素已經轉化爲文化自我更新的有機構成。所以，文化發展中的政治化傾向只有通過政治層面上一系列民主制度的建立，才能夠有機地融入文化的整體轉型中，從而眞正實現民族文化的復興。

二、創造民族的新文化

陪都重慶在向現代大都市過渡之中，不只是由於陪都這一政治中心地位對戰時體制的強化，而主要是「抗戰建國」的綱領性方針發揮了極其重要的指導作用。「抗戰建國」，不僅體現出國共兩黨合作抗日的一致努力，而且也反映出炎黃子孫團結抗日的一片赤誠。同時，中國人對中國政治前途達成的共識，不僅使戰時經濟力量得到了增強，更爲重要的是推動了創造民族新文化的實際運動，中國人的普遍覺醒將有助於中國文化的整體轉型。

在陪都重慶，工業發展雖然得到較快的增長，但工業產值在國民經濟中的比例遠在百分之十以下：1940 年，以重慶爲中心的大後方工業總產值僅爲 2.55 億元。〔註 43〕到 1942 年，重慶商業資本即爲 4.95 億元，高達工業資本 1.78 億元的 2.5 倍以上。〔註 44〕因此，陪都重慶仍然是一個商業性的戰時大都市，它的文化地位的轉變，完全有賴於它是戰時首都的政治地位。

陪都重慶對戰時中國財政金融的支配是以其政治中心的調節作用來實現的。除了轉入戰時經濟體制外，國民政府在太平洋戰爭爆發前，主要是吸取華僑匯款，〔註 45〕發行愛國公債，來保障軍費開支，穩定法幣幣值，以滿足國民生產與生活的基本需要。

據國民政府軍事委員會軍政部長何應欽在國民政府僑務委員會提供的數字表明，當年華僑匯款既達 13.3 億元。按照現代各國銀行發行紙幣通例，有本金一元即可發行紙幣四元，故是華僑匯 13.3 億元的外匯現金，可據以發行「其信用且極爲穩固」的法幣 53.2 億元，除去僑眷贍養費 12.7 億元，軍費 18 億元，以及全國貿易入超 2 億元外，尚餘 19.5 億元作其他費用開支。〔註 46〕

〔註 43〕陳禾章等編：《中國戰時經濟志》第 2 頁，臺北正中書局 1973 年版。
〔註 44〕國民政府經濟部統計處：《重慶市資金分配情形》第 1～2 頁。
〔註 45〕華僑匯款包括贍養僑眷生活費，愛國捐款，對內投資諸項。
〔註 46〕《華僑革命史（下）》第 691、705 頁，臺北正中書局 1981 年版；何適：《論僑匯補助，《僑聲報》第 2 期，1945 年 1 月。

在 1942 年法幣的外匯兌換大幅度下降之前，從 1937 年到 1941 年。國民政府總收入約 226 億元，華僑匯款達 53 億元，相當於國民政府總收入的四分之一，接近國民政府軍費開支的二分之一。〔註 47〕如考慮進紙幣發行通例，可以說華僑匯款支持著整個戰時中國的貨幣流通。尤其值得一提的是，抗戰八年來，華僑捐款數額達 13.2 億元，〔註 48〕同時認購了 11 億元國民政府發行的救國公債，占 30 億元公債總額的三分之一強。〔註 49〕國民政府官員也指出：「我國抗戰已三年有半，財政金融基礎仍異常鞏固」，「海外華僑大宗匯款回國」當功不可沒。〔註 50〕這正是廣大華僑擁護代表中國的國民政府，支持「抗戰建國」的確證。〔註 51〕

早在 1937 年 7 月 15 日，《中國共產黨爲公佈國共合作宣言》中就指出：「孫中山的三民主義爲中國之必需，本黨願爲其徹底實現而奮鬥」；同時又宣佈取消暴動政策、赤化運動，土地政策，「取消蘇維埃政府，實行民權政治」，「取消紅軍明以及番號，改編爲國民革命軍」，從而「求得與國民黨的精誠團結，鞏固全國的和平統一，實行抗日的民族革命戰爭」。〔註 52〕

蔣中正在《對中國共產黨宣言的談話》中表示：「總之，中國立國原則爲總理創制之三民主義」，「集中整個民族力量，自衛自助，以抵暴敵，挽救危亡。中國不但爲保障國家民族之生存而抗戰，亦爲保持世界和平與國際信義而奮鬥」。〔註 53〕

宋慶齡目睹「兩個兄弟黨居然言歸於好，重新攜著手，爲中國民族的獨立解放而鬥爭」，「感動得幾乎要下淚」，同時呼籲要牢記國共破裂的前車之鑒，做到「眞誠坦白合作」，實行「孫中山先生手定的三民主義綱領」，「完成反帝反封建使命」。〔註 54〕

1937 年 9 月 6 日，《解放週刊》第 1 卷第 15 期發表了《中國共產黨抗日救國十大綱領——爲動員一切力量爭取抗戰勝利而鬥爭》，將民族解放與民主

〔註 47〕任貴祥：《華僑對祖國抗戰經濟的貢獻》，《近代史研究》1987 年第 5 期。

〔註 48〕《華僑革命史（下）》第 705～706 頁。

〔註 49〕曾瑞炎：《華僑與抗日戰爭》第 141 頁，四川大學出版社 1988 年版。

〔註 50〕孔祥熙：《三十年來之我國財政》，《新華日報》1941 年 1 月 2 日

〔註 51〕陳嘉庚：《南僑回憶錄》第 58 頁，新加坡 1946 年版。

〔註 52〕《中央日報》1937 年 9 月 22 日；《解放週刊》第一卷第 18 期，1939 年 10 月 2 日。

〔註 53〕《中央日報》1937 年 9 月 23 日。

〔註 54〕《國共統一運動宣言》，《中央日報》1937 年 9 月 24 日。

革命緊密聯繫起來，提出了民族、民權、民生各方面的具體要求，號召建立抗日民族統一戰線，進行軍事、政治、經濟、教育諸方面的戰時政策調整，「在國共兩黨徹底合作的基礎上，建立全國各黨各派各界各軍的抗日民族統一戰線，領導抗日戰爭，精誠團結，共赴國難。」

1938 年 3 月 29 日，中國國民黨臨時全國代表大會在重慶開幕，蔣中正在開幕詞中提出：「振衰起敝，挽回黨譽，挽回國運，求得抗戰勝利，排除暴敵侵略使救國建國的工作由我們手裏來完成。」〔註55〕至 4 月 1 日在武昌閉幕，通過了《中國國民黨抗戰建國綱領》，作為國民政府的政略。1938 年 4 月 3 日，《新華日報》率先發表了《中國國民黨抗戰建國綱領》，國民政府於 7 月 2 日正式公佈。《中國國民黨抗戰建國綱領》由「總則」及「外交、軍事、政治、經濟、民眾、教育各綱領」構成。總則即「（一）確定三民主義暨總理遺教，為一股抗戰行動及建國之最高準繩。（二）全國抗戰力量，應在本黨及蔣委員長領導之下，集中全力，奮勵邁進。」其各綱領即為總則之內容在不同領域內的具體實施方案，強調了「全國人民捐棄成見，破除畛域，集中意志，統一行動之必要」，「欲求抗戰必勝，建國必成。」

1938 年 10 月，毛澤東在《論新階段——抗日民族戰爭與抗日民族統一戰線發展的新階段》的報告中指出；中國國民黨「有三民主義的歷史傳統，有孫中山先生、蔣介石先生前後兩個偉大的領袖，有廣大忠忱愛國的黨員」。因此，「三民主義是抗日民族統一戰線與國共合作的政治基礎。」抗戰建國最終就是要「建立一個三民主義共和國」；同時，「抗日民族統一戰線是以國共兩黨為基礎的」，「抗日戰爭之進行與抗日民族統一戰線的組成中，國民黨居於領導與基幹的地位」。〔註56〕在 11 月 16 日通過的《中共擴大的六中全會政治決議案》中，重申「中國共產黨對於擁護三民主義，擁護蔣委員長，擁護國民政府的誠心誠意」，「對執行三民主義及抗戰建國綱領應該採取最誠懇最積極的立場」，以達到「國共長期合作，保證抗戰建國大業的勝利，為三民主義的新中華民國而奮鬥。」〔註57〕

這樣，「抗戰建國」的抗戰方針，既包含了三民主義政治綱領和政治思想，又包括了民族解放和國家民主化的具體措施，得到了國共兩黨的一致認同。

〔註55〕 《中國國民黨黨史》第 456 頁。
〔註56〕 《論新階段》，華北新華書店 1938 年版。
〔註57〕 《中共中央抗日民族統一戰線文件選編（下）》，檔案出版社 1986 年版。

　　當然，中國共產黨反對一黨專政，一方面確認「兩黨中以國民黨為第一大黨，抗戰的發動與堅持，離開國民黨是不能設想的」；另一方面強調「各黨派各階層抗日戰爭中力量的不平衡，同時在地域分佈上也表現這種不平衡。國民黨是第一個具有實力的大黨，共產黨是第二黨」，並且「由於有兩黨的軍隊，使得抗日戰爭中兩黨兇盡分工合作的最善責任」。同時指出「戰爭中的合作決定著戰爭後的合作」。〔註58〕1945 年 9 月 3 日，國民政府宣告從 1937 年 7 月 7 日開始的抗日戰爭至此勝利結束。就在這同一天，以中共提出的「會談要點」十一項為起點，開始了由「抗戰建國」轉向「和平建國」的建設方針的談判，開創了「和平發展」的新階段。〔註59〕

　　如果說陪都重慶這個商業性戰時大都市作為戰時城市經濟功能發展現狀的特例，明確地揭示了抗日戰爭對大後方經濟在發展一定程度上的開放性促進。那麼，陪都重慶這個戰時中國首都，以其政治中心的強大功能推行「抗戰建國」方針，則清楚地顯示出以國民政府為合法代表的中國從國內到國際的普遍性政治影響：八路軍、新四軍隸屬於國民革命軍，陝甘寧邊區政府，晉察冀邊區行政委員會隸屬於國民政府；〔註60〕海外僑胞支援祖國抗戰，中國成為反法西斯「四強」之一。

　　克勞塞維茨在闡發「戰爭無非是政治通過另一種手段的繼續」的卓識之外，還論及作為戰略要素的精神三要素─統帥的才能、軍隊的武德和軍人的民族精神。儘管他是著眼於戰略，討論了統帥與「軍事天才」的關係，軍隊與「軍人榮譽」的關係，但仍指出「軍事天才的高低還取決於一個民族智力發展的總的水平」，這對於「稱職的軍人」來講也是同樣的。〔註61〕至於軍隊的民族精神主要是指民眾武裝所特具的精神力量，故未加詳論。不過，克勞塞維茨認為：「這三種精神力量的顯示作用」，「最好的辦法是對它們中間的任何一種都不要輕視。」〔註62〕克勞塞維茨實際上已經觸及到戰爭與民族文化的意識發展水平的密切相關性這一問題。

〔註58〕《論新階段》。
〔註59〕肖一平等編：《中國共產黨抗日戰爭大事記》第 519、523 頁，人民出版社 1988 年版。
〔註60〕《中國共產黨抗日戰爭時期大事記》第 10、19、13、38～40 頁。
〔註61〕〔德〕克勞塞維茨：《戰爭論》第一卷，第 43、66、193 頁，商務印書館 1982 年版。
〔註62〕《戰爭論》第一卷第 190 頁。

這樣，抗日戰爭為中華民族的意識自覺提供了一個什麼樣的歷史契機，也就成為中國人必須進行思考的問題。

1938 年 12 月 25 日，胡秋原在《中國文化復興論》中提出：「所謂現代文明者，在形式上是民族的，在內容上是科學的」，一旦「民族獨立和科學發達之後，我們的文化一定能發揮及繼續過去的光榮，建立我們自己的文明。這是由中國所創造，為中國之進步，表現中國之特點的現代文明。」這種新文明，既不是「中國過去舊文明之復活」，也不是「所謂全盤西化或蘇維埃式的文明，」而是通過「民族工業化」（即「現代化」）成為現代國家的中國文明。因此，「我們抗戰，是要打破現代化的障礙；我們建國，就是建設現代化的中國之基礎，」首先要以民族主義為現實文化運動的中心精神，促進「純真的民族主義文化的發展，」其次要提高全民族的科學文化水平，促進科學知識與現代精神的社會傳播。〔註 63〕

在這裡，關於中國文化在抗日戰爭中如何發展，胡秋原注重從文化與現代化的關係來進行討論，而郭沫若則針對文化與戰爭的關係展開了探討。

郭沫若在《戰爭與文化》一文中指出人類共有的佔有欲望與創造欲望的關係在於：「沒有佔有欲望則個體或群組的生存便不能維持，沒有創造欲望則整個人類便無由進步」，所謂文化即「表示著對於佔有欲望的克制與對於創造欲望的培養廓充的那種精神活動的總動向」，因之「文化本身是有戰鬥性的，具有進步性的」。所以，「反侵略的義戰」與文化發展的方向保持一致，「既存文化即使因戰爭關係而遭受損失，但由於代謝機構的促進，新興文化便應運而生。」這樣，抗日戰爭將是促進中華民族復興、中國文化復興、中國文藝復興的歷史機運，而文藝家則應該「踏上新現實主義之路」以有助於中國的復興。〔註 64〕

顯然，較之胡秋原的廣義上的中國文化復興論，郭沫若則主張是在文化的意識層面上提出中國文化復興的可行性，因而更具有現實意義。在以郭沫若為廳長的國民政府軍事委員會政治部第三廳，其所屬藝術工作者的信條就是：「吾輩藝術工作者，以抗戰建國之目的結成此鐵的文化隊伍，」「必須充分忠實於大眾之理解、趣味、特別是其苦痛和要求，藝術才能真正成為喚起大眾，組織大眾的武器」，並且「要求每一工作者皆為刻苦耐勞沉毅果敢之民

〔註 63〕《中國文化與文化復興》1943 年版。
〔註 64〕《大公報》，1939 年 3 月 16 日。

族鬥士」。〔註65〕可見，民族意識的自覺不但是要喚起民眾的普遍覺醒，同時也要造就一代文化新人，從文化發展的需要來看，文化新人的出現更具有巨大的現實作用與深遠的歷史意義。

抗日戰爭時期的民眾動員，是通過公開的宣傳運動來進行的。1938 年 4 月 1 日成立的國民政府軍事委員會政治部第三廳主管宣傳工作，容納了思想界、文藝界、學術界的諸多人士及社會賢達，分工進行一般宣傳、藝術宣傳、國際宣傳，有力地促進了全國性的抗日熱潮：1938 年 7 月 7 日，國民政府明令每年 7 月 7 日為抗戰建國紀念日，重慶舉行紀念「七‧七」火炬遊行及獻金運動，三天共獻金 10 餘萬元；9 月 18 日，重慶戲劇界演出《血祭「九‧一八」》、《流亡三部曲》、《為和平自由而戰》等抗戰戲劇，紀念「九‧一八」。〔註66〕此後，類似的捐獻活動，文藝活動在重慶不斷地有組織地進行，對大後方，對全國都產生了巨大的影響。同時，中蘇文化協會，中美文化協會、中英文化協會、中法瑞比文化協會、中印文化協會、中韓文化協會以及在華日本人民反戰大同盟等在重慶陸續出現，〔註67〕有力地促進了中外文化交流及對日反戰宣傳。

1940 年 10 月 1 日，隨著國民政府軍事委員會政治部第三廳的撤消，在重慶設立「離廳不離部」的學術研究性質的文化工作委員會，擁有更具廣泛代表性的專任委員與兼任委員共 20 人，以及眾多專業工作人員，進行國際問題、文藝、對敵工作這三方面的研究工作。〔註68〕12 月 7 日晚 6 時，在文化工作委員會舉行的陪都文化界、新聞界招待宴會上，政治部部長張治中首先在講話中稱：「四年的抗戰，全靠全國的文化工作者來領導，雖然前線戰士在英勇地和敵人拼命，而文化戰士的鼓舞士氣，發動民眾卻是更著成績的。」接著，文化工作委員會主任委員郭沫若在講話中表示：「抗戰以來，文化戰士已盡了最大的努力。今後，希望將所有的筆桿一致對外，將來更一致建國，抗戰就是偉大的文化運動，盼大家擔負起這個偉大的擔子」。〔註69〕

果然，文化工作委員會不負眾望，一方面舉辦各種講座、演講會、報告

〔註65〕田漢：《抗戰演劇隊的組成及其工作》，《戲劇春秋》第 2 卷第 2 期。
〔註66〕《重慶大事記》第 164、166 頁。
〔註67〕《重慶要覽》第 76 頁，1943 年版，《重慶大事記》第 188 頁。
〔註68〕陽翰笙：《戰鬥在霧重慶》，《新文學料》1984 年第 1 期。
〔註69〕《軍事委員會政治部改組文化工作委員會成立》，《新民報》1940 年 12 月 8 日。

會，主講歷史、文藝、國際形勢、戰爭前途的有關內容，擴大了文化運動的影響；另一方面，潛心研究與創作，以哲學、史學、經濟學、文藝學的研究成果和文學藝術的創作成果，顯示了文化運動的實績。

1941 年 2 月 7 日，中國國民黨中央宣傳部文化運動委員會在重慶成立，〔註 70〕其「工作目標」爲「以文化力量增加民族力量」，「以文化建設促進國家建設」，其「進行事項」爲「規劃文化運動之方案」，「扶植文化團體之組織」，「充實文化工作之內容」，「把握文化工作之對象」，「檢察文化運動之得失」。〔註 71〕一言以蔽之，就是以三民主義文化爲最高方針，在抗戰建國的過程中，對新聞出版、文學藝術、社會科學、自然科學及宗教等各項文化事業進行統一規劃與指導。從戰時义化發展的角度看，所謂的統一規劃與指導，一方面固然有利於協調重慶與全國文化運動的一致性，促進民眾動員的廣度和深度；另一方面，也容易轉變成全面控制，從而壓制個人自由創造的權利，反倒不利於各項文化事業的正常發展，最終將有損於民眾的動員，直接影響著民族文化意識水平的提高。這是因爲，沒有個體意識的超前發展，那麼，群體意識的正常發展是不可能的。這可以從戰前重慶與陪都重慶兩個階段中意識功能的滯後與領先得到印證。

《中國國民黨抗戰建國綱領》在「民眾運動」綱領中規定：「在抗戰期間，於不違反三民主義最高原則及法令範圍內，對於言論、出版、集會、結社，當與之以合法之充分保障」。這樣，合法的救亡運動迅速在重慶開展起來。

1936 年 5 月秘密成立的抗日救亡組織重慶救國會，〔註 72〕就逐漸轉變爲合法的公開的人民團體重慶市各界抗敵後援會。其中，早在 1937 年 5 月 16 日就公開成立的重慶市文化界救國聯合會，在 11 月 23 日改名爲重慶市文化界救亡協會，後於 1938 年 1 月 27 日改爲重慶市各界抗敵後援會文化界支會，成立了文藝研究會、移動演劇隊、兒童演劇隊、課餘農村宣傳隊、怒吼劇社街頭演劇隊，積極進行抗日宣傳，爲重慶抗日救亡的群眾性運動的興起奠定了基礎。〔註 73〕

〔註 70〕《新民報》1941 年 2 月 7 日。
〔註 71〕《文化運動委員會工作綱領》，《中國抗日戰爭時期大後方文學書系·文學運動》第 1 卷第 109～113 頁，重慶出版社 1989 年版。
〔註 72〕《重慶大事記》第 147 頁。
〔註 73〕蔡祐芬：《重慶救國會與重慶抗日救亡運動》，《大西南的抗日救亡運動》，重慶文史書店 1987 年發行。

　　隨著國民政府的遷渝，以中華全國文藝界抗敵協會爲代表的眾多全國性文化團體也遷往重慶，並發表鄭重聲明：「武漢緊急，一切文化設備開始向後方轉移，本會會刊《抗戰文藝》，也隨著這一移動潮流，準備在重慶拓荒。集全國優秀作家的力量，我們相信是能夠將閉關鎖國的西蜀——以至整個西南的文藝狀態，推動到逢勃發展的道路上去的。『敵人將我們過去的文化中心變爲文化落後的區域，而我們則要將過去的文化落後區域變成文化中心』。懷著這樣的歷史使命感，進而提出「在完整區域的總後方，文藝活動應該有努力加緊的必要，出於出版條件的具備，優秀作家的集中，那兒應該是指導中樞的所在。會刊《抗戰文藝》應該負起指導全國文藝作家在抗戰中一切活動的任務，拿我們創作的筆，掃蕩歷史積累下來的腐敗現象，加強抗戰的力量，培養革命的新時代」。在充分肯定重慶作爲文藝活動的中樞地位的同時，提出了對於作家的企盼，對於民眾動員的希冀，對於新一代中國人誕生的期待，要求作家應「以戰士，以國民……的資格，活用他們創作的筆，每個人都有一切爲抗戰這種嚴肅的態度」，「使整個的文藝活動參加到民族解放這一偉大的事業裏面，使民眾理解抗戰這一神聖事業固有的革命性質，動員他們起來，貫徹抗戰的目的。要使偏遠的地方也能聽到炮聲，也能看見浴血抗戰的現實！也要使全世界關心我國抗戰的人士，能夠看得見中華民族新的典型！」〔註74〕

　　這樣，全國性人民團體的到來，不僅有助於重慶抗日救亡運動的蓬勃展開，並且有利於重慶抗日救亡運動規模的擴大與深入的發展，使之成爲民族覺醒與個人自覺的典範。陪都重慶作爲文化活動指導中樞的迅速崛起，直接影響著整個大後方和全國的抗日救亡運動向前發展。

　　陪都重慶的城市意識功能獲得了空前發展，一方面是由於國民政府與中國國民黨的文化宣傳主管機構的規劃指導而得到促進；另一方面是由於全國性和地方性的人民團體的緊密合作而不斷推動，其中全國性人民團體主要爲文化團體，如中華全國文藝界抗敵協會、中華全國戲劇界抗敵協會、中國新聞學會等，而地方性的人民團體除文化團體之外，還包括職業團體，如重慶報業、書業、電影戲劇業、印刷業等同業公會。

　　正是陪都重慶所處的戰時首都地位，促使城市文化由滯後一躍而爲領先。這種具備戰略與政略雙重構成的首都效應，同時也使陪都重慶的城市文

―――――――――――――――――――

〔註74〕乃超：《論本刊的使命》，《抗戰文藝》武漢特刊第 1 號，1938 年 9 月 17 日。

化發展表現出其個體特徵；公開性和宣傳性逐漸與合法性和專業性趨於一致
的「偉大的文化運動」。

三、文化運動的兩個時期

抗戰時期的重慶文化運動可以說是隨著抗日戰爭的全面爆發而走向勃
興，又伴著抗日戰爭的最後勝利而趨於平靜。這既與舉國一致的全民抗戰相
協調，又與陪都重慶的文化發展相平衡。

目前，國內學術界對於中國抗日戰爭和第二次世界大戰的起止時間區劃
問題出現了頗為有趣的差別，可歸為廣義論者與狹義論者兩大類。

首先，所謂廣義論者認為，中國抗日戰爭從 1931 年 9 月 18 日的瀋陽事
變開始，到 1945 年 9 月止，即日本的中國抗爭史研究者提出的「抗日十五年
戰爭論」；〔註75〕中國的研究者也有類似的提法，以十五年作為抗日戰爭的期
限〔註76〕。所謂狹義論者認為，中國抗日戰爭當為八年，從 1937 年 7 月 7 日
日本全面侵華始，到 1945 年 9 月 2 日在東京灣的美國戰列艦密蘇里號上舉行
盟國接受日本投降的儀式為抗日戰爭結束日。〔註77〕

其次，對於第二次世界大戰，所謂廣義論者中亦分為兩種：一是從 1931
年 9 月 18 日日本侵華始，至 1946 年 10 月 16 日紐倫堡國際軍事法庭判決的
戰犯和人道犯，凡處死刑者均絞決；〔註78〕一是從 1918 年 11 月 13 日，在德
國於 11 日向協約國投降的兩天後成立「鋼盔隊」起，到 1972 年 9 月 29 日中
日恢復正常邦交，結束戰爭狀態。〔註79〕所謂狹義論者則從 1939 年 9 月 1 日
德國入侵波蘭始至 1945 年 9 月 2 日日本正式投降止。〔註80〕

無論是廣義者論，還是狹義者論，均認為中國的抗日戰爭是第二次世界
大戰的重要組成部分，而第二次世界大戰是「保衛生命、自由、獨立和宗教
自由並對於保全本國和其他各國的人權和正義非常重要」的，「戰勝希特勒主

〔註75〕《日本學者池田誠談日本學術界關於抗日戰爭研究的新動向》，《黨史通訊》
　　　　1986 年第 6 期。
〔註76〕袁旭等編：《第二次中日戰爭紀事（1931.9～1945.9）》，檔案出版社 1988 年版。
〔註77〕陳之中等編：《抗日戰爭紀事（1937～1945）》，解放軍出版社 1990 年版。
〔註78〕〔法〕馬塞爾·博多等編：《第二次世界大戰歷史百科全書·第二次世界大戰
　　　　大事記》，解放軍出版社 1988 年版。
〔註79〕軍事科學院軍事歷史研究部世界軍事歷史研究室：《第二次世界大戰大事紀
　　　　要—起源、進程與結局》，解放軍出版社，1990 版。
〔註80〕吳成年編：《世界現代史大事記（1917～1959）》，知識出版社 1984 年版。

義的鬥爭」。〔註81〕所以，雙方研究的主要對象自然只能是全面戰爭的爆發、進行、結束。只不過廣義論者較注重從戰爭的起源直到戰爭的後果這樣的過程性，而狹義論者更強調戰爭的發生與發展的普遍性，也就是說，廣義論者的基點是戰爭與社會進程的縱向關係，狹義論者的前提是戰爭與社會歷史進程的橫向關係。因此，廣義論者與狹義論者雖然各有其理論重心，但僅只是學術觀點上的差別，在本質上並沒有構成彼此之間的相衝突的理論分歧。

從陪都文化發展及其文化運動與抗日戰爭和第二次世界大戰的多重聯繫來看，首先當以 1937 年 7 月 7 日為中國抗日戰爭的起點。1937 年 8 月 14 日發表的《國民政府自衛抗戰聲明書》中指出：自「盧溝橋事變」發生後，「中國之領土主權，已橫受日本之侵略」，「中國政府決不放棄領土之任何部分，遇有侵略，惟有實行天賦之自衛權以應之」，「吾人此次非僅為中國，實為世界而奮鬥，非僅為領土與主權，實為公法與正義而奮鬥。」〔註82〕這就莊嚴宣告了中國人民決心將反對日本帝國主義侵略的正義之戰進行到底，故國民政府以 7 月 7 日為抗戰建國紀念日。

其次，當以 1945 年 9 月 3 日為中國抗日戰爭的終點。在 9 月 2 日日本宣佈：「對同盟國無條件投降」之後，〔註83〕國民政府定 9 月 3 日為抗日戰爭結束日。同時，《中央日報》上發表了《中國國民黨為抗戰勝利告全國同胞書》，稱「抗戰既由捨小異祛私見而解決戰時問題。建國更應尊重統一，避免分裂，以開闢建設的坦途」；《新華日報》上發表了中國共產黨中央委員會主席毛澤東的題詞：「慶祝抗日勝利，中華民族解放萬歲！」九三學社更以 9 月 3 日命名：「本社發起於日寇敗降，國際的民主勝利，與世界的和平奠基之日」。〔註84〕

這樣，中國抗日戰爭當始於 1937 年 7 月 7 日，止於 1945 年 9 月 3 日.在八年抗戰中，陪都重慶的文化發展及文化運動受到了抗日戰爭的直接推動和巨大影響，與之共進退，相始終，保持著高度的一致。

從 1939 年 9 月 1 日德國入侵波蘭，到 1940 年 9 月 27 日《德意日三國同盟條約》在柏林簽訂，「日本承認並尊重德意志和意大利在歐洲建立新秩序的

〔註81〕《聯合國家宣言》，1942 年 1 月 1 日，《國際條約（1934～1944）》，知識出版社 1961 年版。
〔註82〕《抗戰以來中國外交重要文獻》，祖國社 1943 年版。
〔註83〕《日本投降書——一九四五年九月二日簽於東京灣》，《國際條約（1945～1947）》，世界知識出版社 1961 年版。
〔註84〕《九三學社成立宣言書》，《新華日報》1946 年 5 月 6 日。

領導權」,「德意志和意大利承認並尊重日本在大東亞建立新秩序的領導權。」〔註 85〕三國狼狽爲奸結成侵略軍事同盟,從反面證明中國的抗日戰爭已成爲第二次世界大戰不可分離的一部分。

1940 年 3 月 30 日,汪僞國民政府在南京成立。早在 3 月 29 日,國民政府主席林森就發表廣播演說,斥責汪精衛無恥賣國的罪惡行徑,代表國民政府向各國聲明南京僞組織無效。〔註 86〕

1940 年 7 月 7 日,國防最高委員會委員長蔣中正在《中央日報》上發表《告全國軍民書》、《告全黨同志書》和《告友邦書》,重申中國抗戰的決心;非至日寇放下侵略武器、尊重國際條約,抗戰決不停止。8 月 15 日,國防最高委員會通過明定重慶永爲陪都,9 月 6 日,國民政府明令發表,顯示了以重慶爲「軍事政治經濟之樞紐」進行抗戰建國的決心。〔註 87〕這樣,陪都重慶不僅成爲中國抗日戰爭中具有中心地位的城市,同時也將成爲第二次世界大戰中發揮戰略性影響的城市之一。

隨著日本帝國主義侵略野心的日益膨脹,就加緊進行各種陰謀活動。

1940 年 11 月 30 日,日寇操縱汪僞政府、僞滿洲國在南京簽訂了《日本與中華民國間關於基本關係的條約》、《日滿華共同宣言》,企圖永霸中國,進一步擴大侵略戰戰爭。

1941 年 4 月 13 日,《蘇日中立條約》在莫斯科簽字。所謂的中立有利於日本對中國的侵略,蘇聯以易貨貸款方式對中國進行軍火支持由此而中斷。從 1937 年 10 月到 1941 年 4 月,易貨貸款在協議上應爲 2.5 億美元,但實際上只提供了 1.7 億美元。〔註 88〕這種釜底抽薪的做法在客觀上助長了侵略者的囂張氣焰。同時,所謂的蘇日相互尊重「蒙古人民共和國」與「滿洲國」的領土完整和不可侵犯,置外蒙古與東北爲中國合法領土而不顧,完全無視中國領土主權。國民政府外交部長王寵惠代表中國政府發表聲明,重申東北四省及外蒙主權不容第三國侵犯。〔註 89〕結果形成日寇「依賴外交上日蘇中立條約表面上的成就,欲以閃擊戰的姿態求得軍事上少許之勝利,以來威嚇中

〔註 85〕 《第二次世界大戰大事紀要——起點、進程和結局》第 368 頁。
〔註 86〕 《中央日報》1940 年 3 月 30 日。
〔註 87〕 《新華日報》1940 年 9 月 7 日。
〔註 88〕 黃修榮:《共產國際與中國革命關係史(下)》第 299~300 頁,中共中央黨校出版社,1989 年版。
〔註 89〕 《中央日報》1941 年 4 月 14 日。

國」的侵略戰爭態勢，在中國各戰場上紛紛發起攻勢。〔註90〕

　　但是，《蘇日中立條約》不僅加快了日本與英美各國直接發生戰爭衝突的進程，導致了美英等國對中國抗戰開始轉向積極支持，涉及金融、政治、外交、軍事諸多方面。〔註91〕同時也促進了大後方國共兩黨之外的黨派公開結成政治聯盟。中國民主政團同盟作爲「許多黨派的聯合」，「只能以言論的埋性去活動，爭取大眾的同情擁護。這樣就啓發出來，培養起來中國政治上的民主勢力。」〔註92〕1941年10月10日，中國民主政團同盟「業經在渝成立」，提出了「貫徹抗日主張」，「實踐民主精神」的《中國民主政團同盟對時局主張綱領》，宣言「中國之興必興於統一，」欲達統一「必須軍隊國家化，政治民主化。」〔註93〕

　　於是，隨著太平洋戰爭的爆發，在日本於1941年12月8日公然向中、美、英宣戰之後，國民政府於12月9日，分別對日本、德國、意大利正式宣戰。至此，中國抗日戰爭從民族主義朝著國際主義的方向發展，具體表現爲由反對日本帝國主義侵略擴展成爲反對法西斯主義戰爭，其性質由以愛國主義爲中心轉向以民主主義爲重心。

　　以1941年12月9日爲陪都重慶的文化發展及文化運動兩個時期的轉折點，一方面可以突出中國抗日戰爭的民族性，它是中國人民以全民族的力量團結起來反對帝國主義侵略，並取得了史無前例的民族獨立的偉大勝利；另一方面也可以揭示中國抗日戰爭的時代性，它是中國人民與世界民主力量一道共同抗擊法西斯主義戰爭，推進了人類和平與正義的歷史進程。

　　因此，陪都重慶的文化發展及文化運動便表現出這樣的根本性的特點：在第一個時期以愛國主義推進民主主義的發展，打倒日本帝國主義，在第二個時期以民主主義促進愛國主義的發展，粉碎法西斯主義。這樣，民族主義與民主主義便在爭取民族解放與人類自由的正義之戰中有機地統一起來。

　　陪都重慶的文化運動既是體現城市文化發展的現實形態之一，又是促進中華民族自覺的現代方式之一。

　　陪都重慶的文化發展及文化運動的關係由於受到了抗日戰爭的直接影

〔註90〕《中央日報》1941年5月17日。
〔註91〕李松村等編《中國國民黨大事記》第325～327頁，解放軍出版社1988年版。
〔註92〕《中國民主政團同盟成立》，《光明報》1941年10月16日。
〔註93〕《中國民主政團同盟成立宣言》，《光明報》1941年10月10日。

響，主要表現爲政治層面上的政策性的調適與控制，意識層面上的啓蒙性的喚起與思考。兩者交融在一起，就出現了「動員」這一具有時代色彩的概念，通過文化運動以形成全民總動員。這樣，抗日戰爭既成爲中國人民走向民族獨立的戰爭，也成爲中國人民取得思想自由的戰爭。特別是，隨著戰爭對中國經濟的損害日益嚴重，這就更需要發揮陪都重慶的政治功能和意識功能，以加強全民族抗日意志的堅定不移，團結起來堅持抗戰到底。

在「抗戰建國」的抗日方針指導下，首先，國民政府制定了一系列有關法規，並設置了政府主管機構，來進行有效的管理和導向，對以重慶爲中心的大後方文化運動的展開起到了一定的促進運動（這一作用在不同的地區具有直接與間接之分）。其次，廣大文化工作者，堅持了常年性的文化運動，以及進行組織發動工作，推動了陪都重慶的文化運動向著更大規模的全國性運動發展。相形之下，陪都重慶的文化運動主導性功能則與城市意識功能更相一致，也就是全民總動員更多地表現出民眾開始普遍覺醒的迫切需要，決非是迫於當權者的勉強回應，否則，是不可能談得到眞正意義上的全民總動員的。

陪都重慶的文化運動高度地體現了戰時重慶文化發展趨於領先的總體特徵，不但通過駐渝的全國性文化團體直接指導著大後方乃至全國的文化活動，同時也率先進行多種多樣的文化活動，以之引導著文化運動向前所未有的廣度和深度發展。

值得注意的是，戰時重慶文化發展的個體特徵實際上正是來自文化運動本身。這一文化運動在公開與合法的活動狀態中，逐漸實現了爲喚起民眾而宣傳與爲自由思考而創造的融合：無論是民眾的覺醒還是個人的自覺，一切都是爲著民族的獨立和自由。應該承認個人的獨立和自由寓於民族的獨立和自由之中，也不應該忽視個人的獨立和自由的程度預示著民族的獨立和自由的程度。這就要求一切形式的文化運動在傳達現實文化需要以適應文化發展的同時，還要塑造理想的文化人格，使之成爲向現代文化轉型的意向性典範。可以說，陪都重慶的文化運動正是憑藉其首都效應，較好地完成了這一文化的，也是歷史與現實的時代使命。

作爲戰時首都的重慶，一方面是以大眾傳播爲主的社會傳播的方式與水平較之抗日戰爭爆發之前有了質的變化。首先是形成了完整的新聞出版系統，並一躍而居全國領先地位；其次是大眾傳播具有前所未有的多方面的功能，運用了無線電廣播、電影放映、戲劇演出等更具普泛性和通俗性的傳播

手段；第三是社會傳播，特別是大眾傳播以其顯著的傳播效果促進了全民總動員的盡快實現。

另一方面是以文藝創造為核心的文化活動較之抗日戰爭爆發之前取得了顯著進步。第一是大力推動了文學藝術迅速從以傳統形態為主轉向以現代形態為主；其二是文學藝術創作的質與量居於全國之首，在戲劇方面尤為突出；第三是廣泛的文化活動，特別是文藝活動的展開，極大地促進了個人意識的自由發展。

同時，陪都重慶所發生的大眾傳播與文藝創造的根本性改變，激發了巨大的意識能量，產生了廣泛的心理影響。這並不是大眾傳播與文藝創造的簡單相加，而是兩者融為一體的功能綜合，大眾傳播有利於文藝創造的社會化，而文藝創造有助於大眾傳播的多樣化。當然，還應該看到，無論是大眾傳播也好，還是文藝創造也好，在抗日戰爭時期，均較傾向於服從中國社會現實的實際要求，而比較忽略對於自身發展的理論思考，表現出一定的政治化趨向。不過，這正是戰時文化所固有的特點，具有歷史的合理性和現實的必然性。但不能由此而演化成歷史的必然性，因為文化的意識層面與政治層面既有相互制約之處，也有迥然相異之處。這無論是從它們的性質上，還是從它們的功能上，都應該看到：不同時代中，他們彼此之間的關係也是隨之發生變化的，並不存在一成不變的永恒的關係模式。這也就是陪都重慶的文化運動之所以可視為具有一定政治性的宣傳運動，但它畢竟仍然是保持著以啓蒙為主的意識活動。

陪都重慶的文化運動的發生與發展同樣也表現出過程性與階段性，形成了兩個既有聯繫又有區別的時期。這在前面已經進行過基本的概括。在此，有必要稍加展開，提綱挈領地予以表述：它的兩個時期中的核心問題，運動機制及運動特徵。

陪都文化運動的第一時期的核心問題是抗日救亡。在這裡，救亡之所以佔據主要地位，就在於它是中華民族自帝國主義大炮轟開國門之日起，民族覺醒的意識發展標誌，表現了整個民族面臨生死存亡之際必然會出現的大震驚與大奮起。所以，救亡不僅僅局限於社會心理水平上，更形成實際的形形色色的文化運動：洋務運動著眼富國強兵的改良，維新運動注重君主立憲的改革，新文化運動倡導現代意識的轉換。儘管這些運動在不同程度和範圍內進行救亡，但並沒有形成全民性的救亡運動。正是抗日戰爭促成了這樣的全

民族覺醒的文化運動的發生，並以抗日爲其特定的顯示形式。儘管戰爭造成了民族文化的浩劫，但也提供了民族文化更新的歷史契機。從這個意義上去把握本時期的陪都文化運動，就可以發現民族主義與國際主義非但不再構成意識的對立衝突，也不再導致重演盲目排外的歷史悲劇；相反，團結了包括反對侵華戰爭的日本人民在內的愛好自由與和平的世界各國人民，組成了最廣泛的抗日統一戰線。同時，愛國熱情的高漲將促進民主意識在中國的迅速傳播。

不容否認的是，以抗日救亡爲核心的陪都文化運動，高度強調民族的獨立與自由，文化運動與實際政治需要牢牢地聯繫在一起，注重政治的宣傳往往甚於意識的啓蒙，通常是在國民政府的直接指導下進行的。國民精神總動員成爲本時期陪都文化運動進行政治動員的基本方式，表現出民眾參與和規模宏大的特點。

陪都文化運動的第二時期的核心問題是民主自由。法西斯主義是專制集權主義的現代翻版，肆無忌憚地踐踏個人自由與政治民主，是民主主義的死敵。反對法西斯主義，維護民主主義，對於長期以來遭受封建專制獨裁思想毒害的中國人來說，更具有極爲深刻的現實意義。民主主義的精髓是自由和民主。在這裡，自由不只是政治上的自由，同時更是思想上的自由，簡言之，就是個人的自由權利。民主作爲政治體制是個人自由權利實現的必不可少的手段，因爲真正意義的民主將從政治上保障個人的自由權利，而當民主一旦蛻變爲少數人的權力招牌或多數人的專制，就會壓制個人自由權利，走向自己的反面。因此，對個人自由權利的尊重與否成爲真假民主的試金石。

抗日戰爭爆發以來，中國嚴峻的政治環境中出現了有一定限度的民主自由的空氣。這雖然有助於文化意識的發展，但同時也在某種程度上限制了文化意識的正常更新。隨著太平洋戰爭的爆發，陪都重慶作爲中國與大後方的民主窗口，對於民主自由的呼聲與日俱增。這樣，以民主自由作爲核心的陪都文化運動，要求保障個人自由權利，文化運動與思想自由緊密相連，追求個人意識的自覺成爲主導性傾向。因此，強調文化界總動員雖然帶有強烈的黨派政治色彩，但鼓動進行反侵略文化建設畢竟是朝著文化意識轉型方向邁步。這也就或多或少地反映出本時期文化運動的基本動向。於是，努力實現個人自覺與文化重建的文化運動就具備了個體創造和群體活動的特點。

上編　陪都文化運動的第一時期
（1937 年 7 月 7 日～1941 年 12 月 8 日）

第一章　高揚愛國主義的旗幟

一、為挽救國家危亡而奮鬥

　　20 世紀的重慶人民具有反帝反封建的愛國民主傳統。從「五四」愛國運動爆發以來，直至抗戰前夕，重慶人民反對帝國主義侵略中國的熱潮此起彼伏，爭取政治民主的鬥爭也不時發生。

　　由於重慶文化在經濟上主要依靠國內市場，在政治上堅持地方自治，在意識上要求社會進步，雖然在戰前總體發展具有滯後的特點，但卻能後發制人，緊隨於時代之後前進，因而參與重慶愛國民主運動的城市各階層，包括從政府、軍隊、政黨直到商界、學界、工界、表現出廣泛的社會性。同時，重慶作為四川的政治中心城市，愛國民主運動又具有代表全川的性質，對四川以至全國都發生了程度不等的影響，並且這一運動持續發展，一直到抗日救亡運動在全國興起，成為全國性運動中不可分離的重要一環。

　　從 1919 年 5 月起，川東學生救國團、川東女子救國聯合會、重慶國民外交後援會、重慶商學聯合會等團體相繼成立，開展了轟轟烈烈的抵制日貨運動。重慶碼頭工人也以實際行動給予了大力的支持。1920 年，重慶總工會成立，川內各縣也紛紛成立縣工會，接受其領導。這樣就直接促進了抵制日貨運動的繼續進行。

　　與此同時，中國留法勤工儉學重慶分會成立，決定舉辦重慶留法預備學校。1919 年 10 月，晶榮臻等 35 名第一批留法學生在重慶出發前往法國留學。1920 年 8 月，重慶留法預備學校畢業生鄧小平等 83 人離渝赴法。在愛國民主運動的第一次高潮中，愛國學生積極主張「四川自治」，熊克武在重慶通電全

川呼籲改進社會，人人發揮創造力，「得以直接或間接行使或參預前此少數人所專擅之政權」。1921 年 4 月，全川自治聯合會在重慶成立，宣稱要「自己解決自己的事」，顯示了整個重慶社會各階層對政治民主的企盼。〔註1〕

外國輪船屢次在川江浪沉中國民船，促發了重慶反帝愛國運動的再次走向高潮。1922 年 3 月，重慶各界集會憤怒聲討日本輪船浪沉中國木船；12 月，重慶工商聯合會組織工人學生遊行示威，反對英國侵佔雲南片馬。1923 年 4 月底到 5 月初，重慶各界進行了「反對日本帝國主義」的連續示威遊行。1924 年 11 月，針對日輪德陽丸私運劣幣來渝抗拒檢查並毆傷中國軍警，重慶各界展開了持續一個多月之久的愛國鬥爭，迫使當局撤換重慶海關監督，日本撤回駐渝領事。1925 年 6 月，重慶各界爲聲援「五卅慘案」，進行遊行，罷工、罷課、罷市；7 月 2 日，英國製造的「龍門浩血案」，更加激發了重慶各界的愛國熱情，重慶交涉署、重慶海關連續向英駐渝領事提出抗議；11 月，美國輪船浪沉中國民船，釀成「美仁輪事件」，重慶各界派出代表團赴北京外交部交涉，重慶海關將「美仁」輪扣留，同時全市舉行遊行示威，抗議活動達月餘。

與此同時，重慶學生不斷發動起來，爭取教育經費獨立、教育改進、擇師權利。1922 年 10 月，重慶各界人士發起組織裁兵促進會，隨後由重慶工會、商會、學生會、民權運動大同盟等團體召開重慶裁兵促進會代表會議，要求實現和平與民主。1923 年 9 月，重慶婦女聯合會成立，要求實行「女工保護法」、「八小時勞動制」。1924 年 10 月，四川平民學社在重慶成立，其分社遍及川東川西，還組織了學行勵進會、勞動互助社等群眾團體。1925 年 7 月，中國國民黨在重慶建立四川省臨時黨部和重慶市黨部；10 月，中國共產黨重慶地方執行委員會建立，隨後建立的省內各地黨組織均受其領導；10 月 12 日，四川省民眾會議在重慶召開，全川 100 多個縣的代表出席，會議的宗旨是：「以永久和平爲目的，消滅一切戰爭，以主權在民爲根據，實行主人翁監督政府的職務。」〔註2〕

愛國熱情與民主要求在反帝反封建的鬥爭中臻於一致，這就爲 1926 年重慶各界人民在革命政黨的領導下，掀起反帝反封建的愛國民主運動的第二次高潮奠定了堅實的根基。1926 年 1 月，重慶各界婦女聯合會成立，重慶各界聲援「三‧一八」慘案；4 月，重慶各界組織遊行示威，抗議軍閥奸商製

〔註1〕 《重慶大事記》第 68～79 頁。
〔註2〕 《重慶大事記》第 78～96 頁。

造殘害人民的綦江米案；5 月，重慶各界集會慶祝國際勞動節；6 月，重慶各界舉行「五卅」慘案週年紀念大會，8 月，重慶 30 多個工會團體聯名通電，支持川中各軍「迅速出師北伐」，隨即各界 100 多個團體成立國民革命軍北伐四川國民後援會；9 月，重慶成立萬縣慘案四川國民雪恥會，發起了傾城出動的水陸城鄉示威大遊行。重慶第二次愛國民主運動高潮的到來，重慶工人、農民、教師、婦女紛紛以團體的形式組織起來。11 月 25 日至 12 月 4 日，中國國民黨四川省第一次代表大會在重慶召開，號召堅持孫中山所倡導的三民主義。〔註 3〕

　　1927 年以後，雖然爭取政治民主的都正在重慶受到了壓制，但反帝愛國的運動仍然堅持進行。1927 年 2 月，重慶工農商學兵反英大同盟成立，隨即不斷舉行集會、遊行、罷工。1928 年 10 月，重慶 100 多個團體聯合成立重慶市民反對帝國主義大同盟，要求廢除不平等條約，解決外交懸案。1929 年 3 月，重慶舉行「四川各界民眾反日大會」，提出取締日本在華特權，收回租界；9 月，由重慶記者協會、重慶市總工會、四川民軍聯合辦事處、四川民團聯合會等團體發起成立重慶市國民廢約促進會，接替重慶市民反對帝國主義大同盟，於 11 月組成提倡國貨、條約研究和收回王家沱租界三個委員會，又一次促動反對日本帝國主義的高潮興起。進入 1931 年，隨著中國川江領江舉行同盟罷工以抗議外國輪船對中國船員的歧視，重慶各界進行三罷，並遊行示威，憤怒譴責王家沱日本租界當局對華人施暴的罪行，經過重慶市政府的交涉，迫使日駐渝領事表示暫時取消王家沱租界。〔註 4〕

　　1931 年 7 月，重慶各界示威遊行，抗議日本帝國主義在我國東北製造「萬寶山事件」，宣佈對日實行經濟絕交。8 月，重慶各界舉行反日救國大會，明確提出開展統一的全國反日護僑救國運動。9 月，重慶各界為收回租期已滿的王家沱租界，為抗議「九一八」事變，成立四川各界民眾反日大會，促使反對日本帝國主義侵略的群眾運動再次達到高潮。10 月 22 日，重慶市政府派軍警接管了王家沱。儘管重慶的反帝愛國運動遭到又一次的壓制，但深信愛國無罪的重慶各界人民仍堅持鬥爭，從 11 月起就開展援助東北軍民抗日的各項活動，除致電慰問，踴躍獻金外，有近 5000 人報名參加抗日義勇軍。〔註 5〕

〔註 3〕《重慶大事記》第 96～101 頁。
〔註 4〕《重慶大事記》第 104～121 頁。
〔註 5〕《重慶大事記》第 124～126 頁。

　　從 1932 年 1 月 28 日日軍侵犯上海開始，重慶各界成立了四川各界民眾督促川軍出兵大會，要求國民政府允許川軍出川抗日。1935 年 12 月，重慶學生救國聯合會成立，要求國民政府保障一切愛國運動。1936 年 5 月，重慶救國會秘密成立，進行抗日救亡運動；12 月，重慶各界為西安事變和平解決舉行慶祝大會，劉湘為首的軍政當局表現出合作抗日的意願，釋放了一批被關押的中國共產黨黨員。這樣，通過統一戰線的建成來達到全民抗戰的歷史趨勢，就促進了重慶的抗日救亡活動由秘密轉向公開，預示著重慶愛國民主運動即將進入新的歷史發展階段。

　　1937 年 7 月 7 日，盧溝橋事變引發了抗日戰爭的全面展開。7 月 10 日，劉湘在重慶電呈國民政府軍事委員長蔣中正，請纓殺敵，同時通電各省軍政首腦，主張舉國一致，同心同德，共赴國難。7 月 12 日，重慶市各業公會抗敵後援會成立。7 月 14 日，儘管中國國民黨重慶市黨部強調援助華北將士，只在文字上宣傳，暫不採取任何行動，但是在 7 月 19 日，重慶各界援助平津守土抗戰將士大會成立，通電全國，誓以 40 萬重慶民眾為抗戰將士後盾。〔註6〕在該大會的基礎上，7 月 27 日，重慶市各界抗敵後援會正式建立，一致通過《電請蔣委員長轉請中央速頒抗戰明令》，其電稱：「民族存亡，國家生死，最後關頭於今已到」，「伏乞鈞座轉請中央，速頒抗戰大命，懲彼凶頑，滅此朝食，以期還我河山，復興民族」，「本會誓率全市人民，以血以肉，擁護中央，擁護鈞座，抗戰到底」。〔註7〕

　　於是，在重慶，一方面是各界抗日救亡團體的紛紛出現，另一方面是全市人民積極支持川軍出川抗日，開始逐漸形成以重慶市各界抗敵後援會為中心的，以「團結努力，一心一德，各盡所能，各負其責」為宗旨的，〔註8〕全市規模的抗日救亡運動。

　　1937 年 9 月 23 日，國民政府軍事委員會委員長蔣中正在《對中國共產黨宣言的談話》中指出：「國民革命之目的在求中國之自由平等。總理曾說明三民主義為救國主義，即希望全國國民一致為挽救國家危亡而奮鬥」；「中國民族既已一致覺醒，絕對團結，自必將堅守不偏不倚之國策，集中整個民族力量，自衛自助，以抵暴敵，挽救危亡。」〔註9〕

〔註6〕　《重慶大事記》第 153～154 頁。
〔註7〕　《重慶市各界抗敵後援會工作概述》，1938 年 10 月版。
〔註8〕　《電請蔣委員長轉請中央速頒抗戰明令》。
〔註9〕　《中央日報》，1937 年 9 月 23 日。

這樣，中國的抗日民族統一戰線就正式形成，促使重慶抗日救亡運動公開闔法地迅速發展起來。

1937 年 10 月 29 日，蔣中正在國防最高會議上進行《國府遷渝與抗戰前途》的演說，指出無論勝利還是退卻，都應保持主動地位，方能把握抗戰的最後勝利，因而宣佈以四川為抗日戰爭的大後方，重慶為國民政府駐地，堅持持久抗戰，實現以退為進的戰略目標。〔註10〕

由於持久抗戰的戰略是建立在抗日民族統一戰線的牢固基礎之上的，這對於國民政府移駐之地的重慶來說，就具有非比尋常的政治意義。首先，重慶成為全國行政中心，對全民抗戰發揮著積極的指導作用；其次，重慶成為對外交流中心，與友好國家保持著緊密的多種聯繫。這樣，通過提高重慶的政治地位，無疑促進了重慶的文化地位迅速上升。

1937 年 11 月 26 日，國民政府主席林森到達重慶。早在 1920 年 9 月，林森作為廣州非常國會參議院院長，就曾率領國會議員來重慶舉行國會會議以挽救國民革命，然未成。〔註11〕此次再度至渝，林森抱抗戰必利之信念，力主抗日圖強，對於重慶與全國抗日救亡運動的高漲起到了不可忽視的作用。林森在重慶對新聞界的談話中指出；國民政府移駐重慶，下車伊始就進行政府機構的調整，使之「要切合現實之需要，而增強抗戰的力量。」〔註12〕隨著國民政府行政效率的提高，向大後方的戰略大轉移得以盡快實施，特別是以軍工企業為主的工廠內遷與以高等院校為主的文化機構內遷遂以重慶為中心展開。〔註13〕

11 月 28 日，重慶市各界抗敵抗敵後援會發表了《歡迎國府主席暨各委員蒞渝告民眾書》，指出國民政府移駐重慶，「這種非常措置和奮鬥精神，值得我全體民眾的竭誠擁護和熱烈歡迎」；強調「國府移渝，不是消極的示弱，正是積極的表示了與敵偕亡的決心；」要求重慶民眾「在長期抗戰的決策下，有錢的出錢，有力地出力，去和倭鬼拼個死活，以爭取國家民族最後生存的勝利。」〔註14〕由於與當局達成共識，重慶的各種抗日救亡組織遂以重慶市

〔註10〕《重慶大事記》第 157 頁。
〔註11〕《重慶大事記》第 73～74 頁。
〔註12〕《新華日報》1938 年 1 月 18 日。
〔註13〕張弓、牟之先主編：《國民政府重慶陪都史》第 39～40 頁，64～67 頁，西南師大出版社 1993 年版。
〔註14〕《重慶市各界後援會工作概述》。

各界抗敵後援會的名義統一起來，加快了重慶抗日救亡運動的全面發展，不但保持了戰前重慶愛國民主運動的全社會性的特點，而且隨著戰時首都的確立，向著全國性運動過渡。

1938 年 12 月，除民營工廠遷渝已達 124 家，遷渝的科研單位、學術團體已近 100 個之外，30 餘國駐華外交使團及其代表已遷駐重慶。〔註15〕這表明重慶的戰時首都地位已經得到國際承認。

各國友好人士前來重慶的不絕於途，包括從政界人物，反戰鬥士，各界代表到新聞記者。1939 年 8 月，印度國大黨主席尼赫魯作為抗戰以來國外第一個政黨首腦來華，擬訪問重慶、延安等地，分別受到了蔣中正與毛澤東的歡迎。〔註16〕同時，僅 1939 年一年中，到重慶的外國記者包括來自美、英、蘇、法、德等國多家報刊和通訊社，人數多達數十人，其新聞電訊的發出量達五十二萬六千一百零二字，此外送審刪扣者計五萬二千一百零四字。〔註17〕這就使世界各國對中國抗戰得到進一步的瞭解，促成了世界輿論倒向堅持正義之戰的中國人民一邊。

駐渝各中央機構也積極開展對外宣傳。其中，中國國民黨中央宣傳部所屬國際宣傳處遷渝後，增設了海外通訊社，在同情中國人民抗戰的，包括從外交人員、知名作家到新聞記者等各國友好人士的大力幫助下進行抗日宣傳，爭取各國政府和人民對中國抗戰的支持。

這樣，以重慶為中心展開的雙向交流活動，開始了重慶從內陸城市走向國際大都市的進程。在客觀上形成了有利於中國抗戰建國的國際環境，促進了民眾抗日救亡運動的大發展。

國民政府堅持長期抗戰，以重慶為戰時首都，以四川為抗戰大後方。這樣，國民政府就掌握了抗日戰爭的主動權，粉碎了日本速戰速決的戰略計劃，從而使其陷入了進退兩難的窘境。於是，日本推行「和平工作」，從 1938 年 6 月起，採用「扶汪倒蔣」、「中日和平」的政治口號，誘降汪精衛為首的主和派。〔註18〕12 月 18 日，汪精衛等人由重慶經昆明潛逃至河內，從事所謂「和

〔註15〕《重慶大事記》第 170 頁。
〔註16〕《國民政府重慶陪都史》第 143～144 頁。
〔註17〕武燕軍等：《抗戰時期在渝外國記者活動紀事》，《重慶文史資料》第 30 輯，西南師範大學出版社 1989 年版。
〔註18〕蔡德金等編：《汪精衛偽國民政府紀事》第 10～11 頁，中國社會科學出版社 1982 年版。

平運動」。12 月 22 日，日本發表《近衛第三次聲明》，提出建設「東亞新秩序」的侵略主張，汪精衛竟聲稱「日方所提向非亡國條件，應據以交涉」。〔註 19〕這樣，汪記和平運動也就成爲一齣公開賣國求榮的歷史醜劇。

　　爲了及時揭露日本的政治陰謀，制裁汪精衛的叛國行徑，12 月 26 日蔣中正在中央黨部紀念週會上指出所謂「東亞新秩序」，「這是敵人整個的吞滅中國，獨霸東亞，進而以圖征服世界的一切妄想和陰謀的總自白，也是敵人整個亡我國家，滅我民族的一切計劃內容的總暴露」。〔註 20〕1939 年 1 月 1 日，中國國民黨中央執行委員會常務委員會在蔣介石主持下舉行臨時會議，決議永遠開除汪精衛黨籍，撤除其一切職務。各黨派紛起響應。1 月 2 日，救國會以沈鈞儒爲首的 20 餘人發表聲討汪精衛叛國投敵罪行的「快郵代電」，譴責其「背黨叛國，通敵求和，違反國策，惑亂人心，固革命政黨所不容，亦全國人民所共棄」，要求提高警惕，「以擊破日寇之詭計，鞏固革命之陣營」。〔註 21〕1 月 4 日，張瀾、黃培炎、梁漱溟、江恒清等人聯合發表討汪宣言。〔註 22〕1 月 5 日，中國共產黨在《中央關於汪精衛出走後時局的指示》中提出：「蔣介石駁斥近衛宣言及汪精衛的逃跑與被開除黨籍，表示了中國主戰派和主和派的開始分裂」，「這是中國抗戰與抗日民族統一戰線的一大進步」，「將必然推動國共合作的繼續進步」，所以應該堅決「擁護抗日民族統一戰線，打倒日、德、意侵略中國的反蔣反共的統一戰線」。〔註 23〕1 月 21 日至 30 日，中國國民黨五屆五中全會在重慶召開，制定了「繼續抗戰和聯共抗戰」的主要政略，〔註 24〕堅持抗戰到底。

　　與此同時，重慶各界採取集會、遊行等方式，堅決反對汪精衛認賊作父的無恥賣國行徑。重慶各大報，《中央日報》、《新華日報》、《大公報》、《新蜀報》、《商務日報》等，則紛紛刊載大量文章，對汪精衛倒行逆施、破壞抗戰的漢奸行爲進行猛烈抨擊。1939 年 8 月 13 日，香港發行的汪精衛主辦的《南華日報》、《天演》、《自由》等報紙的愛國職工舉行總罷工。這一反汪抗日的義舉得到了大後方各界從道義到物質的一直支持，使這一鬥爭堅持了近 5 個

〔註 19〕《南華早報》1938 年 12 月 31 日。
〔註 20〕中國國民黨中央宣傳部編：《領袖抗戰論集》。
〔註 21〕《新華日報》1 月 3 日。
〔註 22〕《重慶大事記》第 171 頁。
〔註 23〕《中共中央抗日民族統一戰線文件選編（下）》。
〔註 24〕《重慶大事記》第 171 頁。

月，僅重慶工人捐款即達 78,000 元。同年 12 月，三報愛國職工推選 22 人為代表組成回國服務團，從香港出發，於 1940 年 3 月 26 日到達重慶，受到了重慶各界的熱烈歡迎。〔註25〕

隨著汪精衛淪為日本天皇的兒皇帝，國民政府重申它是中國唯一合法代表，並對汪精衛等人懸賞緝拿。國民參政會也通過提案要求肅清賣國活動與漢奸言論。

這樣，從政黨到政府，從一般民眾到有識之士，無論是借助報刊，還是走上街頭，都堅持抗戰到底反對賣國投降，從而成為重慶抗日救亡運動不斷高漲的直接推動力，其影響遍及全國，顯示出全民擁護長期抗戰的又一愛國高潮的到來。

在政治上誘降的同時，日寇在戰略上採取「航空進攻作戰」方式，以達到「壓制、消滅殘存的抗日勢力」，「摧毀中國抗戰意志」，「迅速結束中國事變」的侵略目的，其主要進攻目標是「攻擊敵戰略及政略中樞」，「消滅敵最高統帥和最高政治機關」及「重要的政治、經濟、產業等中樞機關」，並通過「直接空襲市民」，「給敵國民造成極大的恐怖。」〔註26〕這樣，中國戰時首都重慶作為抗日戰爭的中堅城市，自然成為其進行大規模轟炸的第一對象。

1938 年 12 月 26 日，日機開始空襲重慶，揭開了航空進攻作戰的序幕，〔註27〕並於 1939 年 1 月 7 日、10 日、15 日、16 日連續對重慶施行轟炸，造成了一定的損失。〔註28〕

但這並沒有動搖中國人民長期抗戰的決心。中國國民黨總裁蔣中正在 1939 年 1 月下旬召開的中國國民黨五屆五中全會上指出，在確立了長期抗戰的基地之後，「現階段是我們轉守為攻，轉攻為守，以我們的努力，來決定興衰存亡的一個關鍵」。同時大會又確認今後的任務就是「達到抗戰勝利和建國成功的目的」，〔註29〕並決定設置國防最高委員進行統一指揮。

中國共產黨在《中共中央致國民黨蔣總裁暨五中全會電》中也認為「中國之勝利奠定始基，效果已彰，循此奮進，定能達抗戰必勝建國必成之目的。

〔註25〕 王斌：《四川現代史》第 258～260 頁。
〔註26〕 〔日〕前田哲男：《重慶大爆炸》第 38、59 頁，成都科技大學出版社 1989 年版。
〔註27〕 《第二次世界大戰大事紀要——起源、進程和結局》第 220 頁。
〔註28〕 《重慶大事記》第 171 頁。
〔註29〕 《大公報》1939 年 1 月 26 日。

武漢放棄廣州不守之後，抗戰正向新階段發展，日寇乃於軍事進攻外，加重其分化中國內部之陰謀。吾人對策，唯有全國更進一步的精誠團結，鞏固與擴大抗日民族統一戰線，擁護蔣委員長，堅持抗戰到底。」〔註 30〕

　　1939 年 2 月 10 日，日寇為建立航空作戰與封鎖作戰的基地，在海南島登陸，國防最高委員會委員長蔣中止立即意識到「此後，戰局必將急轉直卜。倭寇狂妄，蓋巳決心向民主世界開戰矣。」〔註 31〕他在第二天對外國記者的談話中指出日軍登陸海南島，在戰略上構成對英美法的最大威脅，「無異造成太平洋上之九一八，地區有海陸之分，影響卻完全相同」，「故日本決然是前進，並非欲藉此以求中日戰事之結束，而實證明其不惜最後之冒險，以造成太平洋戰局之開始也」。〔註 32〕

　　《中央日報》於 2 月 11 日、12 日、14 日連續發表社論，揭露了日本獨霸太平洋的侵略野心，提醒以美國為首的有關各國進行反對日本侵略的戰爭是不可避免的。國民政府外交部長王寵惠在 3 月 7 日的對外廣播中指出：「敵人的『東亞新秩序』實際上是破壞中國的獨立完整，打破太平洋區域的安寧秩序和掃除歐美在遠東的合法利益」。〔註 33〕從 3 月起，國民政府開始倡導由中英法美蘇「在遠東聯合作戰」，從而確立了中國在世界反侵略的「集體安全總計劃」中的應有地位。〔註 34〕這就為第二次世界大戰爆發後，中國作為世界反法西斯同盟的重要成員國奠定了初步的基礎。

　　中國政府和人民堅持抗戰到底，加之在南昌會戰中國軍隊頑強戰鬥，〔註 35〕瘋狂的日寇從 1939 年 5 月 3 日到 4 日，便對重慶進行了大轟炸，造成無辜市民的慘重傷亡。〔註 36〕

　　然而，重慶並沒有被摧毀，重慶的抗日意志更加堅強，從 5 月 3 日到 4 日，在轟炸的間隙裏，國民政府軍事委員會政治部第三廳的工作人員在硝煙彌漫的街頭畫壁畫，寫標語，顯示了「打倒日本侵略者」的大無畏氣概。5 月 5 日，國民政府令重慶市改為行政院直轄市，國防最高委員會委員長蔣中正在

〔註 30〕　1939 年 1 月 24 日，《中共中央抗日民族統一戰線文件選編（下）》。
〔註 31〕　2 月 10 日日記，《蔣介石秘錄（下）》第 528 頁。
〔註 32〕　《大公報》1939 年 2 月 12 日。
〔註 33〕　《大公報》1939 年 3 月 8 日。
〔註 34〕　《國民政府重慶陪都史》第 118～120 頁。
〔註 35〕　《第二次世界大戰大事紀要——起源、進程和結局》第 224～225 頁。
〔註 36〕　《重慶大事記》第 176 頁。

現場救護中發現「雖慘不忍睹，可民眾毫無怨言」，不由慷慨激昂：「中華民族的正氣，自古以來，都是在遭受異族侵略時迸發出來的。任何殘忍暴行都不能使我們屈服。」〔註37〕5月6日，重慶十大報社以各報聯合版的形式繼續出版……

「嚴肅的工作隨著晨光的照臨更加悲壯的展開」。

「不錯，我們──中華民族，無論政府、軍隊、人民，在新『五四』血債底血海中親愛的團結起來，凝成了頑強的一體，答覆敵人這次殘暴的無恥的狂炸！」

「三天以後，重慶市的所有罪惡火焰完全撲滅了，秩序恢復，而且比以前更剛強更勇武的屹立在揚子江嘉陵江中間，它已成為可以擊碎敵機再度濫炸的抗戰大保壘！」〔註38〕

1939年12月至1940年4月，在國民政府軍事委員會的指揮下，中國軍隊全面展開冬季進攻。〔註39〕於是，在1940年2月，日寇組建中國派遣軍華南方面軍，加快了軍事反攻的步伐；3月，日寇卵翼之下的汪偽國民政府成立，充當以華治華的殖民工具。因此，日寇又一次對重慶進行更大規模的戰略性轟炸。這次轟炸從5月持續到9月，從市區擴展到北碚等郊區，生命財產損失慘重。〔註40〕

重慶市臨時參議會一致通電全國同胞及國際友人，再次顯示了不屈不撓的抗日意志：「市民對於敵機之殘酷暴行，無不切齒。吾七十萬重慶市民、已早準備以最悲壯、最沉痛之精神，接受敵機轟炸，深信敵閥遲早須償還所負之血債。吾人自當堅守崗位，屹然不動，盡心竭力，以支持政府持久抗戰之國策，直至最後勝利而後已。」〔註41〕

正是由於重慶再次經受住了血與火的考驗，更為了展示中國長期抗戰的鋼鐵意志，國民政府於9月6日明定重慶為中華民國的陪都：「籌久之遠規模，借慰輿情，而彰懋典」。〔註42〕

從1940年11月到1941年2月，日寇制定《處理中國事變大綱》並逐步付

〔註37〕 《重慶大轟炸》第125～126頁。
〔註38〕 梅林：《以親愛團結答覆敵人的轟炸》，《抗戰文藝》第4卷第3、4期合刊。
〔註39〕 《第二次世界大戰大事紀要──起源、進程和結局》第274～275頁。
〔註40〕 《重慶，一個內陸城市的崛起》第287頁。
〔註41〕 《國民政府重慶陪都史》第160～161頁。
〔註42〕 《國民政府公報》1940年9月7日，渝字第270號。

諸實施，以便於 1941 年夏秋之前以武力解決中國事變以利南進太平洋，一方面發動軍事攻擊，另一方面展開外交攻勢，企圖使國民政府徹底屈服。〔註43〕

1941 年 4 月 13 日，《蘇日中立條約》的簽訂，割斷了中國的軍事外援。國防最高委員會委員長蔣中正於 4 月 24 日向各地軍政長官發出通告，指出蘇聯此舉不外策動日本南進以解除本國的後顧之憂，日本此舉實則得不償失，既不能眞正解決中國之戰事，卻又成爲英美之敵，對中國來說不過是加強了獨立自強、戰勝暴敵的信心及在太平洋的軍事地位。因此，「蘇日條約對於我國抗戰與其謂爲有害，無寧謂其有益矣！」果然，5 月 6 日，美國總統羅斯福宣佈「中國的防務，對於美國國防是很重要的，」表示軍火租借法案適用於中國，開始了向中國進行軍事援助。〔註44〕

克勞塞維茨認爲，由於國家之間存在著與本國切身利益相關的政治關係，「防禦者一般地比進攻者更能得到外國的援助」，同樣，對於進攻者來說，「那種削弱戰爭威力，也就是減弱進攻的牽制力量，大都部分存在於國家的政治關係和政治企圖中」。〔註45〕簡言之，戰略受政略支配，而政略的變化也要適應戰略的需要。此時，無論美國，還是蘇聯，他們處理其與中國或日本之間的關係，都是立足於本國政略與戰略相一致的基礎之上的。因此，蘇聯不承認外蒙古與東北四省是中國領土也好，還是美國放棄所謂「遠東慕尼黑」的妥協立場也好，〔註46〕對于堅持抗戰到底的中國來說其作用都不是具有決定性意義的，關鍵在於是否堅持長期抗戰以實現民族的解放與獨立。

這樣，日寇從 1941 年 5 月 2 日到 9 月 1 日轟炸重慶的「戰略航空大戰」，儘管採取了「疲勞轟炸」的新戰術，顯得氣勢洶洶的樣子，〔註47〕但實際上不過是強弩之末。連多次乘機參與轟炸重慶的日本軍人也不由服輸：對堅持抗戰的中國，「單憑轟炸，使其屈服是決不可能」，哀歎「重慶轟炸無用」。〔註48〕

相反地，大地上展現了這樣的「陪都轟炸小景」──

〔註43〕　《第二次世界大戰大事紀要──起源、進程和結局》第 380，381，397～398，406 頁。

〔註44〕　《蔣介石秘錄（下）》第 538～540，544 頁。

〔註45〕　《戰爭論》第 2 卷 505，523 頁。

〔註46〕　「遠東慕尼黑」是中國共產黨在 1939 年到 1941 年間就英美兩國對日政策可能影響到中國抗日戰爭前途的一種預見。

〔註47〕　《重慶大事記》第 198～203 頁。

〔註48〕　《重慶大轟炸》第 236 頁。

「廢墟上熱騰的從草棚噴出麵香，

時髦男女的笑聲落滿污黑座頭，

生活原沒有固定大小固定尺寸，

戰爭教大家懂得幸福的伸縮性。」

《夜景》（1941 年 8 月 28 日作）

「倒是對敵人來一個最妙的諷刺，

再來吧，你的炸彈一向價錢公道，

現在霧幕尚未張開擋住你的路，

無妨趁機會多做幾趟賠錢買賣。」

《奇蹟》（1941 年 9 月 1 日作）〔註 49〕

重慶一次又一次地經受住了血與火的考驗，完成了成為陪都的戰爭洗禮，重慶人以其鬥志昂揚和堅韌不拔，贏得了全國人民的信賴，世界各國的推崇。

二、國民精神總動員

隨著重慶的抗日救亡運動的進一步發展，「天下興亡，匹夫有責」的愛國激情，便逐漸演變為民族獨立和政治民主的意識自覺，形成了重慶民眾大覺醒的現實過程。這就促使重慶的各種抗日救亡活動更多地依靠民眾的積極參與，減少了自發的隨意性，而增大了自願的主導性，立足於以人民團體為依託的社會群體組織的基點之上，故而在活動的規模上較宏大，在組織的時間上較持久，成為常年性的群眾性的合法活動。

在重慶市各界抗敵後援會於 1937 年 7 月下旬成立之後，8 月上旬，組成重慶市抗敵經濟絕交委員會，電告上海等地有關方面抵制日貨。8 月 9 日，在重慶市各界抗敵後援會的支持下，重慶市商會不再圇於從文字上援助華北抗戰，採取了實際行動，發出抵制日貨緊急通告，並於 19 日設立 5 個稽查組檢查日貨，從 8 月到 10 月，多次在全市範圍內查禁日貨。10 月 25 日，重慶各行業約 90 餘個工會組織請願代表團，要求有關當局嚴肅從重處理被重慶市各界抗敵後援會所查禁的日貨。第二天，重慶 35 所中學的 100 多名代表也向當局請願，要求從嚴盡快處理被查禁日貨。〔註 50〕

〔註 49〕蓬子：《十年及其他（詩三章）》，《抗戰文藝》第 7 卷第 4、5 期合刊。
〔註 50〕《重慶大事記》第 154～156 頁。

　　這就初步顯示了將堅決抗日的民眾意志與要求民主的政治權利結合起來的歷史發展趨勢。無論是 10 月 18 日的歡送出川抗日將士，還是 11 月 26 日歡迎國民政府主席抵達重慶，各界民眾都成爲這些活動的主體部分。〔註51〕

　　在這裡，各界民眾絕非是一個可以用「萬」爲單位進行統計的抽象數字所表示的人群的集合，而止是一個由各種人民團體爲連接點的、具體體現爲社會行動的巨大的民眾集體，它充分證明各界民眾已經不再是一盤散沙似的烏合之眾，而是一個緊密團結起來的意志統一的群眾整體，因此，當各界民眾與抗日戰爭的現實關係由被動轉換爲主動之時，這就意味著全民抗戰是中國進行持久抗日以爭取最後勝利的一個至關重要的前提，它將決定中國抗日戰爭的命運和前途。

　　《中國國民黨抗戰建國綱領》中關於「民眾運動」，就強調組織農工商學等人民團體，保障言論、出版、集會、結社的合法權利，救濟並訓練難民及失業民眾，加強民眾的國家意識教育。簡言之，就是爲爭取民族生存而進行民眾動員。這種動員由於涉及到組織形式、自由權利、救難措施、思想導向諸方面，有利於民眾在有計劃的動員過程中走向意識的自覺。同時，在關於「政治」部分，規定了組織國民參政機關，促進地方自治，改進行政效率，整飭綱紀，嚴懲貪官污吏等各項政策的實施，從而使政治開始轉向憲政的軌道，有效地保證了民眾動員的進行。〔註52〕

　　這樣，在愛國與民主相一致的前提下，通過民眾動員而形成的全民抗戰局面，也就成爲實行抗戰建國方針所必需的群眾性社會基礎，表明《中國國民黨抗戰建國綱領》是能夠反映時代潮流和民眾呼聲的。因此，在這樣的意義上，可以說能不能進行民眾動員就成爲是否堅持抗戰到底的試金石。

　　在陪都重慶，民眾動員以「運動」的方式進行，以實現有錢者出錢和有力者出力，從而增強抗戰的力量，並進一步促進民眾的自覺。在這裡，「運動」主要是指這類民眾活動的參與規範模之大，持續時間之長而言的，並可以大致分爲兩大類型的運動；捐獻性質與征役性質的。這些運動都建立在民眾覺悟之後的自願基礎之上，並由各級黨政機構與各級人民團體聯合組成領導機關進行指導，以保證運動的正常進行。

　　1938 年 12 月 13 日，重慶市各界義賣獻金運動委員會成立，公佈義賣獻

〔註51〕《重慶大事記》第 156～157 頁。
〔註52〕《新華日報》1938 年 4 月 3 日。

金辦法指導運動開展。〔註53〕隨後出現了從官方到民間，從全國性到地方性的眾多機構，領導各種捐獻運動：出錢勞軍運動，為前線將士捐獻寒衣代金運動，秋季勞軍獻糧運動，一元錢獻機運動，戰時公債勸募運動，節約建國儲蓄運動，凡此種種，不一而足，成為常年性的民眾動員方式。〔註54〕

其中，出錢勞軍運動更是重慶市每年春節，抗戰建國紀念日都必定要進行的常規運動。到1941年春節期間舉行的勞軍競賽，更是形成了空前絕後的高潮，1月26日，國防最高委員會委員長蔣中正在訓詞中強調：「『同甘苦共患難』是我們民族精神中最崇高的一種美德。我們前方將士，在那荒原曠野風雪交加之中，捨身效命地和敵人奮鬥，我們處在後方的人們，能自由安度這歡欣鼓舞的春節，莫不是由於前方將士浴血苦戰的保障」。「所以這次出錢勞軍的運動，無論男女老幼，農工商學，尤其高級官吏，富商巨室，應該自動參加，踴躍表現，不待勸募，爭先解囊。出一分錢，即顯示一份良心；多出一分錢，即對抗戰多一份貢獻。」〔註55〕1月29日，在出錢勞軍運動擴大宣傳會上，全國慰勞總會副會長郭沫若即指出：「抗戰開始，政府即以有力出力，有錢出錢勉勵國人，今前線戰士不但已出盡一切力量，而且貢獻其整個生命；我後方有錢同胞是應獻出所有錢力，慰勞為國爭光之前方戰士，」並作《勞軍歌》一首在會後遊行中傳唱，激勵「大家有錢快出錢，出錢勞軍要爭先！不放鬆，要把敵人都打完，都打完，大家同吃太平飯！」〔註56〕

為了動員廣大青年積極應徵入伍抗日，國民參政會參政員陶行知在1938年11月就於國民參政會第一屆第二次大會上提出《建立志願兵區以補充兵役法之不足案》，其中指出：「我們要想取得最後勝利的保證，必須剷除兵役法之根源，應採取志願兵制，使人人都願為中國死，知為中國死，能為中國死，則中國自然活起來，而且還到萬萬年。」〔註57〕隨即於1939年動員了600人在北碚自願參軍，解開了志願兵運動的序幕。同年秋，重慶婦女鄉村服務隊倡導「好漢須去打日本！」以改變好男不當兵的落後心理，發動更多的青年走向抗日前線。同時，重慶民眾還響應徵召去修築軍用機場、軍用公路等軍事工程，到1941年又有大批工科大學生自願加入建造新時代的萬里長城的群

〔註53〕《重慶大事記》第169頁。
〔註54〕《國民政府重慶陪都史》第287～300頁。
〔註55〕《大公報》1941年1月25日。
〔註56〕《大公報》1941年2月15日。
〔註57〕《國民參政會第二次大會記錄》國民參會員秘書處編1938年。

眾運動中去，用自己的血與肉展示了現代中國青年的高度自覺，一代青年的奮起，表明中國抗日戰爭的光明前景。

在此要特別提到 1941 年 7 月，由國民政府軍事委員會發起的士紳公務人員子弟當兵運動。這不但有利於進一步破除傳統的門第觀念，改變抗口軍隊的文化素質構成，從根本上樹立抗日軍人的高大形象，而且還產生出特殊的影響和作用：「兵役要政，必須由紳士公務人員子弟，率先服役，表率群倫，方能建立風氣，推行順利」。〔註58〕開風氣之先的國民政府司法院院長居正的兒子居浩然，此時已從軍轉戰兩年，他在對記者的談話中指出：「一般富貴家庭子弟，多數是畏苦怕死。實則先苦而後知甘之樂；必死而後有生之望，余從戎兩年，不仍依然建在耶。」〔註59〕這就展示了模範青年抗日軍人的風采。陪都重慶所有這些運動證實了在抗日戰爭中動員民眾可能達到的廣度與深度：無論是男女老幼，還是官員平民，都必須作出自己的抉擇；無論是貧家兒女，還是富室子弟，都應該通過生死的考驗。陪都重慶民眾動員的成功，既得力於人民團體和國民參政會的積極參與，又得助於行政機構與國民政府的及時指導，在全國乃至國際上都產生了不容忽視的影響。

《中國國民黨抗戰建國綱領》中提出「組織國民參政機關，團結全國力量，集中全國之思慮與識見，以利國策之決定和推行」。〔註60〕稍後，《中國國民黨臨時全國代表大會宣言》中作了更進一步的闡釋，指出國民參政機關的性質相當於戰時民意機關，「要而言之，民眾方面則注意於能力之養成；政府方面則注意於機能之適應。此固所以充實抗戰之力量，而民權之基礎，亦於此建立，則抗戰勝利之日，結束軍事、推行憲政，以完成民權主義之建設，為勢固至順也。」〔註61〕這就表明國民參政會將在民眾動員過程中發揮承上啟下的中介功能，一方面進行上傳下達的信息交流，提供民眾與政府之間來往的民主渠道，另一方面充當政治交鋒的緩衝器，調節各派政治力量之間可能發生的意識衝突，從而促進民主意識的傳播和發展，開闢通向民主政治的道路。

毛澤東等七人是以「努力國事，興望久著之人員」的資格，遴選為國民

〔註58〕蔣中正語，《大公報》1941 年 7 月 3 日。
〔註59〕《大公報》1941 年 7 月 3 日。
〔註60〕1938 年 3 月 29 日通過，《新華日報》1938 年 4 月 3 日，國民政府 7 月 2 日公佈。
〔註61〕1938 年 4 月 1 日通過，《新華日報》1938 年 4 月 3 日。

參政會參政員的。〔註62〕他們在 1938 年 7 月 5 日，即國民參政會召開的前夕，在《新華日報》上發表《我們對於國民參政會的意見》，認爲「在目前抗戰慘烈的環境中，國民參政會之召開，顯然標示著我國各黨派、各民族、各階層、各地域的團結統一的一個進展。雖然在其產生的方法上，在其職權的規定上，國民參政會還不是盡如人意的全權的人民代表機關，但是，並不因此而失掉國民參政會在今天的作用和意義——進一步團結全國各地力量爲抗戰救國而努力的作用，企圖使全國政治生活走向眞正民主化的初步開端意義。」由此而以期能「友好和睦地商討和決定一切有利於抗戰必勝、建國必成的具體辦法與實施方案，以便能夠有效地打擊與戰勝日寇，並奠定使中華民國走向獨立自由幸福的新國家的基礎」。同時表示「我們希望我們及全體參政員在全國人民的援助、督促、鼓勵及批評下，能完成國民參政會及每個參政員所負擔的神聖的民意機關和人民的代表的職責。」顯然，中國共產黨人與中國國民黨人對國民參政會作爲戰時民意機關的性質的認識是基本一致的。

1938 年 7 月 6 日，國民參政會第一屆第一次大會在武漢召開。國民政府軍事委員長蔣中正在開幕式上的致辭中，強調國民參政會「最重大的意義和唯一的目的，就是要集中全民族的力量，對侵略的勢力作殊死的鬥爭，以求得抗戰的勝利和建國的成功。」爲此，首先「要加強團結，鞏固統一」，其次「要建立民主政治的基礎」。〔註63〕大會在團結抗日的熱烈氣氛中，通過了《擁護國民政府實施抗戰建國綱領案》、《請中央通令全國軍政機關切實保障人民權利案》，有力地促進了民眾動員在規模與程度兩個方向上的擴展，推進了抗戰與民主的同步發展。《國民參政會首次大會宣言》中要求「全國軍人共同誓約，擁護國民政府，擁護最高統帥，擁護抗戰建國綱領」。〔註64〕

1938 年 10 月，武漢大會戰失利，抗日戰爭的戰略重心向重慶轉移。國民政府行政院第 384 次會議決定，准予重慶市沿照特別市之組織，市政府可直接通函行政院；中國國民黨中央黨部也決定將重慶市黨部改歸中央直轄。〔註65〕這就穩固了重慶作爲中國抗戰的政治中心與軍事中心的地位，成爲名符其實的戰時首都。與此同時，民眾動員也將以重慶爲中心在全國繼續展開，1938

〔註62〕 《國民參政會組織條例》，《國民政府公報》渝字第 39 號，1938 年 4 月 12 日。

〔註63〕 《國民參政會第一次大會記錄》第 88 頁，國民參政會秘書處 1938 年 9 月編印。

〔註64〕 《新華日報》1938 年 7 月 16 日。

〔註65〕 《重慶大事記》第 168 頁。

年 10 月 10 日到 11 月 1 日，中華民國第一屆戲劇節在重慶舉行，顯示了以中國戲劇工作者爲代表的廣大民眾「超派系超職業超地域的大團結，這個團結有著共同的信念，這個團結有著一致的決心，」並「將因執行同一的政治綱領的緣故而更行鞏固和誇大」。〔註66〕

10 月 9 日，重慶市召開了「魯迅先生逝世二週年紀念會」，大會主席邵力子在對參會各界人士的致辭中說：「我們今天紀念魯迅先生，一方面悲傷，一方面興奮，悲傷的是他逝世太快，興奮的是他戰鬥了一生，熱切盼望的對外的民族革命戰爭終於到來，感情的悲傷固然不能免，但更重要的是繼續他的遺志去戰鬥。」老舍代表中華全國文藝界抗敵協會講話，指出：「這種無論是治學，作事，對敵人，甚至對自己都用頑強戰鬥的精神，是魯迅先生的偉大處，不同於其他老年人，中年人，青年人處。也就是他所遺下給我們的整個戰鬥精神，我們必須學習並繼續這種精神」。〔註67〕可見，團結抗日與頑強戰鬥已成爲中國民眾迫切的呼聲和堅韌的決心。

1938 年 10 月 28 日，國民政府軍事委員會委員長蔣中正在《重申抗戰到底告國民書》中指出：「我國抗戰根據，本不在沿江沿海淺狹交通地帶，乃在廣大深長之內地，而西部諸省，尤爲我抗戰之策源地，此爲長期抗戰根本之方略，亦即我政府始終一貫之策略也」。故不必計較一時一地之得失，而應堅持「持久抗戰，全面抗戰，爭取主動」的一貫方針，以達克敵制勝的目的。中外歷史已經並將繼續證明，「民族的國民革命之長期戰爭，未有不得到最後之勝利者」，號召全國同胞「寧爲玉碎，不爲瓦全。必須吾人人抱定最大值決心，而後整個民族乃能得徹底解放。國家存亡，抗戰成敗之關鍵，全繫於此。」〔註68〕

這就將民眾動員上升到戰略與政略相一致的層面上來予以強調，表明其極端重要性，展示了抗戰到底的民族意志，必能引發強烈的反響，致使民眾動員向新的高度發展。

此時在重慶召開的國民參政會第一屆第二次會議上，代表各派政治力量的參政員共同提出「蔣委員長爲領導抗戰建國的民族領袖，國民政府爲領導

〔註66〕萬一虹：《第一屆中國戲劇節》，《新蜀報》「中華民國第一屆戲劇節特刊」1938年 10 月 10 日。
〔註67〕《嚴肅的幾年》，《抗戰文藝》第 2 卷第 8 期。
〔註68〕《中央日報》1938 年 10 月 30 日。

抗戰建國的最高行政機關，我全國軍民一致信任和擁護」，並在同仇敵愾中於11月1日通過決議：「擁護蔣委員長所宣示全面抗戰持久抗戰爭取主動之政府既定方針。今後全國國民應在蔣委員長領導之下，堅決抗戰，決不屈服，共守不渝，以完成抗戰建國之任務」。〔註69〕顯示了空前的團結，形成堅實的政治基礎，發揮了國民參政會作為民意機關的號召力和凝聚力。海外華僑也來電表示擁護抗戰，反對妥協。〔註70〕

在此次會議上，僅就所提交的重要建議來看，就涉及到戰時文化發展的諸方面；關於軍事及國防事項建議案，就有改善兵役實施辦法、武裝民眾抗戰等共17項；關於外交及國際事項建議案，就有加強國民外交等4項；關於內政事項建議案，就有持久抗戰、嚴懲漢奸、刷新政本、改善保甲制度、確立戰時新聞政策、撤銷戰時圖書雜誌原稿審查辦法等計33項；關於財政經濟事項議案，就有發展工商業，建設鐵路，農村開發，華僑投資等共27項；關於教育文化事項議案，就有加強民族團結、推行普及教育、加強戰時文化食糧輸送工作等16項。〔註71〕

這些建議案表明，國民參政會是在抗戰建國綱領的指導下，遵循堅持抗戰的基本國策，〔註72〕進行民主議政，發揚獨立自主精神。〔註73〕這就有力地促成和有效地保證了重慶作為戰時首都的地位，不僅是經濟、政治、軍事的中心，也是民意的中心。這就直接影響著以重慶為中心的全國抗日救亡運動的持續高漲，並向著新的階段發展。

1938年11月25日至28日，國民政府軍事委員會在湖南召開南嶽軍事會議，開始進行戰略與政略的全面調整。〔註74〕軍事委員會委員長蔣中正在會議開幕式上致詞，提出在戰略上要「轉守為攻，轉敗為勝」，進行積極防禦。最後確定了《第二期抗戰指揮要領》，制定了《第二期作戰指導方針》，開始正面反擊日軍的有限進攻。到1939年10月，取得了「湘北大捷，實開轉敗為勝之機」。〔註75〕蔣中正於11月27日又發布以「政治重於軍事」，「民眾重

〔註69〕 《新華日報》1938年11月2日，《國民參政會資料》第98～103頁，四川人民出版社1984年版。
〔註70〕 《國民參政會紀實（續編）》第70～71頁，重慶出版社1987年版。
〔註71〕 《重要提案目錄》，《國民參政會紀實（上卷）》重慶出版社1985年版。
〔註72〕 社論《對基本國策不容許含糊》，《新華日報》1938年11月5日。
〔註73〕 社論《向國民參政會第二次大會致敬》，《中央日報》1938年11月7日。
〔註74〕 《第二次世界大戰大事紀要——起源、進程和結局》第216頁。
〔註75〕 《中國國民黨史》第502～506頁。

於士兵」，「精神重於物質」的政略指導思想爲主旨的《第二期抗戰之要旨》，
提出「獨立自主，準備作五年十年之苦鬥，則抗戰最後勝利之目的，方能達
成也」。〔註 76〕與此同時又頒佈了《國軍攻勢移轉部署方案》，以「加強游擊
戰區兵力，並相繼移轉攻勢，以牽制敵人的援助。我游擊隊打破敵扼守要點，
抽轉兵力建立華北軍事根據地之企圖」。在深入敵後游擊的同時，又在各戰區
開展攻勢，到 1941 年 9 月又取得了第二次長沙會戰的勝利。〔註 77〕

　　直到太平洋戰爭爆發，這一積極防禦戰略確保了在敵我對峙中，穩定戰
線消耗日軍的有利抗戰態勢，對全國戰局發生著決定性的作用。根據抗日戰
爭的現實發展進行戰略調整，自然會導致政略改變。

　　1938 年 12 月 9 日，蔣中正在返回重慶的第二天，即召集汪精衛、孔祥熙、
王寵惠、葉楚傖等人商討今後抗戰大計。汪精衛在 16 日以政見不合，要求與
蔣介石「聯袂辭職，以謝天下」而未成，於 18 日攜眷出逃，淪爲漢奸。〔註
78〕爲扭轉政治上的被動局面，採取了一系列的措施。

　　除公開宣佈開除汪精衛等人的黨籍與撤銷其公職之外，1939 年 1 月 20
日，中國國民黨中央執行委員會常務委員會根據《國民參政會組織條例》，決
定由「蔣總裁中正」擔任國民參政會議長。〔註 79〕在渝參政員在歡迎電中表
示：「以執行國策之統帥，爲民意機關之領袖。同人聞訊之餘，不勝感奮」。〔註
80〕這是因爲國民參政會之設，「就爲全國思想集中，力量集中，才能負荷這空
前嚴重的抗戰使命。而實一齊歸納在最高統帥指揮之下。整個說來，因最高
統帥之指揮於上，而全國思想和力量團結一致。從結晶處說來，因最高統帥
之親爲國民參政會議長，而二百參政員思想和力量愈見團結一致」。〔註 81〕這
就爲國民參政會提出了新的歷史課題：「要達到驅逐日寇出境和建立三民主義
新中國的目的，必須動員和組織四萬萬五千萬的廣大民眾；同時，要動員和
組織四萬萬五千萬人民參加建國的大業，必須切實實行孫中山先生的民權主
義和民主主義」。〔註 82〕

〔註 76〕《抗日戰爭正面戰場（上）》第 47～48 頁，江蘇古籍出版社 1987 年版。
〔註 77〕《中國國民黨史》第 504～508 頁。
〔註 78〕李松林等：《中國國民黨大事記》第 291～292 頁。
〔註 79〕《國民政府文官處關於蔣中正任國民參政會議長的通知》《新華日報》1939
　　　　年 1 月 22 日。
〔註 80〕《在渝參政員歡迎蔣議長電》，《中央日報》1939 年 1 月 23 日。
〔註 81〕黃炎培：《第三節國民參政會該怎樣》，《國訊》旬刊第 195 期。
〔註 82〕《全國人民對於國民參政會第三次會議的希望》，《解放》週刊第 63～64 合刊。

同時，從 1939 年 1 月 21 日到 30 日，中國國民黨在重慶召開五屆五中全會。中國國民黨總裁蔣中正在開幕詞中要求牢固樹立「敵國必敗和我國必勝」的信念，提出「吾人應強化精神力量，堅持抗戰，全力決戰，而絕不能中途妥協投降」的政略設想。〔註83〕全會通過了具有「繼往開來」的歷史意義的重要宣言，宣告「我神聖抗戰之目的，在求國家獨立，民族生存，失地雖多，死傷雖眾，而全國軍民，同仇敵愾，精神益振；人人以必死之決心，為國家建永生之大業」。〔註84〕中國共產黨中央委員會軍事委員會主席毛澤東認為中國國民黨五屆五中全會制定的政略「還是以聯共抗日為主要方向」。〔註85〕

這樣，根據戰略與政略相一致的原則，首先是作為抗日民族統一陣線力量基礎的國共兩黨達成了團結抗日的共識，國民參政會作為戰時全國民意機關，就是要將這一共識及時地傳達到全體民眾中去，鼓舞堅持抗戰到底的愛國精神與民族意志。

1939 年 2 月 12 日至 21 日，國民參政會第一屆第三次會議在重慶召開。國民參政會議長蔣中正在開幕詞中提出：「精神的重要，更過於物質。要發揮抗戰的力量，不僅要振作精神，集中精神，而且要以精神為主，物質為用。必先提高全國人民堅強奮發的精神，然後方能克服艱難，打破敵人，完成抗戰的使命。」「國民參政會對國家最大的貢獻，就在於發揚我們全國一致的民族精神，提高我們固有的民族道德，這種精神和道德的感應力，指導各省各縣，指導文化經濟每一職業每一部門的國民，就可以鼓舞起同仇敵愾、不屈不撓的精神，啟示全體國民對於國家民族光明前途的自信。」隨後在閉幕詞中他又重申：「要得到抗戰勝利，建國成功，絕不能專賴兵力，必須動員民眾的精神」。由此，「政府人民打成一片，通力合作，抗戰乃有力量，建國乃有實效」。這樣才可能實現「本會的歷史的使命」～「建立民主政治的基礎，尤其是建立永久的真正的民主政治基礎」。〔註86〕

從戰時文化發展作為二十世紀的中國文化現代轉型不可分離的過程來看，動員民眾的精神不僅是抗戰建國的現實需要，而且更是推進民主走向現

〔註83〕 《大公報》1939 年 1 月 26 日。
〔註84〕 《大公報》1939 年 1 月 31 日。
〔註85〕 《反投降提綱》，《六大以來（上）》人民出版 1981 年版。
〔註86〕 《國民參政會紀實（上）》。

代社會的歷史需要。此次大會最重要的建議案，就與動員民眾精神直接相關：推動經濟建設，改善民眾個人權利，以發起動員；加強兵役制度和整頓各地保甲，保障民眾個人權利，以促進動員；實行精神動員，實現民眾意識自覺，以完成動員。顯然，動員民眾精神雖然需要生存條件的改善作爲發起的前提，與個人權利的保障作爲促進的條件，但只有意識自覺的實現，才能最終完成這一偉大的動員。

　　1939 年 3 月 11 日，國民政府設立由蔣中正任會長，隸屬於國防最高委員會的國民精神動員總會，並於 12 日頒佈《國民精神總動員綱領》及《國民精神總動員實施辦法》。3 月 25 日，國民政府主席林森主持了《國民公約》宣誓典禮。4 月 17 日，蔣中正宣佈自 5 月 1 日起，全國實施國民精神總動員。〔註87〕5 月 1 日從重慶到延安，各地紛紛舉行國民精神總動員大會，至此，以重慶爲中心的國民精神總動員運動迅速在全國興起。

　　《國民精神總動員綱領》提出：「國民精神總動員，有國民人人所易知易行之簡單明顯之三個共同目標，爲國民精神所當集結者，當首先標揚之，即（一）國家至上民族至上，（二）軍事第一勝利第一，（三）意志集中力量集中是也。」具體地說，就是「在民族生存受盡威脅之情形下」，「國家民族的利益高於一切」，「國家民族之最大利益爲軍事利益」，「專心一致爲國家民族軍事利益而奮鬥」。同時，實踐救國之道德，確立建國之信仰，進行精神之改造。也就是：「對國家盡其至忠，對民族行其大孝」；「盡三民主義之目的，在促成中國之國際地位平等，政治地位平等，經濟地位平等」；「醉生夢死之生活必須改正」，「奮發蓬勃之朝氣必須養成」，「苟且偷生之習性必須割除」，「自私自利之企圖必須打破」，「分歧錯雜之思想必須糾正」。〔註88〕

　　1939 年 4 月 26 日，中國共產黨中央委員會在《中央爲開展國民精神總動員運動告全黨同志書》中認爲上述「這些都是根本正確的」，並一一予以重申，進而指出「國民精神總動員，應成爲全國人民的廣大政治運動，精神動員即是政治動員」、「只有經過民主方式，著重宣傳鼓動才能推動全國人民，造成壓倒敵人刷新自己的巨潮。」〔註89〕5 月 1 日，毛澤東在延安各界「國民精神

〔註87〕《國民政府重慶陪都史》第 102～104 頁。
〔註88〕該綱領由蔣中正代表國民政府曾在國民參政會第一屆第三次會議上宣讀，《新華日報》1939 年 3 月 12 日。
〔註89〕《群眾》週刊第 3 卷 1 期。

總動員」及「五‧一」勞動節大會上發表演說，帶頭高呼「擁護蔣委員長，擁護國民政府，擁護國民黨與共產黨的合作」，「擁護國民政府，擁護國民精神總動員」，又一次對國民精神總動員綱領所提出的三個共同目標進行了重申，要求發揚「艱苦奮鬥的工作作風」和提倡「堅定正確的政治方向」，號召「從今天起，全國國民都要真正實行三民主義！」〔註90〕

顯然，《國民精神總動員綱領》已經成為舉國一致的國民精神總動員的指導綱領。「至於文化界，言論界，著作家之人士，更望審查國家安危民族盛衰之責任」，「接受精神總動員之要旨，而為共同之奮鬥。」〔註91〕在重慶，這些「人士」在積極行動，他們用自的筆寫出了國民精神的亟待改造，也寫出了國民精神的嶄新面貌。

「我難道還該沉默嗎？我們的祖國是那樣不幸：有些同胞無知的固執的信賴著『天』，明白『天』不可信賴的有知的同胞又固執地把自交給頹廢的生活，……這樣，×人的飛機才敢呼嘯在我們頭頂，×人呼嘯的炮彈才敢不絕的發射如同流星……」。〔註92〕

「火光中，避難男女靜靜的走，救火車飛也似的奔馳，救護隊搖著白旗疾走；沒有搶劫，沒有怨罵，這是散漫慣了的，沒有秩序的中國嗎？像日本人所認識的中國嗎？這是紀律，這是勇敢——這是五千年的文化教養，在火與血中表現出它的無所侮的力量與氣度！」〔註93〕

〔註90〕《國民精神總動員的政治方向》，《群眾》週刊第 3 卷 3 期。
〔註91〕《國民精神總動員綱領》。
〔註92〕沈德：《天才》，《大公報》1939 年 3 月 19 日
〔註93〕老舍：《五四之夜》，《七月》第 4 集 1 期。

第二章　大眾傳播走進現代

一、報紙新聞趨於繁榮

　　隨著抗日救亡運動開始在重慶逐漸興起，在《新蜀報》、《商務日報》等報紙副刊上發表過作品的青年們便組織起來，於 1936 年 6 月在重慶成立了人力社：「一是人定勝天，人力可以改造社會。二是有錢出錢有力出力，在抗日救亡中，我們雖然無錢，但是有人。三是人多力量大，團結更多的人便有更多的力」。不久，1937 年 1 月，《人力週刊》出版，由於「採取的是新式樣，是以報紙型的排法，可是專排文章。內容有雜文、論著、短評、小說、通訊、問答……等專欄，人力週刊是想努力在這幾千種中國出版物中，另外尋找一條新的道路，使這刊物能真正成為青年的讀物。他想儘量登載滿足青年要求的文章，儘量安慰青年的苦悶，解答青年的疑難，發表青年的作品，接受青年的提供的一切意見。」〔註1〕顯然，這種報紙副刊類型的週刊確實是一個創舉：能夠迅速地反映出廣大青年對現實的種種感受與要求，兼有報紙與雜誌之長，而無其短。

　　因此，《人力週刊》產生了較大的社會影響，同時，重慶報刊的編採人員中多為人力社社員。於是自然就產生了這樣的要求：「重慶文化界團結起來」，決定成立重慶文化界救國聯合會。隨即由人力社，《商務日報‧山副》，《新蜀報‧新副》，《春雲》月刊，《大江日報副刊》公開在報紙上徵求會員，於 5 月 16 日在重慶市總商會召開成立大會。〔註2〕在抗戰爆發後，該會一方面採取各

〔註 1〕　陳鳳兮：《金滿城在新蜀報》，《重慶報史資料》第 12 輯。
〔註 2〕　陳鳳兮：《金滿城在新署報》，《重慶報史資料》第 12 輯。

種形式積極支持前方抗戰，僅僅《新蜀報》就於 7 月 12 日至 16 日，共募捐 1600 餘元；另一方面又為抗日救亡培養宣傳人才，於 7 月 22 日發起開辦署期文藝講習班，共收男女學員達 50 餘人。〔註 3〕由此可見重慶新聞工作者在促進重慶文化界團結抗日的過程中，確實發揮了不容忽視的主導作用，從而為重慶抗日救亡運動的展開創造了有利條件。值此國難當頭之際，重慶各報紛紛以實際行動支持抗戰。

《新蜀報》「為幫助讀者加深對抗戰形勢的認識，從而鼓舞人民同仇敵愾的鬥志，除前線有特約記者經常拍發專電外，還隨戰事的發展，利用自身印刷製版的方便，和人才彙集等優越條件，經常繪製《戰爭形勢圖》提供給讀者；在 1937 年 8 月 14 日，就依據上海抗戰的發展，製出《滬戰形勢略圖》；11 月 17 日，製出《常熟菖山形勢圖》；11 月 13 日，八路軍在山西對敵反攻，又刊出《最近晉戰勢略圖》；12 月 9 日就頭條新聞『首都保衛戰壯烈展開』，刊出《南京近郊略圖》等。同時，為幫助讀者瞭解當天全國抗戰的主要情況，開闢《今日戰局述要》專欄，一般是每日凌晨 5～6 時發稿」。「在 1937 年 12 月 15 日，還創辦了《新蜀夜報》，以便盡快地把當天的國內外大事抗戰形勢及時報告給讀者」。同時，為贏得在讀者中的信譽，加強與讀者聯繫，「報社在 1937 年 9 月份改用輪轉機印報，對報頭，重要新聞，大型廣告方面實行套紅，並全面改版，大大提早出版時間」。「在 12 月 23 日，抗戰將達半年，戰區單位和人員大量湧入重慶時，又印製《重慶市街道圖》隨報附送，以便讀者對陪都地勢、交通等有所瞭解。」〔註 4〕

《商務日報》在「抗戰開始時，除電訊版、省市消息版以及地方行情專欄依舊外，對於評論和副刊也有所充實。副刊適應抗戰形勢，即更名為《戰鼓》，並決定保持每天需要有一篇評論（社論和短論間天一次）」。「除此之外，有一段時間還把《戰鼓》副刊版面用為專業文學的園地」，「主編了一個文學評論性質的專刊，約每週在副刊上發刊一次。所以在當時副刊和評論也能一新耳目。」「正當前方吃緊，武漢準備撤退迫在眉睫之時，集中在武漢進行宣傳鼓動的報紙仍然堅持工作，但一方面也在未雨綢繆，作著向後撤退的準備。在重慶基地一時還未建成，青黃不接的時候，他們想出一個較好的辦法，

〔註 3〕 周雙環、黃賢發：《重慶新聞界大事記（抗日戰爭時期）》，《重慶報史資料》第 3 輯。
〔註 4〕 陳志堅：《我在新署報工作的一段時間》，《重慶報史資料》第 7 輯。

是找印刷單位複印紙型出報和印出刊物——即每日報刊製好的紙型由航空飛運重慶，然後澆成鉛版印報，保證報刊如期出版，不使發行中斷」。這樣，「每日交來紙型代印的《新華日報》、《大公報》、《時事新報》等幾份報紙外，還有生活書店出版的幾份期刊，如《全民週刊》、《抗戰》、《婦女生活》等。」〔註 5〕

此外，《濟川公報》改屬為四川省政府機關報，號召「準備犧牲，保衛領土」。〔註 6〕《星星報》為適應抗戰宣傳需要，更名為《星渝日報》，由四開小報改版為對開大報。〔註 7〕

由此可略見重慶報業為適應抗戰的戰略政略需要，既努力爭取在現有條件下積極支持抗戰，又全力進行不同形式的調整，開始使報紙自主地發揮其大眾傳播媒介的社會作用，從而顯示出重慶新聞工作者辦報意識發展新趨向。

與此同時，整個重慶新聞界呈現出團結抗日的新氣象，1937 年 8 月 15 日，重慶新聞社聯合會成立。9 月 1 日，重慶新聞界召開九一記者慶祝大會，決議致電中央轉慰前方將士，籌備組織日報公會和記者公會。〔註 8〕

隨著國民政府遷渝，南京《新民報》於 1938 年 1 月 15 日遷來重慶。這是抗戰以來，第一家由外地遷重慶的較有影響的報紙，開始直接促進重慶與沿海沿江大城市的直接信息交流，擴大新聞工作者的視野，不再囿於抗戰戰況的風雲多變，而是注目於整個戰時文化的各方面發展，顯示出前所未有的，更為廣闊並更為深入的新聞眼光。《新民報》上發表的關於《歌頌與批判》、《文學的「新內容」》這樣一些文章，〔註 9〕可以說是開風氣之先；及時地討論了文藝與抗戰的關係問題。這表明，重慶新聞界正在努力打破滯後的封閉格局，以逐漸走向引導全國新聞的中心地位。

3 月 27 日，重慶市新聞社聯合會在第二屆第一次理事會上決定將籌辦《戰時記者》月刊，舉行時事討論會。5 月 2 日，重慶記者座談會在兩個月中三次座談後，開會選舉理事和監事。於是重慶的通信社和記者形成了較為緊密的團體。〔註 10〕

〔註 5〕　熊明宣：《抗戰前期的商務日報》，《重慶報史資料》第 7 輯。
〔註 6〕　《重慶主要報紙簡介》《重慶報史資料》第 13 輯第 84 頁。
〔註 7〕　李伏伽：《從〈星星報〉到〈星渝日報〉》，《重慶報史資料》第 9 輯。
〔註 8〕　《重慶新聞界大事記（抗日戰爭時期）》，《重慶報史資料》第 3 輯。
〔註 9〕　《新民報》1938 年 3 月 14 日、16 日。
〔註 10〕　《重慶新聞界大事記（抗日戰爭時期）》，《重慶報史資料》第 3 輯。

4月27日,《時事新報》自上海遷重慶,報業又增添一生力軍。5月4日,重慶市報業公會在市商會召開成立大會,到會者有市內軍政負責人及各大中學校校長,各報代表共200餘人。通過投票選舉《商務日報》、《濟川公報》、《大江日報》、《國民公報》、《新蜀報》、《星渝日報》、《新民報》等7家報紙爲理事,《快報》、《人民日報》、《時事新報》、《四川晚報》、《新蜀夜報》等5家報社爲監事,展示了重慶報界愛國民主的陣容。隨後,5月21日《西南日報》創刊,8月1日《南京晚報》遷重慶發行。〔註11〕

此後,德國海通社自8月從武漢開始遷往重慶,並於9月1日在重慶市新聞界慶祝記者節的大會上初次亮相,這也是重慶新聞界和外籍記者正式接觸聯歡的創舉。隨之而來,英國路透社、美國合眾社、法國哈瓦斯社、蘇聯塔斯社等外國通訊社駐中國分支機構也陸續從武漢遷到重慶。此時,中國國民黨中央宣傳部國際宣傳處及時建成外籍記者招待所,並於每週星期五下午舉行新聞發布會,充分發揮了對外宣傳與新聞傳播的積極作用。「不僅常駐重慶的外國通訊社記者和報刊特約通訊員,不想離開這個活動園地,就是臨時過境的新聞訪客,也留有較好印象」;並且,「那時凡是到重慶參加過新聞發布會的外國記者,大都留有半身照片,國宣處攝影科還爲這些訪客照片加工放大,用木框裝好,掛在新聞會議廳牆壁上以示宣揚」。〔註12〕由此可見,通過與各國記者建立良好關係,有利於中國抗戰引起全世界的密切關注,陪都重慶成爲向世界,特別是向以各種形式支持中國抗戰的國家,進行新聞傳播的中心。

9月15日,《中央日報》由長沙遷到重慶;10月1日,《掃蕩報》從武漢遷到重慶;10月25日,《新華日報》從武漢遷到重慶;12月1日,《大公報》由武漢遷到重慶。此外,《中央週刊》、《群眾》週刊、《新聞記者》月刊相繼在重慶復刊;中國青年新聞記者學會總會、中國新聞學會也先後由武漢遷來重慶。〔註13〕這些具有全國性影響的報刊的發行及新聞團體的到來,也就正式確定了陪都重慶作爲戰時新聞中心的地位。

重慶報界的基本面貌隨之也發生了巨大的變化,各報之間那種新聞的地域性差異減退,更多地表現出的是因新聞的傾向性,趣味性,商業性方面的

〔註11〕 《重慶新聞界大事記(抗日戰爭時期)》,《重慶報史資料》第3輯。
〔註12〕 陳雲閣:《抗戰期間外國記者在重慶的活動》,《重慶報史資料》第6輯。
〔註13〕 《重慶新聞界大事記(1937.7~1945.8)》,《重慶報史資料》第14輯。

種種差異而形成的不一致。這種不一致經過戰時環境的放大，主要表現為在抗戰建國的前提之下，政治傾向的不一致，從根本上涉及到言論自由與新聞傳播自由。

言論自由是新聞傳播自由產生的不可缺少的前提，而新聞自由傳播是言論自由實現的必要條件。然而，新聞傳播在「看不見的手」進行的市場控制中，在發展成為大眾傳播業的同時，也就發生了言論自由與新聞傳播自由之間的某種程度的對抗，即輿論對大眾的操縱。儘管如此，言論自由依然是新聞傳播自由的前提，只不過大眾傳播媒介的自由狀況對於個人自由權利的影響與制約的程度更加強大了。這一矛盾直到第二次世界大戰結束後，由於編輯權與獲知權、接近權的分別提出才有所緩解。

但是，在戰時條件下，一方面施加意識形態上的思想影響，一方面強化審查制度上的法律限制，大眾與輿論的對立相應減弱，而突出地表現為特定的戰略和政略的實施對言論自由和新聞傳播自由的約束。除了進行必要的戰時新聞管制之外，這一約束實際上導致了對於自由權利的某種壓制，從而形成重慶報界政治傾向的分化。

促進這一分化的首要因素是政治意識，乃至政治權力。

1938 年 11 月 3 日，《中央日報》發表《戰時之言論出版自由》的社論，提出「平時的時候，我們要爭自由，戰時的時候，我們反而要犧牲自由」，強調了對於言論自由與新聞傳播自由要進行政治控制。24 日，《新華日報》發表總編專論《保障言論出版自由與爭取抗戰勝利》，指出保障自由權利是全民抗戰取得勝利的基本保證，不能輕言放棄，甚至犧牲。

《西南日報》名為創刊，實為對《人民日報》的改組。以抗日救亡和抨擊時弊為主旨的《人民日報》，是在中央與地方的權力之爭中創辦的。隨著國民政府軍事委員會重慶行營對重慶的全面控制的完成，便以「牢中出來的犯人把持了編輯部」為名，強行接管，成為三民主義青年團的喉舌。〔註14〕

可見，無論是抗日救亡也好，還是政治民主也好，都必須以個人自由權利保障為前提。同時，報紙編輯在一定程度上是能發揮主導性作用的。此外，促進這一分化的重要因素是經濟利益，乃至經濟力量。

《重慶晚報》是重慶最早發行的一家晚報，多報導街談巷議，少登發政

〔註14〕所謂犯人實即劉湘從反省院放出的中國共產黨黨員。《重慶報史資料》第 14
　　　輯第 86～87 頁。

治性新聞，著重刊出以「重晚特稿」爲主的重慶社會新聞，以及全川各地通訊員來稿，並且辦了報童工讀學校，盡力擴大發行量。直到 1939 年 5 月在日機轟炸中，報社化爲灰燼而停刊。〔註 15〕《星渝日報》自從改版以來，總編輯與總經理之間在辦報方針上一直存在爭議，只得依然故我，從內容到編排上都隨大流，沒有明顯的傾向性。〔註 16〕結果每況愈下，最後只好停刊。《新華日報》之所以能夠「奇蹟般」地在重慶出版，就是由於其用 1500 元押金和每月 350 元租金，將《星渝日報》的房屋和設備全部租下的成果。〔註 17〕

可見，著眼經濟目的而辦報，雖然用心良苦，用力甚勤，但卻容易造成自生自滅的後果。同時，報紙編輯的努力最終還是受到經濟決策者的無情壓制。

對於抗戰時期重慶報界政治傾向不一致的歷史描述，在國內出版的不少新聞史著作中，提出了所謂的「中間性」這一概念，來進行總括性地劃分：進步、中間、頑固三派。〔註 18〕以致於有人進而提出「三大陣營」之說。〔註 19〕事實上，對於抗戰時期的重慶報界是不能簡單地用傳統的左、中、右三分思維模式來進行概括的。

首先，由於國共合作抗日的政治現實，報紙的政治傾向往往具有深刻的意識形態背景。這對於重慶報界的影響主要是體現在中國國民黨與中國共產黨這兩個政黨所屬的報紙上面，具有明確的，有時甚至是激烈的對抗性。在這裡，政治傾向的不一致主要表現爲黨派性，以致階級性。

其次，由於官辦與民營的報紙對於新聞傳播自由的強調各有其取捨，政治傾向往往取決於不同的群體利益。這對於重慶報界的作用主要表現爲各報指導方針明顯的，有時甚至是對立的差異性。在這裡，政治傾向的不一致主要表現爲思想性，乃至戰鬥性。

因此，對於重慶報界的政治傾向不一致的現象的認識，既要注意到不同層次的區分，即應該以那一層次上的政治傾向的表現爲基本導向；又要注意

〔註 15〕丁孟牧：《憶〈重慶晚報〉》，《重慶報史資料》第 9 輯。
〔註 16〕李伏伽：《從〈星星報〉到〈星渝日報〉》，《重慶報史資料》第 9 輯。
〔註 17〕《重慶報史資料》第 14 輯第 86 頁。
〔註 18〕復旦大學新聞系新聞史教研室：《簡明中國新聞史》第 131 頁，福建人民出版社 1986 年版；李龍牧：《中國新聞事業史稿》第 254 頁，上海人民出版社 1985 年版。
〔註 19〕甘惜分：《寄語重慶新聞史研究的同志們》，《重慶報史資料》第 10 輯。

到在愛國主義高漲的形勢下，無論是政治傾向的對抗性，還是政治傾向的差異性，都不可能佔據主導地位。在本時期中，在抗戰建國的大前提下，重慶報界主要是以團結抗日爲其主要政治傾向，《重慶各報聯合版》的刊行就充分顯示了這一點。

1939 年 5 月 3 日到 4 日，日機對重慶進行了滅絕人性的空前大轟炸，各大報社均遭到不同程度的破壞，一時無法恢復出報。5 月 5 日，中國國民黨中央宣傳部鑒於諸多出版條件的困難，通知各報臨時停刊組織聯合版以及時出報，由《中央日報》牽頭，召集《新華日報》、《大公報》、《時事新報》、《掃蕩報》、《國民公報》、《商務日報》、《新蜀報》、《西南日報》、《新民報》共 10 家報社商討有關事宜。

5 月 6 日，除《新華日報》外，其他 9 家報社停刊，改出聯合版。中國國民黨中央宣傳部向《新華日報》社發出「不准單獨出版函」，稱：「查渝市各報，奉諭自 6 日起，一律停刊，改出聯合版。5 日曾通知各報在案。唯貴報本日（6 日）仍照舊單獨出版，有違前令。特此函知，務希即日遵令辦理，7 日起不得再行刊行。否則事關通案，當嚴予處分也。」

同時，周恩來「書面奉告」中央黨部宣傳部部長葉楚傖，指出：「一、《新華日報》爲尊重緊急時期最高當局之緊急處置及友報遷移籌備之困難，特犧牲自己繼續出版之便利，同意參加重慶各報暫時聯合版以利團結。二、《新華日報》同人鄭重聲明，一俟各報遷移有定所，籌備有頭緒，《新華日報》即宣佈復刊」。有意思的是在此之前，5 月 4 日《新華日報》一版刊登鳴謝啓事：「昨日敵機肆虐，本報一部分房屋被炸，致勞行政長官，新聞同業及多數讀者紛紛慰問，特此鳴謝。」5 月 5 日《新華日報》一版顯著位置刊登緊要啓事：「茲因空襲關係，本報自今日起暫出半張，一俟內部整事就緒，即當恢復原狀，諸希讀者鑒諒是幸！」。也在 5 月 5 日當天，《新華日報》社一方面申明「關於《聯合版》事，敝報一概恕不參加」；一方面也得到葉楚傖的保證，即出聯合版是臨時措施，絕沒有讓《新華日報》就此停刊的意圖。

5 月 7 日，《新華日報》參加各報聯合版，由 10 家報社共同組成重慶各報聯合委員會。10 家報社都不出錢辦報，也不參加分紅，賣報賺的錢作爲該委員會開支。該委員會商定：聯合版不寫社論，只發中央社消息，不發各報採訪的新聞，以減少矛盾，10 家報社分組輪流派人值班編輯，《新民報》和《新華日報》分在一個組；報紙清樣出來由大家看；每天出對開大報一張，二版

為要聞版，三版刊登國際時事，一、四版登廣告。

8月12日，《重慶各報聯合版》一版上刊登重慶各報聯合委員會啓事稱：「本會刊行之聯合版自5月6日發刊以來已三閱月，茲以各會員報毓建工作大體就緒，本版發行至8月12日止，自8月13日起任由各報分別出版」。同時於三版報導該委員會舉行結束會議，經委會報告營業收入相抵，大會結束後籌設共同組織。〔註20〕

通過《重慶各報聯合版》的發行，不但在某種程度上消除了政治上的疑慮及各報之間的隔閡，而且還爲進一步的團結奠定了基礎，重慶各報聯合委員會因此而發展成爲重慶報界的共同組織。〔註21〕

8月13日復刊的《新華日報》在一版詳細報導了6月12日發生「平江慘案」並於同日在八路軍辦事處召開追悼會，重慶衛戍總司令部、重慶警備司令部亦派代表參加，董必武在發言中「請求懲辦凶頑，揭破漢奸托匪和汪派在破壞團結中的陰謀活動，並加強統一戰線工作」。〔註22〕由此可略見團結抗戰氣氛之一斑。

9月初，中央社記者劉尊棋、《掃蕩報》記者耿堅白、《新民報》記者張西洛隨全國慰勞總會北路慰勞團來到延安。在9日晚舉行的歡迎慰勞團大會上，慰勞團總團長張繼激動地表示：「國共兩黨正親密團結著，我認爲今日國共雖然有小摩擦，但是這些摩擦是通過和平方法可以解決的。現在大家沒有不同意打日本的事情，我中華民族黃帝子孫絕不會再用兵打自己了。」〔註23〕

9月16日，三記者對毛澤東進行採訪。毛澤東在答記者問時指出：「國民黨、共產黨，在政治上是有共同之點的，這就是抗日」。「汪精衛是國共兩黨和全國人民的共同敵人」，「他要反蔣，我們就要擁蔣；他要反共，我們就要聯共；他要親日，我們就要抗日。凡是敵人反對的，我們就要擁護；凡是敵人擁護的，我們就要反對」。同時，「我們根本反對抗日黨派之間那種互相對消力量的摩擦」，「我們不但希望長期合作，而且努力爭取這種合作。聽說蔣委員長在國民黨五中全會中也說過，國內問題不能用武力來解決」。「但是要給長期合作找到政治保證，分裂的可能性才能徹底避免，這就是堅持抗戰到

〔註20〕蔡貴俊：《重慶各報聯合版始末》，《重慶報史資料》第7輯。
〔註21〕《重慶新聞界大事記（1937.7～1945.8）》，《重慶報史資料》第14輯。
〔註22〕蔡貴俊：《重慶各報聯合版始末》，《重慶報史資料》第7輯。
〔註23〕張西洛：《三記者訪問毛澤東》，《重慶報史資料》第9輯。

底和實行民主政治。」〔註 24〕

這恰如同往慰問的老舍在《劍北篇》中所歌唱的那樣：

「在城鎮，在塞外，在村莊，

中華兒女都高唱著奮起救亡；

用頭顱與熱血保證希望，

今日的長城建在人心上！」〔註 25〕

重慶報界在堅持團結抗戰的同時，也不斷開拓辦報的眼界。1939 年 1 月 28 日到 30 日，由中國青年新聞記者學會總會在重慶舉辦全國報紙期刊展覽會，共展出 20 多個省市的報紙 100 多種，新聞攝影照片 40 餘幅。〔註 26〕10 月 9 日，中央政治學校新聞研究會主辦的世界報紙雜誌展覽會開幕，展出了 30 多個國家，20 多個語種的報刊 1000 種左右，其中有中外報紙，華僑報紙及畫報。〔註 27〕這對重慶報界無疑起到了很好的開放與借鑒的促進作用。

此時，除《中央日報》、《掃蕩報》、《大公報》等報發行外地版外，〔註 28〕重慶各大報均辦有文藝性副刊，並且特邀文藝界人士主持編輯工作，有效地推動了陪都重慶乃至全國的抗戰文藝運動的發展，以及對抗日宣傳和民眾動員的積極促進。這可以說是重慶各報文藝副刊在抗戰時期的一大特色。

中國電影製片廠在《國民公報》、《掃蕩報》、《新民報》上每週各刊出一期副刊，並創辦了《中國電影》；而中央電影攝影場則在《新蜀報》、《中央日報》、《商務日報》等刊物上，及時介紹評論電影話劇的創作與演出，進行有關理論的探討。它們在從事故事片攝製與話劇演出的同時，也努力進行新聞紀錄片的拍攝。

中央電影攝影場，「四年來的工作主要出品為抗戰新聞紀錄影片」，「出版的抗戰實錄影片九種」。「純新聞編號的新聞片有三十一種即《中國新聞》自五十二號至八十二號」，「特出事件的新聞特號有十八種」，「紀錄片有十種（《新路一萬里》、《我們的南京》、《重慶的防空》、《中原風光》、《今日之河南》、《雲南建設》、《國父》、《第二代》、《西藏巡禮》、《林主席西南觀察記》），達 68 種，至少在 100 本以上。」這些新聞紀錄片絕大部分是在 1938 年到 1941

〔註 24〕《毛澤東同志與中央社等記者談話》，《新華日報》1939 年 10 月 19 日。

〔註 25〕《抗戰文藝》第 6 卷 3 期。

〔註 26〕《重慶新聞界大事記（抗日戰爭時期）》，《重慶報史資料》第 3 輯。

〔註 27〕《重慶新聞界大事記（1937.7～1945.8）》，《重慶報史資料》第 14 輯。

〔註 28〕本書引文凡引自上述各報重慶版者，均不再說明。

年，中央電影攝影場遷渝期間拍成的，1937 年在武漢拍攝的約在 3 種共 5 本左右。〔註 29〕

中國電影製片廠在武漢時期拍攝了《抗戰特輯》5 種，《電影新聞》6 種，以及「特殊事件之專輯片」8 種，《抗戰號外》3 種，計 21 種共 52 本。遷渝之後，於 1939 年至 1940 年間，又攝製新聞紀錄片 11 種達 22 本又 3315 尺。〔註 30〕

運用新聞紀錄片對抗日戰爭，特別是大後方戰時生活進行及時報導，成爲陪都文化運動第一時期中新聞事業發展走向現代的重要標誌。它表明以重慶新聞事業爲代表的中國新聞事業已經開始接近世界新聞事業的發展水平。

此外，新聞攝影儘管受到紙張，印刷等戰時物質條件的限制，很少在報紙上發表，也不能出版新聞圖片專輯或畫報。但是，經過廣大攝影工作者的努力，採取分發攝影照片，〔註 31〕舉辦攝影展覽，〔註 32〕在國內外的新聞宣傳傳播活動中發揮了應有的作用。〔註 33〕這同樣也是重慶前所未有的創舉。它意味著重慶新聞事業將以更加直接訴諸民眾的眼睛的方式，展現與民眾休戚相關的戰爭場面與生活情景，來激發愛國熱情，堅定抗戰決心，從而使大眾傳播的水平達到一個新的高度。

中央廣播電臺遷渝後於 1938 年 3 月 10 日開始中波播音，並在國民政府交通部的支持下，不久又增加了短波播音。此外，隸屬該臺的中央短波廣播電臺於 1936 年即在重慶籌建，1939 年 2 月 6 日開播，後於 1940 年 1 月 15 日移交國際宣傳處，改稱國際廣播電臺，對外廣播時英文名稱爲「中國之聲」，同年 6 月，又劃歸中央廣播事業管理處。兩臺日夜不停地向全中國，全世界廣播，使用的語言有「國語」，方言（粵、瀘、閩、廈門、客家、台山、臺灣

〔註 29〕 中國電影出版社 1980 年版的《中國電影發展史（第二卷）》第 493～495 頁上的有關資料顯然不夠完整，而當時任中央電影攝影場長的羅學濂在 1941 年 8 月出版的《文藝月刊》上發表的《抗戰四年來的電影》一文中的介紹就較爲全面。

〔註 30〕 程季華《中國電影發展史（第二卷）》第 490～493 頁。

〔註 31〕 《中央電影場爲揭露敵機炸渝暴行，攝影照片備贈各界》，《新華日報》1939 年 1 月 19 日。

〔註 32〕 于鳴：《抗戰建國影展印象記》，《新華日報》1939 年 2 月 24 日。

〔註 33〕 《抗戰影展在荷蘭》，《新華日報》1939 年 3 月 26 日；《「西康攝影展覽會」今日預展》，《新華日報》1941 年 2 月 26 日；《攝影學會勞軍展覽繼續三天》，《新華日報》1941 年 4 月 18 日。

語），少數民族語言（蒙、回、藏語），外語（英、法、德、日、意、俄、荷等十多種）。

強大的電波跨越四面八方，致使日本侵略者一方面在佔領區採取政治和技術措施禁止收聽重慶廣播；一方面對重慶進行狂轟濫炸，不過收效甚微，以致東京報紙不由哀歎：「我皇軍飛機大炸重慶，那裡的青蛙全部炸死無聲，為什麼那個擾人心緒的中央電臺還是叫個不停？！」

中央廣播電臺和國際廣播電臺除進行抗戰宣傳，舉辦文藝節目與各種講座之外，其新聞節目主要有紀錄新聞（中文及英文），簡明新聞，新聞類述，主要播發中央通訊社電訊稿和《中央日報》新聞，對外廣播，則大多為國際宣傳處與美、英等國廣播公司來華記者到國際廣播電臺進行自編自播，由所在國廣播電臺定時轉播。〔註34〕

由此可見，新聞廣播對於提高抗戰宣傳和民眾動員的水平，對於加強中國與世界各國的聯繫，都發揮了不可替代的現代傳播媒介的巨大作用，逐漸走向與國際新聞事業接軌。

在這一時期中，重慶新聞界較之戰前發生了根本性的轉變，首先是報界出現了開放性的新格局，報紙呈現多樣化與個性化的趨向；其次是以電影、攝影、廣播等為媒介進行新聞傳播，同時提高了傳播的速度與擴大了傳播的範圍，從而使重慶新聞事業開始向著大眾傳播的現代形態發展。這一轉變的意義在於：縮短了重慶與世界在新聞傳播上的差距，鞏固了重慶作為戰時新聞中心的地位，並且為重慶新聞事業在下一時期的發展奠定了堅實的基礎。

二、書刊出版走向興旺

隨著抗戰的到來，重慶唯一的地方性大型文學雜誌《春雲》也發生了重要的變化。由於《春雲》月刊編輯部主要成員均係重慶銀行的青年職員，並且經費來源依靠各銀行、錢莊的廣告費，不足的開支由重慶銀行補足，每期印數約 1000 冊。因此，《春雲》所發表的作品除了反映社會現實的一面之外，還有著追求趣味消閒的另一面。加之雖然也曾憑私人關係向巴金拉過稿以壯行色，但撰稿者絕大多為文學青年甚至還有不少中學生，稿子的質量很難保證。所以，《春雲》的藝術水準是不夠高的。這一狀況在國民政府遷渝後開始得到某種程度的改善，在《春雲》上相繼發表了郭沫若、葉聖陶、陳白塵、

〔註34〕《抗戰時期的重慶廣播》重慶市廣播電視志辦公室編印。

王亞平、柳倩、沈起予、李輝英、任鈞等人的作品，從而在抗戰之初的重慶文藝創作中發揮了不可忽視的作用。〔註35〕

1937年12月，由《春雲》月刊編輯部編輯，重慶春雲社發行，今日出版合作社總經售的《春雲短篇小說選集》出版，收入小說10篇，約8萬字，計124頁。這些小說從不同層面展示了在戰爭風暴來臨之際，重慶社會的種種現狀，特別是刻畫出重慶人的精神面貌，正如其序言所稱：「本刊成立至今，恰好一年。所貢獻社會者，與擁有全國讀者的權威刊物相較，所發生的影響，所取得的成果，遠不及他們。但，在四川這個環境中，卻算得是文藝戰線上一名堅強的戰士。不管別人的侮譽，我們，總本著時代的需要而努力。」

《春雲》月刊於1939年4月出版了第5卷1期後停刊，共出25期，每期約5萬字，發表小說近百篇，話劇劇本《打下去》，歌劇劇本《餓鄉之歌》，以及不少詩歌、散文、評論等。

《春雲》停刊的主要原因有兩方面：一是隨著全國性文藝團體的先後遷渝，迅速地提高了重慶抗戰文藝的創作與接受水平，《春雲》自然難免相形見絀；一是在向戰時經濟轉軌的現實過程中，籌措出版經費發生困難，《春雲》更是難為無米之炊。

《春雲》停刊說明在戰時環境中，書刊出版的質量固然是極為重要的，但是最根本的還是書刊出版的經濟保障是否具備。即使是中華全國文藝界抗敵協會所主辦的《抗戰文藝》這樣的具有全國水準的代表性刊物，也主要是依靠國民政府教育部、中國國民黨中央宣傳部、軍事委員會政治部的按月補助，〔註36〕甚至於還得採取「會刊千冊及前線增刊五百冊已送中宣部包銷」的方式來籌集經費。〔註37〕

1937年下半年，隨著國共兩黨合作抗日，抗日民族統一陣線形成，重慶反省院的37名政治犯要求出獄上前線抗日被當局拒絕之後，開始絕食以爭取恢復自由。《新蜀報》、《國民公報》、《商務日報》均予以支持。出版界亦與新聞界共同行動，於此時出版了《詩報》半月刊。《詩報》以「本刊已呈請市政府轉成內政部中宣部登記中」的方式在尚未登記的情況下搶先發行，印刷費用由參加《詩報》者自籌，每期每人可發表詩一首。

〔註35〕李華飛：《〈春雲〉文藝始末》，《抗戰文藝研究》1983年第2期。
〔註36〕《總務部報告》、《出版部報告》，《抗戰文藝》第4卷1期。
〔註37〕《會務報告》，《抗戰文藝》第4卷3～4期合刊。

　　《詩報》為對開大張，16 頁碼，不裝訂，不加封面，每期 1000 份，試刊號於 1937 年 12 月 16 日出版，發行者為知識書店。《詩報》首次出刊後，其上所發表的《三十七條愛自由的靈魂》等作品引起輿論界好評，及時地支持了絕食鬥爭。緊接著 1938 年 1 月 10 日出版了《詩報》第 1 號，改由星星書社經售，儘量減少當局的注意。儘管如此，還是很快地被以未報請登記為由禁止出版了。〔註 38〕這無疑表明，書刊出版直接受到了戰時審查制度的嚴密控制。

　　然而，正如《詩報》試刊號上《我們的告白》中所說的那樣：「詩歌，這短小精悍的武器，毫無疑義，對抗戰是有利的，它可以以經濟的手段暴露出敵人的罪惡，也能以澎湃的熱情去激發民眾抗敵的意志」──「我們正想像著一個果實──就是強化詩歌這武器，使它屬於大眾，使它能衝破四川詩壇的寂寞。」《詩報》就是這樣的不幸夭折的果實。

　　如果說 1938 年 7 月，國民政府正式公佈《中國國民黨抗戰建國綱領》，大力倡導全民抗戰，那麼，1938 年 10 月，隨著持久抗戰的戰略大轉移的完成，則直接推動全民抗戰走向高潮。此時，全國各地民眾，從香港到重慶，從江南到塞北，紛紛以各種方式來顯示抗戰到底的戰鬥意志，掀起了募捐運動的熱潮。重慶出版界先後積極投入了義賣獻金運動，獻書勞軍運動，從而使書刊出版服務於抗戰，發揮其不可或缺的社會傳播作用。

　　1938 年 11 月 17 日，中國國民黨重慶市黨部召集全市商業團體首腦開會，商討如何在重慶開展獻金義賣活動，並確認義賣就是「商人捐貨，買主捐錢，互相利用，捐獻國家」。〔註 39〕11 月 19 日，《新華日報》發表社論《積極參加義賣運動》，提出「義賣獻金運動，是實現『有錢出錢，有力出力』和使社會人士積極參加抗戰的有效辦法。我們希望重慶的大小商戶，各界人士，熱烈地參加這個運動，並把這個運動擴大全國各地區」。12 月 13 日，重慶市各界義賣獻金運動委員會成立，並公佈了義賣獻金辦法，隨後舉行了義賣月。〔註 40〕12 月 20 日，《中央日報》發表《義賣運動的注意點》這一社論，指出「義賣運動是人民在一定時間內，出賣自的物品而以所得貨款貢獻給國家」，然後就義賣運動的具體舉行作了詳細的指導以確保其正常運行。

〔註 38〕李華飛：《〈詩報〉創刊五十年》，《重慶文史資料》第 29 輯。
〔註 39〕《商務日報》1938 年 11 月 18 日。
〔註 40〕《重慶大事記》第 169 頁。

生活書店重慶分店作爲重慶市率先倡導義賣的商家之一，成爲出版界響應義賣現金的第一家。《中央日報》特在 11 月 25 日發布消息：「生活書店重慶分店定 27 日午前 9 時至午後 9 時舉行義賣獻金」，該店同時也在《中央日報》登廣告，「歡迎各界愛國人士踴躍認捐」。這就帶動了出版界爭先恐後，風起雲湧，競相舉行義賣，如國民印刷公司，七七書店，中國文化服務社，戰時書刊供應所，升平書館，拔提書店，《現代讀物》社，上海雜誌公司，華中鑄字廠等數十家書店，雜誌社，出版單位，均於 12 月以前，相繼舉行獨家義賣或一家定期義賣其他數家參賣。此外，重慶市出版商業同業公會還發起組織集體義賣。

尤其值得一提的是，正中書局服務部不自限於「自定一日爲義賣期」，而是「舉辦購書獻金運動，並不增加讀者負擔、而人人有救國機會」；其一「在收入之書款中，一律提取 10%，以愛國讀者本人名義，貢獻國家」；其二，「於每月 5 日舉行『愛國讀者購書獻金運動競賽』，將上一個月中間參加愛國獻金運動之愛國讀者著名及獻金數目在重慶《中央日報》一一公佈」。這樣，「使救國青年不再怨恨沒有機會讀書，而愛國讀者青年也不會再感覺救國無門了」。既可以解決「讀書與救國二者不可兼得」的實際困難，又可以「喚起讀書青年救國，並鼓勵救國青年讀書」。〔註41〕這就將義賣獻金運動與民族文化的不斷發展無形中聯繫起來，從而賦予這一運動以更爲深遠的歷史意義。

義賣獻金運動的成功表明，在統一組織與輿論支持下，民眾的自主愛國活動是能夠迅速地成爲大規模的群眾性運動的，〔註42〕不但直接支持了抗戰，更是促進了愛國意識的不斷覺醒。通過這一次義賣獻金運動，重慶出版界開始全行業性地參與捐募運動，初步顯示了出版工作者團結抗日的愛國精神。

1939 年 1 月 20 日至 30 日，中國三民主義青年團中央團部在重慶發起「徵募書報十萬冊，供前方將士閱讀」的獻書勞軍運動，重慶各報紛紛進行報導，引起社會各界的普遍響應，重慶出版界更是力爭主動，以責無旁貸的精神和積極熱情的態度，立即行動起來，於 1 月 21 日舉行出版界茶會，開始徵募活動。在全市百餘個出版界同仁單位的共同努力下，先後認募捐獻書刊約近 4 萬冊，幾占全市徵募總數 13 萬冊的三分之一，位居各界之上。〔註43〕

〔註41〕《中央日報》1938 年 12 月 4 日。
〔註42〕大 D：《義賣在香港》，《新華日報》1938 年 12 月 17 日。
〔註43〕《中央日報》1939 年 2 月 4 日。

　　同時，爲了保證滿足前方將士對於書刊的需要，出版界在 1 月 22 日集會，一致同意成立前方將士讀物供應委員會，推定《戰時文化》社，《中央週刊》社、《黃埔週刊》社、《抗到底》社，《抗戰文藝》社，正中書局，中國文化服務社，空軍出版社，通俗讀物編刊社，戰時書刊供應社，戰時文化服務處等出版發行機構負責籌劃。此外還決定以後出版書刊，在版權頁上加印「請讀者閱後，轉送前方將士」的字樣，以提高書刊的利用率，進而擴大書刊的傳播面。〔註44〕

　　重慶首次大規模獻書勞軍運動的舉行，不僅表現出全國軍民對書刊需要的迫切，而且也表明重慶出版工作者已開始意識到即將承擔起的社會大眾傳播使命。同時，也應該看到，此時重慶的出版機構，除正中書局，中國文化服務社等圖書出版社外，多爲雜誌出版社。

　　這一方面是因爲圖書出版社遷渝向不多，至於新創辦的更少，相形之下，由於大量刊物遷渝復刊，因而雜誌出版社在數量上就明顯佔有優勢。另一方面，較之圖書，雜誌的出版週期短，成本低，受戰時環境的限制也較小，更加上雜誌能夠便捷而靈活地作爲抗戰宣傳和民眾動員的有效手段，自然受到社會各界的青睞，特別是有關當局的重視。

　　1938 年 10 月 24 日，中國國民黨中央常務委員會通過了《中央宣傳部抗戰期間雜誌刊物獎勵辦法》，顯然有利於遷渝雜誌刊物的迅速復刊出版。中國共產黨於 1937 年 12 月創辦的《群眾》週刊，和中國國民黨於 1938 年 7 月創辦的《中央週刊》，都於 1938 年年底前分別由武漢與長沙遷渝出版。此外，陪都重慶黨、政、軍系統各級機關都復刊或創辦了對口業務刊物，以至於在整個抗戰時期陪都重慶所發行的 900 多種刊物中，其數量超過了半數。〔註45〕

　　隨著全國性社會團體，特別是文化團體的遷渝，許多在抗戰中具有較大社會影響的刊物紛紛在重慶復刊。這對於以陪都重慶爲中心的抗日救亡運動，尤其是抗戰文藝運動的發展，產生了極其重要的影響促進了重慶作爲全國出版中心的迅速確立。

　　這些雜誌可分爲兩大類。一類是綜合性雜誌，如《中蘇文化》、《戰時文化》、《全民抗戰》、《國訊》、《抗到底》、《戰時青年》、《婦女生活》、《戰時教

〔註44〕《商務日報》1939 年 1 月 23 日。
〔註45〕向純武：《抗日時期的四川報刊》，《抗戰時期西南的文化事業》成都出版社
　　　　1990 年版。

育》等，展示了戰時文化各方面的發展現狀，《中蘇文化》自 1937 年 11 月從南京遷重慶改出《中蘇文化》抗戰特刊半月刊，其創刊詞稱：「中國民族為解放而戰的全民抗戰已經開始了，現在是民族解放戰爭獲得勝利的時代」。「這便開展了全世界反戰反侵略的洪流」，「無疑地，除了客觀條件之外，還應取決於民族自身的力量」。「因此，我們就應『面向著人民大眾』，把一切力量集中到訓練民眾，組織民眾，在全國統一的中央政府領導之下，來廣泛地開展民眾工作及民眾的抗日運動。這即是本刊改為戰時特刊的主要意義之一。」〔註 46〕

一類為文藝性雜誌，如《抗戰文藝》、《戲劇新聞》、《文藝月刊·戰時特刊》、《彈花》、《七月》、《民族詩壇》、《文藝陣地》、《中國詩藝》等，有力地推動了抗戰文藝對戰時生活的形象反映和整體觀照。

《七月》自 1938 年底由武漢遷來重慶，至 1939 年 7 月才復刊出第 4 集 1 期（月刊），在《願再來和讀者一同成長》一文中表示：「戰爭前進了，文藝運動前進了」，「在今天，我們底微小的目的是：希望在同情我們的作家底合作與批評下面，在愛護我們的讀者底監視和參加下面，多少能夠使進步的文藝發展，為光榮的祖國效命。」

《文藝陣地》於 1941 年 1 月由桂林遷重慶出版，「打算在各方面都有所改革」。在編輯方針上，「絕對要做到篇篇耐讀，寧可單調而純萃，決不拼湊而駁雜，這樣雖不敢說每期的文章，必都精彩卓異，也至少希望每篇都有特點。作品呢，或題材把握有獨到之處，或形式上有新的嘗試，論文則不患其立論之無瑕可擊，而患其庸俗與公式化，缺乏新知灼見。」在編排形式上，雖然由於戰時環境中紙張、材料等印刷條件的限制難以達到美觀，但「以後至少在排印上設法，務使其清晰醒目，讀起來不致有損目力」。此外「無論在怎樣困難的條件下，一定要使它按期準時和讀者見面。」〔註 47〕

可以說，隨著遷渝刊物的復刊，重慶的出版水平發生了質的飛躍。

首先，這表現在將出版事業與抗戰，甚至與戰時文化緊密聯繫起來，開始發揮極其重要的信息傳播作用，從而逐漸發展成為具有廣泛社會影響的獨立的大眾傳播行業。

〔註 46〕1939 年 8 月第 4 卷 1 期改為月刊，1940 年 4 月第 9 卷 1 期改為半月刊，1944年 1 月第 5 卷 1 期又改為月刊。
〔註 47〕《本刊七卷革新啟事》，《文藝陣地》第 6 卷 6 期。

其次，這表現在將出版事業與抗戰文藝運動緊密地聯繫起來，爲抗戰文藝作品提供了最主要傳播途徑之一，從而有助於文藝在服務於抗戰的過程中進行自我發展。

其三，這表現在將出版事業與自身的需要緊密地聯繫起來，注重從編輯，印刷，發行這三方面來主動適應抗戰現實環境的種種限制，從而有利於總結認識戰時出版的具有一定規律性的特點。

自然，遷渝刊物的紛紛復刊，還直接促進了刊物創辦熱潮的興起。僅從本時期文藝刊物創辦的情況來看，較著名者就有：《抗戰藝術》、《戲劇崗位》、《青年戲劇通訊》、《新音樂》、《中國電影》、《時代文學》、《文學月報》、《國文月刊》、《文藝青年》、《詩墾地叢刊》等。不僅在數量上令人有今非昔比之感，而且在藝術門類上更是不可同日而語，由此可見抗戰以來重慶出版事業發展之迅猛。

不可否認的是，對於這一迅猛發展，陪都重慶的印刷業和圖書業也作出了重要的貢獻。

根據《抗戰時期印刷店一覽》所載原始資料統計，可以看到，在抗戰時期總數爲 428 家印刷店中，除去創辦年月不詳而核准時間爲 1943 年至 1945 年的 138 家之外，戰前創辦者爲 11 家，1941 年底前創辦者爲 52 家，1942 年以後創辦者爲 217 家。此外，戰前創辦者不少是各報印刷廠，如《國民公報》、《新蜀報》、《中央日報》、《掃蕩報》、《時事新報》等，且多數爲抗戰後遷渝。〔註48〕可見，即使是較之戰前重慶的印刷業主要由 17 家印刷廠構成，〔註49〕抗戰以來重慶印刷業隨著出版事業的發展，已經顯示出長足的進步。這樣，不但爲陪都重慶成爲戰時出版中心創造了必要的物質條件，同時也爲陪都重慶文化運動的發展提供了充分的傳播手段保證。

「陪都圖書教育用品業約共二百餘家圖書業，大部分系過去京滬各圖書公司分設或內遷，小部分爲戰後新設。一部分營出版及銷售者須經政府核准，一部分則僅營銷售他家圖書雜誌之業務，至出版書籍滿十種以上者，則加入出版業公會，該會有會員三十餘家。」各種書籍「售價因邇來紙張印刷高漲，大率土紙本者照戰前定價一百倍、機製紙照戰前定價兩百倍銷售，比之其他

〔註48〕1945 年 9 月後，創辦者未計入，創辦年月和核准日期均不詳者未計入。黃鋼：
　　　　《抗戰時期印刷店一覽》，《重慶出版史志》1991 年第 2 期。
〔註49〕《抗戰前的重慶印刷業》，《重慶出版史志》1991 年第 2 期。

各物指數尚屬低廉。」〔註 50〕

　　由此可見，隨著重慶圖書業在戰時的迅速壯大，逐漸形成以重慶爲依託溝通全國各地的發行網絡，並盡可能以較低價格來擴大銷售範圍。這樣，不但直接影響著對於陪都重慶作爲出版中心這一地位的普遍確認，同時也有助於陪都重慶宣傳動員的順利進行，並影響到全國。

　　應該指出的是，本時期渝版圖書多由當局資助出版。僅就中華全國文藝界抗敵協會而言，「因爲教育部遷渝後便成立了通俗讀物組，其中民衆文藝讀物的一部分，大半是本會會員寫作的，現在已經出版的有五十種，付印的有三四十種。最近政治部也在編印抗戰小叢書，正式委託本會出版部編製，已由本會會員葉以群、歐陽山、阜明、梅林等擔任下來的，約有四十種左右。」〔註 51〕作家戰地訪問團返渝之後，預備出版包括詩歌、戲劇、小說、報告文學在內的叢書 12 冊，「脫稿後即當呈送黨政委員會，」〔註 52〕並且「由於中宣部的指導與策助」，交中國文化服務社出版。〔註 53〕

　　此外，《抗戰文藝》「自五十一期起得到『文藝獎助金委員會』幫助三分之二的稿費」，對保障作家生活不無裨益。文藝獎助金管理委員會是有關當局爲促進抗戰文藝創作而組織的專門機構，其委員爲張道潘、郭沫若、舒舍予、程滄波、王芸生、林風眠、王平陵、華林、胡風等 11 人，並通過《文藝作品獎勵條件》以具體落實，〔註 54〕促進出版抗戰文藝，老舍的《劍北篇》即於 1942 年 5 月由文藝獎助金管理委員會出版部印行初版。

　　還應該看到較之新聞事業，出版事業所受到的限制可以說更爲具體。一般說來，重慶各報除了被刪改或抽掉某些稿件外，基本上還能出報，即使出現了所謂違檢問題，至多被停刊數日。然而，書刊出版，尤其是圖書出版，在原稿審查的主要過程中如未能通過，或在發行過程中不合乎檢查要求，就會遭到被扣押、被查禁，外地版圖書較之渝版圖書更易陷此厄運。

　　抗戰以來，國民政府及有關部門制訂了一系列法律、法令、法規，以建立戰時審查制度。

　　首先，於 1937 年 7 月 8 日頒行《出版法》，28 日頒行《出版法施行細則》，

〔註 50〕 《陪都工商年鑑》第 6 編第 10、12 頁、文信書局 1945 年 12 月初版。
〔註 51〕 《出版狀況報告》，《抗戰文藝》第 4 卷 1 期。
〔註 52〕 《會務報告》，《抗戰文藝》第 5 卷 4～5 期合刊。
〔註 53〕 老舍：《文協第二年》，《抗戰文藝》第 6 卷 2 期。
〔註 54〕 《新華日報》1940 年 4 月 25 日，6 月 15 日。

隨後又分別在 1938 年與 1940 年對《出版法》條款進行釋疑，涉及到雜誌之資本額數等問題，從而使預先檢查成為戰時審查的原則性基礎。

其次，自 1938 年 7 月 21 日公佈《修正抗戰期間圖書雜誌審查標準》，12 月 22 日又公佈《戰時圖書雜誌原稿審查辦法》。甚至在 12 月還公佈了《審查中醫藥圖書暫行辦法》，形成了以原稿審查為核心的戰時審查特點。

其三，從 1937 年 8 月 12 日，《檢查書店發售違禁出版品辦法》出臺以來，1939 年 5 月 4 日公佈了《圖書雜誌查禁解禁暫行辦法》，10 月 24 日發布《調整出版品查禁手續令》，12 月 1 日，頒佈《處置漢奸汪精衛等以前著作辦法》，主要根據書刊的政治傾向來決定查禁與否，也就成為戰時審查的實際舉措。

1938 年 9 月 13 日，重慶市圖書雜誌審查委員會成立，雖然稍後於 8 月 16 日成立的武漢市圖書雜誌審查委員會，但領先於 10 月 1 日成立的中央圖書雜誌審查委員會。該會制定了《重慶市圖書雜誌審查委員會組織簡則》，其成員來自中國國民黨重慶市黨部，重慶衛戍總司令部稽查處，重慶市警備司令部，重慶市警察局，重慶市社會局，憲兵三團等方面，計委員 7 人，並由市黨部，衛戍總司令部政治部、市社會局各派代表一人組成常務委員會，處理日常事務。同時，該會並設有明確規定隸屬，職掌範圍，經費來源，直到 1940 年 9 月 6 日，《中央圖書雜誌審查委員會組織條例》公佈，才奉命改組為重慶市圖書雜誌審查處，到 1941 年 3 月 22 日《省市圖書雜誌審查處組織通則》出臺，以及隨後發布的一系列規定，訓令，才最終名符其實。〔註 55〕

重慶市圖書雜誌審查委員會對於未通過審查的原稿通常採用「免登」、「扣存」等方式，並且多管齊下，以保證審查的進行。

1939 年 2 月，中國民黨重慶市黨部、重慶市政府重慶衛戍總令部政治部「為統一抗戰宣傳推廣優良刊物暨管理巡迴推銷書刊人員起見」，特訂了《重慶市戰時書刊巡迴推銷管理辦法》，規定除書店印刷所等有法定約束之外的社團或個人推銷者都必須登記核准後執證推銷，且所推銷書刊應係經過審查，更有甚者，「圖書雜誌審查委員會檢查人員對推銷戰時書刊之社團或個人得隨時憑檢查證予以書刊之檢查」。〔註 56〕

〔註 55〕石瓊生：《抗戰前後重慶市圖書雜誌審查機關更替梗概》，《重慶出版史志》1992 年第 1 期；蘇朝綱：《重慶第一個「圖審會」始於何時》，《重慶出版史志》1992 年第 1 期。

〔註 56〕《重慶市政府公報》第 4～5 期合刊。

除書刊發行進行管制外，對於書刊編輯也同樣進行把關。

僅只 1941 年 2 月，重慶市社會局就辦理了以下雜誌社的登記：高等教育季刊社、立信會計月刊社、陸軍經理雜誌社、驛運月刊社、航空季刊社、五十年代半月刊。於此同時，又「取締了民間出版社」。〔註 57〕

顯然，陪都重慶的戰時審查，雖然難免嚴密防範，但仍有張有弛，本時期書刊出版呈現的新氣象表明：一切有待廣大出版工作者在抗戰現實的發展中，為爭取實現出版自由所進行的持久不懈的不斷努力。

〔註 57〕《重慶市政府公報》第 16～17 期合刊。

第三章　文藝大潮逐漸興起

一、一切為著抗戰救國

重慶的廣大文藝工作者，在全民抗戰的洪流之中，首先是積極投入到民眾動員的各類運動中去。一方面舉行話劇公演，文藝晚會，以及漫畫、雕刻、書法展出，以義演義展的形式進行募捐；另一方面又通過團體集會，從而以實際行動來響應有力出力，有錢出錢的號召，僅在 1941 年 2 月進行的陪都各界「出錢勞軍」競賽中，文化界即僅居於金融界、工商界、青年界之後獲得第四名。〔註1〕

與此同時，重慶的廣大文藝工作者更是以辛勤的創作與艱苦的宣傳，直接去推動民眾動員向前發展，致使文藝活動不但成為民眾動員的有機組成部分，並且在民眾動員中發揮著引導作用，從而形成波瀾壯闊的文藝運動。

1937 年 7 月 8 日，重慶學生界救國聯合會、重慶文化界救國聯合會等人民團體，以歌詠、舞蹈、演劇等文藝形式在重慶城鄉進行廣泛的抗日宣傳，展開了文藝服務於抗戰的實際活動，並逐步形成宣傳抗日的群眾性的文藝運動。1938 年 3 月 25 日，在重慶首次舉行了總主題為「祖國進行曲」的大型文藝公演，不僅演出了《放下你的鞭子》、《反正》、《火中的上海》、《八百壯士》等抗戰戲劇，同時也通過歌舞、平劇、漢劇等豐富多彩的藝術形式進行抗日宣傳。這次大型公演獲得了極大地成功，不但實現了為出川抗日的川軍將士募集寒衣的目標，而且也展示了重慶文藝工作者的藝術良心與藝術才能，較好地發揮出文藝在戰時的宣傳作用和鼓動作用。〔註2〕

〔註1〕 《新華日報》1941 年 2 月 10 日。
〔註2〕 《新蜀報》1938 年 3 月 26 日。

　　在這裡，文藝服務於抗戰不僅是抗日戰爭的需要，因而具有一定的合理性，又是文化發展的需要，因而表現出某種必然性。兩種需要在歷史與現實一致的前提下結合起來，形成戰時文化發展中的合理而又必然如此的趨勢，有利於擴大持久抗戰的政治影響，有助於促進全民抗戰的意識覺醒。同時，由於戰爭形勢的直接影響，本時期的文藝要服務於抗戰，就要求其發揮宣傳與鼓動的效能。這就促使本時期的文藝運動傾向於抗戰宣傳上的功利化與民眾接受上的通俗化，而較少注重文藝自身的發展。

　　文藝運動較之民眾動員中其他類型的運動，雖然有時不能在規模上與持續時間上與後者相媲美，但就其在動員民眾方面所發生的影響來看，對於民眾意識轉換的影響之深遠卻是後者難以望其項背的。誠如馮玉祥先生所說：「打仗不但要外部健康，還要內部健康才能和敵人拼命，而文藝是使人內部健康的。」〔註3〕

　　1937 年 12 月 31 日，第一個全國性的文藝工作者抗日團體中華全國戲劇界抗敵協會成立。它所發表的《中華全國戲劇界抗敵協會成立宣言》中，就明確指出：「我們的團結是為著抗敵。中國對日寇抗戰已進到最危險的階段。非使每一民眾了然於抗戰意義挺身而起以其一切貢獻於國家，不足以突破這一危險。而對於全國廣大民眾作抗敵宣傳，其最有效的武器無疑是戲劇──各種各樣的戲劇。」「我們相信中國戲劇藝術必因和抗敵任務結合方能拋棄過去的積弊開拓新的境地」，創作出爭取民族獨立解放建設自由幸福新國家的現代史詩，「斷然由都市灰色的舞臺，走向日光，走向農村，走向血肉相搏的民族戰場」，並且「把我們的戲劇藝術作為國際宣傳的工具，因為獲得全世界的同情和援助而使敵人孤立實為我們爭取勝利的一個重要條件。」〔註4〕

　　1938 年 1 月 27 日，中華全國電影節抗敵協會成立，其宣言稱：「我們得堅強地團結起來，用同一的意志趨向同一的戰鬥目標！」「建立一新的電影底戰場，集中了我們的人才，一方面以學習的精神來提高自身的教育，又一方面以集體的行動來服務於抗戰宣傳。」「電影是抗戰宣傳的最犀利的工具，電影是教育民眾的最便利的工具」，「我們要使每一張影片成為抗戰的有力的武器，使它深入軍隊、工廠和農村中去，作為訓練民眾的基本的工具」，「我們願以電影的話語向我們的同胞和我們的國際間的友人陳訴新中國的現

〔註3〕　《全國文藝界空前大團結》，《新華日報》1938 年 3 月 28 日。
〔註4〕　《抗戰戲劇》第 1 卷 4 期，1938 年 1 月 1 日。

實！」〔註 5〕

　　可見，團結一致讓文藝服務於抗戰已經開始成爲全國文藝工作者的共識，他們不但能夠認識到文藝服務於抗戰所產生的影響和發揮的作用，而且也能提出如何實現文藝服務於抗戰的具體途徑。

　　這一共識紮根在中國「這一大塊遼闊的沃土，有著四萬萬五千萬的同胞姊妹們，說著同樣的言語，用著同樣的文字，有著同樣的民族性」；形成於大敵當前之時，「眞的，現在國內無論哪一個階層的民眾，學生，青年，婦女，工農大眾，知識分子，自由職業者……都團結起來了」。「每一種人，每一種行業的徹底團結，是整個團結的基礎；基礎堅定，整個的團結，才能徹底的樹立。」這樣，作爲「革命者忠實的夥伴，民族鬥爭的前哨」，每一個文藝工作者「都已經看到了共同的一點，就是，如果能堅強的團結起來，從每一個所站立的哨崗上，取得互相呼應，表裏一致的結合，必可使大家的意志，精力，毫不浪費地完全打擊到敵人的身上，使中國最後勝利的日子，盡可能地縮近」。所以，全國文藝界通過成立抗敵協會的形式徹底而又堅強地團結起來，「這在抗戰的陣營上，是急需；在文藝本身的發展上，是必需」，完全體現出中國戰時文化發展的趨勢。〔註 6〕

　　中華全國文藝界抗敵協會經過 6 次非正式籌備會議的討論之後於 1938 年 2 月 24 日成立正式的籌備大會，可謂「從極端難產中產生，也即是從極端愼重中產生，所以他的工作前途也必更大。」因爲正是「抗日的共同目標，把大家毫無間隔的團結起來」，「這表示統一戰線已切實執行而且加強發展」，並要求每一個文藝工作者「振作起來，參加這大時代的鬥爭」，爲「民族國家的生存和發展」作貢獻；同時每一個文藝工作者還「要用光明的心地，遠大的目光，使國民精神，從深坎中表現出來。」籌備大會到會者 70 餘人，繼邵力子、王平陵、陳銘樞、老舍、胡風發言之後，其餘到會者「有胡秋原、樓適夷、孔羅蓀開始，直到老向、盛成、馬彥祥，全體都作簡短精闢的致詞，可以說是開了一切會議的新形式，表現了全場親密融合的空氣」。〔註 7〕這是一次眞正團結的成功的大會，顯示出高度的愛國熱情與民主氣氛。

〔註 5〕　《中華全國電影界抗敵協會宣言》、《抗戰電影》第 1 號，1938 年 3 月 31 日。
〔註 6〕　草茉：《中華全國文藝界抗敵協會籌備經過》、《文藝月刊》第 9 期，1938 年 4 月 1 日。
〔註 7〕　《莊嚴熱烈的文藝陣──記全國文藝界抗敵協會籌備大會》，《新華日報》1938 年 2 月 25 日。

　　1938 年 3 月 27 日，在連續召開了 15 次正式籌備會議之後，作為抗戰文藝運動中中堅團體的中華全國文藝界抗敵協會在武漢正式成立，標示著全國文藝界大團結的形成。

　　《中華全國文藝界抗敵協會宣言》首先指出 20 年來的中國新文藝運動，「是緊緊伴著民族的苦痛掙扎，以血淚為文章，為正義而吶喊。未曾失節，未曾逃避，能力容有不足，幸未放棄使命。」其次提出「在這神聖的抗戰中，每個人都感到問題是怎樣的複雜，困難是如何的繁多。即專就文藝本身而言，需怎樣表現才更深刻？取何種形式才更合適？用什麼言語才更有力量？都成為問題。」其三要求「對國內，我們必須喊出民族的危機，宣佈暴日的罪狀，造成全民族嚴肅的抗戰情緒生活，以求持久的抵抗，爭取最後勝利；對世界，我們必須揭露日本的野心與暴行，引起全人類的正義感，以共同制裁侵略者」。其四為動員現有的作家們，「我們必須謙誠的獻給他們以新的血液，使他們的老手也舉起剛燃起的火把來」；為培養年輕的朋友們，「這就有待於較有經驗的作家們，去扶導，鼓勵，與批評，以增長他們以文藝為武器的作戰能力，成為民族革命文藝的生力軍。」

　　總之，中華全國文藝界抗敵協會要發揚新文藝運動的光榮傳統，要開闢抗戰宣傳的順利途徑，要投入重整山河的偉大行動，要完成獨立自由的神聖使命：「在統一戰線上我們分工，在集團創造下我們合作。這才能化整為零，不失聯絡；化零為整，無慮參差。遵從團體的命令而突進奇擊，才是個人的光榮；把每個人最好的意見與能力獻給團體，才有雄厚的力量。在共雪國仇，維護正義下，有我們的理論。在善意的糾正，與友誼的切磋中，有我們的批評。在民族復興，公理戰勝的信念裏，有我們的創作。在增多激勵，與廣為宣傳的標準下，有我們的解釋——把國外的介紹進來，或把國內的翻譯出去」。

　　團結一致成為「嚴守在全文化界中的崗位」的基本保證，而「抗戰救國既是我們的旗號，我們是一致的擁護國民政府與最高領袖」。因此，「我們的同人由攜手而更勇敢的施展才能，我們的工作由商討而更切實的到民間與戰地去，給民眾以激發，給戰士以鼓勵。這樣，我們相信，我們的文藝的力量定會隨著我們的槍炮一齊打到敵人身上，定會與前線上的殺聲一同引起全世界的義憤與欽仰。最辛酸，最悲壯，最有實效，最不自私的文藝，就是我們最偉大的文藝。它是被壓迫的民族的怒吼，在刀影血光中，以最深切的體驗，

最嚴肅的態度，發爲和平與人道的呼聲」。〔註8〕

在這裡，可以看到文藝服務於抗戰的共識已經上升到理論的高度，成爲抗戰文藝運動的指導性思想，不但充分體現了抗戰到底的國策，同時也提出了進行民眾動員乃至爭取國際支持的方略，特別是揭示了抗戰文藝運動具有民族性與時代性的基本特徵。中國的抗戰文藝運動將是愛國主義與民主主義實現融合的文藝運動。

隨著全國文藝工作者團結戰鬥局面的形成，中華全國漫畫作家抗敵協會，中華全國美術界抗敵協會，中華全國木刻界抗敵協會，中華全國歌詠協會，中華全國音樂界抗敵協會也相繼先後在 1938 年中宣告成立。中國文藝界全國性專業團體組織的出現表明：抗戰文藝運動即將在全國各地普遍展開，推動了多種多樣的、各具特色的文藝活動的進行，促進了戰時文化的發展，有利於持久抗戰和全民抗戰的思想深入人心。在這樣的意義上，可以說抗戰文藝運動實際上已成爲一個宣傳抗戰與動員民眾的超級運動。

在眾多協會移駐或成立於重慶之後，重慶的文藝活動不但迅速擴展爲群眾性的運動，取得了前所未有的宣傳鼓動效果，有力地促進了重慶市民眾抗日情緒的全面高漲；有效地保障了民眾動員各類運動的持續舉行。更爲重要的是，重慶作爲戰時首都，不僅僅是經濟和政治的中心，也是成爲抗戰文藝運動的中心，通過這些協會所發揮的積極指導作用，直接影響著無論是後方還是前線的文藝活動，有利於抗戰的勝利進行。

抗戰文藝運動的發展必須適應戰時文化的需要。僅從文藝社會傳播的角度來看，抗戰戲劇與抗戰電影以其最成功的社會傳播效果，抗戰文學以其最靈活的社會傳播形式，成爲抗戰文藝運動的主導構成，充分體現出陪都文化在本時期內的發展。

但是，這並不意味著其他文藝活動未能盡力發揮其宣傳鼓動作用，不過是因爲音樂、美術、舞蹈更多地受到諸多主客觀因素的限制，首先是受限制於個人藝術修養與文化素質的水平高低，其次是受限制於藝術創作條件與接受環境的是否具備。儘管困難重重，但在廣大文藝工作者與民眾的共同努力下，藝術之宮的大門依然是向全社會敞開著。

重慶的抗戰音樂活動以歌詠運動爲主，通過各種形式的文藝宣傳和文藝晚會的演出，使抗日歌曲在山城的大街小巷傳唱，由難以計數的小型歌詠隊逐漸發展

〔註8〕《文藝月刊》第 9 期。

成為眾多的專業與業餘合唱團，由露天齊唱轉向舞臺合唱。從合唱團的人員構成來看，除專業文藝工作者之外，主要是以大中學校學生為中堅，包括了職業婦女，教會青年，各界職工及其他市民。由此可略見歌詠運動在重慶的開展是具備較好的群眾基礎的。1939 年 2 月舉行的「民眾露天歌詠人會」上，就演唱了《在太行山上》、《游擊隊之歌》、《上戰場》等抗日歌曲。1941 年初的千人大合唱歌詠會上又演唱了《黃河大合唱》等抗日歌曲。〔註9〕這些群眾性的歌詠活動之所以能形成較大規模的運動，一方面是由於廣大音樂工作者的努力推廣與輔導，另一方面也是由於重慶市普及民眾歌詠運動委員會的大力組織與指導。〔註10〕

1940 年 6 月 8 日，中華交響樂團在重慶成立，據稱這是第一個由中國人組團的交響樂團。〔註11〕隨後在重慶出現了國立音樂院實驗管絃樂團，國立實驗歌劇院管絃樂團，勵志社交響樂團。其中，以中華交響樂團的成績最為卓著，不但介紹並普及中外名曲，提高民眾欣賞水平，促進中外藝術交流，而且也高奏抗日曲目，激勵民眾的愛國意識，堅決抗戰到底。1941 年 4 月，中華全國音樂界抗敵協會為響應勸購戰時公債運動而舉辦的大型音樂會，就是由中華交響樂團擔任演奏的。〔註12〕

此外，重慶進行的眾多音樂活動，通過各種形式的音樂演奏會、歌詠比賽會、民歌研究演唱會，在促進抗日宣傳和民眾動員的同時，也推動了音樂自身的發展。

重慶的抗戰美術活動中，以漫畫和木刻的創作展出尤為突出。1939 年 3 月，中華全國漫畫作家抗敵協會在重慶舉辦了第一屆全國抗戰漫畫展覽會，1940 年 5 月《抗敵漫畫》在重慶復刊，1941 年 1 月為舉行第二屆全國抗戰漫畫展覽會在各大報上載文公開向全國徵求作品。抗戰漫畫以其尖銳潑辣的藝術風格吸引著廣大民眾。同樣，1939 年 4 月，中華全國木刻界抗敵協會在重慶主辦了第三屆全國抗戰木刻畫展，不但展出了來自全國的 102 位作者的 571 幅作品，還展出了木刻製作的整套工序，在平易新鮮的藝術魅力的感召下，在短短三天的展出中觀眾達 1 萬 5 千餘人。〔註13〕

〔註9〕 葉語：《風吼雷鳴十二載──1937 年至 1949 年重慶音樂工作者的貢獻》，《重慶文化史料》1992 年第 1 期。
〔註10〕《新華日報》1940 年 4 月 14 日。
〔註11〕《新華日報》1940 年 6 月 9 日。
〔註12〕《新華日報》1940 年 4 月 16、17 日。
〔註13〕《新華日報》1940 年 4 月 13 日。

　　除此之外，在重慶還舉辦了多種形式的抗日美術展覽會。僅在 1939 年一年中，從元旦伊始，就出現了重慶市兒童抗敵畫展，中國文藝社募款勞軍美展，前鋒國畫會國畫展，國民政府軍事委員會抗戰建國宣傳畫展，慰勞將士美術展覽會，勵志社抗戰國畫預展等。以後在重慶還舉辦了張善子、徐悲鴻、張大千，關山月等著名畫家的系列畫展，並藉此機會為抗戰勞軍，賑濟難民進行募款，顯示了美術工作者創作不忘抗日的愛國熱忱。1940 年 9 月 9 日，中華全國美術界抗敵協會舉行聚餐晚會紀念首屆美術節。

　　更為重要的是，擁有世界性藝術語言的抗戰美術作品，最便於走出國門向全世界展現中國人民的反侵略的正義之戰，以爭取各國人民的支持。1939 年 9 月，巴黎的中國人民之友社即開始公開徵集中國的抗戰美術作品。1940 年 1 月，中國藝術展覽會在莫斯科開幕，其展品中就包括部分抗戰美術作品。另外，中國抗戰美術出國展覽會也在緊張的籌備之中。

　　由重慶的抗戰音樂美術活動可以看到兩者都表現出這樣一個共同的主導傾向：面向民眾，走向世界。這正是文藝服務於抗戰的主要途徑，中華全國文藝界抗敵協會的作家們將其更加具體明確下來，即文章入伍，文章下鄉，文章出國。

　　所謂「文章入伍，文章下鄉，就是從生活上去接近瞭解大眾的意見」。然後在此基礎上進行創作，做到「第一要『中國化』，第二要『戰鬥化』，第三要『通俗化』。」也就是要創作出適應士兵和農民的「接受文藝的程度」，能夠「激發他們抗敵的情感」，並且人人都歡迎的作品來。〔註14〕因此，文藝的通俗化是一個必要的創作前提，但也不能失卻文藝的功利化的創作要求，簡言之，就是要將這兩者融合起來，發揮抗戰最大限度的宣傳鼓動功能，傳達出士兵與農民內心最深處的呼聲。

　　所謂文章出國也就是「抗戰文藝的出國運動」，一方面「除經常翻譯中國抗戰文藝作品交塔斯社轉蘇聯各報章雜誌刊載外，並有系統的籌備一個中國抗戰文藝專號，由《國際文學》雜誌同時用八種文字出版」；另一方面「翻譯中國的抗戰文藝給英美雜誌，」並且「以全力有計劃的介紹中國抗戰文藝到歐美各國去」，甚至可以採用世界語進行翻譯。〔註15〕如此說來，文章出國就應該以努力爭取蘇聯、英國、美國等大國的全力支持中國抗戰為主，同時也

〔註14〕　《怎樣編製士兵通俗讀物》，《抗戰文藝》第 1 卷 5 期。
〔註15〕　《出版狀況報告》，《抗戰文藝》第 4 卷 1 期。

要廣泛引發世界各國的關注和同情。

1939 年 2 月，經中華全國文藝界抗敵協會理事會議決，先後設立國際文藝宣傳委員會，通俗讀物委員會。〔註16〕4 月 9 日，在中華全國文藝界抗敵協會的第一屆年會上，胡風代表大會宣讀了向蔣委員長及前方抗戰將士致敬的電文，以及致全世界反法西斯作家的電文。于右任在表示要重新入伍做文藝戰士後，提出「抗戰建國的大責任要擔負在我們的肩膀上，我們的責任不但是在於抗戰，而更在建國。在這偉大的時代，是應該產生偉大的作品，成功偉大的作家，自然，這還需要在更艱難中苦鬥的」。因此，「必須放寬我們的範圍，更廣泛的努力，來完成我們在大時代中的責任。」葉楚傖在發言中指出文藝應「建立在民族的，國家的，大眾的基礎上」。為此，「我的意見以為：假使全國文藝家做了中宣部、政治部的編輯員、撰稿人，而中宣部、政治部作了作家的發行部，則所有困難均可克服」；「今天需要的文章必須通俗起來，而且越多越好。文章在都市雖已脹飽，但在民間卻飢餓得很，希望今後我們的作家向這方面作更大的努力。」郭沫若在講話中「希望能夠實現方才于葉兩先生的指示，真能使文協與中宣部、政治部更密切的合作、政府能以實力給予文協幫助，這樣才能談得到實現計劃」。「只要把現在中宣部的五百元擴充到五千元，把政治部的五百元也擴充到五千元，那麼有了一萬元的補助費，那我們成績必更可觀了」，並號召作家振奮起來，到前線去，到敵人後方去。〔註17〕

這樣，抗戰文藝工作者將承擔起時代的使命與民族的使命，文藝服務於抗戰實際上成為戰時文化所要求的文藝為政治服務的現實形式。到戰區去，不但是抗戰的需要，同時也是民眾的需要，更是文藝運動發展的需要。

1939 年 4 月 18 日，中華全國文藝界抗敵協會第二屆常務理事會第一次會議決定組織作家戰地訪問團，選派代表參加勞軍慰問團。〔註18〕接著，開始籌集經費。老舍作此回顧：「在四月裏，因為各團體演戲，咱們不是也想以精神總動員為主題寫個劇本，在五月演出嗎？以演劇的收入——假若能得到幾千塊錢——咱們就能組織起訪問團來。」「劇本寫成了，並開始約請演員；可是血的五月裏，暴敵發了瘋，狂炸重慶。文協會務並未因轟炸而中斷，但是演劇已成為不可能的事。訪問團的發動，於是，便像春芽受到了霜侵。」「演

〔註16〕《會務報告》，《抗戰文藝》第 3 卷 8、9 期。

〔註17〕 羅衣寒：《記文協第一屆年會》，《抗戰文藝》第 4 卷 2 期。

〔註18〕《公務報告》，《抗戰文藝》第 4 卷，3〜4 期合刊。

戲籌款既作不到，我們乃改向戰地黨政委員會接洽，可否給以少數的補助費，使訪問團及早組織起來，及早出發。」〔註 19〕結果，「得到了戰地黨政委員會三千五百元的幫助而驟然成功」。〔註 20〕

　　1939 年 6 月 18 日，作家戰地訪問團在團長王禮錫的帶領下從重慶出發。〔註 21〕王禮錫在當天的日記中寫道：「暫別了，重慶！雄偉的大江，秀麗的嘉陵，像一雙秀麗的玉腕，日夜擁抱著你。敵人可以從高空來侵襲，可是千重山，萬重水，數萬萬人民血肉的長城，保護著你。暫別了，重慶文藝界的同志們。我們到前方去，那邊的工作是緊張的，興奮的，只好把笨重的，比較枯燥的而實際上比前方還重要的經常工作留給你們。至於說到危險，前方雖然時常有各種生命的威脅，過黃河、過鐵路公路，遇敵人或漢奸……，後方也天天有飛機的威脅。不過我們知道，你們是不怕死的，對工作是能忍耐的，我們無論在前方在後方，是一條心，是做一件事。同時，我們必須把工作展開，展開在文學的各部門，展開在各地區。我們的分開是必要的。有了你們看守大本營，我們放心去了。」〔註 22〕

　　《作家戰地訪問團告別詞》中首先指出「我們十三個人是中華全國文藝界抗敵協會第一次派出的筆部隊——或者因為目的在敵後方，即叫做筆游擊隊。」為此，「說明此行的目的，這是對大家的諾言，也是我們自己對自己的約束」：「我們最重要的責任當然是寫」，「用詩歌的形式，用小說的形式，用戲劇、散文、圖畫種種形式去寫，我們的槍已經能夠使敵人發抖，我們還要用筆去暴露敵人的殘暴，去『消滅』侵略者的靈魂」。「這一部慘痛的英勇的無前例的巨大歷史，是要全國的作家來撰寫，要千秋萬世的作家繼續地來完成。所以我們的責任不僅在寫，而且在搜集材料，供給無數的現在及未來的詩人、小說家、戲劇家、散文家，讓他們去歌詠、去表演、去記述，」同時，「我們是要使敵後方的作家和我們的聯繫密切起來，我們還要去發現士兵中、工人中、農人中、一般市民中的寫作的天才，並且溝通他們和我們的關

〔註 19〕　《歡送文協戰地訪問團出發》，《抗戰文藝》第 4 卷，3～4 期合刊。

〔註 20〕　《王禮錫日記——記「作家戰地訪問團」》，《作家戰地訪問團史料選編》第 128頁，四川省社會科學院出版社，1984 年版。

〔註 21〕　該團成員實為十四人：王禮錫、宋之的、李輝英、白朗、陳曉南、袁勃、葛一虹、羅烽、以群、張周、楊騷、楊朔、方殷、錢新哲。《陝西行記（筆游擊）》，《抗戰文藝》第 5 卷，3～4 期合刊。

〔註 22〕　《作家戰地訪問團史料選編》第 130～131 頁。

係」。「所以，我們負有溝通戰地和後方的責任。」「我們還溝通敵後方和國際作家的聯繫」，「把中國的消息，尤其是戰地直接消息向國際作家宣傳，把國際作家對中國抗戰的同情告訴我們的戰士，也是我們不敢忽略的責任」。「不用說，我們要將後方人民在蔣委員長領導之下對抗戰的堅決與團結的鞏固，以及各線最近勝利的情形，敵方之狼狽，傳達給戰地士兵與民眾，使他們能夠更好地和整個局面配合起來。」〔註23〕

作家戰地訪問團的整個戰地行，在由全體成員集體日記的「筆游擊」中一一展現：《川陝道上》、《陝西行記》、《在洛陽》、《漢奸和紅槍會代表的談話》、《中條山中》、《王禮錫先生的病和死》。〔註24〕他們表現出前所未有的堅毅和勇敢，他們付出了血的代價以至生命的犧牲，他們也因此得到巨大的收穫。

在對士兵的訪問中，他們發現「士兵同志，絕不是過去那樣魯莽、粗野，而是今天大時代中的軍人。半舊的軍裝，穿得十分乾淨、整齊，規規矩矩的樣子，顯得英明：有豐富的抗戰知識和經驗，有濃厚的國家民族意識。問不短，說不窮，這真是有素養有教育的新軍人。」

在對農民的訪問中，他們看到了「這裡有各種民眾的組織，犧盟會支部、青年救國會、農民救國會、工人救國會、婦女救國會等。談起話來，不論老的、小的、男的、女的，都可以告訴你許多他們如何參加各種組織，怎樣上前線，跟隨軍隊打仗，以及一切生活中的細事和敵人的殘暴情形。談到合理負擔，減租減息，農村全部實行了」。〔註25〕

同時，他們推廣了戰地文藝運動，瞭解了戰地對文化食糧的渴求，發現了戰地文藝活動的不足，明白了戰地民眾覺醒起來的重要性，堅定了深入戰地的決心。〔註26〕

作家戰地訪問團的全體成員無愧於自作出的諾言，他們以自的行動和創作證明了這一點。〔註27〕代表中華全國文藝界抗敵協會參加勞軍慰問團的老舍、姚蓬子等也同樣是如此。〔註28〕

〔註23〕 《抗戰文藝》第4卷，3～4期合刊。
〔註24〕 《抗戰文藝》第5卷1～6期，第6卷1期，第4卷，5～6期合刊。
〔註25〕 《漢奸和紅槍會代表的談話》，《抗戰文藝》第5卷6期。
〔註26〕 劍麟：《作家在前線》，《新華日報》1939年10月14日。
〔註27〕 宋之的：《記「作家戰地訪問團」》，《抗戰文藝·文協成立五週年紀念特刊》。
〔註28〕 如老舍歸來不久即創作長篇敘事詩《劍北行》，《文藝界抗敵協會作招待戰地歸來作家——老舍等暢談戰地觀感》，《新華日報》1939年12月24日。

文藝工作者到戰地去，不但有利於抗戰文藝運動從後方到前方的全面展開，使抗戰文藝創作與抗戰現實進程更加緊密地聯繫起來，從而推動抗戰文藝更好地為抗戰服務。同時，也通過展示戰地軍民艱苦卓絕而又充滿必勝信念的戰鬥與生活情景，以鐵的事實回答了國際人士所提出的「中國人民在日本佔領區（自然，他們所謂的佔領區是連游擊區在內）是否快活」這樣的問題，「我想到敵人後方去，把敵後方我們的活動告訴一切國際人士，使他們知道日本占去的領土，僅是點的，至多是線的，決不可能是面的。中國人民在日本佔領區是快活的，因為他們仍然在中國的統治之下，這就是答案」。〔註29〕

以重慶為中心的抗戰文藝運動，在各全國性專業協會的直接領導下，在文藝服務於抗戰的各種活動中逐漸成為具有全國影響的持久運動。這一方面是由於各專業協會的理事中包括了政府官員，各界人士、專業文藝工作者，形成了統一戰線，而各專業協會所組織的文藝活動也得到了國民政府各部門、重慶市政府及下屬機構的協助；另一方面是各專業協會在大後方，在各戰區，在各邊區都開始建立分會，形成了廣泛的分支機構體系，以及各地方政府、駐軍、人民團體對文藝活動的參與。

當然，抗戰文藝運動最終波瀾壯闊起來，正是因為它不斷滿足了廣大民眾抗日的迫切需要，在動員民眾的過程中成長為民眾動員的超級運動。

二、與抗戰有關的文藝

1940 年 2 月 3 日，中華全國文藝界抗敵協會第一次舉行了詩歌晚會，討論「如何推進詩歌運動」。應邀前來的京韻大鼓名藝人富少舫第一個出場表演：「聽舒先生說諸位先生討論詩歌問題，特來貢獻拙技，敬求指導，今天唱一段老向先生的《山藥旦打鼓罵汪》。」〔註30〕顯然，這是為了開拓與會者的思路：一旦將展開詩歌運動與類似京韻大鼓這樣的民間演唱藝術的諸多形式聯繫起來，使之成為可詠可歌可唱的廣泛傳播的社會性運動，無疑會使詩歌這種語言藝術在民眾動員中發揮更大的作用，從而更好地服務於抗戰。同時，這也表明，與會者已經意識到必須使詩歌的創作與接受能夠趨於一致，增大詩歌表現地範圍與傳播的效果，促進現代詩歌向著民族化的方向健康發展。

〔註29〕　《王禮錫日記——記「作家戰地訪問團」》，《作家戰地訪問團史料選編》第 127 頁。

〔註30〕　《文協詩歌晚會》，《新蜀報》1940 年 2 月 6 日。

1940 年 12 月 9 日，重慶市社會局發布訓令，規定國泰、實驗、民眾、一園、唯一、新川等 6 家劇院每月輪流撥出一場由中華交響樂團作專場演奏，不收門票，以輔助抗戰建國宣傳。這樣，交響樂這一外來的音樂藝術形式也服務於抗戰。同時，通過規範性的演奏活動，勢必促進重慶市民眾的藝術欣賞水平有所提高，開始逐漸形成中國音樂發展所必需的一定的群眾基礎，從而有利於「樹立中國的新音樂」，完成中國音樂的現代化。〔註31〕

京韻大鼓與交響樂相去何止萬里；一個是中國民間藝術、一個是外國經典藝術，但他們卻能以各自獨具的藝術功能，在抗日的前提下，從不同的方向去影響進而推動抗戰文藝的發展。於是，在文藝服務於抗戰的同時，抗戰文藝將不斷吸取中外藝術的有益成分，向著既具有民族性又具有時代性的現代新型文藝發展。因此，抗戰文藝運動不但是爭取民族獨立自由的民眾動員運動，而且也是走向文藝形態轉換的現代化運動。

抗戰文藝運動在本時期的發展始終面臨著這樣一個問題：「怎樣使文藝在抗戰上更有力量？這問題裏所包含的一切差不多都是實際的，因為抗戰文藝，像前邊所提到過的，是直接的——歌須能唱，戲須能演，小說須使大家看得懂，詩須能看能朗誦。抗戰文藝不是要藏之高閣，以待知音，而是墨一乾即須拿到讀者面前去。」

「因為問題是實際的，所以由一開頭直到今天橫在面前的老是那兩座無情的山：『看不懂』是一座，另一座是『宣傳性』。三年來所有文藝作品與文藝討論都是要衝過這兩重山去。不衝過去即無力量可言，因為讀者的讀書能力的低弱，與抗戰宣傳的急迫，是誰也不能否認的。」

「在文藝者的心裏，一向是要作品深刻偉大，是要藝術與宣傳平衡。當他們看見那兩重山哪，最初是要哭；後來慢慢地向前試步，一腳踩著深刻，一腳踩著俗淺；一腳踩著藝術，一腳踩著宣傳，渾身難過！這困難與掙扎，不亞於當青蛙將要變為兩棲動物的時節——怎能既深刻又俗淺，即是藝術的又是宣傳的呢？」

「大家開始有個共同的領悟，就是加入完全照著舊模式寫宣傳文字已經有點效果，那麼何妨進一步而使新的樣式也沒法使民眾能接受呢」。「是呀，俗而深，宣傳藝術平衡，不扔掉舊的傳統（起碼須談中國話）也不忽視世界的新潮（不能關上大門打仗啊），這不是最自然最光明的中國新文藝——新中

〔註31〕《重慶市市中區文化藝術志》第 261 頁。

國的文藝——的道路嗎？」〔註32〕

可見，本時期的一切文藝論爭都將圍繞著文藝如何更好地服務於抗戰而展開。

然而，對於抗戰文藝運動的政治功利化與藝術通俗化趨向的認識不應僅僅停留於表面，而應看到抗戰文藝運動作為戰時文化發展的所需要的具體運動，必須使文藝服務於抗戰居於一切的首位，這是具有現實的合理性的。不過，也不要忽視抗戰文藝運動作為中國新文藝運動發展的重要階段，在中國現代文藝發展的整體過程中，在服務於抗戰的同時也自然表達出對於自身發展的要求，這是具有歷史的必然性的。在這裡，由於抗日戰爭的限制，這一歷史的必然性不能凌駕於現實的合理性之上，相反地，正是以這一現實的合理性為前提，抗戰文藝運動才得以成為體現其歷史的必然性的自由創造運動。〔註33〕

對於這一點，從事抗戰文藝運動的人們已有所認識。1940 年 11 月 23 日，在「文協彙報座談會」上，與會成員對抗戰文藝運動進行了回顧與展望。

王平陵認為「抗戰所影響於文藝最明顯的也最深入的，有以下幾點：第一，文藝是宣傳的這句老話，已普遍地被全國作家所瞭解，所接受，雖然還有極少數人的反對，但只能算作例外，不再發生什麼作用，影響；第二，作家們在這偉大的時代裏鍛鍊、學習，每個作家都在準備盡自己最善的努力創作大作品，至少有了這樣的動機；第三，政府當局重視文藝，扶植文藝，為過去所沒有的；第四，作為抗戰所最需要的因素的中國人民的團結，文藝界已經作了最模範的榜樣，多年來纏著文藝界的人身攻訐這個老毛病，已經完完全全地被醫好了。」他同時要求今後「抗戰文藝應該比輿論跨進一步，站在輿論之前」；「必須更關心政治，從希望政治進步出發去嚴正地批評政治」；「描寫戰爭，表現戰爭僅僅是抗戰文藝的一面，同樣重要的另一面，是描寫生產建設，表現生產建設」；「文藝作用的任務，固然在於寫作優秀的作品，

〔註32〕老舍：《三年來的文藝運動》，《大公報》1940 年 7 月 7 日。

〔註33〕如果將「戰爭」的概念由軍事擴展到政治、階級的層面上，那麼，不可否認的是，抗戰文藝運動就給予了這樣的啟示：隨著中國社會的進步，文以載道的文化傳統雖因「戰爭」的發生而光彩奪目，但終因「戰爭」的結束而黯然失色，這一服務的現實的合理性將退化為歷史的合理性，這一發展的歷史必然性將轉變為現實的必然性，從而使二十世紀的中國文藝運動最終進入新的更高的發展階段。

但更主要的，是表現在作品中的思想能領導當代的思潮」。

如果說王平陵就抗戰文藝運動的發展做出了概括，那麼，老舍、郭沫若則對文藝工作者的變化進行了評價。

老舍指出：「大概是因為在抗戰初期，大家既不明白抗戰的實際，而又不肯不努力於抗戰宣傳，於是拾起舊形式，空洞的、而不無相當宣傳效果的，作出些救急的宣傳品。漸漸地，大家對於戰時生活更習慣了，對於抗戰的一切更清楚了，就自然會放棄那種空洞的宣傳，而因更關切抗戰的原故，乃更關切於文藝。那些宣傳為主，文藝為副的通俗讀物，自然還有它的效用，那麼，就由專家和機關去作好了。至於抗戰文藝的主流，便應跟著抗戰的艱苦，生活的困難、而更加深刻，定非幾句空洞的口號標語所能支持的了，我說，抗戰的持久加強了文藝的深度。」「然而，我們既還不能充分瞭解抗戰中種種事實，作品的內容自然顯出貧血的現象——題材不豐，在一題材之下寫得不充實」。

郭沫若也指出：「在抗戰初期，戰爭的暴風雨似的刺激使作家們狂熱，興奮，在文藝創作上失卻了靜觀的態度，特別是在詩和戲劇上，多少有公式化的傾向，廉價地強調光明，接近標語口號主義。等到戰爭時間延長，刺激就漸漸稀微，於是作家們也慢慢重返靜觀，在創作上有較為周詳的觀察，較有計劃有組織的活動，因此風格與形式，抗戰初期和現在有著顯著的差異」。不過，「現在作家們只是單純地從正面地、冠冕堂皇地寫抗日文藝，有時也不免近於所謂公式化。以後應該拿出勇氣來，即使是目前所暫時不能發表的作品，也要寫出來，記下來。這所寫的才配稱為真正的新現實，能夠正確地把握這個新現實，才能產生歷史性的大作品」。〔註34〕

所以，只有以這種既存的對於抗戰文藝運動與文藝工作者的總體認識為基點，才有可能較為客觀而完整地揭示出這樣的一個轉變的過程，即以陪都文藝工作者為代表的全國文藝工作者，是如何隨著抗戰文藝運動的發展而發生意識的演變，從而開始轉為自覺地投入到抗戰文藝的創作之中去。

抗日戰爭的到來，致使文藝工作進入一個未曾經歷過的世界；一切為著抗戰的迫切需要，促使文藝工作者以文藝為武器投入戰鬥。這樣，當文藝工作者滿懷愛國激情響應抗戰的召喚走上陣來之時，在急迫中都缺乏對戰時生活的真實把握與深切體驗，從而失落了創作的根基；同時也失去了創作時的

〔註34〕 《1941 年文學趨向的展望》，《抗戰文藝》第 7 卷 1 期。

個人自由與從容表達，從而抹掉了審美的距離。

於是，他們懷著惶惑而興奮的心情去描寫、去刻畫、去反映尚未熟悉的抗戰，結果推出的多是千篇一律的，停留在生活的表面上的東西，爲寫抗戰而寫抗戰，就難免陷入公式化的泥潭，抗戰文藝的創作從急就章變成了急救章，成爲面目可憎的抗戰八股。

於是，他們帶著委曲求全的感覺，一邊去發掘，去選擇，去利用頗不以爲然的通俗舊形式，一邊放棄了得心應手的新文藝形式，勉爲其難去創作，企圖藉此進行民眾的動員，無意中使大眾化走向卑俗化，爲通俗而通俗，仍難以化解新文藝與民間文藝之間的隔膜，新酒入舊瓶非但未能添色增香，反而釀成難以下嚥的苦酒，新酒舊瓶成爲辛酸的反諷。

實際上，抗戰八股與新酒舊瓶在發揮宣傳鼓動的作用方面倒是頗爲一致的，以抗日宣傳爲唯一要義，而藝術水準則難以入流。就其根本而言，都是文藝工作者對於自己的創作對象與創作手段的不熟悉所引起的，換句話說，就是由於未能眞正把握住所要反映的戰時生活與所採用的舊形式，因而造成文藝表現的不眞實。

抗戰文藝必須是眞實的，對此已開始有所認識。

首先，應該使「每一個作家對現實都有他單獨的新發現，對藝術形式的史的堆積上，都有他的新貢獻」。不然，「則所有的只是攝影『主義』，公式『主義』──這是在現實的表面上滑行的必然結果。」拋棄「抗戰文藝做法」之類的「新的『起承轉合』，」「把自己與當前的中心現實──『抗戰』──間的最短距離線找出來吧！這只有在實踐中才能做到。放開筆寫，不要顧那些形式主義」，「如果我們非要一個『主義』不可，那麼就要最廣義的『現實主義』吧！」〔註35〕

其次，應該使每一個作家「首先理解中國人民大眾的實際生活，語言，感情，希望。如果做到這一點，寫出來的不再完全是節節巴巴的歐化句子，不再是完全脫離人民的口頭語，而眞正走向了大眾化。」「至於利用舊形式所寫出的東西」，「可以說能夠達到政治宣傳上某種一定的任務，但不能就說是達到了文學上的進步」。「總之，說『應該通俗化』，但到底能夠捉住大多數民眾的心的是什麼？不是舊形式，也不是新形式，而是眞切地觸到人的心的眞

〔註35〕李南桌：《廣現實主義》，《文藝陣地》第 1 卷 1 期，1938 年 4 月 16 日。

實。只要描寫真實就好了。創造出能夠最切實地表現那真實的形式。」〔註36〕

抗戰文藝能夠是真實的，對此已經進行探討。

首先，「真正所謂抗戰，應該包括抗戰建國的整個過程」，「前方的文人描寫前方的生活，後方的文人表現後方的生活，而兩者都以抗戰建國為其指導原則。」「寫自己所知道的是創作的基本條件。後方文人表現後方生活，即使技巧拙劣的作品，亦較表面上說得天花亂墜而骨子裏都是空想出來的前線抗戰作品，來得真實而較動人。別的不談，起碼他是忠實地寫他所知道的。後方的生活與建設可供文人描寫的題材很多，只要作者的觀念正確」，既可以表現後方生活中的「消極方面」，更可以反映後方生活中的「積極方面」。〔註37〕

其次，「因為已經在文藝運動中成為中心運動的通俗化問題，它的內容不僅是技巧問題，不僅是文藝作者本身的問題，而是與許多的社會問題有著聯繫的」，如大眾接受、作品傳播等問題。但首要問題在於必須明確：「內容是現實的為大眾所瞭解而且需要的，形式是大眾所懂得所習慣的新的或者舊的，這樣的文藝，我們當然不否認他是通俗的」。不過，「通俗化不是庸俗化，所以通俗化文藝決不是粗製濫造、不是低級趣味的滲和，不是淫詞濫調的堆砌，更不是空虛的淺薄的意義的反覆。這就需要作家本身的刻苦努力，至少，作家不應該是西裝少年或高貴紳士，作家應該懂得大眾，向大眾學習。」〔註38〕

無論是抗戰八股，還是新酒舊瓶，其所引發的爭論就在於：反映出在抗日戰爭來臨之際，文藝工作者應怎樣去調適自己與抗戰的關係。這樣，在文藝服務於抗戰成為共同行動之後，由此而發生的抗戰文藝功利化與通俗化的傾向一方面有利於抗戰宣傳和民眾動員，另一方面又無形中造成對自身發展的某種阻礙。所謂抗戰八股的產生，是由於將抗戰與戰時生活割裂開來，並以戰爭代替生活的全部，造成題材的單一，致使空洞的概念成為創作的出發點這一惡劣風氣的出現，在言必戰爭中浪費了極為寶貴的激情。所謂新酒舊瓶的發生，則是由於將舊形式與民間藝術等同起來，不但未使新文藝向民間文藝取長補短，反而導致對民間文藝的閹割乃至濫用，從而加深了本來就存在著的對於民間文藝的拒斥心理。

〔註36〕《宣傳‧文學‧舊形式的利用～座談會記錄》，《七月》第 3 卷 1 期，1938 年 5 月 1 日。

〔註37〕柳青：《後方文人的苦悶及其出路》，《中央日報》1939 年 2 月 1 日。

〔註38〕戈浪：《文藝通俗化諸問題》，《中央日報》1938 年 11 月 26 日。

　　從橫向上看，抗戰八股不利於文藝工作者對戰時生活的把握，個人風格的形成，促成一時的單調重複的文藝現象的發生。從縱向上看，新酒舊瓶，有害於文藝工作者與民間藝人之間的藝術交流及融會貫通，導致雅俗對峙的文藝斷層的再次出現。綜而言之，正是抗戰八股與新酒舊瓶從反面證明抗戰文藝應該是也能夠是源於生活的雅俗共賞的自由創造。

　　文藝服務於抗戰，其可行性取決於文藝是否能夠如實地去反映出抗戰的現實。這不僅僅限於文藝工作者如何把握戰時生活與採用文藝形式，實際上還對他們提出了更多更嚴格的要求。

　　文藝工作者必須根據戰時生活的具體狀態，揭示其紛繁表象之下的底蘊：「對於抗戰中所發生的殘酷、動搖、痛苦、愉快等，應有系統的研究，剖解，而同時加上豐富的想像力。以想像來創造文字，熱情處當熱情，冷靜處當冷靜，要歌頌也要批判，這樣才實際而有情緒，才是有血有肉的表現」。「至於歌頌與批判並不含有『捧』與攻擊的意義，應該是有理性的檢討與鼓舞的。這，使我們的內部走向更完整更有力的方向」。〔註 39〕

　　文藝工作者必須適應戰時民眾的心理狀態，來滿足其對於文藝的實際需要，而不要「止於討論，這使口號變得比作品還多」。所有的討論都「源於『藝術』與『時代』的衝突。有些，要藝術的忘了時代，有些，要時代的卻又沒有藝術。這樣，大家各執其偏，殘酷地把讀者關在外面。」「可是讀者卻兩者都要，在文學作品中，藝術與時代兩者都原不可分割」，「我只說我們要有藝術性的作品」。〔註 40〕

　　由於大多數文藝工作者生活在大後方，這就意味著他們必須更加努力而積極地去創作。除了爭取到戰地去之外，更多的應是以自己身處其中的實際生活為創作源泉，在激勵民眾抗戰到底的同時，也將有助於提高抗戰文藝創作的整體水平，促進抗戰文藝運動的正常發展。從根本上看，這不僅僅是一個文藝工作者去怎樣認識抗戰與文藝關係的態度問題，更是一個文藝工作者如何去藝術地復現戰時生活的問題。這就要求他們以嚴肅的創作態度去進行艱苦的文藝創造，以反映偉大的抗日戰爭，以滿足廣大民眾的需要，從而達到抗戰宣傳與民眾動員的最佳效果，使抗戰文藝繁花似錦。

　　雖然，在抗戰軍興之時，由於重慶的抗戰文藝創作相對冷落，對於那抗

〔註39〕佳禾：《歌頌與批判》，《新民報》1938 年 3 月 7 日。
〔註40〕黃賢俊：《文學的「新」內容》，《新民報》1938 年 3 月 16 日。

戰八股與新酒舊瓶的討論也隨之滯後。但是，重慶的文藝工作者對於有關抗戰宣傳所必須涉及到的問題有著相當清醒的較早認識，實際上已經從兩個問題上觸及了文藝創作與功利化的宣傳作用：一個是對戰時生活，特別是後方生活，可否進行評判性的揭示；一個是對於抗戰文藝可否提出多樣化的要求。這樣，既可以使戰時生活能夠得到較爲全面而完整的反映，同時又可以滿足不同民眾群體的文藝需要。

這兩個問題自然與抗戰宣傳有著直接相關性，引發深入的討論；在舉國一致，抗戰到底的形勢下，批判性的現實揭示，是有利於抗戰還是有損於抗戰？而多樣化的創作要求是合理合情還是無中生有？隨著大批文藝工作者陸續來到重慶，討論的程度加深了，範圍擴大了，對抗戰文藝運動以及抗戰宣傳都發生了不容忽視的影響。

1938 年 4 月以後，張天翼小說《華威先生》的發表及「出國」，〔註41〕促進了廣大文藝工作者對文藝能否暴露與諷刺抗戰陣營中的陰暗面與消極面這一問題進行討論。儘管討論一開始就出現了兩種不同的看法，或主張仍應以頌揚光明爲主，或要求不該諱疾忌醫，但隨著討論的繼續，討論的焦點不再是應不應該暴露與諷刺，而是應該怎樣去進行：「因爲有暴露才有改進，姑息適足以養奸。但是於方法方面，卻還要鄭重考慮一下。這個時代，應該是建設第一，我們暴露事情的黑暗面，不應該只是大罵一頓或是譏諷一下了事，應該指示他一個光明的前途，這才叫做眞正的『暴露』」。〔註42〕

對於這一點，已成爲文藝工作者的共識：要求暴露黑暗做的「恰到好處」，「不但要不妨害抗戰，而且要有益於抗戰」，〔註43〕必須注意「如何暴露這手法上的問題」。〔註44〕

《文藝月刊・戰時特刊》編輯室就該刊討論的情況發表看法：「對這個問題發表過意見的作家，都是爲了要使文藝作品對於抗戰建國完成積極的功效而對這一問題提出自己的意見的，並不是爲了固執個別的偏見。因此，直到現在並沒有人公然地反對這一切的暴露黑暗。大家承認而且不得不承認暴露黑暗和表現光明一樣可有積極作用的。」所以，在「都應爲了抗戰」的一致

〔註41〕《文藝陣地》第 1 卷 1 期，1938 年 4 月；同年 11 月，日本《改造》雜誌翻譯發表。

〔註42〕陳菜：《關於「暴露」之類》，《新民報》1939 年 4 月 27 日。

〔註43〕何容：《關於暴露黑暗》，《文藝月刊・戰時特刊》第 3 卷 7 期，1939 年 7 月。

〔註44〕鄭知權：《論暴露黑暗》，《文藝月刊・戰時特刊》第 3 卷 10～11 期合刊。

前提下，並非是決然要成爲一場衝突性的戰爭。「不過，重要的卻是無論表現光明或暴露黑暗，都要作者時刻不忘作品的反應，勿使它引起不健全的意識」，同時，「我們不能因爲現實的黑暗而不追求光明，同樣我們不能因爲暴露黑暗不及表現光明容易成功而放鬆暴露黑暗的寫作」。「在這裡，作者不應單忠實於光明與黑暗事實的本身，而主要地忠實於文藝在現階段應負的抗戰使命。因此，表現光明也不宜誇大過甚，以至形成虛幻的感覺而使人減少對克服困難和弱點的努力，同樣地，暴露黑暗不宜過火，以免造成灰心失望而使人減少追求光明的勇氣或者不自覺地引起反宣傳的作用」。〔註 45〕

這就將討論推向在文藝創作中如何描寫否定性人物：以「暴露」的形式來揭露隱藏著的，披著愛國者畫皮的反對抗日與民衆的敵人；以「諷刺」的形式揭示秦檜式的現代漢奸醜態，以「使人類的渣滓表露出原形」。〔註 46〕這實際上已提出塑造典型的問題，通過「否定的人物」這一「有害於抗戰，有害於民族革命的形象，在藝術的誇張下面使腐爛的潰敗，使新生的成長」。〔註 47〕於是，關於暴露與諷刺的討論最終還是在抗戰的前提下回到文藝自身，抗戰文藝從而將成爲「能夠眞實地反映全部現實的文藝」。〔註 48〕

1938 年 12 月 1 日，梁實秋在爲《中央日報》所編副刊《平明》上發表《編者的話》一文，其文稱：「我揣測報館請人編副刊總不免是以爲某某人有『拉稿』的能力。編而至於要拉，則好稿之來，其難可知」。「我老實承認，我的交遊不廣，所謂『文壇』我就根本不知其座落何處，至於『文壇』上誰是盟主，誰是大將，我更是茫然。所以要想拉名家的稿子來給我撐場面，我未曾無此想，而實無此能力。」「但是我想，廣大的讀者是散佈在各個地方各階層裏的各有各的特長，各有各的經驗，各有各的作風，假如你們用一些工夫寫點文章惠寄我們，那豈不是充實本刊內容的最有效的辦法麼？」於是，就寫稿問題著重提出：「現在抗戰高於一切，所以有人一下筆就忘不了抗戰。我的意見稍爲不同，於抗戰有關的材料，我們最爲歡迎，但是與抗戰無關的材料，只要眞實流暢，也是好的，不必勉強把抗戰截搭上去。至於空洞的『抗戰八股』，那是對誰都沒有益處的」。

〔註 45〕《都應爲了抗戰》，《文藝月刊・戰時特刊》第 3 卷，10～11 期合刊。
〔註 46〕野黎：《暴露・諷刺・鑄奸》，《抗戰文藝》第 5 卷 1 期。
〔註 47〕羅蓀：《人和典型》，《讀書月報》第 1 卷 10 期。
〔註 48〕吳祖湘：《一味頌揚是不夠的》，《新蜀報》1940 年 1 月 22 日。

　　對此，中華全國文藝界抗戰協會在給《〈中央日報〉的公開信》中指出：「本會雖事實上代表全國文藝界，但決不爲爭取『文壇座落』所在而申辯，致引起無謂之爭論，有失寬大嚴肅之態度」。因此，「在梁實秋先生個人，容或因一時呈才，蔑視一切，暫忘團結之重要，獨蹈文人相輕之陋習，本會不欲加以指斥。不過，此種玩弄筆墨之風氣一開，則以文藝爲兒戲者流，行將盈篇累牘爲交相諑垢之文字，破壞抗戰以來一致對外之風，有礙抗戰文藝之發展，關係甚重；目前一切，必須與抗戰有關，文藝爲軍民精神食糧，斷難捨抗戰而從事瑣細之爭辯；本會未便以緘默代寬大，貴報當有同感。謹此函陳，敬希本素來公正之精神，杜病弊於開始，抗戰前途，實利賴焉」。〔註49〕

　　雖然此信未能公開發表，〔註50〕但卻由此引發能否創作「與抗戰無關」的作品這一問題的討論。應該承認，這一次討論的雙方多少都帶著某種對立的情緒化色彩，梁實秋始終堅持自己的觀點，〔註51〕而反對者也是始終認爲在抗戰的中國，文藝必定與抗戰有關。〔註52〕

　　這一討論實際上是針對抗戰文藝運動向抗日宣傳一邊倒的傾向的。是不是除了「看了副刊會手舞足蹈地感到一個人非挺身起來救國不可」之外，〔註53〕對於文藝就不能有其他的要求呢？畢竟抗戰文藝是文藝，只不過是抗日戰爭時期的文藝，而不僅僅是抗日的文藝，甚至戰爭的文藝。這決非是對「純文藝」的提倡，〔註54〕而是對文藝自身發展必要的強調。

　　如果說，指出文藝自身發展的必要是合乎情理的話，那麼強調抗日對文藝的要求也自然是合理合情的。只不過是，「因爲我們的戰爭是求生存求解放的戰爭，戰爭的命運要規定每一個人的命運，所以戰爭的要求在文藝上打退了一切反戰爭的甚至游離戰爭的主題方向。」自然，「肯指示努力的方向也當然是好的，但不應把在戰鬥生活裏的作家拉回到寺院或者沙籠」。〔註55〕這倒

〔註49〕 《中華全國文藝界抗敵協會史料選編》第281～282頁，四川省社會科學院出版社，1983年版。
〔註50〕 文天行：《國統區抗戰文學運動史稿》第108頁，四川教育出版社，1988年版。
〔註51〕 《「與抗戰無關」》、《梁實秋告辭》，《中央日報》1938年12月6日，1939年4月1日。
〔註52〕 羅蓀：《「與抗戰無關」》，《大公報》1938年12月5日；宋之的：《談「抗戰八股」》，《抗戰文藝》第3卷2期。
〔註53〕 金滿城：《這是什麼文章》，《新蜀報》1938年12月17日。
〔註54〕 何容：《純文藝》，《新蜀報》1940年1月6日。
〔註55〕 胡風：《關於時代現象》，《中央日報》1939年9月14日。

不失爲一個合理的公允評價。

抗戰文藝運動的藝術通俗化傾向雖然以「利用舊形式」爲主要表現，但也包孕著這樣的思想種子——

一方面，有人指出：「許多人把『通俗』的原意絲毫不變的來替換『大眾化』，而通俗化與大眾化折射出的是兩種完全个同的文化意識，前者是在「雅」與「俗」的對立中，雅人向俗人的屈就，「骨子裏存著輕視的『大眾』化」；後者是以「文藝是離不開大眾的」立場，使文藝更貼近現實生活，「是更進一步，更深一層的現實主義」。這樣，「『抗戰』給『大眾化』預備下了最有利的條件；反過來，『抗戰』又需要『大眾化』的支持才能迅速完成它的任務」，可以預言「未來的史學家或將這樣寫：『文藝大眾化』倡導於『五四』，完成於『抗戰』。」〔註 56〕

另一方面，又有人指出通俗化與大眾化之間的矛盾「不僅僅是文化運動領域內的主要缺陷，而同時又已經轉化成抗戰建國的政治實踐上的實際障礙」，從而認爲，「只要我們回顧一下二十年來白話文學運動的成果，即可預測運用民間形式以爭取大眾化與通俗化的統一，不但是必要的而且是可能的！」。〔註 57〕

這樣，抗戰文藝運動在向著眞正意義上的大眾文藝運動發展的過程中，就出現了關於「民族形式」的討論。而在重慶首先引起論爭的是：「創造文藝民族形式的『中心源泉』與『主導契機』的問題」，並吸引了包括桂林、延安等地的文藝工作者的踊躍參加。〔註 58〕

胡風認爲：繼承了融「文藝大眾化」、「現實主義理論」、「藝術的認識方法」三者爲一體的「五・四新文藝的傳統」的抗戰文藝運動，需要表現「統一戰線的，民族戰爭的，大眾本位的，活的民族現實」，「也就需要從形式方面明確地指出內容所要求的方向」——「這就是『民族形式』這一口號的提出」。

胡風就論爭雙方的諸多論點進行了總括性的分析，指出雙方在討論中都表現出「形式主義的要素」，「忘記了從實際的鬥爭過程上去理解問題，解決

〔註 56〕南桌：《關於「文藝大眾化」》，《文藝陣地》第 1 卷 3 期，1938 年 5 月 16 日。
〔註 57〕向林冰：《關於通俗化與大眾化關係及其諸問題》，《中蘇文華》第 3 卷，1～2 期合刊，1938 年 12 月。
〔註 58〕羅蓀：《論爭中的民族形式「中心源泉」問題》，《讀書月報》第 2 卷 9 期。

問題。這，一方面使『民族形式』問題的眞實面貌不能夠出現，一方面使文壇的大部精力集注到抽象的討論裏面，反而把急迫的鬥爭課題丟到一邊。這更是一個理論的悲劇。」「至於從理論的分析轉成對於對手的人身攻擊，那更是應該絕對避免的」。

胡風最後提出來的結論性觀點是：「以現實主義的『五‧四』傳統爲基礎，一方面在對象上更深刻地通過活的面貌把握民族的現實（包括對於民間文藝和傳統文藝的汲取），一方面，在方法上加強地接受國際革命文藝的經驗（包括對於新文藝的缺點的克服），這才能夠創造爲了反映『民主主義的內容』的『民族的形式』。同時，「替民族革命戰爭服務的文藝，爲了反映『民主主義的內容』的『民族的形式』的文藝，它的內容要隨著現實鬥爭的發展而發展，它的形式也要隨著現實鬥爭的發展也就是內容的發展而發展」。〔註59〕

經歷了本時期意識演變的廣大文藝工作者，發出了這樣的歡呼：「在抗戰的今日，我以爲，文藝必須從民族革命出發而完成民族的文藝」，「抗戰文藝是個大潮，我們不怕它深濁如黃河，而怕它不猛烈不旺盛！」〔註60〕

三、全民總動員

1937年9月15日，抗戰時期重慶第一個業餘話劇團體怒吼劇社成立，其成員既有來自北京、天津、上海等地的話劇界專業人員，又有來自本地各行業的青年戲劇愛好者，共計50餘人。〔註61〕10月1日到3日。怒吼劇社在國泰大戲院連續公演抗戰話劇《保衛蘆溝橋》，取得極大成功。這不但是重慶有史以來最具規模的話劇演出，同時也是重慶自抗戰以來最爲矚目的抗日宣傳活動，故而人稱「重慶有眞正的演劇，那是以怒吼劇社爲歷史紀元」。〔註62〕

這表明，在重慶，已開始與全國各地同步，戲劇，特別是話劇，一方面是通過演出活動來進行抗戰宣傳和民眾動員；另一方面，也在演出過程中不斷提高戲劇的演出水平和欣賞水準。抗戰戲劇運動正是在這樣的現實前提下得以發生進而發展的。

〔註59〕 《論民族形式問題的提出‧爭點‧和實踐意義～對於若干反現實主義傾向的批判提要並紀念魯迅先生逝世的四週年》，《中蘇文化》第7卷5期，《理論與現實》第2卷3期。

〔註60〕 老舍：《文章下鄉，文章入伍》，《中蘇文化》第9卷1期，1941年1月25日。

〔註61〕 《國民公報‧怒吼劇社第一次公演特刊》1937年9月26日。

〔註62〕 《新蜀報》1937年10月4日。

　　10 月 27 日，第一個外地來渝進行救亡宣傳的文藝團體上海影人劇團在國泰大戲院同樣也以《保衛蘆溝橋》開始公演，隨之推出一系列抗戰劇目，進行了長達月餘的演出活動，取得了以話劇演出形式進行民眾動員的積極效果，但同時也暴露了這次演出活動存在的某些不足。由於這些不足之處具有一定的代表性，亟需作進一步的改進：一是需要更加緊密地聯繫抗戰，創作出更具現實性的劇作，而演員和觀眾應在互相尊重的前提下進行藝術的交流，以期促進中國戲劇的整體發展，從而使戲劇演出成為抗戰時期「全民文化」發展的推動力。〔註 63〕一是需要戲劇工作者走出都市，到農村去，到部隊去，進行更為廣泛的更具影響力的抗日救亡宣傳，並且要降低演出的票價，使廣大民眾能夠有機會進入戲劇藝術的殿堂，從而有利於抗戰戲劇運動的真正形成。〔註 64〕

　　為進一步擴大抗戰戲劇的影響，怒吼劇社將要求入社的愛國青年組成街村演劇隊，以本地方言表演各種抗戰劇目。重慶大學抗敵宣傳隊也以街頭演劇的形式進行抗戰宣傳。重慶的抗戰戲劇演出活動開始走向鄉村，走上街頭，面向廣大民眾。

　　1938 年 1 月，四川旅外劇人演劇隊、上海業餘劇人協會相繼來到重慶，使重慶的話劇演出水平達到全國一流。〔註 65〕同時，重慶大學抗敵後援會鄉村宣傳團，怒吼劇社進一步擴大演出活動範圍，增多劇目，深入城鄉。〔註 66〕這就促進了重慶的戲劇救亡活動朝著聲勢浩大的抗戰戲劇運動方向演變。

　　2 月，隨著中華全國戲劇界抗敵協會重慶分會的開始籌備，團結起來，進行抗戰宣傳和民眾動員，「不僅限於話劇運動的從事者，且包括了川劇，京劇以及歌舞劇的從業員。這一種聯合，事實上將使我們破除了過去的成見，而奠定了戲劇界統一運動的基礎。」〔註 67〕與此同時，進行戲劇演出活動的團體也不斷增加，如重慶市抗敵後援會文化界支會所屬移動演劇隊、兒童演劇隊、課餘宣傳隊，國立戲劇學校巡迴公演劇團，上海戲劇工作社，國立中央大學中大劇社等等。到 6 月 4 日中華全國戲劇界抗敵協會重慶分會正式成立

〔註 63〕姜公偉：《從「全民文化」談到影人劇團的演出》，《國民公報》1937 年 11 月
　　　　　7 日。
〔註 64〕陳白塵：《告別重慶》，《春雲》第 2 卷 6 期。
〔註 65〕謝冰瑩：《看民族萬歲》，《新民報》1938 年 2 月 27 日。
〔註 66〕《重慶大學抗敵後援會鄉村宣傳團報告》，《國民公報》1938 年 3 月 13 日。
〔註 67〕宋之的：《祝「中國劇協」重慶分會》，《新民報》1938 年 2 月 28 日。

之時的短短數月內，僅規模較大的演出活動就有兩次：一是在 3 月進行了重慶戲劇界授助前方川軍將士募捐聯合公演，一是在 5 月參加了「紀念革命五月抗敵宣傳節」的大會演出。

這樣，從職業劇團到業餘劇社，從國立戲劇學校到普通高等院校，從專業戲劇工作者到戲劇愛好者，都紛紛進行各種形式的演出活動，既顯示出高昂的抗日鬥志，又表現出日益提高的藝術水準。無論是舞臺劇還是街頭劇，無論是在城市還是鄉村，無論是成人還是兒童，都堅持同樣的嚴肅而又認真的精神，熱情而又真誠的態度，引發了廣大民眾愛國激情的高漲，促使他們對戲劇演出的積極參與。於是，在重慶就開始形成了區域性的抗敵戲劇運動。

1938 年 9 月 18 日，中華全國戲劇界抗敵協會重慶分會，為紀念「九·一八」七週年，組織全市各戲劇團體舉行全天演出活動，演出區域由劇場擴展到街頭，演出門類包括話劇、歌劇、川劇、京劇、評劇、雜技、曲藝等，〔註68〕盛況空前，顯示了重慶抗戰戲劇運動的實力和陣容。這就為抗戰戲劇運動在重慶的進一步發展奠定了堅實而廣泛的群眾基礎，無疑是極大地有利於重慶作為全國抗戰戲劇運動中心這一地位的確立。

隨著中華全國戲劇界抗敵協會等全國性文化團體遷渝，以及眾多具有全國影響的文藝演出單位的到來，重慶作為抗戰戲劇運動中心的時機完全成熟了。當然，這不僅僅取決於重慶作為戰時首都在經濟、政治、意識諸方面的直接影響，更為重要的是它具備著這樣的基本條件：除了大都市所能提供的文化設施和傳播手段之外，擁有一大批積極從事抗戰戲劇運動的具有良好素質的專業人員，擁有對抗戰戲劇運動寄以熱望和厚愛的各界民眾。

1938 年 10 月 10 日，中華民國第一屆戲劇節在重慶開幕。戲劇節的確立，證明了戲劇藝術在中國社會中開始奠定了長期發展的基礎，表現了戲劇工作者共赴國難的團結愛國精神，提出了建立中華民族戲劇體系的新方向。〔註69〕

同時，「戲劇是教育國民的活動教科書，是影響青年思想最有力的武器，一切的戲劇工作者，是符合著這些目的，完成這些使命的教育者和宣傳者」，要承擔起民眾動員的現實任務：「我們為著要使一般文盲所知道的東西，和知識分子一樣，甚至於更多，更切實，就只有把要告訴他們的內容，利用戲劇的形式來演出，就只有利用演員作為表現內容的符號，用動作和言語，直接

〔註68〕余克稷：《九一八重慶演劇》，《戲劇新聞》第 1 卷 7 期。
〔註69〕葛一虹：《第一屆中國戲劇節》，《新蜀報》1938 年 10 月 10 日。

而深刻的教育他們。所以戰時的中國戲劇的重要性，是誰也不能否認的。」

「至於戲劇藝術的進步，有賴於戲劇工作者的努力，是當然無疑的；但有待於觀眾的鼓動與社會的扶持，其理由亦至爲明顯。戲劇工作者只要認識工作，視劇場爲偉大的思想、深奧的問題、熱烈的人類感情的產生地，使各種劇本和戲劇的表演，能對於主要的人生與問題，給予眞摯的具體的解釋；那麼，我們的觀眾，決不會僅爲了消閒與娛樂來接近戲劇；自然能抱著嚴肅的態度和最大的責任心來欣賞戲劇了。戲劇藝術就在這情形下，不斷地提高起來的。戲劇節的舉行正是爲戲劇工作者創造一個測驗的機會，測驗二十七年來的戲劇藝術究竟提高了多少！戲劇藝術的提高，就是反映了社會文化一般地提高，關係是非常重要的！」〔註 70〕

可見，爲慶祝中華民國第一屆戲劇節進行的演出活動所要達到的主要目的，是以戲劇爲抗戰宣傳和民眾動員的最佳手段，與此同時也相應地提高中國戲劇的整體發展水平。這樣，抗戰戲劇的演出不但是作爲戰時文化發展的形象表達，而且也成爲戰時文化傳播的大眾交流，從而形成喚起民眾抗戰的最具普遍性的大眾文藝運動。整個戲劇節期間的演出，從不同層面上，有步驟地連續進行，掀起了前所未有的，群情振奮的，堅決抗戰的全民總動員高潮。〔註 71〕

10 月 10 日，在戲劇節演出委員會的主持之下召開慶祝大會，戲劇界參會者達 500 餘人。大會後即出動 1,000 餘人的演出大軍，組成 25 個演出分隊，其中既有戲劇團體又有各界演劇隊，在重慶市區，城郊進行大規模的街頭演出，一連 3 天堅持將抗戰戲劇直接送到每一個市民的面前。這樣就在演出活動中開始走出抗戰戲劇大眾化的第一步。可以說，這第一步是相當成功的，較好地展示了如何在更大程度上和更大範圍內引導民眾，使之參與到戲劇運動中來的具體途徑。這樣就直接促成了 1939 年元旦爲紀念中華全國戲劇界抗敵協會成立一週年，在重慶戲劇界 2800 餘人舉行的盛大火炬遊行中，同時借用農村賽會的形式在行進中演出了《抗戰建國進行曲》：在彩燈、舞龍、耍獅的熱烈氣氛的烘托下，或在高蹺上，或在車輛舞臺上，使抗戰戲劇的精彩片斷展現在新年到來的重慶大街上。萬人空巷，爭先目睹，蔚爲壯觀。抗戰戲劇由此而大快人心，深得人心。

〔註 70〕張道藩：《中華民國第一屆戲劇節的意義》，《掃蕩報》1938 年 10 月 11 日。
〔註 71〕《第一屆戲劇節》，《重慶市市中區文化藝術志》第 73 頁。

　　10月14日到27日，戲劇節演出委員會組織了「五分票價公演」。五分錢一張門票，固然是爲前方將士募捐寒衣，同時也使劇場的大門敞開。這首先是向廣大民眾提供了參與戲劇運動的機會，使他們能夠對抗戰戲劇作出自己的選擇，於是一批爲民眾所歡迎的抗戰戲劇就廣爲流傳開來。在一般民眾達到一定欣賞水平的前提下，就有可能促進抗戰戲劇由抗戰初期藝術上的粗糙盡快地轉向精心的創作，出現富有藝術魅力的劇作。其次，這也爲戲劇工作者接近民眾創造了條件，使他們能夠切實瞭解民眾的現狀，盡可能滿足民眾對抗戰戲劇的要求，並且加緊推出一批具有時代特色的爲民眾樂於欣賞的劇目。此外，在較爲頻繁的演出活動中，戲劇工作者將逐漸提高戲劇藝術表演水平，從而有利於抗戰戲劇運動的進一步發展。

　　顯然，「五分票價公演」這樣的演出活動，除了兼有街頭演劇與舞臺演劇之長，並無兩者之短以外，還能發揮戰時環境中社會傳播，特別是大眾傳播的某些功能，促進戰時文化的群體交流，因而是一種值得推崇的抗戰戲劇傳播方式。

　　隨後，在持續進行各種形式演劇活動的熱潮中，[註72] 本次戲劇節的壓軸戲，《全民總動員》於10月19日至11月1日共演出7場，場場爆滿，反響熱烈。該劇演出盛況空前，首先是該劇的劇本在創作上是較爲成熟的，由曹禺和宋之的合作改編抗戰初期集體創作的《總動員》一劇而成，但實際上，「結果只是引用了原著中一部分人的故事，由曹、宋兩先生另行構寫了另一個更適宜舞臺演出的故事。所以與其說《全民總動員》是『改編』的，無寧說是『創作』的更爲切實」。[註73] 其次是該劇參演人員達200餘人，且人才薈萃，具有第一流的導演與演員陣容。[註74] 更爲重要的是，這個演出陣容體現出戲劇界的空前團結：「讓我們鼓起興會來演戲，笑著演戲，更愉快地演戲。因爲在不斷的艱苦的抗戰中，我們相信我們的民族是有前途的。」[註75] 可以說，《全民總動員》的演出成功，是抗戰戲劇運動堅持統一戰線的結果，使該劇全民動員肅清內奸外特，奮勇參軍殺敵的主題深入人心，成爲名符其實的

〔註72〕帥言：《七七劇團參加第一屆戲劇節的報告與感想》，《新華日報》1938年11月10日。

〔註73〕辛予：《〈全民總動員〉的一般批評》，《戲劇新聞》第1卷，8～9期合刊。

〔註74〕後以《黑字二十八》的題名出版。《黑字二十八·演員表》，《黑字二十八》正中書局1945年出版。

〔註75〕《中華民國第一屆戲劇節·九》，《戲劇新聞》第1卷8～9期合刊。

「全民總動員」的良好開端。

中華民國第一屆戲劇節，促進抗戰戲劇在走上大眾化之路，面向廣大民眾，堅持抗日統一戰線等方面，都作了有益的探索和嘗試，以重慶爲中心的大後方開始眞正出現群眾性的戲劇運動。同時，中華民國第一屆戲劇節，旣推動了話劇這一藝術樣式逐步中國化，寓教於樂，成爲民眾喜愛的主要戲劇形式，從而有利於中國戲劇的健康發展；又推動了傳統戲劇努力適應抗戰的現實需要，推陳出新，使高臺教化的藝術效果合乎時代精神，從而有利於中國戲劇的不斷發展。

這樣，中華民國第一屆戲劇節就明確地揭示出中國抗戰戲劇運動將承擔起雙重使命：服務於抗戰，發揮聯繫抗戰與民眾的強有力的紐帶作用；堅持不斷創新，建成溝通現實與民族的心靈表達的藝術橋梁。

第二屆、第三屆戲劇節雖然是處在日機濫炸的威脅中未能舉行規模盛大的演出活動，但仍然堅持進行抗日宣傳和民眾動員，上演了一批較好的劇作。到 1940 年 9 月，僅國民政府行政院教育部審定公佈可供演出的劇本就有 80餘種。〔註 76〕此後，國民政府軍事委員會政治部文化工作委員會舉行戲劇批評座談會，對抗戰戲劇運動的發展進行了認眞地討論，提出旣要深入生活以避免創作的商品化和概念化，又要提高演出水平以收到更好的宣傳效果，並且要求開展評論工作以促進抗戰戲劇的創作與演出。〔註 77〕

1941 年 9 月 24 日，中華全國戲劇界抗敵協會主任常務理事張道藩呈文教育部長陳立夫，稱「本會並無基金，每月經費僅由鈞部及社會部各津貼 100元」，故請撥中華民國第四屆戲劇節補助費用 1,000 元。10 月 4 日，陳立夫批覆，補助第四屆戲劇節慶祝費用 500 元。〔註 78〕10 月 10 日，中華全國戲劇界抗敵協會舉行第四屆戲劇節慶祝大會，拉開了戲劇節的序幕。

由於重慶每年 10 月到來年 5 月常有大霧，俗稱霧季，而此時日機在此能見度惡劣的氣候條件下無法進行騷擾。爲了更好地適應戰時環境，使抗戰戲劇演出順利進行，從第四屆戲劇節開始，形成一年一度的「霧季公演」，以其公演時間長，演出水平高，社會反響大，有力地推動了抗戰戲劇運動的發展。

1938 年 4 月 11 日，國民政府軍事委員會政治部第三廳主管戲劇音樂的工

〔註 76〕《新民報》1940 年 9 月 5 日。
〔註 77〕《戲劇批評座談會記錄》，《新蜀報》1941 年 5 月 6、7、8 日連載。
〔註 78〕石曼：《重慶抗戰劇壇紀事》，《重慶文化史料》1991 年第 1 期第 46～47 頁。

作人員洪深在《新華日報》上發表《第二期抗戰中的戲劇運動》一文，展望抗戰戲劇發展趨向，提出：「抗戰爆發之初，各地劇團，演劇隊均係自發的組織，與官方殊少聯繫，且在各地工作，往往發生障礙。其後隨著統一戰線之鞏固與發展，戲劇運動漸由官民分離，走上官民合作的道路。這是一個進步，然而這進步是不夠的。抗戰第二期的戲劇運動，應該隨著抗戰的新形勢與統一戰線的新發展，從官民合作的道路更進一步地走上官民一體。故今後的戲劇運動，應在政府的通盤籌劃之下，而予以新的調整。當然，這種調整，應以不違背各劇團的特殊個性為原則。」此外，他還強調培養戲劇人才，創作新劇本，改良舊劇的必要性和重要性。

從 1938 年 5 月開始，國民政府教育部成立巡迴教育戲劇隊，軍事委員會政治部成立抗敵演劇隊，抗敵宣傳隊，率先奔赴各戰區，以移動演劇方式進行抗戰宣傳和民眾動員。〔註 79〕這表明，作為抗戰戲劇運動中堅力量的演劇團體走上了多層次的組織方式和多樣化的演出活動這樣的軌道，從而使抗戰戲劇運動表現出自上而下的體系性與自下而上的廣泛性。

在陪都重慶，從專業劇團看，可分為官辦和民營的兩大類。前者中較著名的劇團，如軍事委員會所屬孩子劇團，教導劇團，忠誠劇團，中國萬歲劇團（由怒潮劇社擴大改組而成）；中國國民黨中央宣傳部所屬中電劇團，中央實驗劇團；教育部所屬第三巡迴教育戲劇隊，國立實驗劇院（原為山東省立劇院），實驗戲劇教育隊；中國三民主義青年團中央所屬中青劇社，陪都實驗劇團；重慶衛戍總司令部政治部抗敵劇團。後者包括的劇團更多，既有外地遷渝劇團，又有本地劇團；戲劇門類眾多，既有現代話劇團體，又有傳統戲劇團體。專業劇團對於抗戰戲劇運動發揮了直接推動的作用。僅中國三民主義青年團倡導的「青年戲劇運動」，到 1940 年底，「全國青年劇社的成立，不但已經到達了一百個的數目，並且已超過這個數目。三年計劃，在一年之中完成，至少表現了全國青年團團員工作的熱誠和工作競賽的成績」，「中央青年劇社在重慶做的服務工作，這一年並不少於其他劇團。我們經常到重慶附近工作，也在實驗劇場作實驗性演出。」〔註 80〕

與此同時，專業劇團之間也出現了官民團結，並肩演出的動向；中電劇團主要成員來自上海業餘劇人協會；中華劇藝社的主要演員由中電劇團，中

〔註79〕 《洪深文集》第 4 卷第 130～135 頁，戲劇出版社 1988 年版。
〔註80〕 魯覺吾：《一年來青年戲劇運動的總檢討》，《青年戲劇通訊》第 8 期。

國萬歲劇團的成員兼任，軍事委員會政治部文化工作委員會並撥給其 3,000 元作為開辦費。〔註 81〕

業餘劇團，重慶最著名者當為怒吼劇社，而全市各界都組織了各種形式的演出團體，包括各級抗敵後援會，高等院校和中等學校，郵電、交通、運輸、兵工、銀行等各行各業。〔註 82〕1940 年 12 月 8 日，重慶市銀行業學誼勵進會舉行徵募寒衣話劇公演，獲得極大成功，顯示出業餘劇團的演出實力和水平，促進了全市各界通過業餘演劇參與抗戰戲劇運動。〔註 83〕1941 年 2 月 7 日，復旦中學吒吒劇團走上正規舞臺進行募捐義演，開重慶中學生售票公演風氣之先。〔註 84〕由此可略見重慶業餘劇團演出水平提高之迅速，抗戰宣傳熱情之高漲。

在演出活動方面，除了堅持移動演劇、街頭演劇、舞臺演劇、募捐勞軍公演、星期公演之外，〔註 85〕還通過歷年的戲劇節進行較為集中的演出，並發展成為霧季公演。此外，還採取「有錢出錢，有力出力」的方式，由國民政府下屬機構及社會各界「主催」邀請，由各劇團演出，以配合慰勞前方將士，勸購戰時公債等各項活動。

1940 年 4 月 1 日至 5 日，國立戲劇學校應教育部婦女工作隊之邀，來渝進行勞軍，公演歷史劇《岳飛》，美國、英國、蘇聯等國駐華使節觀看了該劇，對高水平的演出報以熱烈的掌聲，並索要該劇劇本。抗戰戲劇所產生的國際影響由此可略見一斑。〔註 86〕

1941 年 5 月 9 日至 14 日，交通銀行為勸購戰時公債，特請中央青年劇社、陪都實驗劇團公演《邊城故事》，由此而引發了對於該劇是否真實地反映了抗戰時期生產建設的質疑。〔註 87〕

以陪都重慶為中心的抗戰戲劇運動，在服務於抗戰中堅持面向民眾演出，實際上已成為戰時文化大眾傳播的最主要形式。因此，它以其影響巨大的演出活動開闢著抗戰文藝走向大眾化的道路，而廣大戲劇工作者也在藝術

〔註 81〕《中華劇藝社成立特刊》，《新蜀報》1941 年 10 月 11 日。
〔註 82〕孫曉芬：《抗日戰爭時期的四川話劇運動》第 328～334 頁，四川大學出版社1989 年版。
〔註 83〕《重慶市銀行業學誼勵進會徵募寒衣話劇公演特刊》。
〔註 84〕《國民公報》1941 年 2 月 9 日。
〔註 85〕向錦江：《矚望「星期公演」》，《新華日報》1941 年 6 月 1 日。
〔註 86〕石曼：《重慶抗戰劇壇紀事》，《重慶文化史料》1990 年第 1 期第 53 頁。
〔註 87〕大威：《從發展來看〈邊城故事〉》，《新華日報》1941 年 5 月 31 日。

實踐中逐漸完成意識轉換。他們對於戲劇理論進行了有益的探討：展開了民族形式問題的論爭，〔註88〕舉行了建立現實主義演劇體系的討論；〔註89〕並發表論文、出版專著，來介紹戲劇基本原理，描述抗戰戲劇運動，專論抗戰戲劇劇本創作和劇作家。〔註90〕同時，他們在舊劇改良方面也頗有成效，1941年2月4日重慶市川劇演員協會的成立就表明，傳統戲劇服務於抗戰，一是有利於戲劇界的團結，擴大宣傳影響，一是有助於緊密聯繫現實，提高藝術水平。〔註91〕

　　如果說，抗戰戲劇運動在從官民合作向官民一體的發展中，其前提是以專業和業餘，官辦與民辦的各類劇團的「特殊個性爲原則」。那麼，抗戰電影運動則由於戰爭條件的限制，拍攝製作成本的高昂，抗戰期間大後方所有的電影製片廠都是官辦的，一開始就走上了官民一體的道路，而電影工作者也提出建立國防電影的要求，發揮抗戰電影獨特的宣傳鼓動作用：「神聖的抗戰開始之後，我們同時開始了精神的總動員，而電影卻正是最偉大的宣傳武器。它不像文學那樣，限制於知識分子的獨享，它不像講演，常常使聽眾因語言不同的關係，聽了半天還不免隔膜。它是以具體而且是活動的印象，直接的訴諸觀眾的視覺與聽覺，使觀眾眞切的看到現實。它可以是紀錄性的新聞片；它可以是煽動性的戲劇片。這樣的電影，正是爲我們所迫切需要的，爲我們所必須加緊攝製，大量攝製的。」「應該建立全國放映網」，「盡可能多推廣到國際間去」。〔註92〕

　　1937年12月，中國國民黨中央黨部所屬中央電影攝影場自南京遷渝，同時設立中電電影服務處，負責發行國產影片，並創立中電劇團，參加抗戰戲劇的演出。到1941年，工作人員達100餘人。

　　1938年9月，國民政府軍事委員會政治部所屬中國電影製片廠從武漢遷渝，除電影製作與發行之外，還組織了中國萬歲劇團參與抗戰戲劇運動，同時在香港設立大地影業公司，進行抗戰電影的攝製。到1941年，工作人員達500餘人，是抗戰時期大後方最大的電影製作基地。

〔註88〕　《戲劇的民族形式問題座談會（前會‧中會）》，《戲劇春秋》第1卷3期。
〔註89〕　《如何建立現實主義的演劇體系──座談會》，《戲劇崗位》第3卷5～6期合刊。
〔註90〕　葛一虹：《中國話劇通史》第232頁，文化藝術出版社1990年版。
〔註91〕　譚衆：《重慶市川劇演員協會成立前後》，《重慶文化史科》1990年第1期。
〔註92〕　《關於國防電影之建立》，《抗戰電影》第1號。

　　此外，在陪都重慶從事電影拍攝的政府機構還有教育部電化教育委員會，金陵大學理學院電教室，中央宣傳部國際宣傳處，[註93] 1942 年到 1943 年，經籌備成立了中華教育電影製片廠，中國農村教育電影公司。[註94]

　　與此同時，還成立了流動放映機構，主要是軍事委員會政治部電影放映總隊，中央宣傳部中電流動放映隊。僅政治部放映總隊就下轄 10 個流動放映隊，其放映區域遍及大後方和各戰區，其觀眾大多為農民與士兵，其中第 8、9、10 放映隊集中在重慶從事放映工作。[註95] 此時，重慶市內尚有數十家由電影院和影劇院所提供的固定放映場所。這樣，抗戰電影對重慶民眾產生了不可低估的影響，展現出抗戰電影運動進行社會傳播的實力。

　　由於抗戰電影運動在一定程度上受到當局「通盤籌劃」的節制，在關於「中國電影的路線」的討論中，出現了某些理論論爭，但在電影大眾化，真實反映生活，擴大創作題材這些問題上基本上是一致的。[註96] 中央電影攝影場場長羅學濂鑒於民眾「大都是平凡的人，所經驗大都是平凡的生活」，從而提出「平凡的現實主義」——「現實所需要的電影的內容，應該是極平凡的內容；它的主角，正如每一個觀眾自己一樣，它的故事，也正是每一個觀眾日常生活所經驗的事情，它所提出的問題及其解答，也正是每一個觀眾所日常感覺到並且亟求解答的問題。」[註97] 中國電影製片廠廠長鄭用之更是提出「抗建電影」的口號，主張電影應「擔負記載新中國誕生的艱苦的過程及抗戰建國組織中各部門機構的活動」，以及「抗建本身的偉大動作，與這偉大動作所引起的影響和效果」，使之成為「民族本位電影」——「能反映民族生活、風俗、習尚、傳統和生活方式，具有民族風格，民族氣派和與此相適應的特定題材手法和樣式的電影」。[註98] 他們兩人的觀點還是基本上反映出抗戰電影運動的一定發展趨向的，對抗戰電影的拍攝具有相當的直接影響。中央電影攝影場 1941 年拍成的《長空萬里》就是歌頌「我國的青年空軍」的第一部具有動人魅力的寫實性作品。[註99] 中央電影製片廠 1941 年拍成的《塞

〔註93〕周曉明：《中國現代電影文學史（下）》第 24～25 頁，高等教育出版社 1987
　　　　年版。
〔註94〕朱劍、江朝光：《民國影壇紀實》第 321 頁，江蘇古籍出版社 1991 年版。
〔註95〕楊邨人：《農村影片的製作》，《中國電影》創刊號，1941 年 1 月 1 日。
〔註96〕《中國電影的路線問題》，《中國電影》創刊號。
〔註97〕《卑之無甚高論》，《中國電影》創刊號。
〔註98〕《抗建電影論綱》，《中國電影》創刊號。
〔註99〕孫瑜：《編導〈長空萬里〉的經過》，《中央日報》1941 年 12 月 7 日～21 日。

外風雲》更是以其濃鬱的民族特色，鮮明的抗日主題，高超的鏡頭處理，於1942 年 2 月在重慶公映後引發轟動，僅抗建堂一處就連映 33 場，成為抗戰電影的代表作之一。〔註 100〕

由於受到戰時經濟的影響，本時期抗戰電影的生產呈現供不應求的局面。但是，在電影工作者的努力之下，抗戰電影發揮了最大的宣傳鼓動功能。尤為可貴的是，形成了抗戰電影運動的中堅力量，即以重慶為中心的「電影工作部隊」。因此，要進一步促進抗戰電影運動的發展，就必須「建立堅強的經濟基礎」，進行國內國際的廣泛合作，參與姊妹藝術如戲劇音樂等各項文藝運動。〔註 101〕

陪都重慶的通俗文藝活動儘管未能形成規模性的運動，但同樣在服務於抗戰的前提下，開始走上官民合作的道路。軍事委員會政治部，教育部及地方各級民眾教育館的及時指導，中華全國文藝界抗敵協會等全國性文藝團體的大力扶持，以「大兵詩人」馮玉祥為首的曲藝愛好者的積極參與，來自全國各地的曲藝藝人的團結一致，於是使重慶以曲藝為主的通俗文藝活動的面貌煥然一新，〔註 102〕成為抗戰文藝運動中不可忽視的構成力量，發揮了應有的宣傳鼓動作用，同時也提高了曲藝的藝術品格，並有所創新，從而使曲藝藝術開始成為社會各界人士均樂於欣賞的藝術門類，為民間說唱藝術的大眾化找到了一條可行的路徑。

四、勝利進行曲

1939 年 9 月，德國入侵波蘭，英法兩國隨即對德宣戰，第二次世界大戰全面爆發。美國總統就此發表的「爐邊談話」，則表明不可能存在純粹的中立者，一切取決於戰爭的進展。與此同時，日本政府方面詭稱帝國不擬參與這次歐洲戰爭，要致力於解決中國事變；另一方面則強令交戰各國不得採取與日本對華立場相反的行動或對策，從而完全暴露出日本企圖獨霸中國的狼子野心，並加快了對中國的侵略步伐，成立中國派遣軍總司令部，進攻長沙以確保日軍佔領區的安定與促成汪偽政權的建立。9 月 13 日，國民政府軍事委員會軍政部長何應欽在重慶向新聞界報告了最近戰況：日軍現已侵入中國 12

〔註 100〕《民國影壇紀實》第 342～343 頁。
〔註 101〕羅學濂：《抗戰四年來的電影》，《文藝月刊》第 11 年 8 月號，1941 年 8 月 16日出版。
〔註 102〕熊炬：《抗戰時期重慶通俗文藝活動》，《重慶文化史科》1991 年第 1 期。

個省，並佔領其中的 521 個縣。9 月 14 日，國民革命軍第九戰區所屬部隊即與來犯日軍展開激烈戰鬥，揭開了長沙會戰的序幕，取得了湘北大捷，粉碎了日軍這一戰略性的進攻。〔註103〕

　　「當敵湘北慘敗之際，正我國慶紀念前夕，捷音傳來，舉國歡騰，良以此次大捷，不特粉碎敵寇之陰謀，止國際之視聽，抑亦吾人最後勝利之前奏，足以增全國同胞無限之信心。」中國電影製片廠於 1941 年拍成的影片《勝利進行曲》，就是在這樣的中外戰時文化背景中產生的。《勝利進行曲》成功地運用電影手段，形象而生動地再現了中國人民抗戰到底的堅強意志：「此次湘北大捷，固由於領袖精誠所感召，諸將督策之得宜，故能重創頑敵，克奏膚功；而士佐之英勇，民眾之奮起，軍民協作，同仇敵愾，亦為促成勝利之主因。」〔註104〕這就充分體現出抗戰文藝運動始終是與抗日戰爭的進程保持著同一步伐，抗戰文藝不僅真實地記錄了中國人民團結一致，浴血奮戰的動人情景，而且也深刻地揭示了中國人民不斷覺醒，勇於獻身的精神面貌。

　　《勝利進行曲》對抗戰以來中國電影創作的特點進行了藝術的綜合：一方面保持了《八百壯士》、《孤城喋血》等影片反映抗日戰爭場景的紀實性，另一方面又堅持了《保衛我們的土地》、《中華兒女》等影片描寫中國民眾覺醒的正面性。因此，《勝利進行曲》能夠及時、準確、生動地使湘北大捷再現於銀幕之上──「始，敵軍以雷霆萬鈞之勢，水陸齊下，正側並進，不數日間，渡新牆，陷營田，越汨羅，迫白水，凌馬直前，頗有一舉而下長沙之慨，初未料我陷阱預設，誘敵入彀中也。迨其既進長沙，我乃立把良機，全線反攻，縱橫搏擊。暴敵孤軍深入，首尾失顧，頓陷重圍，四面受敵。又以我方填井毀路，空室清野，致敵給養斷絕，進退維谷，始而惶然，既而紊亂，終乃全線潰退，若決堤堰。山野義民，聞風奮起，追奔逐北，以乘其後，於是幕阜、九嶷之間，風聲鶴唳，草木皆兵。敵兵狼狽北逃，自相踐踏，遺屍遍野，棄械如山。是役也，我敵血戰二十餘晝夜，殲滅頑敵逾四萬眾，毀敵艦艇六百艘，俘獲多至不可勝計。」

　　在歌頌抗日軍人的英雄氣概的同時，又特別展現了「湘北一役，當地義民，同仇急難，固無論矣。至於僧侶婦孺，臨難不苟，威武不屈者，浩然之正氣，垂然之大節，尤足頑廉懦立，示範千古，雖與日月爭光可也！」尤其

〔註103〕《第二次世界大戰大事紀要──起源・進程和結局》第 247～255 頁。
〔註104〕淡竹：《勝利進行曲本事》，《掃蕩報》1941 年 4 月 12 日。

是影片中小學生斥敵的壯烈情景感人泣下：「距福臨鋪可二里許，先有鎮日元沖，開物學校在焉，敵至搜校，得三小學生，皆凜然不可犯。一敵指壁上『委座』肖像問曰：『斯何人？』三生面壁肅然答曰：『吾領袖蔣公也，何必問！』復出汪逆照片詢之，對曰：『識之，此漢奸汪兆銘，恨不生啖其肉耳！』敵大怒，令下，三生同遇難」。〔註105〕

《勝利進行曲》以其反映抗戰現實的較高整體性水平，產生了巨大的社會反響，一時間人們紛紛傳唱：「我們只有戰到底，誰與強盜言平和！團結不怕緊，動員不怕多！」「勝利已接近，敵勢已下坡！」「趕走日本鬼，恢復舊山河！」〔註106〕較之抗戰初期「抗戰標語卡通」，「抗戰歌輯」運用電影手段進行抗戰宣傳和民眾動員，其社會傳播影響更為廣泛，傳播功能更是發生了質的變化。

與在1941年重慶拍成並上映的《東亞之光》、《火的洗禮》、《長空萬里》等影片相比較，《勝利進行曲》也以其題材涵蓋的宏大與主題揭示的鮮明，而略高一籌，更能展示出抗戰現實發展的趨向，奏響了中國人民抗戰到底的勝利進行曲。

同時，更應該看到，《勝利進行曲》所表現出來的紀實性與正面性，也正是抗戰文藝在本時期服務於抗戰中所形成的基本特點。這不僅是在戰時環境中需要借助抗戰文藝作為傳播手段，來進行抗戰宣傳，從而促使抗戰文藝在某種程度上成為民眾動員的主要傳播媒介；而且也是在戰時條件下，抗戰文藝要求把握住社會與時代的脈搏，在反映抗戰現實之中促進文藝大眾化而推動文藝自身的發展。

所謂紀實性折射出在現實社會的急劇變化動盪之中，人們企圖保持與現實發展的緊密聯繫以調適生存狀態的心理需要，政治經濟的變革，尤其是戰爭，將這一需要予以放大，並借助文藝的傳播功能使之轉換成為戰時文藝的審美特徵。首先，紀實性的文藝應該及時地迅速反應出社會生活中的日常事變，這就使它具有了一定的新聞性。〔註107〕其次，紀實性的文藝應該準確地如實描寫出發展中的社會與人及其複雜關係，這就使它具有一定的客觀性。

〔註105〕淡竹：《勝利進行曲本事》，《掃蕩報》1941年4月12日。
〔註106〕田漢（詞）：《〈勝利進行曲〉主題歌》，《國民公報》1941年3月9日。
〔註107〕此處的新聞性即指對事實進行新近的報導這一特點，參見《中國大百科全書‧新聞出版》第395頁，中國大百科全書出版社1990年版。

最後，紀實性的文藝應該生動地形象表達出現實文化的總體狀態，這就使它具有一定的藝術性。當然，勿庸諱言的是，紀實性是以藝術性爲根本依託，以客觀性爲必要前提，以新聞性爲充分條件，而成爲文藝的審美特徵的。沒有藝術性，紀實性文藝就成爲簡單的傳播工具，只剩下事件的報導；沒有客觀性，紀實性文藝就會失去叫信度，只餘卜想像的虛構；沒有新聞性，紀實性文藝就難以發揮其傳播效應，只留下待讀的文本。

在這裡，僅從文藝的傳播作用來看抗戰文藝的紀實性，就會發現它可以及時、準確、生動地擴大抗戰現實中重大事件的影響，不僅與抗戰必勝，建國必成有關，也與民眾意識和心態的轉換有關，更緊密地與愛國主義的時代主題相聯繫。

湘北之戰預示了抗戰勝利的前景，全國民眾莫不歡欣鼓舞，抗戰文藝隨即以此爲題材進行了形式多樣的創作。1939 年 11 月 9 日，怒潮劇社在重慶舞臺上第一次演出了《湘北大捷》一劇，並在 11 月 11 日爲軍事委員會政治部婦女工作隊籌集寒衣公演《爲自由和平而戰》時，補充增加了湘北大捷的內容，從而眞實地再現了從「九‧一八」一直到當下的艱苦卓絕的抗戰歷程，使抗戰是正義之戰與勝利之戰的堅定信念成爲民眾的共識。

宋美齡在《從湘北前線歸來》中寫出了她從重慶帶隊前往湘北前線勞軍過程中感受到的種種新氣象，尤其是「人民對士兵如此熱忱，這是一種新發展的可貴精神」──「軍民雙方確實能互相信任，他們對野蠻的敵人也全不害怕，鄉民覺得軍隊是他們的朋友，而軍隊也覺得民眾是他們的幫手，現在的軍隊是人民的軍隊，所有官兵都知道他們是爲了保護人民而作戰的」。「這種合作精神的養成，大部分因爲現在士兵與民眾，人人知道我們所以要抗戰的理由，以及敵人侵略我們的目標，這個道理經過種種傳導的方法，現在已爲人人所瞭解的了」。

「當我離開了這條偉大的戰線一路歸來，一幅幅農村活動的絕妙圖畫，深映在我記憶中，直到現在還異常新鮮」：「在那陽光下層層起伏的山田，好像都在欣然微笑」，婦女們「因爲男人上戰場去了，所以也負荷起這種生產工作的擔子，他們淳樸愉快，包頭的深藍的頭巾，悅目的錯雜在金黃的稻穗之間」；「高山峰巒潈起，宛如撐天的巨柱，一排一排的一直展開到望不到的紫色雲霧裏」，「綠水漣戀，岸旁彎彎的柳，與開花的金桂，都在水面留下影子來」，「空氣裏充滿著甜美的花香，有時傳來一兩陣村童的歡笑，和古寺的疏

鐘」；「藍色的炊煙，悠悠地縷縷上升，農婦們帶著田裏的收穫，孩子們小小的肩頭上，肩著農具，在落日的餘暉裏，緩緩歸家」。

「這種淳樸美麗的境地是我們的，是我們的祖國，也是我們的家園。多麼佳妙啊！對於我們的視覺聽覺，是多麼甜靜幽美啊！但是當我們回頭看見村蔭底下，休息著一隊傷兵的時候，那日積月累地堆積在我們記憶中的刻骨沉痛，又驀然湧上心頭來了」。

「成千累萬為敵人炸彈所摧毀的城市與村鎮，寄託著無數為敵人所屠殺的同胞的冤魂。敗壁焦垣，森然挺立，像紀念碑似的象徵著人類蠻性的遺留，與正義人道的衰微。這是我在巡視戰區後深刻的回憶，我願我四萬萬五千萬同胞共同奮鬥，戰勝暴敵，掃淨當前荊棘，恢復我們和平禹域的偉大與光明！」〔註108〕

從電影、戲劇到文學，都通過再現抗戰勝利的現實，在情景交融之中，溝通了前線與後方，軍隊與民眾，實現了心靈的交流，更加激發了愛國的熱情，更加堅定了必勝的信心。

所謂正面性，反映出在一切服從現實發展需要的前提下，最大限度地使人們始終處於群情振奮，鬥志昂揚的精神狀態之中的時代要求，抗日戰爭對全民總動員的迫切呼喚，就促使抗戰文藝在宣傳鼓動的過程中不斷順應這一要求，並使之轉換成為戰時文藝的又一審美特徵。首先，正面性的文藝在主題涵蓋上，〔註109〕既要突出現實的光明面，也要正視現實的陰暗面，無論是讚頌還是暴露，其主旨均在於揚美抑醜。其次，正面性的文藝在藝術復現上，既要如實地描寫又要合理地虛構，立足戰時的生活，塑造感人的形象，臻於藝術的真實。最後，正面性的文藝在價值取向上，既要愛憎分明又要懲惡揚善，使傾向性寓於藝術的創作中，而自然而然地顯現。至此，值得指出的是，正面性所要求的主題涵蓋、藝術復現、價值取向，實際上分屬文藝的美、真、善這三個層面，也就是涉及到文藝的審美作用、認識作用和教育作用。在這三大作用中，審美是根本性的，文藝因之而成為形象性的文化表達形態，從審美出發的認識才可能對藝術的真實產生共鳴，從而在重現的現實中顯示出

〔註108〕《湘北大捷》中國抗戰史料社，1939年12月初版。
〔註109〕在這裡，主題的界定僅限於文藝作品，它不但是作品所內蘊的中心思想，同時也是作品的結構方式，從而由此成為關於文藝作品的整體性的審美概況。參見郝明工《漫論曹禺的「主題學」》，《江漢論壇》1994年第2期。

教育的意義。這樣，雖然可以說主題涵蓋優於藝術復現，而藝術復現又先於價值取向，但是這三者對於正面性的文藝來說都是不可或缺的，否則，就會成為脫離時代的文藝。

「好鐵不打釘，好男不當兵」的傳統觀念，與應徵入伍去抗戰的現實需要是相衝突的。這就需要積極地去引導民眾意識的轉變，同時也需要努力地克服兵役工作中的弊病，從而使送親人上陣殺敵逐漸成為新的時代風尚。

1939 年拍成上映的《好丈夫》一片，即以喜劇默片的形式，展現了四川某縣農民踴躍參軍上前線的動人情景，揭示了鄉紳與保長相勾結妨礙兵役工作的醜惡現象，在一系列的衝突與誤會之中，集中刻畫了農村婦女深明大義，支持丈夫入伍的愛國熱情，與嫉惡如仇，堅決進行鬥爭的正直和無畏。這樣，「為國抗戰我樂意！喂子喲！國難臨頭把命拼！保家衛國要當兵！」也就成為以農民為主的廣大民眾發自內心的歌聲。〔註 110〕《好丈夫》不但得到各地觀眾的歡迎，同時也受到國民政府軍事委員會政治部的嘉獎。〔註 111〕

如果說《好丈夫》中縣長的出場促進了農民參軍的積極性，那麼，1940年發表的小說《在其香居茶館裏》中的縣長，卻帶頭破壞壯丁入伍。〔註 112〕這同樣也是有著生活的依據的：作者初到重慶，在一次敵機轟炸「跑警報」時與相識者閒談，「他告訴我，他曾經回過一次家鄉，因為他的一個侄兒被抓了壯丁了。但是，經過他的『活動』，又釋放了。『是怎麼釋放的呢？』我問。『那不容易』對方滿不在乎地回答：『晚上集合起來排隊，報數時那娃故意把數目報錯了。隊長就說，你這樣笨配打『國仗』，快把衣服垮下來，滾！這不是就放啦！』」〔註 113〕小說中著重揭露了在全民抗戰的熱潮中，依然蠢動著一群喪失良知、利欲薰心的小丑的無恥嘴臉。這場逃避兵役的鬧劇只不過是更加證明了抗戰的勝利必須依靠覺醒了的民眾。

兵役問題直接關係到抗戰的前途，政府官員與土豪劣紳之間總是鬥爭甚於勾結的。1940 年 12 月在重慶上演的話劇《刑》中的主人公就是一位堅持正義，敢與地方惡勢力進行堅決鬥爭的縣長，在他的帶動下，出現了自願報名上前線的感人場面。所以《刑》「不是具有時間性的宣傳劇本，而有著時代性，

〔註 110〕《〈好丈夫〉本事及插曲》，《國民公報》1939 年 12 月 24 日。
〔註 111〕周曉明：《中國現代電影文學史（下）》第 75 頁。
〔註 112〕沙汀：《抗戰文藝》第 6 卷 4 期。
〔註 113〕沙汀：《生活是創作的源泉》，《收穫》1979 年第 1 期。

它揭示著在抗戰建國中反封建的重要義務」。〔註114〕

可見，兵役問題既包容了全民抗戰的時代性的社會要求，也揭示出文化發展中意識轉換的極端重要。上前線去，成爲全社會各階層民眾關注的焦點。

所以，在即將奔赴前線的「偉大的離別」來到之際，「滿街的牆壁上貼著紅紅綠綠的紙條，句子是那樣的富於刺激性，儼然與平素歡迎達官貴人的那些標語大不相同」。

「在群眾熱烈的歡呼聲中，氣宇軒昂的壯丁們在會場的進口出現了，紛亂著喧囂著的人群往左右一分，立刻讓出一條大路，七十多個英勇的漢子便走上場來。」「每位壯士都筆直地挺著胸脯，向前跨著沉重的步子，視線並不拋在歡呼著的群眾身上，一直望著前面，好像恨不得馬上就越過這座廣場，穿過連綿不斷的山嶺，到達那炮火喧天，寇氛彌漫的前方」。

「兩年來神聖的抗戰，搖撼了全中國的每個人的怯弱的、自私的心靈，大家思想上有了空前的進步，都覺得從軍是當然的事情了，所以這些來送行的親友，（我從他們的臉上便看得出來），連半點離別惘然之色都沒有，只有滿腔愛國熱情反映出來的一個一個的微笑」。

「最後，在一陣更熱烈的掌聲中，壯丁隊長上臺致答辭」：「我們這回打火線去，一定要多殺幾個日本鬼子，這才對得住大家，才不負大家的期望。」

在「歡送我們的抗日英雄！」的口號聲中，「七十多個英勇的壯士踏著整齊的步伐，在人群圍繞之中，緩緩地離開了民教館的廣場。我走在大街上，遠遠地還聽見他們粗壯的歌聲：我們都是神槍手，每一顆子彈消滅一個仇敵……」〔註115〕

這樣，從電影、戲劇到文學，在對戰時生活主流進行形象把握中，展示了形成之中的時代新風尚，社會各階層民眾，無論男女老少，都全力支持抗戰，從而成爲決定戰爭勝負的主導性因素。

紀實性和正面性作爲本時期抗戰文藝所表現出來的審美特徵，是不可以割裂開來的。儘管紀實性與抗戰文藝的社會傳播直接相關聯，而正面性與抗戰文藝的現實表達緊密聯繫在一起，但是，對於抗戰文藝來說，紀實性與正面性卻是相輔相成的：首先是在文藝的最本質的審美層面上臻於一致，抗戰文藝自然會成爲戰時文化的形象表達；其次是在文藝真實地反映現實的層面上同趨寫

〔註114〕劉念渠：《〈刑〉之我見》，《新蜀報》1940 年 12 月 29 日。
〔註115〕賽先艾：《偉大的離別》，《離散集》今日文藝社 1941 年版。

實，抗戰文藝自然會如實再現整個的戰時生活；最後是在文藝的大眾接受的層面上互為促進，抗戰文藝自然會迅速而積極地對民眾發生影響與進行引導。

因此，可以說本時期的抗戰文藝就是顯示勝利前景與確立抗戰信念的戰時文藝，而以陪都重慶為中心的抗戰文藝運動必須解決的關鍵問題，則是如何在宣傳鼓動的同時，促進抗戰文藝自身的發展，從而更好地使抗戰文藝服務於抗戰，逐漸走向真正的大眾文藝。這一問題的實質並非僅只與內容或形式有關。

無論是借助電影手段進行抗戰宣傳的「抗戰標語卡通」、「抗戰歌輯」，還是為民眾的動員而演出茶館劇、遊行劇、燈劇、活報劇，〔註116〕雖然可以取得某種具有轟動性的宣傳鼓動效果，但由於它們只是顯現出抗戰文藝審美特徵最表層的某些因素，就很難達到對抗戰現實的全面再現，更難於促進抗戰文藝的不斷提高。

即使是活報劇這種抗戰時期常見的戲劇種類，儘管能在戰時環境中發揮更為有效的大眾傳播作用，但由於「它的特徵是劇場化的報紙或新聞紙（故又稱活新聞劇），也可以說報紙或新聞紙的劇場化」，所以其演出主要是就「當前與人民生活最有關的最重要的時事和最重要的問題」，「收得一次演劇的最大政治宣傳效果」。〔註117〕同時，街頭劇作為一種試驗中的抗戰戲劇種類，即「凡在舞臺外演出的戲而觀眾並不知那是在演戲的戲劇」，注重通過日常生活中偶發因素來吸引觀眾參與演出，喚起共鳴，於「情感的暗示」中實現「宣傳和教誨的效能」，〔註118〕茶館劇即其中之一種。

由於未能真正把握住抗戰文藝的紀實性和正面性這樣的審美特徵，不但形成創作演出中的過度政治化傾向，而且也造成理論認識上的混淆不清。對於街頭劇與街頭演劇這兩種不同性質的戲劇現象，一直存在著相提並論的誤認，儘管兩者的出發點都在於「對一般沒有受過教育的民眾施以宣傳，他們大多數是不能到戲院去看戲的，所以我們演戲給他們看，一定要到他們的圈子裏去」；「以激動民眾抗戰的熱情為原則，而且是切於當時所需要的」，「應為使民眾特別注意的事件，應當知道的問題」。〔註119〕但是街頭劇作為戲劇的

〔註116〕《洪深文集》第 4 卷，第 137 頁。
〔註117〕葛一虹：《論活報劇》，《中蘇文化》第 3 卷第 1～2 期合刊。
〔註118〕胡紹軒：《街頭劇論》，《文藝月刊》第 2 卷 11～12 期合刊。
〔註119〕葉伸寅：《建立街頭劇的演出》，《戲劇崗位》第 1 卷 5～6 期合刊。

一種，意在於有形與無形，直接與間接的雙重暗示中傳達宣傳鼓動的目的；而街頭演劇則是別具一格的演出活動，使戲劇從正規舞臺走向大街小巷，直接面對民眾進行演出，以擴大宣傳鼓動的效果，以推動戲劇藝術的普及。

本時期的劇本創作，就是從「打破藝術與宣傳二元論的錯誤觀點」開始，「更須與軍事作進一步的配合，更須積極地謀文化政治等的進步，以期及早達到最後勝利的目標」，出現了《蛻變》、《國家至上》這樣的「更深入的反映著抗戰的發展」的作品，進而「對目前的一些不良的現象，取了更積極的批評態度」，出現了《鞭》與《刑》這樣的具有一定建設性和批判性的作品；同時，既描繪抗戰必勝、建國必成的必由之路，又再現出「血淋淋的抗戰英勇史實」，出現了嚮往新中國誕生的《樂園進行曲》，與歌頌抗戰英雄的《張自忠》，這樣一些作品。〔註120〕

本時期的理論批評，是在「加強批評工作」的號召中起步的：〔註121〕首先是通過一系列的論爭，澄清了文藝與抗戰的關係，從而解決了文藝如何更好地服務於抗戰的難題；其次是進行原理的探討，對文藝的本質和功能有了明確的認識，從而有助於抗戰文藝中形象的塑造與現實的再現；其三是對於各文藝樣式及其各別分支門類，進行理論概況和創作評論，以促進抗戰文藝的整體水平的不斷提高。

最先將紀實性與正面性有機結合起來的是報告文學。一方面，「中國社會現實的激變供給了文學以異常豐富的素材，而文藝者要追隨著現實的激變，急速地反映在自己的作品裏，以使其發生直接的社會的效果，就不能不運用報告文學的樣式」。另一方面，「報告文學填充了一切雜誌或報紙的文藝篇幅：一切的文藝刊物都以最大的地位（十分之七八）發表報告文學；讀者以最大的熱忱期待著每一篇新的報告文學的刊布；既成作家（不論小說家或詩人或散文家或評論家），十分之八九都寫過幾篇報告」，而大批「並非專於文藝的青年，幾年來都一直成為報告文學的主力」。「在這樣的情形之下，報告文學就成為中國文學的主流了！」

報告文學的空前發達，顯然「加緊了文學和現實的密切的結合」，同時也「真實地反映出了變動中的中國社會現實的各面」：「寫出了前方戰士的英勇和犧牲的戰鬥，也寫出了顛沛的難民的悲哀和苦難；寫出了敵人的兇殘和橫

〔註120〕余上沅、何治安：《抗戰四年來的劇本創作》，《文藝月刊》第11年7月號。
〔註121〕茅盾：《論加強批評工作》，《抗戰文藝》第5卷1期。

暴，也寫出了淪陷區的民眾的慘痛的殉難和堅決的反抗；寫出了戰區落後的
民眾的膽怯和貪婪，也寫出了前方進步的民眾的奮勇和慷慨；寫出了敵後民
眾的艱辛和苦鬥，也寫出了敵後武裝的發芽和成長；寫出了勝利的進軍的神
威和勇邁，也寫出了潰敗的退卻的倉惶和鎮定；寫出了後方政治的腐敗墮落
的一面，也寫出了後方生產的突進的斷片；寫出了舊人物的垂死的暮氣，也
寫出了新人物的蓬勃生機；寫出了知識青年的不懼艱苦的逃亡和流浪，也寫
出了知識青年的不知疲倦的學習和工作……」

「特別是 1939 年 5 月對於陪都重慶的野性的轟炸和焚燒，則看見老舍
（《五四之夜》），宋之的（《從仇恨生長出來的》），秋江（《血染的兩天》）等
人有力的描敘和控訴。這一切的報告，記錄了敵人的血污的腳印，記錄了中
國民眾的流血和死亡，更寫出了從仇恨中生長出來的復仇的決心和再建的意
志」。

本時期報告文學的紀實性與正面性也經歷了一個逐漸走向完滿的過程——

「由平鋪直敘到提要鈎玄」，「選擇出最有意義，最切要的素材，作為報
告文學的題材」。

「由直接記錄到綜合表現」，「形成了報告文學作品的主題鮮明化和結構
完整化。」

「由熱情的歌頌到冷靜的敘寫，是使報告文學更逼近真實的一個保證。」

「由戰鬥的敘述到生活的描寫，是報告文學更切實地逼近現實的說明」。

「由以事作為中心到以人物為主體，是報告文學內容的趨向深化的表
現。」

儘管本時期的報告文學由於缺乏深刻的思想性和忽視完美的藝術性，而
需要「質的提高」。但是，報告文學在努力地「反映出現實變動的全貌」，與
「懇切地著力於藝術造就的提高」方面的不斷嘗試，〔註 122〕畢竟提供了可資
效法的寶貴範例，促使抗戰文藝呈現出「報告文學化」的趨勢。這一趨勢的
實質在於抗戰文藝作為戰時文藝必須與報告文學一樣，應該讓紀實性和正面
性成為整個文藝的審美特徵。這樣文藝才不會脫離抗戰現實，才不會造成宣
傳與藝術的分離，相反，它將更好地服務於抗戰，使抗戰文藝運動不偏離大
眾化的軌跡。

由於詩歌和小說與報告文學同屬文學這一語言的藝術，就更易於「報告

〔註 122〕以群：《抗戰以來的中國報告文學》，《中蘇文化》第 9 卷 1 期。

文學化」，也就是體現出紀實性和正面性這樣的審美特徵來。

「一般來說，抗戰以後以普通的文藝形式發表的作品，最多的一是報告，一是詩」，它們都發達於「這個神聖偉大的戰爭的時代」。通過朗誦詩運動、詩畫展、街頭詩運動，就能使詩歌像報告文學一樣，「更廣泛更深入的接近民眾」。〔註 123〕

「這眞是一個詩的時代，戰爭發動以來，全國的作家幾乎都激動著詩的情感，用素樸的形式寫過詩」，「當他們執行各種不同的政治——外交的、內政的——課題的時候，又必須把自己的感情溶浸在裏面」，「以最大的熱情謳歌『反抗暴虐，反抗獸性』的戰爭。」於是，他們「把自己的藝術爲這神聖的革命戰爭而服役」，「以最大的熱情，去反映生活」，「去謳歌人民內心的願望」。這樣，「中國新詩已爲自己找到了更嚴正的，更可信賴的讀者了」，「他們包括著一切熱心於中國的民族解放運動，熱心於中國現實的理解，關心人類進步事業，而具有文學的初步修養（當然這並不是說中國新詩經不起更高的藝術的評價）的所有的人們」。〔註 124〕

在本時期，抗戰詩歌在由抒情轉向敘事，短行轉爲長篇之時，常因缺乏深層的思考與上乘的技巧而顯得平庸無奇和蒼白無力，成功之作是不多的。1940 年 6 月，艾青在《中蘇文化·文藝專號》上發表的千行長詩《火把》，就引發了作者與評論者之間頗具火藥味的論戰，焦點即《火把》是不是基於現實生活而又塑出新女性形象的得意之作。〔註 125〕

本時期的小說「都向著一個一致的目標—日本帝國主義者」，但在藝術品質上卻是「生活上體驗不夠」。〔註 126〕僅以《抗戰文藝·小說專號》兩次所載小說爲例，主題「未能超出反漢奸，反侵略，兵役問題……的範圍」，加之「未能捉住題材的眞實性，而只是盡靠抽象的推測，報紙上概括的記錄，朋友的傳說，作爲寫作根據的緣故，自然難免『差不多』和『公式化』的嫌疑。」〔註 127〕

當然，這並不是說沒有較爲優秀的作品出現。1940 年 12 月，中華全國文

〔註 123〕胡風：《略觀戰爭以來的詩》，《抗戰文藝》第 3 卷 7 期。
〔註 124〕艾青：《論抗戰以來的中國新詩——〈樸素的歌〉序》，《文藝陣地》第 6 卷 4 期。
〔註 125〕璧岩（王冰洋）：《評艾青的〈火把〉》，《時事新報》1940 年 7 月 27 日；艾青：《關於〈火把〉》，《新蜀報》1940 年 10 月 12～14 日連載；王冰洋：《關於我對於〈火把〉的批評》，《時事新報》1940 年 11 月 6 日。
〔註 126〕《文協「小說晚會」記錄》，《新蜀報》1940 年 11 月 26、27 日連載。
〔註 127〕王平陵：《抗戰四年來的小說》，《文藝月刊》第 11 年 8 月號。

藝界抗敵協會受貴陽《中央日報》和宜昌《武漢日報》聯合委託徵求抗戰長篇小說共 19 部，經評選以《南京》和《春雷》兩部「實為佳作，由本會各送潤筆費四百元」。〔註128〕這兩部具有代表性的長篇小說成功地將紀實性和正面性融為一體，達到較高的藝術水準。其中之一的《春雷》就是作者在重慶報紙上看到有關「江南我人民自衛軍極為活躍」的有關報導，在「調查實細」的基礎上寫成的，如實地「表現日寇和漢奸的暴行，表現故鄉人民的苦難和鬥爭」，從而使「故鄉的無名英雄的這段事蹟表揚於世，不致堙沒，或能予別地方的戰士一點鼓勵」。〔註129〕果然引發廣泛的社會反響。〔註130〕

　　1985 年，作者在《重版前記》中寫道：「即使我在藝術上缺少功力，但是我熟悉家鄉的各種人，許多情境可以想像出來。毫無疑問，當時一些抗戰小說以及新聞報導對我有很大的啟發。總而言之，《春雷》是一部虛構的作品，因為我沒有直接生活經驗，有些情節顯然並不真實。」〔註131〕

　　但是，早在 1942 年，陳西瀅就在《春雷》一文中指出：「不過作者知道自己的短處，能夠用其所長掩其所短。讀者眼望著許多活生生的鄉村人物，也就忘記了心中的疑問」。這是因為「它與一般抗戰小說不很相同。普通的抗戰小說所著重的是故事，發生的地點和參加的人物大都憑想像虛構，所以讀的時候，常常使人發生上不在天，下不在地之感。本書作者所著重的卻在鄉村人物的描寫。故事的演變即從人物個性的發展中出來」。〔註132〕

　　可見，紀實性與正面性相交融的基點正是「這一個」，抗戰文藝同時也是關於「人」的文藝。

〔註128〕《新華日報》1940 年 12 月 19 日。
〔註129〕陳瘦竹：《春雷·楔子》江蘇文藝出版社 1986 年版。
〔註130〕馬彥祥將小說改編成的《江南之春》於第一次霧季公演中由中國萬歲劇團在
　　　　　重慶首演。
〔註131〕《春雷》江蘇文藝出版社 1986 年版。
〔註132〕《春雷》江蘇文藝出版社 1986 年版。

下編　陪都文化運動的第二時期
（1941 年 12 月 9 日～1945 年 9 月 3 日）

第一章　肩負民主主義的使命

一、向人類文明之公敵宣戰

　　1941 年 12 月 8 日，日本天皇發布「向美國及英國宣戰」的詔書，顛倒是非，混淆黑白，堪稱欺名盜世之最的天下奇文：「前以中華民國政府不解帝國之眞意，妄自生事，擾亂東亞之和平，終使帝國操持干戈，於茲已四年有餘。」「美、英兩國支持殘存之政權，助長東亞之禍亂，假和平之美名，逞制霸東洋之企望。」「事既至此，帝國視爲自存自衛計，惟有嶄然躍起，衝破一切障礙，豈有他哉！」〔註1〕

　　面對侵略者如此瘋狂的挑戰，美國和英國於同日正式對日宣戰。中國國民黨也於 8 日舉行中央執行委員會常務委員會會議，討論中國對今後世界戰局的方針。

　　12 月 9 日，國民政府主席林森代表中華民國對日本、德意志、意大利三國正式宣戰，義正辭嚴地重申：「日本軍閥夙以征服亞洲，並獨霸太平洋爲其國策，數年以來，中國不顧一切犧牲，繼續抗戰，其目的不僅在保衛中國之獨立生存，實欲打破日本之侵略野心，維護國際公法、正義及人類福利與世界和平。」進而確鑿有據地指出：「中國爲酷愛和平之民族，過去四年之神聖抗戰，原期侵略者之日本於遭受實際之懲創之後，終能反省。在此時期，各友邦亦極端忍耐，冀其悔禍，俾全太平洋之和平，得以維持。不料殘暴成性之日本，執迷不悟，且悍然向我英、美友邦開釁」，「最近德、意與日本竟擴

〔註1〕　《日本帝國主義對外侵略史料選編》第 379～380 頁，上海人民出版社 1975 年版。

大其侵略行動，破壞全太平洋之和平，此實爲國際正義之蠹賊，人類文明之公敵，中國政府與人民對此礙難再予容忍。」〔註2〕

儘管蘇聯政府 12 月 8 日發表聲明，宣傳蘇聯不會因爲太平洋戰爭的爆發而改變 4 月 13 日《蘇日中立條約》所確立的蘇日關係，但隨著美國、英國、中國相繼對日宣戰後，一大批歐洲、美洲、非洲、大洋洲的國家也先後對日宣戰或宣佈斷絕外交關係。〔註3〕

這正如《中國共產黨爲太平洋戰爭的宣言》中所表明的那樣：「全世界一切國家一切民族劃分爲舉行侵略戰爭的法西斯戰線與舉行解放戰爭的反法西斯陣線，已經最後的明朗化了。」因此，「中國政府與人民應該繼續過去五年的光榮戰爭，堅決站在反法西斯國家方面，動員自己一切力量，爲最後打倒日本法西斯而鬥爭。」這樣，「中國與英美及其他抗日諸友邦締結軍事同盟，實行配合作戰，同時建立太平洋一切抗日民族的統一戰線，堅持抗日戰爭至完全的勝利」。〔註4〕

國防最高委員會委員長蔣中正發表了《告全國軍民書》和《告海外僑胞書》，要求全國軍民、海外僑胞均發揮中華民族慷慨赴義的精神，爲申張正義作最大最後奮鬥——「自茲我中華民國已與全世界反侵略各友邦聯合一致，共同奮鬥，誓必消滅日德意軸心侵略之暴力，達成我保衛世界人類文明之目的而後已。」〔註5〕

陪都重慶，群情激奮，鬥志昂揚。12 月 13 日，重慶各界民眾 10 萬人，舉行反侵略大會。14 日，重慶的國際文化團體擴大反侵略大會召開。〔註6〕這就高度地顯示出舉國一致，中外一致，團結起來反對法西斯侵略的戰鬥精神。12 月 30 日，「精神堡壘」在重慶市中心高高挺立，它凝聚著陪都重慶精神總動員的巨大能量，它象徵著中國人民抗戰到底的堅強意志。〔註7〕

1941 年 12 月 15 日至 23 日，中國國民黨在重慶召開五屆九中全會，進行了戰略與政略的全面調整：「增強抗戰力量」，「舉國家之全力，以斯克盡我在世界戰爭中之責任」；「確立建國基礎」，推行新縣制，實施國家總動員，加強

〔註2〕　《解放日報》1941 年 12 月 10 日。
〔註3〕　《第二次世界大戰大事記——起源、進程和結局》第 524 頁。
〔註4〕　《新華日報》1941 年 12 月 9 日。
〔註5〕　《新華日報》1941 年 12 月 11、12 日。
〔註6〕　《重慶大事記》第 205 頁。
〔註7〕　《國民政府重慶陪都史》第 301～302 頁。

經濟管制，實施土地政策。〔註8〕

　　1941 年 12 月 10 日，日本將「此次對美英之戰爭及今後隨著形勢發展而可能發生的戰爭，包括中國事變在內，統稱為大東亞戰爭」，並於 24 日向長沙再次進攻。在這次太平洋戰爭爆發後日軍在中國戰場上發動的第一次大規模戰役中，國民革命軍第 9 戰區所屬部隊又一次取得了勝利。這不但使日軍「付出了相當大的犧牲」，動搖了「一部分官兵的必勝信念」，〔註9〕日本政府也聲明願與中國單獨講和。〔註 10〕同時，也使中國戰區的重要性更為明顯，有利於中美英三國的遠東聯合軍事行動計劃的實施，促進了中國遠征軍的首次赴外作戰。〔註 11〕中國軍隊正是在對日作戰中，打出了國威，打出了軍威，粉碎了日本侵略者建立大東亞共榮圈的美夢。

　　1942 年 1 月 1 日，26 個反法西斯國家的代表在華盛頓簽署了《聯合國家宣言》，蔣中正在當天發表的元旦講話中提出：日寇必敗。這是因為「中日戰爭成為世界戰爭，兩大陣營分明」；太平洋戰爭使「日本力量一分為四，敵我優劣，不言而喻」；「中、美、英、蘇四強，國力雄厚」。但是，他堅持認為要最後戰勝日寇，應該是自助人助，自立自強，實行全國總動員，以爭取與反侵略各國共同奮鬥成功。〔註 12〕

　　為了展示陪都重慶在抗戰建國中取得的成績以鼓舞鬥志，堅定信念。1942 年 1 月 1 日，第一屆陪都建設展覽會開展，一方面介紹了抗戰以來重慶城市發展的新成就新進展，另一方面又預示出未來重慶發展的新規劃與新面貌，描繪著陪都重慶走向現代大都市的歷史行程與光輝前景。〔註 13〕

　　與之同時，遷川工廠聯合會會員工廠產品展覽會也公開展出，從中「可以看出吾國從事於民族工業的廠家，職員與工人，是具有茹辛含苦不屈不撓的精神的」，「中國民族工業並不是沒有基礎的」，特別是自力更生製造出過去「求之於國外」而經濟發展又必需的產品。〔註 14〕這不僅顯示了民營工業所蘊藏著的巨大發展潛力，而且更表明民營工業所展現出來的自覺意識，從而

〔註 8〕　《中國國民黨史》第 519～522 頁。
〔註 9〕　《第二次世界大戰大事記——起源、進程和結局》第 526，530～531 頁。
〔註 10〕　《中國國民黨大事記》第 332～333 頁。
〔註 11〕　《國民政府重慶陪都史》第 307～308 頁，425～438 頁。
〔註 12〕　《新華日報》1942 年 1 月 1 日。
〔註 13〕　《中央日報》1942 年 1 月 2 日。
〔註 14〕　許滌新：《努力奮鬥，增加生產》，《新華日報》1942 年 1 月 11 日。

揭示了中國民族資產階級投入爭取政治民主和保障自由權利的現實活動的可能性。

《聯合國家宣言》不僅宣告了世界反法西斯同盟的建立,更標誌著二十世紀人類社會發展的民主進程的新開端。

《聯合國家宣言》中作為簽字各國所贊成的宗旨與原則,正是大西洋憲章中所提出的 8 點共同原則。按照羅斯福的闡釋,即「解除侵略者的武器、各個國家和民族的自決權、以及四大自由——言論自由、宗教信仰自由、免於匱乏的自由和免於恐懼的自由。」這也是民主政治一般原則的具體體現。〔註 15〕

儘管這一倡導民主政治的主張是出於美英兩國戰略與政略相協調的產物,但是,大西洋憲章的影響已經遠遠超出國界的局限,1942 年 2 月 23 日,羅斯福就華盛頓誕辰發表的演說中明確指出:「大西洋憲章不僅適用於大西洋沿岸地區,也適用於整個世界」。〔註 16〕這表明,政治民主化在反法西斯侵略戰爭的發展中加快了步伐,拓展了空間,對中國的政局發生著直接的衝擊。

這樣,中國抗戰時期的民主進程可以從兩個層面上來加以描述:一個是在國際上如何謀求國家和民族的自決,一個是在國內如何保障四大自由的實現。

首先,由於中國人民的持久抗戰,使日軍大部分兵力深陷於中國戰場。這是具有世界性的戰略意義的:「假若沒有中國,假若中國被打垮了,……有多少師團的日本兵力可以因此而調往其他方面來作戰?他們可以打下澳洲、打下印度——他們可以毫不費力地把這些地方打下來。他們並且可以一直衝向中東」,與德國合謀「舉行一個大規模夾攻,在近東會師,把俄國完全隔離起來,合併埃及,斬斷通往地中海的一切交通線」。〔註 17〕

有鑒於此,《聯合國家宣言》的簽字順序,羅斯福排定前四名是:美國、中國、英國、蘇聯,後因英國與蘇聯的反對,遂成美國、英國、蘇聯、中國,然後其他國家按英文字母順序排列,〔註 18〕初步奠定了中國作為四強之一的政治基礎。同盟國於 1942 年 2 月 3 日發表公告,宣佈以蔣中正為盟軍最高統帥的中國戰區成立,開始確認中國的大國地位。2 月 4 日,蔣中正率團出訪印

〔註 15〕沈永興等:《外國歷史大事集・現代部分第二分冊》第 414～416 頁,重慶出版社 1987 年版。

〔註 16〕《外國歷史大事集・現代部分第二分冊》第 417 頁。

〔註 17〕小羅斯福語,《羅斯福見聞秘錄》第 49 頁,新群出版社 1949 年版。

〔註 18〕《國民政府重慶陪都史》第 411～412 頁。

度。除與印度當局商討政治及軍事問題之外，還先後面晤尼赫魯、甘地，並發表《告印度人民書》，顯示出中國的大國風範。〔註19〕

　　至此，中國歷史上被強加的一切不平等條約，已經成爲中國在此時此刻登上國際政治舞臺發揮重要歷史作用的巨大障礙。於是，國民政府展開一系列外交活動，向美國等同盟國成員提出了廢約的要求。1942 年 10 月 10 日，英美宣佈放棄在華治外法權，隨後又有一些國家，如加拿大、挪威、荷蘭等相繼宣佈放棄它們的在華治外法權。〔註20〕這表明同盟國成員開始履行《聯合國家宣言》，遵照大西洋憲章精神，支持中國走上民族自決之路，堅定了中國人民抗戰到底的信心。

　　經過三個月的談判，1943 年 1 月 11 日，中國與美國在華盛頓，中國與英國在陪都重慶，同時簽訂了廢除不平等條約，建立平等國家關係的新約。〔註21〕這就促進了中國陸續與其他有關各國進行新約的簽訂，從而在根本上確立了中國作爲四強之一的大國地位。

　　宋慶齡於 1 月 25 日在陪都重慶就新約簽訂發表談話，指出：「廢除不平等條約，原是總理畢生致力的大目標，到了現在，這個目標開始實行了。」「所謂廢除不平等條約，是要使政治、軍事、經濟、文化一切皆歸於平等。中美、中英新約的意義，在於英美兩大盟友，從政治、軍事兩方面，毅然取消對我不平等條約。這種平等，自是我們的主要要求。但我們自己必須省覺，我們的經濟和文化，尚未與國際的一般情況臻於平等。要使經濟文化臻於平等的地位，非外交談判所得爲功，必須國人從多方面奮發猛進始得實現。」「因此，我們於慶祝簽訂新約之餘，更應掃蕩敵寇，拯救淪陷的同胞於水深火熱之中，唯有如此，眞實的自由平等才能實現。」「總理遺囑期待於國人者兩事，其一，是廢除不平等條約，其二，是召開國民會議。我深信在抗戰建國的過程中，國際關係已趨平等之後，國民精神必日見其發揚，民主精神同抗戰建國亦必日見其發揚。」〔註22〕

　　顯然，宋慶齡的談話是具有遠見卓識的。中國國際地位的提高將有利於民主主義思潮在全社會的興起，特別是對民眾精神現狀的盡快轉變具有極其

〔註19〕《第二次世界大戰大事記——起源、進程和結局》第 548～549 頁。
〔註20〕《中國國民黨大事記》第 338 頁。
〔註21〕《第二次世界大戰大事記——起源、進程和結局》第 646 頁。
〔註22〕《新華日報》1943 年 1 月 29 日。

重要的促進作用。這對於抗戰建國來說是具有積極的現實意義，對於中國文化的現代轉型來說將發生深遠的歷史影響。

1943 年 10 月 30 日，四大國單獨簽署《中蘇美英四國關於普遍安全的宣言》，重申要戰鬥到「直至各軸心國在無條件投降基礎上，放下武器爲止」。除了表示在今後的戰爭中採取聯合行動外，第一次提出「有必要在盡速可行的日期，根據一切愛好和平國家主權平等的原則，建立一個普遍性的國際組織，這些愛好和平國家無論大小，均得加入爲會員國，以維持國際和平與安全。」〔註 23〕同時還指出四大國代表國際社會採取共同行動，以完成法律與秩序重建及普遍安全制度創立的必要性。這樣，不但爲戰後聯合國大會的召開提供了組織藍圖，更進一步奠定中國作爲聯合國常任理事國成員的政治基礎；而且也爲鞏固四大國之間的夥伴關係作出了積極貢獻，有助於各國首腦共同進行戰略和政略的協調。

1943 年 11 月 22 日至 26 日，美國總統羅斯福，英國首相丘吉爾，中國國民政府主席蔣中正，在開羅舉行了第二次世界大戰中唯一的一次中美英三國首腦會議，討論了對日作戰與中國及亞洲有關的重大軍事和政治問題，達成了會議宣言，在徵得蘇聯部長會議主席斯大林的完全同意之後，於 12 月 1 日正式發表。《中美英三國開羅宣言》中宣佈：「我三大盟國此次進行戰爭之目的，在於制止及懲罰日本之侵略。三國決不爲自身圖利，亦無拓展領土之意。三國之宗旨，在剝奪日本自 1914 年第一次世界大戰開始以後在太平洋所奪得或占得之一切島嶼，在使日本所竊取於中國之領土，例如滿洲、臺灣、澎湖列島等，歸還中國。」爲此，「將堅持進行爲獲得日本無條件投降所必要之重大的長期作戰」。〔註 24〕這就具體體現出中國抗戰的正義性與持久性，開闢了通向民族自決的坦途。

因此，中國國際地位的日益上升，正是在民族獨立解放的歷史潮流中，由於世界政治秩序的重建，以及第二次世界大戰進程加快這一現實需要的直接反映。這就造成推動戰時中國走上政治民主化的國際環境。當然，這一社會政治層面上的變化，必須通過對戰時經濟與民眾意識的多樣化深入影響，才能最終促進戰時文化的整體發展。

中國人民在勝利即將來臨之際，在繼續從軍事上打擊侵略者的同時，也

〔註 23〕 《反法西斯戰爭文獻》，世界知識出版社 1955 年版。
〔註 24〕 《反法西斯戰爭文獻》。

從政治、經濟上進行清算侵略罪行的準備。1944 年 2 月 23 日，敵人罪行調查委員會在陪都重慶舉行第一次會議，決定對日本侵略者及其漢奸走狗的一切罪行作普遍調查。28 日，國民政府行政院抗戰損失調查委員會成立。〔註25〕9 月 8 日，重慶市政府抗戰損失調查委員會成立，調查自「九‧八」以來，因日本侵襲所造成的直接間接損失。11 月 29 日，聯合國家戰爭罪行審查委員會遠東及太平洋分會在陪都重慶成立，中國代表王寵惠任分會主席。〔註26〕這表明，中國已經開始向現代國家過渡，而陪都重慶已經走向了世界。

隨著中國在國際上政治地位的不斷提高，在國內，要求實行政治民主和保障自由權利的活動也漸次展開，涉及到社會各階層。

1942 年 2 月 10 日，國民政府公佈《非常時期人民團體組織法》。〔註27〕國民政府行政院社會部據此法於 3 月擬定「全國人民團體總登記辦法，舉行總登記」。到 1943 年 12 月，履行總登記的人民團體總數共 22321 個，「履行總登記經部核准備案之團體」及「經部核准組織之團體」共 19871 個。造成總數下降的原因主要是履行總登記的團體有許多「前此未經報部備案而在地方則已完成法定手續」，「經部詳加審核，認爲與該法不盡相符」。〔註28〕

儘管依法對人民團體進行總登記，造成了總數下落的後果，但卻改變了中央與地方前此在法律上不一致的狀況，從而爲人民團體長期穩固的發展提供了有效的合法保障。

據 1944 年底社會部的統計，人民團體總數達 26126 個，所在行政區域包括以重慶爲中心的浙江、安徽、江西、湖北、湖南、四川、西康、山西、河南、陝西、甘肅、青海、福建、廣東、廣西、雲南、貴州、綏遠、寧夏等 20 個省市，其中四川省的人民團體總數，會員數、團體會員數，無論是職業團體，還是社會團體，均占全國首位，從一個側面上顯示了大後方乃至全國民眾動員的組織水平。〔註29〕

與此同時，到 1944 年底，社會部「本部直轄社會團體」即達 314 個，其中全國性的，有關國際文化、學術、教育、自然科學、工程、政治法律、經濟建設、邊務、藝術等方面的文化團體共 249 個；而此時全國登記的地方性

〔註25〕《國民政府重慶陪都史》第 777 頁。
〔註26〕《重慶大事記》第 230、232 頁。
〔註27〕《中國國民黨大事記》第 333 頁。
〔註28〕《全國人民團體統計》第 1～2 頁，社會部統計處 1944 年編製。
〔註29〕《人民團體總表》，《全國人民團體統計》第 7 頁。

文化團體爲 273 個，其中重慶爲 10 個。〔註 30〕顯然，正是這些全國性的文化團體對以陪都重慶爲中心的大後方，以及對全國發揮著直接的指導作用，有力地促進了戰時文化的發展，特別是陪都民主運動的開展。

1941 年 12 月以後，在重慶相繼成立了中國天主教文化協進會、中國社會服務事業協進會、中國木刻研究會、中國糧政協會、中國外交學會、中國音樂學會等社會團體。據 1942 年 4 月社會部的統計，在重慶市登記的全國性社會團體已達 50 餘個，〔註 31〕其中大多數爲文化團體。以後，重慶的社會團體，特別是文化團體也不斷增多，1944 年 10 月到 12 月，就先後成立了戰後建設協進會、經濟研究社、中國工商企劃協進會、中華營建研究會、中國鄉村文化協會、中國著作人協會、中國文化建設協會、天主教慰勞救濟動員委員會、中國兒童福利協會。〔註 32〕這說明陪都民主運動將具有各界人士參與的社會性。

不可忽視的是，重慶的各級職業團體也像社會團體一樣在迅速發展，占在重慶的人民團體中的大多數。〔註 33〕僅 1943 年 8 月，就成立了中國運輸學會、川江民船商業同業公會、船員工會聯合會、重慶市出版業同業公會。這表明陪都民主運動將具有廣泛的群眾性。〔註 34〕

此外，隨著民眾的組織程度不斷提高，陪都重慶的社會各階層民眾也行動起來，社會聞人杜月笙捐資 3010 萬元以救濟難民，慈雲寺僧侶救護隊僧人與避難該寺的民眾以絕食一日所得 10，010 元勞軍，〔註 35〕毋須論乎出手之多寡，而當看到那同樣熱情與眞誠的心，這才眞正體現出民眾意識的普遍覺醒，有力地促進了陪都民主運動的開展。

隨著國際反法西斯陣營的形成，國內各階層民眾意識的自覺，在中國大地上出現了一浪高過一浪的對於民主與自由的熱切呼喚。

本時期陪都重慶的文化運動，在經濟上要求維護生存發展，在政治上要求實行民主憲政，在意識上要求保障自由創造，從而成爲具有社會主導性的民主運動，反映出戰時文化發展的需要，體現了抗日戰爭是二十世紀的中國人民反侵略的正義之戰——它不僅有著愛國主義的一面，更有著民主主義的一面。

〔註 30〕 《全國人民團體統計》第 54～55 頁。
〔註 31〕 《重慶大事記》第 208 頁。
〔註 32〕 《國民政府重慶陪都史》第 798～808 頁。
〔註 33〕 《人民團體總表》，《全國人民團體統計》第 7 頁。
〔註 34〕 《國民政府重慶陪都史》第 769 頁。
〔註 35〕 《國民公報》1942 年 12 月 10 日，14 日。

　　但是，由於這一民主運動是在戰時的陪都重慶發生，自然受到了戰爭所造成的種種現實需要的限制，客觀上不利於該運動的深入發展和正常進行。

　　從中國國民黨第五屆九中全會制定的《加強國家總動員實施綱領》，到國民政府頒佈《國家總動員法》，〔註36〕一方面有助於集中國家從精神到物質諸層面所具有的力量，堅持抗戰到底，另一方面則因戰時統制引發戰時文化各個層面上的衝突。這些衝突正是陪都重慶民主運動所面臨的，需要努力去解決的主要問題。

　　1942 年 10 月，國民參政會第三屆第一次會議召開，其中心議題就是「我們抗戰建國，同時並進：愈是努力抗戰，亦愈是推進民主」，〔註37〕既需要達到「經濟第一」，〔註38〕又需要實行「國民參政」。〔註39〕這就將兩個重大的問題提出來，促成了在 1943 年 9 月 26 日，國民參政會第三屆第二次會議決定盡快成立憲政實施籌備會和經濟建設期成會，「集朝野人士合力以赴」，「切實推進憲政籌備與經濟建設工作，以副政府與國民殷切之期望」。〔註40〕

　　儘管國民參政會作為戰時的民意機關，試圖通過專門機構的設置來進行及時地上承下達，解決與抗戰建國迫切有關的經濟和政治問題，但由於國民參政會本身只能提出建議進行協商，不可能有效地推動民主進程。因此，這一切只能在陪都重慶的民主運動中來予以解決。

　　早在 1942 年 6 月，遷川工廠聯合會，中國西南實業協會，國貨廠商聯合會就聯合發表了《工商界之困難與期望》，要求生存發展的合法權利。〔註41〕到 1943 年 6 月，在重慶舉行的全國第二次生產會議上，出席會議代表 270 人（其中產業界 140 人）商討了有關發展生產的一系列問題，〔註42〕7 月，即落實了本年度工礦事業貸款總額為 20 億元（其中公營企業 8 億元，民營企業 12 億元）。〔註43〕隨後，由於價格統制與通貨膨脹之間的極不相容，又促使遷川工廠聯合會在其理事會、年會上不斷發出要求政府減輕負擔，挽救工業危機

〔註36〕《中國國民黨大事記》第 330、334 頁。

〔註37〕社論《本屆參政會的使命》、《中央日報》、《掃蕩報》聯合版 1942 年 10 月 23 日。

〔註38〕社論《堅苦篤實，自強自立》，《新華日報》1942 年 10 月 23 日。

〔註39〕社評《期望於本屆國民參政會首》，《大公報》1942 年 10 月 23 日。

〔註40〕《大公報》1943 年 9 月 27 日。

〔註41〕《重慶：一個內陸城市的崛起》第 305 頁。

〔註42〕《重慶大事記》第 218 頁。

〔註43〕《國民政府重慶陪都史》第 768 頁。

的呼籲。到 1944 年 8 月，重慶企業家代表 80 餘人集會，要求政治民主，生產自由，取消統購統銷政策。11 月，金融界、工商界分別與國民政府有關機構的負責人進行座談商討有關財政、實業問題，其後，國防最高委員會規定工業分爲「國家獨營」與「民營」兩大類。1945 年 1 月，重慶市 7 大商業團體請求廢止統購統銷辦法，國營民營一律待遇。5 月，全國工業界對敵要求賠款委員會成立。〔註 44〕

與此同時，陪都重慶的廣大工人也以工會的形式組織起來，一方面努力增加生產支持抗戰，另一方面又通過合法手段來爭取應有的權利。在 1945 年 6 月，因國民政府社會部降低川江引水人員待遇標準，當川江上下游引水工會派代表交涉無效後，隨即舉行罷工，川江各航線停航，直到社會部答應罷工工人的大部分條件後才開始停罷復航。〔註 45〕

維護合法權利不會止於經濟領域之內，自然要擴展爲要求民主憲政的實行。

1943 年 9 月 4 日，陪都重慶工商、金融、法律、教育等各界著名人士黃炎培、褚輔成、王雲五、盧作孚、胡西園、章乃器等共 30 人，發表《民主與勝利獻言》，提出 9 項具體主張，要求「與民更始」，「一新政象」。12 月 22 日，馬寅初在重慶星五聚餐會上向企業家發表了《中國工業化與民主不可分割》的講演。〔註 46〕這表明重慶的民主運動具有總體性的特點。

1942 年 10 月，張瀾在國民參政會第三屆第一次會議期間擬就《加強實行民主以求全國團結而濟時艱案》，其文稱：「年來權衡時局，審度內外，覺國際戰事雖勝利可期，而國內政治情形則憂危未已。」因此，「必須實行民主，一本天下爲公之旨，選賢與能，只問才不才，不問黨籍，舉全國之才智賢能，共同盡力於國事，而後可以挽救危局、更興國家」；「必須實行民主首先廢除言論、思想、出版之統制與檢查，使人民各本所欲所惡，對政治可以自由批評討論，民力始能發揮」；「必須實行民主，不以國家政權壟斷於一黨，則民生主義與共產主義本有相同之點，國共合作以往之歷史亦非無可循。使彼此皆以建立眞正主權在民的民主國家爲目的，正應共同抗敵，共同建國，以力求政治民主化，經濟民主化」。

〔註 44〕 《國民政府重慶陪都史》第 774、780、783、803、804、811、824 頁。
〔註 45〕 《重慶大事記》第 239～240 頁。
〔註 46〕 《重慶大事記》第 229、233 頁。

一旦眞正以上述三方面爲目標，則將促進民主憲政的實施。「如或昧於大勢，遷延不決，徒貌民主之名而不踐民主之實，內不見信於國人，外不見重於盟邦，則國家前途必要有陷於不幸之境者」。〔註47〕

1943 年 10 月，國防最高委員會設置憲政實施協進會，周恩來‧董必武作爲中共代表被指定爲其成員。這是一個官方組織的包括各派政治力量的推行民主憲政的機構，在 12 月舉行的第三次常務委員會上，通過了關於廢除圖書雜誌審查等提案。1944 年 9 月舉行的第四次全體會議上討論了健全地方基層機構等問題。〔註48〕1945 年 3 月 1 日，在憲政實施協進會第五次全體會議上，蔣中正在講話中宣稱：只能還政於全國民眾代表的國民大會，不能還政於各黨各派的黨派會議或其他聯合政府。〔註49〕

與之同時，1944 年 1 月 3 日，左舜生等人發起的憲政座談會在陪都召開。這是一個非官方的包括各黨各派與各界著名人士，旨在加快民主進程的鬆散組織。〔註50〕5 月 14 日，各界代表 300 多人參加憲政座談會，討論「自由與組織」問題。〔註51〕到 9 月 24 日，在第 7 次憲政座談會上，與會代表共 500 餘人，討論如何盡快實行民主政治，提出了廢除一黨專制，召開國是會議，成立聯合政府，並決定由鍾天心、司徒德、王崑崙、屈武等籌組民主憲政促進會。〔註52〕

此外，1944 年 3 月 26 日，中國婦女憲政研究會正式成立。〔註53〕1945 年 2 月 13 日，陪都婦女界史良等 104 人發表《對時局的主張》，要求召開國是會議，成立聯合政府，給人民以言論出版集會結社等基本自由權利。〔註54〕

由此可見，陪都重慶民主運動中朝野爭議的焦點是建不建立聯合政府，即如何通過政權的民主化來保證憲政的最後完成。這是一個至關重要的問題，正如美國等同盟國所看到的那樣：「國共兩黨成立聯合政府」，將是中國走上強國之路的「唯一希望」。〔註55〕否則，「國家前途必要有陷於不幸之境

〔註47〕《國民參政會紀實‧續編》。
〔註48〕《國民政府重慶陪都史》第 772、775、795 頁。
〔註49〕《重慶大事記》第 236 頁。
〔註50〕一說 1 月 4 日。《國民政府重慶陪都史》第 775 頁，《重慶大事記》第 224 頁。
〔註51〕《重慶大事記》第 226～227 頁。
〔註52〕《重慶大事記》第 230 頁。
〔註53〕《國民政府重慶陪都史》第 778 頁。
〔註54〕《重慶大事記》第 235 頁。
〔註55〕〔美〕孔華潤：《美國對中國的反應》第 152～154 頁，復旦大學出版社 1989 年版。

者」。民主，其中國走向現代的必經之路乎！

二、文化界總動員

「『號外！號外！』號外！

太平洋的暴風雨，

從大西洋的彼岸，

全世界的每一個角落，

剎那間，閃電似地，

傳到了山城，

全人類都從睡夢中驚醒，

迎接衝散了滿天大霧的黎明。

……

地球，我們的母親！已張開了

慈愛的懷抱，

山嶽讓出了廣闊的道路，

無邊的海洋，建築了偉大的橋，

世界的兩極，立刻接近了，

兄弟們的手，快伸出來，快伸出來，

我們親密地精誠地握著吧！

我們並肩作戰！

世界自由的殿堂，

人類真正的和平，

歷史無窮的光榮，

就建築在我們的手掌裏，

就建築在我們的肩膊上，

就建築在我們的精誠團結上。」〔註56〕

澎湃的詩情轟響出我們必勝，法西斯必敗的堅強信念，預言著陪都文化運動從此進入了新的發展時期：「以文化建設促進國家建設，以文化力量增強抗戰力量」，建設將成為抗戰的首要任務。這既是國家總動員的需要，「以吾人之精神武器，鼓勵士氣，喚起各界總動員」；更是「文化科學運動」的需要，

〔註56〕王平陵：《太平洋暴風雨》，《掃蕩報》1941年12月16日。

以「新舊思想衝突打破舊思想」，「則國家可以復興」。〔註57〕

　　為此，1942 年 2 月 7 日，「中央文化運動委員會聯合陪都 36 機關團體舉辦之國民總動員宣傳周」開幕。在開幕典禮上，首先通過給國民政府主席林森和軍事委員會委員長蔣中正的致敬電，表示「國際反侵略壁壘既增強固，國家總動員益當激厲」，同時又通過慰勉全國文化界人士電，「深願我國各地文化界同人，共懷於民族文化之偉大，負荷使命之重要，相與發揚蹈厲」，「揚中夏之天聲，裨抗建之大業」。〔註58〕

　　「國家總動員，首先由文化界開始」，固然是由於嚴峻的戰爭現實，「使中國抗戰增加了更重的責任與更多而更苦的困難，更有賴於自力更生這一原則更認真更切實的實施起來」，需「百倍的加強」民眾動員。但同時也意味著必須出現一個更為適合於進行動員的客觀環境，「文化界自然熱切的希望各方社會人士，尤其負責當局」，首先能夠從物質上保證動員工作的進行，「例如紙張能有比較充分的供給，印刷能有比較完善的設備，集會能有較多的便利，研究討論能有較廣較寬的活動園地」；其次能夠從生活上保障文化工作者的起碼生存條件，如「稿費能做到適合各地生活程度的提高，對文藝工作者的待遇能使其收入足以養家」；其三能夠在創作上維護個人自由權利，「尤其是檢查文稿作品必須在抗戰所許可的範圍內給予較多的寫作自由，取消那些無謂的限制」。在這樣的前提下，文化工作者將一如既往，發揚「頑強堅韌，忍苦耐勞」這一「中國幾千年文化發展史的優良傳統」，「己立立人，己達達人」，沿著為抗戰建國而「啟蒙覺後的道路」，去實現「智識的培殖，心情的振發，藝術的修養，技巧的熟練，風度氣派的薰陶，人格氣節的煦育」。〔註59〕

　　可見，文化界總動員，不但是文化工作者作為國民先覺而進行抗戰宣傳和民眾動員，並且是文化工作者作為文化建設者而促成一代文化新人的出現，由此而使中國文化在自由民主的氛圍中向現代文化過渡。在這樣的意義上，可以說文化界總動員也就是陪都文化運動在本時期的運動形態、運動機制和運動目的。因此，在反法西斯侵略的正義之戰中，陪都這一時期的文化運動，既是新形勢下的民主運動，又是個人自覺的群體運動，更是二十世紀的中國文化向現代轉型的戰時運動，總而言之，是爭取自由權利走向現代的

〔註57〕《文化界宣傳週開幕各長官致詞語多勗勉》，《大公報》1942 年 2 月 8 日。
〔註58〕《大公報》1942 年 2 月 8 日。
〔註59〕社論《論文化界的動員》，《新華日報》1942 年 2 月 7 日。

文化界總動員。

中國國民黨中央宣傳部文化運動委員會，自 1941 年 2 月 7 日成立以來，一直以統一全國文化運動爲己任，企圖進行三民主義文化的建設，一方面爲「扶植文化團體之組織」，在全國各地建立各級文化運動委員會，以形成由上而下的文化運動指導體系；一方面爲「充實文化工作之內容」，通過提供一定物質手段和組織文化學術活動，以確保「文化事業之推廣與充實，各種藝術品內容之提高與策進」。〔註60〕

到 1943 年上半年，由重慶市而外，廣東、江西、福建、安徽、陝西、青海、甘肅、西康、河南等省也紛紛建立了相應的文化運動委員會，其中還建立了部分的縣級文化運動委員會。〔註61〕

與此同時，從文藝創做到學術研究都出現一派欣欣向榮的景象，陪都的霧季演出連續取得成功，特別是在學術研究方面，僅陪都就有全國性學術團體 141 個，〔註62〕再加上國民政府軍事委員會政治部文化工作委員會的倡導和促進，「各種學術，不但沒有退步，而且有長足的進步。」〔註63〕

這表明，中國國民黨中央宣傳部文化運動委員會（以下簡稱中央文運會）作爲一個全國性的官方文化機構，由於其不可避免的意識形態色彩和政治傾向性，雖然確實能夠促進文化運動的開展，擴大國家總動員的影響，有助於抗戰建國的進行；但同時在試圖全力控制文化運動的方向中，就有可能導致文化界總動員的不徹底，不利於戰時文化的全面發展。

中央文運會除了對全國的文化運動進行指導外，對於陪都文化運動也積極進行干預。

在日常性的活動中，首先，中央文運會根據國民精神總動員的有關規定，組織並主持每月一次的陪都文化界國民月會，通過由各文化團體輪流主辦的方式，召集「從事文化工作的人和新聞記者、科學家、文學家、音樂家、劇作家、畫家以及其他從事研究著述的人」，以便「傳達中央法令，溝通政府與作家的感情」。由此中央文運會發揮了承上啓下的中介作用。

其次，中央文運會實施其工作綱領中的有關措施，組織並主持每月一次

〔註60〕 《文化運動委員會工作綱領》，《中國抗日戰爭時期大後方文學書系・文學運動》第 1 卷，重慶出版社 1988 年版。

〔註61〕 《抗戰六年來的黨務》，《抗戰六年來之宣傳戰》，國民圖書出版社 1943 年版。

〔註62〕 《文化消息》，《文化先鋒》第 3 卷 2 期。

〔註63〕 中央文運會編《中國戰時學術》第 1 頁，天地出版社 1945 年版。

的陪都文化界聯誼會，通過每次由 3 至 4 個文化團體共同主辦的方式，集中「陪都各文化機關團體的負責人和工作人員」，「由主辦單位報告工作概況，其意義在交換工作意見，聯絡文化機關的感情，以互相觀摩」。由此中央文運會發揮了協力推進的引導作用。〔註64〕

正是在這些日常性活動中，中央文運會採取了比較民主的手段，增進了陪都文化界的團結精神，促成了陪都文化界的共同行動，從而使文化界總動員而得以順利進行。因此，中央文運會不時根據抗戰現實的發展，反法西斯侵略的需要，發起組織陪都文化界，進行較大規模的抗戰宣傳和民眾動員，同時也促進了陪都文化運動的向前發展，從而影響著全國的文化界總動員。

在中央文運會成立一週年之際，特發表《文化運動委員會告文化界書》，稱云：「五千年來，我國文化隨著歷史發育滋長，早已奠定我國不可征服之基礎，顯示了我國終必達富強康樂之境域，可見文化力量確是民族潛在的力量，文化建設確是國家基本的建設」。同時，「經過我們這四年半的艱苦奮鬥，已躋於世界四大強國之列，也就是說我們已經擔當了中國民族對世界人類所應負荷的責任。在日寇及其全體軸心國家一天不消滅，人類文明和正義和平一天未得到保障之前，我們的戰鬥也一天不能停止。我們建設之重要，因而高尚優美之文化，乃優秀人群生活之產物，國家靈魂的表徵，民族精神所寄託，所以也只有高尚優美的文化的發揚光大，才是世界人類永久和平的真正保障」。

就文化運動而言，「文學藝術的進步，更為顯著，一般作品經過了時間的磨練，與現實的要求，都已由粗製與模倣，進入於新的創造時期。無論文學戲劇電影美術音樂雕刻內容都愈見堅實，體裁也愈見新穎，技巧更見熟練。此外新聞事業者，獨憑紙彈筆槍，堅毅不拔，貢獻尤多」。「抑有進者，基於文化界社會地位之重要，文化界人士又多為明哲賢達之士，當此實施加強國家總動員之際，實應當仁不讓，以表率地位自居」。

「我們更相信加強文化界總動員乃加強國家總動員之基礎，加強國家總動員乃迎接反侵略戰爭勝利之前驅。惟有文化界都能先成為健全之戰鬥員，然後全國人民乃都能成為健全之戰鬥員，整個國家乃始能成為統一強固之戰鬥體」。〔註65〕

〔註64〕《文化消息》，《文化先鋒》第 3 卷 2 期。
〔註65〕《大公報》1942 年 2 月 7 日。

國家總動員文化界宣傳周的舉辦，就是爲了具體體現出「國家總動員重在精神總動員，而精神總動員重在文化總動員」。〔註66〕

這樣，從 2 月 7 日國家總動員文化界宣傳周開幕，陪都文化界就行動起來。

2 月 8 日爲文藝界動員，舉行詩歌朗誦，散發文藝專刊，舉辦文藝作品展覽會、座談會，以及露天歌舞大會。

2 月 9 日爲電影戲劇界動員，放映露天電影，公演話劇、地方戲，借助電臺廣播在各影、劇院發動一元錢獻機募捐。

2 月 10 日爲音樂界動員，散發音樂特刊，由廣播電臺轉播室內音樂演奏會，及合唱《國家總動員之歌》。

2 月 11 日爲美術界動員，舉行街頭和室內美展，並召開座談會以及進行廣播演講。

2 月 12 日爲科學界動員，舉辦國防科學畫展，放映軍事科教片，舉行科學界廣播座談會。

2 月 13 日爲新聞出版界動員，各報刊登載總動員標語，舉辦廣播演講，成立陪都記者聯誼會。

2 月 14 日爲國際文化界動員，舉行國際文化團體座談會，邀請國際友人作反法西斯侵略的廣播演講。

2 月 15 日爲宗教界動員，天主教、基督教、佛教分別舉行祈禱和平的宗教儀式，各宗教團體召開座談會，以及廣播演講。

在此期間，2 月 13 日，中央文運會與中國國民黨中央黨史史料編纂委員會聯合主辦的革命史績展覽開幕，共展出史料 11.4 萬餘件。〔註67〕

值得注意的是，在這一次陪都文化界整整一週的總動員中，從文藝界到宗教界的全國性文化團體發揮了主要的組織和領導作用，一方面通過宣傳鼓動使國家總動員的號召深入人心，另一方面座談總結了陪都乃至全國文化運動的成績與不足，以及努力的方向，尤其是抗戰文藝運動今後的發展趨向。

僅就創作而言，一方面是長詩，戲劇及翻譯作品都有進步，創作雖少，但從事長篇寫作的人卻增多，文壇上將呈現出新的活潑姿態；〔註68〕另一方

〔註66〕 《文化界宣傳周開幕各長官致詞諸多勗勉》，《大公報》1942 年 2 月 8 日。
〔註67〕 《中央日報》1942 年 2 月 8 日至 16 日。
〔註68〕 《文藝界動員》，《大公報》1942 年 2 月 8 日。

面，隨著抗戰歌曲的普及，所謂國樂與西洋音樂的門戶之見已開始得到克服，需要在中西藝術結合的基礎上創造出新音樂來。〔註 69〕簡言之，就是要更加真實地反映抗戰生活，更加刻苦地進行藝術創新。這顯然是揭示出抗戰文藝在本時期的創作傾向的。

1942 年 10 月 2 日，重慶市民眾熱烈歡迎美國總統羅斯福的特別代表威爾基飛抵重慶，這是自 1879 年美國前總統格蘭特訪華以後來中國訪問的最高級別的美國人士。4 日，蔣中正接見威爾基，開始就戰後問題進行商討。5 日，周恩來會見威爾基。6 日，威爾基發表廣播演說，稱謂全力反攻之時機已到。7 日，蔣中正與威爾基再次商談戰後各項問題。9 日，美英兩國政府表示願與中國政府談判廢止在華不平等條約問題，並於 10 日聲明放棄在華治外法權。10 日，在陪都各界國慶紀念大會上，蔣中正宣告我國近百年來所受各國不平等條約之束縛可根本解除。〔註 70〕

在這反法西斯戰爭開始轉入全面反攻與中國的國際地位日益提高的歷史性時刻，「爲著協助政府建立軍中文化，全國慰勞總會和各團體決定在雙十節這個富於歷史意義的日子，開始了『文化設備捐募勞軍運動』，同在這一天，陪都各界文化勞軍運動委員會正式成立，預期能在今後四個月的短期之內，舉全社會的力量，籌集二千萬元的捐款，用以建立軍中文化，對我五百萬英勇抗戰戰士，提供精神糧食，爲著在抗戰最艱苦的階段強化戰鬥意志，發揚攻擊精神，我們熱烈地期望每一機關，每一團體，乃至每一國民都能竭力自己責任，而使這一運動獲得美滿的成功。」

「我們希望這一運動的意義，不單局限於捐款的募集，而應更進一步的使它成爲一個廣泛的民眾運動，一定要在後方的人民大眾裏面捲起一個熱烈地關切前方，熱烈地援助前方，一切爲著反法西斯侵略戰爭的勝利而鬥爭的巨浪，那麼，這運動才能完成它百分之百的意義。」「我們在此熱烈地期望千萬愛國有爲的青年把熱情和藝術活潑地帶到軍隊中去，在準備反攻的前夕，增加戰士的戰鬥力量，幫助政府建設起鋼鐵般的新軍。」〔註 71〕

可見，「再捲起文化入伍的巨浪」，不但是進行國家總動員的現實需要，而且是強調了文化界總動員的緊迫與重要。因此，文化勞軍運動既是振奮軍

〔註 69〕《音樂界動員》，《大公報》1942 年 2 月 10 日。
〔註 70〕《中央日報》1942 年 10 月 1 日至 11 日。
〔註 71〕社論《再捲起文化入伍的巨浪》，《新華日報》1942 年 10 月 13 日。

民意志的運動，又是激勵文化工作者更自覺地爲抗戰竭盡全力的運動，它意味著在動員民眾的大前提下，在中國如何造就一代文化新人的實際運動的開端。

「軍中的文化工作，文藝佔有最重要的部分。正因爲文藝是戰鬥的號音，風暴中的燈塔，一切事業的推動機，我們要使宣傳的力量普遍而深入，都非文藝莫屬。誰都知道，中國這一次與敵人決戰，物質上並無豐富的憑籍，全賴決死的精神，熱烈的士氣，堅決的民心，因此，軍中的文藝工作，在物質上配備比較落後的我們，實更有積極展開的必要。」

「此刻，全國藝術界爲了適應抗戰的需要，都已有了全國性的組織，情感上還相當融洽。我們誠能有計劃地發動工作，並不難使大家集中在現有體制的機構下，眞正做到爲抗戰而寫作，爲士兵的需要而寫作，平心而論，政府爲了支持許多藝術機構的存在，所施用的經費，實不在少，全國藝術界的人才，直接間接受政府聘用的，也有很多；不過，我們要把藝術當作軍需事業的一種，充分表現武器的性能，獲得藝術宣傳的實效。」

「我熱望愛國的詩人與畫家們的崛起，奔放海潮一般的熱情，歌頌神聖的鬥爭！描繪新中國自由幸福的前景！」「我熱望在新中國的文藝史上，再來一次轟轟烈烈的復興運動！」〔註72〕

在這裡，一方面更加強調抗戰文藝進行抗戰宣傳和民眾動員的服務功能，另一方面更加注重抗戰文藝反映抗戰現實民眾生活的藝術功能。這就要求抗戰文藝無論是作爲戰時文化傳播手段也好，還是作爲戰時文化表達方式也好，都應隨著戰爭形勢的變動，及時進行自我調整，以適應不斷出現的文化需要。

1942 年 11 月 12 日至 12 月 12 日，中央文運會組織陪都文化界舉行了長達一個月的文化勞軍運動，陪都文藝界、戲劇電影界、音樂美術界、新聞出版界均勇躍參加。除此之外，在中央文運會主辦的刊物《文化先鋒》上展開了關於文藝通俗化的討論。

這一討論是基於這樣的現實：「廣大民眾和士兵文化水準的提高」——在部隊裏，「沒有一個士兵不關心著時事，在講演會裏，在討論會裏，在壁報上，對德蘇戰爭，對美英談判，不斷的提出問題和意見，充分反映了他們對於國內外局勢的關切」；而在民眾方面，「他們關心著前方戰事，更關心著後方的

〔註72〕王平陵：《展開軍中的文藝工作》，《中央時報》、《掃蕩報》1942 年 10 月 25 日。

物價，在墟場上，在店鋪裏，隨時都聽到他們談論著國家大事。」〔註73〕

文化水準的提高將導致民主意識的產生。因此，通俗化不僅僅涉及到文化傳播方式及手段的變化，在更大程度上是要眞正使民眾和士兵參加到文化運動中來，從而使他們成爲戰時文化建設的主體。這就要尊重和保障他們的自由權利，不光是提供必要的條件和形式，而且更重要的是轉變固有的由雅通俗的意識。

一貫倡導通俗文藝的中國作家老向先生指出：「時代變動的太快，民眾對於三國演義，西遊記，一類大書不能滿足；對於『金蓮三寸小，步步生蓮花』那類小調，業已感到厭煩。他們需要看前方英勇故事，也需要看世界大戰的情形。」〔註74〕

而「這一次盟邦的佳賓威爾基先生」卻發現：「中國一般民眾知識水準的低落，與夫配稱一個民主國家的公民所應該具有的條件，感到意外的貧乏。」可見，在主觀上，民眾已要求擴展其文化的視野；在客觀上，民眾亟需改善其文化素質的落後現狀。

因此，在文化界總動員中，還必須進行民眾與士兵的文化水準的繼續提高的工作：「前方作戰的陣地，後方出產的原野，是我們工作的重心，前方的士兵，後方的農民是我們工作的對象，今後文化的動向，施政的綱領，只有貫注在這兩方面，動員所有的力量，痛下工夫，才能徹底解清當前的危殆，使中國走上復興圖強的大路。」

這樣，對於文藝通俗化的舊事重提的主要目的就是：以戰時民眾教育的最低點——「認識的單字是一千二百個」——爲起點，「在通而不俗，俗不傷雅，雅俗共賞的原則下」，來創作適合民眾需要和現實要求的文藝作品，從而使民眾在與「現代的新文化」的接觸中，經過了「大時代的洗禮，具備了新公民的資格，變成最勇敢的戰鬥的一員」。〔註75〕

1943 年新春伊始，「中美、中英平等新約在我國近代史上招來了一個新的時代，掙脫了百年的鎖銬，中國已經是一個與列強開始平等的國，中國人已經是能夠挺起胸昂起頭來的人了，看一看春節這一天陪都街頭熙攘的情景，聽一聽人群裏面迸發出來的歡笑，眞覺得一百年的恥辱已經勾銷，我們民族

〔註73〕操震球：《通俗化雜談》，《文化雜誌》第 2 卷 1 號，1942 年 3 月 25 日。
〔註74〕老向：《通俗文藝的力量》，《文化先鋒》第 1 卷 14 期，1942 年 12 月 1 日。
〔註75〕王平陵：《通俗文學再商兌》，《文化先鋒》第 1 卷 14 期，1942 年 12 月 1 日。

的運命已經交臨了充滿喜悅的春天。」

「自由、民主、反奴役、反法西斯，這是奔騰澎湃，衝擊著全世界人心的一種沛然莫之能禦的時代的浪潮，而在這種主潮裏而獲得了新生的中國，必然的要創造出一種適應這個時代的新的文化。幾千年的封建重壓，一百年的外來侵略，不僅束縛了我們的政治軍事經濟的發展，更基本的是侵蝕了我們的民族精神，而使我們民族消失了自由地創造，勇敢地主張，無我地爭鬥的活力與氣派。如何使懦者立，病者起，低頭者挺胸，枯涸者潤澤，這不二的藥方，依舊是科學與民主。沒有普遍而深入的科學建設，不僅無法粉碎封建殘餘，無法消滅經濟落後，更重要的是無法恢復民族精神，無法改造民族性格，結果是一切平等徒言空賣。反過來說，科學只有在民主自由的土地才能滋長生根，封建專制和法西斯一直是科學精神的死敵。賽因斯（科學）德謨克拉西（民主），舊的藥方，新的意義，五四以來的兩個口號依舊是擺在我們文化工作者前面的亟待完成的課題。」〔註76〕

人類與中國從古至今的文化發展史揭示了這樣的必然之路：科學與民主將成為 20 世紀的中國走向現代文明的必不可少的橋梁。在這樣的意義上，陪都文化運動也就沿著新文化運動的方向繼續前進，通過對科學精神和民主思想的廣泛傳播，不但形成了要求實現民主憲政的強大社會輿論，同時更促進了爭取自由權利的高度個人自覺，去創造新時代的新文化。

1943 年 9 月 6 日至 13 日，中國國民黨第五屆十一中全會在重慶召開。會議通過了《關於實施憲政總報告之決議案》、《文化運動綱領草案》等一系列文件，並決定戰後一年內召開國民大會，制頒憲法，實行憲政。〔註77〕

同時，在《文化運動綱領草案》中，首先界定「文化是人類為了適應生存要求和生活所需產生的一切生活方式的總合的表現」：其次從這樣的廣義文化定義出發，規定「中華民族文化的哲學基礎」是「民生哲學」：其三由這樣的意識基礎出發，提出「新文化的理想」就是「保存中華民族固有文化的優點」，「吸收西洋文化的精髓」：其四為達到這一目的，「必須以心理、倫理、社會、政治及經濟等五大建設為基礎」；其五為體用一致，作出對內對外中心工作的實施要項，重點在「建立三民主義的哲學、社會科學及文藝的理論體系」；其六以該綱領指導文化運動，由各級文化工作委員會負責，並由各級黨

〔註76〕社論《新時代的新文化》，《新華日報》1943 年 2 月 8 日。
〔註77〕《中國國民黨大事記》第 345～346 頁。

部進行考核。〔註78〕

　　這樣，作爲執政黨的中國國民黨所要建設的新文化，也就是「所謂民族文化，自其內容言之，就是三民主義的文化」；「三民主義的文化就是復興民族的文化」。三民主義文化「是以民族福利爲前提的文化，是反個人，反階級，反毒化，反奴化的文化」，「然而三民主義以世界大同爲理想，三民主義文化也是世界文化之一環」。在這裡，不但以政黨意識取代了文化意識而以偏概全，同時還表現出否認人類文化歷史進程的唯我獨尊。造成這種文化虛無主義的妄自尊大的根源之一，就是對中國文化發展及其運動缺乏必要的科學的認識，反而從黨派意識形態立場對之進行誤認：「中國自與西洋文化接觸以後，即有文化運動的潛流。中體西用開其端，維新變法激其流，五四運動揚其波，這都是文化運動。但因爲他們的指導原理不正確，實際行動無綱領，所以如無源之水，雖能澎湃於一時，究不能維持於久遠。只有三民主義的文化運動，能合於中國國情和世界趨勢，所以能成爲一種民族文化運動的主流。」〔註79〕

　　這種帶有強烈黨派色彩的文化偏見，首先不但混淆了文化發展過程中不同層面上的運動，同時也以政治的運動取代了文化的運動；其次不但否認了科學與民主是中國文化向現代轉型的必要手段，同時也不承認個人主體地位確立與個人自由權利確認的必然性。正是由於這一在戰時文化發展上的短視行爲，不僅不利於陪都文化運動的正常發展，更爲可慮的是，它將造成政治上徹底失敗的無情後果。

　　應該指出的是，陪都文化運動的民主主義趨向在戰時條件下，表現出以下特點：一是以三民主義爲意識前提，一是以法律法規爲合法依據。雖然當局對於三民主義的闡釋和對於法律法規的制訂是以其戰略和政略爲出發點，但畢竟也展示出一定程度的走向民主與法治的時代性。

　　然而，在具體的方式和手段上儘管可以根據現實的發展有所變化，但有一點是萬變不離其宗的，那就是孫中山先生所教導的：「人類的思想總是要進步的，要人類進步便不得不除去反對進步的障礙。除去障礙物，便是革命。」由此而來，「革命的民權」就是「中國人民應有爭取民主的一切權利，和反抗

〔註78〕《文化先鋒》第 2 卷 24 期。
〔註79〕張道藩：《建設民族文化——文化運動綱領之一點說明》，《文化先鋒》第 6 卷 12～13 期合刊。

非民主的絕對自由」，而「中山先生所創導的三民主義，我們認爲是足以保護革命民權並發展革命民權的主義。它毫無疑問是國利民福的工具，但決不應當視爲國祀民仰的圖騰」。「淺屑者流每謂三民主義之外無自由，三民主義之外無思想。此實大昧於主義創導之精神與思想發展之規律」——「自由乃主義之母，思想乃主義之乳」。〔註80〕這樣，思想自由是中國人民必須爭取的基本個人權利，自由思想是中國人民促進民主政治實現的有利武器。

1945 年 1 月 1 日，因豫湘桂戰役失利，〔註81〕蔣中正在廣播講話中宣稱「準備建議中央，一俟軍事形勢穩定，反攻基礎確立，最後勝利更有把握的時候，就要召開國民大會，頒佈憲法，歸政於全國的國民。」隨後，陪都各界人士紛紛表示必須實行民主，以保證抗戰勝利早日到來。〔註82〕

在陪都文化界，無論是 312 人聯名的所謂的《對時局進言》，還是有 751 人簽名的《爲爭取勝利敬告國人》，儘管有著種種不盡相同之外，但均認爲：「故民主團結實爲解決國內局勢之主要前提」，〔註83〕「同時更應與美英蘇及一切盟邦衷誠攜手，齊一步調，爭取民主抗戰的勝利。」〔註84〕這就充分表明陪都文化界總動員的成功是與文化工作者努力實踐民主主義分不開的。

〔註80〕郭沫若：《爲革命的民權而呼籲》，《沸羹集》上海新文藝出版社 1951 年版。
〔註81〕《第二次世界大戰大事紀要——起源、進程和結局》第 777 頁。
〔註82〕《重慶大事記》第 234～235 頁。
〔註83〕《對時局進言》，《新華日報》1945 年 2 月 22 日。
〔註84〕《爲爭取勝利敬告國人》，《中央日報》1945 年 4 月 15 日。

第二章　大眾傳播形成體系

一、新聞事業總體性進步

　　1941 年 12 月 9 日，中華民國國民政府正式向日本、德國、意大利宣戰。中央廣播電臺與國際廣播電臺分別以不同的頻率和語種，向全國和全世界及時進行廣播；1942 年 1 月 1 日由包括美英中蘇四國在內的 26 國簽署的《聯合國家宣言》，也通過廣播得到廣泛宣傳，宣告了中國抗戰進入新的時期。

　　隨著全世界反法西斯戰線的形成，這就需要廣播這一大眾傳播媒介以更快的速度，在更大的範圍內發揮其傳播優勢，從而促進陪都重慶的廣播單向性輿論控制的狀況發生了較大的改變：在正面報導重大政治新聞的同時，也播發，甚至直播各種戰時文化活動的實況及消息；不僅政界人物得以借助廣播進行輿論導向，而且各界人士也能夠通過廣播來擴大社會影響。這一改變開始體現出廣播媒介的大眾性與社會性的一致來。

　　同時，這一改變也是一個漸進的過程。早在 1939 年 5 月 31 日，周恩來應中央廣播電臺之邀，發表了題為《二期抗戰的重心》的廣播講話，提出必須樹立這樣的戰略思想：「廣泛開展游擊戰爭」，「深入敵後，爭取敵後，到那裡去建立根據地，到那裡去消滅敵人，以爭取二期戰爭的勝利。」〔註1〕這顯然與國民政府軍事委員會從 1938 年底舉行的南嶽軍事會議上開始的戰略調整是相吻合的。〔註2〕這一戰略共識成為國共兩黨團結抗日的現實基石。

　　1941 年 9 月 21 日，中央廣播電臺對我國有史以來第一次獨立在甘肅進行日全食觀測，首次進行現場實況廣播報導，國際廣播電臺也以國語和英語即時

〔註1〕 《新華日報》1939 年 6 月 1 日。
〔註2〕 《第二次世界大戰大事紀要——起源、進程和結局》第 216 頁。

廣播了這一次的日全食觀測。《中央日報》在 9 月 22 日的有關報導中稱：「在全民族以臥薪嘗膽之精神，作團結抗日之奮鬥時，中國在本土上進行的第一次有組織的日全食觀測，其成功意義，已遠遠超出了『天文』範疇」。這不僅向全世界顯示了中華民族艱苦卓絕的創造精神，同時也表達出中國人民之人心向背——正如一般長者感喟日全食為抗戰接近勝利之預示——堅信抗戰必勝。

進入 1942 年，從 2 月 7 日至 15 日，在陪都重慶舉行的國家總動員文化界宣傳周中，廣播更是以其即時直接的傳播優越性成為普遍運用的媒介。從文藝界動員通過廣播討論文藝問題並進行詩歌朗誦始，無論是電影戲劇界，音樂界，美術界，還是科學界，新聞出版界，國際文化界，宗教界，在動員活動中，無一不使用廣播演講、演出或座談等各種形式，從政府官員、國際人士、宗教人員到科學家、藝術家、文學家都紛紛走進播音室，形成了中國廣播史上的空前壯觀。這表明，廣播對民眾的開放，正是其實現大眾性與社會性一致的有效途徑。

尤其值得指出的是，2 月 13 日是新聞出版界動員日，在這一天，重慶各報聯合委員會與中國新聞學會舉辦了廣播講演，由馮友眞講述的《上海新聞界奮鬥經過》，以孤島新聞戰士的英勇事蹟來顯示新聞工作者的抗日意志與決心；由彭革陳講《新聞動員與新聞戰》，強調了輿論工作與抗戰之緊密關係來指出新聞工作者肩負的重大責任，從而促發新聞工作者在任重道遠的全民抗戰中作出應有的貢獻。

果然，在 2 月 14 日下午 2 時舉行的陪都記者聯誼會成立大會上就迸發了團結戰鬥的呼聲。當晚 6 時半，即對該會的成立及其意義迅速向海內外進行廣播報導。陪都記者聯誼會是在重慶記者座談會的基礎上，為適應新的戰爭與政治形勢而成立的，陣容更整齊、目標更明確、更具代表性的新聞工作者團體之一，〔註3〕由此可見陪都新聞界的團結精神與民主意識之高漲。

同時，陪都重慶的對外廣播，加強對日本公眾與軍隊的「心理作戰」，組織日本戰俘作廣播講話，播出繳獲的日軍官兵的家信、日記，來揭露日本帝國主義的侵略罪行，來澄清事實使眞相大白於天下，收到了較第一時期更大的成效。除此之外，更是對聯合國家發起宣傳攻勢，介紹中國抗戰的實際情況，以爭取各國政府和人民對中國抗戰的援助與支持。

1942 年 6 月 1 日，蔣中正和宋美齡夫婦應美國陸軍部邀請，為美國陸軍

〔註3〕 該會有中國、外國記者 1 百多人，《中央日報》1942 年 2 月 15 日。

紀念日作特別廣播，在華美軍代表也偕同參加廣播，縱談中國抗戰與軍備援華。中央廣播電臺爲克服現場直播的時差，開播時間安排在當日凌晨 2 時 54 分，美國當地時間爲 5 月 31 日下午 3 時，在美方的大力支持下，順利完成向全美轉播，引起強烈反響。美國陸軍部長馬歇爾來電稱：「此次貴臺播送之特別節目，在美國轉播結果十分良好，引起美國千百萬聽眾之熱烈興趣和好感。」

6 月 7 日，中央廣播電臺與國際廣播電臺對「美國祈禱日」的宣傳報導更是別開生面的廣播活動。這是國民政府根據美國天主教聯合會的請求而安排的，通過中國教友應邀爲全美人民舉行大規模祝福祈禱，加深並鞏固中美兩國人民之間的團結和友誼。

6 月 13 日深夜，宋美齡以紀念自己畢業於美國魏斯理女子學院 25 週年的名義，在中央廣播電臺用英語對美進行現場直播講演，高度強調了中國抗戰對盟國的意義，她的母校及各地校友借機聯名致電羅斯福總統，發起援華運動。

6 月 14 日，是羅斯福總統倡議的「聯合國日」，陪都重慶處處張燈結綵，聯合國家旗幟迎風飄揚。這一天，中央廣播電臺與國際廣播電臺，除對有關慶祝活動進行不時報導外，組織了兩次重大活動的現場直播：由新生活運動總會主辦的聯合國家代表講演會；由 13 個國際文化團體主辦的嘉陵賓館晚餐會。在這些重慶有史以來的最大國際性盛會中，聯合國家各國駐華使節紛紛發言，並同聲傳譯成漢語向全國直接廣播。同時，也在這一天，國民政府主要官員都通過電臺發表演講，林森對聯合國家各國廣播，戴季陶對印度廣播，于右任對蘇聯廣播，均以漢語演講，外語譯出的方式進行；而孫科、王寵惠以英語對英國廣播，孔祥熙夫婦對美國作英語廣播演講。播出時間則根據各國時差，交錯安排，以利收聽。在此前後，中央廣播電臺與國際廣播電臺也同其他聯合國家進行節目交流，收轉美國副總統華萊士等同盟國政治家的一系列對華廣播。〔註4〕

這樣，通過廣播的傳播作用，不但增進了聯合國家各國政府和人民之間的相互瞭解與團結，而且更加堅定了中國政府和人民誓將反法西斯戰爭進行到底的必勝信念。這也是陪都重慶在對外廣播中所達到的前所未有的傳播高峰，成爲中國廣播史上大書特書的一頁。

「廣播事業在抗戰期中，施展了最大的力量，充分盡到政府喉舌的責任」。「至於廣播事業的從業人員，在各自崗位上含辛茹苦，奮鬥犧牲，屹立

〔註4〕 汪學起等：《國民黨中央廣播電臺史實簡編》，《國民黨中央廣播電臺概況》江蘇省廣播電視新聞研究所 1988 年編印。

不搖的精神，即使與前方的戰士相比，也無遜色」。「最近幾年，物價高漲，生計日難，廣播工作人員還是能夠忍饑耐寒，勤奮不綴，毫不懈怠，……廣播事業在獲得勝利的進程中，是有其不可湮滅的貢獻的。」〔註5〕

　　同樣也是在政府控制之下的電影事業，對於新聞紀錄片的拍攝，雖然由於戰時物質條件的困難，進入了一個相對蕭條的時期。但是，仍然攝製了不少新聞紀錄片。

　　1942 年 1 月 6 日成立以中方為主席的，中美英三國參加的反侵略國家聯合宣傳委員會，立即積極進行國際間宣傳的聯絡交流與情報交換，研究增進宣傳效果的有效措施。7 月中旬，中美英三國共同創立的聯合國幻燈電影供應社正式成立。當年國民政府就送出《飛虎隊》、《長沙三次大捷》、《我國入緬遠征軍禦敵情形》、《英國議員團訪華》等片去美英等國巡迴展演，具體生動地表明「中國始終不屈」，〔註6〕中國抗戰是世界反法西斯戰爭不可缺少的重要組成部分。

　　隨後，中央電影攝影場拍攝了新聞片《川省物產展覽會》、《勝利公債》、《國賓華萊士》，紀錄片《中國六年》、《新疆風物志》；中國電影製片廠也拍成新聞片《林主席入殮大典》、《林主席公祭》，紀錄片《中國之抗戰》。〔註7〕這些彌足珍貴的影片留下了戰時生活的真實記錄。

　　在新聞攝影方面，由於各盟國駐華使館此時相繼在以陪都重慶為中心的大後方紛紛設立了新聞處，提供了大量的新聞照片供各地民眾教育館及學校作經常性展出，同時也多次舉辦新聞攝影展覽，內容包括戰爭場景與戰時生活兩方面，展示了各同盟國人民浴血奮戰的頑強意志和不畏艱難的創造精神。而中國的有關機構也多次在歐美各同盟國舉行中國抗戰影展，進一步擴大了抗戰中的中國的國際影響。

　　此外，在陪都重慶還出版了以發表新聞照片為主的「畫報」，其中以由美國新聞處出資創辦的週報《聯合畫報》發行時間最長，影響也最大，最高發行量達到 5 萬份。該報報導以中國戰場為主的反法西斯戰爭同盟國戰況，不但通過建立發行渠道對大後方和各戰區的抗日宣傳和民眾動員產生

〔註5〕中央廣播事業管理處處長吳道一於 1946 年 5 月 5 日在中央廣播電臺的講話，《廣播週報》復刊第 1 期。

〔註6〕《〈中國始終不屈〉，威爾基帶回美國，全美將看銀幕上的中國》，《新華日報》1942 年 10 月 10 日；該片由中央電影攝影場與美英使館新聞處「合輯」。

〔註7〕這是一個不完全的統計，係根據重慶各報上歷年的電影消息綜合。

了有益影響，而且通過盟軍飛機空中散發的方式在淪陷區引發了極大的震驚。〔註8〕

可見新聞攝影在各國戰時文化交流過程中越來越多地發揮其獨特的傳播作用。這既是各國政府重視和新聞攝影工作者努力的共同成果，也是新聞攝影的新聞性與直觀性高度一致的結果。

值得注意的是，進入 1942 年來，國民政府又增開了大後方與國際間的直接通報的無線電路，隨後又相繼開闢了直通無線電話；同時在大後方也建立了有線電話和無線電路的通訊網絡。〔註9〕尤其是 1942 年 11 月，首次在重慶至洛杉磯開辦無線電相片和真跡電報業務，1943 年 4 月，又首次開放重慶至昆明的無線電傳真業務。〔註10〕這些以陪都重慶為中心的，功能多樣而又強大的電訊網絡的出現，對於新聞事業的發展無疑起到了直接推動的作用。

至此，可以說陪都重慶的大眾傳播手段除了英美蘇等國剛剛投入試播階段的電視之外，已經與國際大眾傳播水平完全接近，從而提高了新聞傳播的效率：新聞信息密度增大，新聞交流速度加快，新聞覆蓋限度擴展。這就促動著陪都重慶新聞事業向著更高的水平發展，尤其是對報業來說更是起到了大力推動作用。

抗戰爆發以來，報業作為重慶新聞界的主體部分，發揮了極其重要的作用，同時，報紙的數量與通訊社的數量都有所增加（鑒於報紙有復刊、改刊、創刊之分，發行時間也有長有短，為保持一致性，均以在重慶首次發行時間為準，而通訊社則以註冊時間為準）。

陪都重慶報紙發行狀況統計表（1937.7～1945.9）〔註11〕

年份	1937	1938	1939	1940	1941	1942	1943	1944	1945
數量	0	11	8	2	23	6	20	13	27

〔註8〕《中國大百科全書・新聞出版》第 193～194，527 頁。
〔註9〕《國民政府重慶陪都史》第 397～398 頁。
〔註10〕《重慶大事記》第 213、217 頁。
〔註11〕主要根據《重慶報紙一覽表》（《重慶報史資料》第 11 輯）整理統計，時間未明確者不計。此外，《自由西報》係 1939 年遷渝復刊，《世界日報》在渝發行時間為 1945 年 5 月 1 日，而非 1945 年 11 月 14 日（此為註冊時間），見《重慶新聞界大事記》（抗日戰爭時期）（《重慶報史資料》第 3 輯）。

陪都重慶通訊社註冊狀況統計表（1937.7～1945.9）〔註12〕

年份	1937	1938	1939	1940	1941	1942	1943	1944	1945
數量	0	3	6	3	2	1	8	4	4

這兩個統計表粗略勾勒出抗戰期間陪都重慶報業的發展輪廓。

首先，陪都重慶報紙數量的增加，以 1941 年底到 1942 年初爲界，各有其特點。

1938 年呈現爲第一個高點，主要是從南京、武漢、長沙等地的報紙遷渝復刊形成的。1940 年落入低點，則表明在日機連年轟炸，市民疏散的情況下，所增加的報紙僅兩家，其中包括從昆明遷渝的《益世報》。到 1941 年，日機轟炸漸成強弩之末，又再次躍上高點，出現了多家報紙面向社會以滿足不同階層的需要，如《衛生日報》、《重慶夜報》、《新聞日報》、《正氣日報》（軍中版）等。尤其是《千字報》，更是從小學教科書中選取常用漢字 1000 個爲基本用字，以通俗白話報導新聞，適合識字無多的一般民衆閱讀。由此可見重慶報界在戰時條件下爲擴大報紙閱讀面而作出的種種努力。

因此，可以說適應戰時環境，滿足社會需要，也就成爲陪都文化運動第一時期中報紙發行的主導趨向。

1942 年的低谷狀態主要是受到國民政府進行戰略與政略調整的影響所致。隨著國際反法西斯戰線的形成，中國新聞事業面向世界，出現了迅速回升的趨勢，《大美晚報》於 1943 年在重慶復刊，成爲繼《自由西報》之後第二家英文報紙，到 1944 年又有《重慶新聞英文週刊》創辦。到 1945 年，在民主浪潮的推動下，短短九個月內猛然上升到抗戰以來的最高點，主要是由於各種政治力量急於發表自己的政見。因此，「創刊的週報特別多，因爲花錢較少，兩、三個人就可以辦起來。還有的是爲了組織新黨，就要『宣傳先行』。甚至有些週報迫不及待，連登記證還沒有發下來，在本報報頭下署名『正在申請登記中』，就開始公開發行了」。

所謂陪都週報聯合會就是在這一背景下出現的，其 18 家會員中，在 1945 年 9 月前就出報的有《民間週報》、《社會報》、《天文臺評論報》、《褒貶週報》、《遠東週報》、《強者報》、《數字新聞》、《標準週報》等。「當時重慶週報總在四、

〔註12〕 根據《抗日戰爭時期各種報、社登記表（1937 年到 1945 年）》（重慶市檔案館藏）整理統計，僅計入國內通訊社，外國通訊社駐華分社未作統計。

五十家以上，進步的也要占幾十家，那時如《群眾》、《生活》、《全民》，還有黃炎培辦的《國迅》等組織了一個『陪都雜誌聯誼會』，這是代表進步力量的。屬於國民黨或黨團員個人所辦，包括民社黨、青年黨所辦的週報，恐怕達到二十多家至二十家。所以我們這個『週聯』會員只占到全市週報三分之一強！不能代表重慶市，甚至陪都的週報業」，『在 1946 年 8 月，各個會員報也各奔東西了」。〔註13〕由此可見重慶報業在政治民主化進程中發揮了不容忽視的傳播作用。

因此，緊隨世界民主潮流，報紙趨於政黨化，構成了陪都文化運動第二時期報紙發行的主要特色。

其次，陪都重慶通訊社數量的增加，導致了在 1939 年與 1943 年分別形成不同時期內的高點。這與報紙數量增加出現高點有相似之處，但也不盡相同，那就是通訊社更直接受到戰時環境的種種限制。

1939 年註冊的通訊社半數註冊時間為 1 月至 3 月，其中又以由外地遷渝者為多。自 4 月發生所謂的「國際間諜案」後，通訊社的註冊就更為困難。4 月 8 日，合眾社和塔斯社的駐渝機構所聘用的中國籍記者，《星港日報》駐渝記者及一名留學德國的中國留學生，被重慶衛戍總司令部稽查處逮捕，並分別稱之為美國間諜、蘇聯間諜、日本間諜和德國間諜。後由於美國大使館出面抗議，被捕者才陸續給釋放了。〔註14〕儘管這一案件的內幕至今尚是個謎，但是，卻能表明在戰時環境下，新聞的採訪與編發是很容易被當作情報的搜集與傳遞，從而引起對通訊社及其工作人員的嚴密監視和控制，因而直接影響著通訊社的創辦。

1943 年通訊社的明顯增多，自然與戰時通訊條件的改善相關，但更與國際形勢變化所促成的國內局勢變動有關。

〔註13〕陪都週報聯合會中不少會員報無論是在《重慶報紙一覽表》中，還是在《抗日戰爭時期各種報、社登記表（1937 年到 1945 年）》裏，均未收入其中，這直接與「正在申請登記中」即為「宣傳先行」而出報有關，出現在同一時間的眾多其他週報也存在類似情況。所以，通過抗戰勝利前後出現的「週報熱」，可以看到當時各派政治力量之間的縱橫捭闔；陳蘭蓀：《陪都週報聯合會始末》《重慶報史資料》第 15 輯。

〔註14〕這一事件發生的時間當在 1939 年 4 月，而非 1938 年 4 月。這可能是由於當事者回憶中的失誤所引起的時間差錯，因為外國通訊社駐華機構最早也是1938 年 8 月才遷渝的。《重慶報業大事記（1937.7～1945.8）》，《重慶報史資料》第 14 輯；舒宋僑《我作塔斯社中國記者的經歷》，《重慶報史資料》第 6 輯；黃卓明《重慶全民通訊社的前前後後》，《重慶報史資料》第 8 輯。

　　1942 年 7 月 7 日發表的《中國共產黨中央委員會爲紀念抗戰五週年宣言》中，就指出：「世界戰爭中勝敗誰屬，已很明顯，今年打敗希特勒，明年打敗日本，我們應有此信心，應爲這個目標而共同奮鬥」。「中國共產黨認爲：全國軍民必須一致擁護蔣委員長領導抗戰，中國共產黨承認，蔣委員長不僅是抗戰的領導者，而且是戰後新中國建設的領導者」。爲此，「必須按照三民主義與抗戰建國綱領的原則改善內政，使人民更勇躍的爲抗戰而服務，才能戰勝日寇，並爲戰後新中國的建立樹立前提」。〔註 15〕

　　1942 年 8 月，蔣中正即通過周恩來要求與毛澤東在西安相見，「談談問題」。毛澤東得知後一再表示「依目前形勢，我似應見蔣」，且「見蔣有益無害」，而周恩來則認爲會見的時機尚未成熟。結果由林彪代替毛澤東於 10 月到重慶來「談談」，一直呆了 8 個月，而蔣中正不再舊話重提。這樣，直到 1945 年抗戰勝利之時才正式坐在一起認眞地「談談問題」。〔註 16〕

　　儘管國共兩黨最高領導人的會談此時未能如願以償，但由此可見國際和國內的形勢，尤其是政治的因素，對於戰時環境的改善與調節是起著決定性作用的。因此，1943 年通訊社的增多應該歸之於這一戰時現實。

　　可以說，抗戰時期陪都重慶報業發展波瀾起伏，高點頻發。這表明隨著抗戰前途的漸趨明朗，來自戰時環境的制約，已經逐漸從以戰略需要爲主轉向以政略需要爲主。同時，這也是與陪都文化運動從愛國主義到民主主義的大趨勢相吻合的。

　　與此同時，陪都重慶各報的副刊也漸趨規範化，這對於抗戰文藝運動的發展無疑起到了推波助瀾的作用。

　　一方面，減少副刊的政論性，增強副刊的文藝性。

　　《新華日報》創辦之初的副刊《團結》即以政論爲主，後改出包括文藝在內的不定期副刊專頁，如《文藝專頁》、《戲劇研究》、《時代音樂》、《木刻陣線》等，1942 年 9 月 18 日創辦《新華副刊》。「這一個改變並不只表示專刊減少和普通版的增加，因爲跟隨著新的名稱的獲得，這普通版也就得到了新的確定的內容，這就是如本報前兩天的革新廣告所說的，它將成爲一個文化性的綜合副刊」，注重文藝作品的發表，強調文藝批評的開展。〔註 17〕

〔註 15〕《新華日報》1942 年 7 月 7 日。
〔註 16〕韓辛茹：《毛主席在渝期間〈新華日報〉及重慶報界的一些重要活動》，《重慶報史資料》第 16 輯；《中國共產黨抗日戰爭時期大事記》第 365，396 頁。
〔註 17〕《新華日報》1942 年 9 月 18 日。

　　《中央日報》自文藝副刊《平明》於 1940 年 9 月停刊後，所出《中央副刊》，政論性有所增強，12 月開始以《每週電影》來作爲其文藝性的補充，但 1941 年 2 月《每週電影》不再刊出，僅出 10 期。1942 年 6 月，《中央日報・掃蕩報聯合版》創辦側重文藝的副刊《藝林》，直到 1943 年 4 月 1 日，《平明》復刊，《中央日報》上方才再次出現文藝副刊。

　　另一方面，注意副刊的多樣性，堅持副刊的連續性。

　　《新蜀報》自 1940 年 1 月 1 日創刊文藝副刊《蜀道》以來，於 1941 年又刊出《七天文藝》，《半月木刻》，1941 年另刊發《影與劇》，1944 年則出刊《新語》、《處女地》，其中《蜀道》與《新語》一直堅持到抗戰勝利以後。這些副刊對於陪都抗戰文藝運動的各個方面，從文學到藝術的各項活動，從理論到創作，從古典作品到現代作品，從知名作家到文藝新秀，無疑提供了相應的園地。《商務日報》自抗戰爆發以來，除《山副》之外，隨後又創刊《烽火》，《商副》，進行抗日救亡宣傳。1938 年 11 月到 1939 年底副刊停發。1940 年相繼出刊《中青副刊》、《綠洲》、《巴山》，發表了不少文藝作品，1941 年又停發。1942 年 8 月又開始刊出《錦城》，1943 年 9 月又停發。1945 年 6 月方始創辦《茶座》，保持了與抗戰文藝運動的某種聯繫。

　　《時事新報》自遷渝後，在 1938 年至 1939 年間短期刊出《戲劇》、《電影與戲劇》、《文座》等副刊，更是堅持文藝副刊《學燈》與《青光》出刊，一直到抗戰勝利以後。《學燈》偏重於文藝理論的探討和對文藝歷史的考察，《青光》側重於文藝作品的發表和文藝創作的評論。它們作爲在中國新文藝運動中發生過歷史影響的文藝副刊，顯然是同樣有助於抗戰文藝運動的自身發展的，《大公報》遷渝之後，除在 1941 年底到 1942 年初不長的時間內出刊《戰國》之外，其文藝副刊《戰線》從 1937 年 9 月 18 日創辦以來，在陪都重慶一直出刊到 1943 年 10 月 31 日，其出刊 995 期後停刊。但這「只算告一段落，不是夭折」，而是「每週改出《文藝》一次」，〔註 18〕同樣也出刊到戰後，始終對抗戰文藝運動，尤其是抗戰文藝創作，盡可能予以積極的支持。

　　因此，陪都重慶各報文藝副刊正是以其形象生動，靈活持久的大眾傳播效應，迅速而直接地促發著文藝大潮的洶湧澎湃。

　　「我國的新聞記者一向只有社會地位，而沒有法律地位」，「新聞記者的職業組織，雖因爲法規的不完備無法組成，但新聞記者並不散漫，他們也仍

舊有組織，他們用學術團體的性質來發展了組織」。〔註19〕

　　雖然中國青年新聞記者學會因種種原因於 1941 年 4 月 24 日被國民政府行政院社會部下命令停止活動，〔註20〕但同年 3 月 16 日重建的中國新聞學會，以「在抗戰宣傳工作中建立中國新聞學」爲己任，提出「唯有於工作實踐中求學問」，「中國報人必須完成中國特有之新聞學，以應我抗戰建國特殊之需要」。〔註21〕

　　一方面，中國新聞學會與重慶各報聯合委員會合作，首先於 1941 年 5 月 15 日爲《大公報》獲美國密蘇里大學新聞學院榮譽獎章舉行慶祝會，大公報社通過廣播對美致辭中稱：「中國報紙在事業上是落後，但在精神上卻不落後」，「中國相信反侵略勢力最後一定勝利。中國將來一定奉行民主政治」。〔註22〕隨後兩會又合作開展了包括排字比賽，球類比賽在內的各種活動，顯示了陪都重慶新聞界的朝氣與活力。1943 年 9 月 2 日，共同舉行「九一」記者節紀念大會，引起社會廣泛重視。自從 1933 年 9 月 1 日國民政府行政院令內政部、軍政部這兩部保護新聞從業人員以來，即開始的「九一」記者節紀念活動，〔註23〕於 1944 年 3 月經國民政府行政院核定正式公佈爲每年一度的記者節。因此，在當年的紀念大會上，不但「檢討新聞界的現狀和困難」，而且討論了「對今後中國新聞事業應建立何種制度」，要求保障新聞事業自由權利。〔註24〕

　　另一方面，中國新聞學會努力擴大其學術影響，於 1942 年 1 月 15 日和 28 日先後開會決定組織年刊出版，進行學術演講。這樣，從 2 月 13 日起在重慶市各區進行了長達數月的學術講演活動，普及辦報知識。〔註25〕1942 年 9 月 1 日，隨著中國新聞學會年會的召開，《中國新聞學會年刊》出版，除了新聞理論的探討之外，對「中國新聞界現勢」，進行了總結：「抗戰以來，中國

〔註19〕　曹沛滋：《新聞記者職業組織與學術團體》，《中國新聞學會年刊》1942 年版。
〔註20〕　主要是由於該學會組織與體系方面不夠嚴整，也受到外部政治因素的直接影響所致。參見曹沛滋：《新聞記者職業組織與學術團體》；熊明宣：《關於中國青年新聞記者學會的回憶》，《重慶報史資料》第 8 輯；《中國大百科全書·新聞出版》第 513～514 頁。
〔註21〕　蕭同茲：《發刊緣起》，《中國新聞學會年刊》1942 年版。
〔註22〕　宣諦之：《一年來中國新聞界大事記》，《中國新聞學會年刊》1942 年版。
〔註23〕　《九一記者節之由來》，《中國新聞學會年刊》1942 年版。
〔註24〕　《大公報》1944 年 9 月 2 日。
〔註25〕　宣諦之：《一年來中國新聞界大事記》。

新聞事業經長時間之奮鬥，發生劇烈之變化，與抗戰形勢相配合，成爲陣容之主流」。〔註 26〕然而，「近來很有人討厭重慶的報多，其實世界七大都城的重慶有十家報館，並不算太多，眞正惹人討厭的乃是這些報紙的單調。這需各報自努力，把內容弄豐富，同時管理方面把檢查尺度放寬，報的內容就不會單調了」。〔註 27〕這與此次年會決議要求政府中止制訂《新聞記者條例》改頒《新聞記者公會法案》形成呼應。

1943 年 2 月 15 日，國民政府頒佈《新聞記者法》，首先界定「本法所稱新聞記者，謂在日報社或通訊社擔任發行人撰述編輯採訪或主辦發行及廣告之人。」然後規定新聞記者證書領取資格及條件，以及新聞記者公會組織章程。〔註 28〕《新聞記者法》在給予中國新聞工作者以一定法律保障的同時，也對他們的新聞自由權利作了相當的限制，因而在 1943 年 10 月 1 日中國新聞學會年會上，就提請政府修訂《新聞記者法》。〔註 29〕11 月 7 日，行政院核准新聞記者均應認爲服任輔助作戰勤務，不另動員召集服兵役。〔註 30〕

1944 年 5 月，由駐渝外國記者發起，並在駐華使團的支持下，中國國民黨中央宣傳部組織了中外記者西北參觀團。該團包括美英蘇三國記者 6 名，中國記者 9 名。中國記者分別來自《大公報》、《中央日報》、《掃蕩報》、《國民公報》、《商務日報》、《時事新報》、《新民報》和中央通訊社。5 月 11 日乘飛機由重慶抵達寶雞後，以當年慈禧太后的「花車」爲專列，時走時停，沿途參觀。到達西安後逗留 3 日與各界接觸，路透社記者認爲，「西安一切管制甚嚴，較重慶更缺乏自由空氣」。〔註 31〕

隨後改乘汽車，5 天後到達第二戰區司令長官閻錫山駐地「克難坡」，在長時間座談會中，他大談如何同共產党進行「革命競賽」，搞「變法」和「新政」。5 月 31 日開始向延安進發。〔註 32〕

6 月 9 日，中外記者西北參觀團抵達延安，10 日第二戰區副司令長官朱德舉行招待宴會。席間，中外記者代表分別在講話中表示：「將根據地的一切

〔註 26〕陳銘德、周欽岳：《中國新聞界現勢一瞥》，《中國新聞學會年刊》1942 年版。
〔註 27〕王芸生：《新聞的選擇與編輯》，《中國新聞學會年刊》1942 年版。
〔註 28〕《國民政府公報》渝字第 545 號，1943 年 2 月 17 日。
〔註 29〕《大公報》1943 年 10 月 2 日。
〔註 30〕《大公報》1943 年 11 月 8 日。
〔註 31〕周本淵：《中外記者參觀團訪問延安》，《重慶報史資料》第 9 輯。
〔註 32〕謝爽秋：《我在〈掃蕩報〉的工作，1944 年中外記者團延安之行》，《重慶報史資料》第 14 輯。

報導給全世界」,「一定要把見到的一切,忠實地報導給全國」。12 日,中國共產黨主席毛澤東在與參觀團座談中,著重指出:「遠東決戰快要到來,但是中國還缺乏一個推動戰爭所必須的民主制度,只有民主,抗戰才有力量,才能取得勝利,才能建設新中國」。〔註 33〕

7 月 12 日,參觀團中的中國記者乘汽車離開延安,到西安後於 25 日飛抵重慶,途中商定 29 日起由各報同時報導延安之行,其中,《新民報》記者的長篇通訊《延安一月》以其新聞的真實性和報導的系統性產生了良好的社會反響。〔註 34〕與此同時,中央廣播電臺也將各報通訊進行了重複廣播,迅速擴大了輿論影響。〔註 35〕這不但對於廣大新聞工作者要求保障新聞自由是一個有力的支持,同時對於陪都重慶的民主運動也無疑起到了強勁的推動作用。

陪都重慶的新聞事業正是在中國走向現代的歷史進程中不斷發展,從而面向了世界。

二、出版事業多向度發展

太平洋戰爭爆發後,香港、上海等地的出版工作者陸續來到重慶,成為陪都重慶出版界的生力軍,因而陪都重慶的出版事業進入了新的發展時期。

商務印書館在 1941 年底成立了總管理處駐渝辦事處,積極擴展業務。在編輯方面,除印行國定本教科書,翻印大學叢書及工具書之外,注重新書的出版:「商務總處遷到重慶後,編輯人員少,力量薄弱,因此依靠館外編輯力量,特別是依靠專家、學者及教授成了我們擴大出版品種,數量的最好辦法。商務是當時一個歷史悠久、出書數量最多的出版社,社會上和商務有投稿與出版密切關係的知名作者數以千計,具有組稿上非常有利的客觀條件。來自專家、學者的稿件在質量上有保證,一般也不需要對來稿加工,就可以交工廠排印。這對提高工作效率是十分有利的」。在印刷方面,重慶分廠到 1943 年,「排字月可生產約四百萬字,鉛印月可生產兩千令」。在發行方面,採取

〔註 33〕 周本淵:《中外記者參觀團訪問延安》,《重慶報史資料》第 9 輯。

〔註 34〕 鑒於不同文章中對於中外記者西北之行在時間上略有出入,參照有關通訊暫時作此認定。參見周本淵:《中外記者參觀團訪問延安》;謝爽秋:《我在〈掃蕩報〉的工作,1944 年中外記者團延安之行》;鄧季惺:《〈延安一月〉發表四十八週年──緬懷趙超構兄》,《重慶報史資料》第 13 輯。

〔註 35〕 沈傑飛:《我與八年抗日戰爭中的〈掃蕩報〉》,《重慶報史資料》第 14 輯。

種種方式，避免圖書積壓，增加發行量，以保證資金的及時周轉。〔註 36〕商務印書館共出渝版圖書 1011 種。〔註 37〕

中華書局總管理處亦於 1942 年初由香港遷來重慶，編輯部成立之後首先復刊《新中華》雜誌，以後陸續復刊《小朋友》、《中華英語》等刊物，同時出版各種圖書。〔註 38〕此外，還籌建中華書局印刷廠，投資華南印刷廠，開展書刊、鈔票的印刷業務。〔註 39〕在發行工作中通過公平競爭的方式來與商務印書館等對手一比高下，因爲「當時重慶書店雖多，但有競爭力量的不多，只有幾家大書店才有競爭力量，都在課本上競爭，圖書上競爭很少。小書店與小書店之間無所謂競爭。小書店與大書店之間更無什麼競爭，他們不但不競爭，反而是互相依靠，互相利用。小書店依靠大書店供應其貨源，大書店利用小書店代其推銷書，小書店是大書店爭取經銷書的對象，雙方不存在競爭問題」。〔註 40〕中華書局共出渝版圖書 679 種。〔註 41〕

商務印書館、中華書局這些老字號大型現代出版社出現在重慶，在編輯工作社會化，印刷技術現代化，發行方式商業化三方面作出表率，這對於陪都重慶出版事業的發展無疑起到了直接的推動作用，並且成爲陪都重慶出版中心地位的確立標誌：「陪都出版業規模較大者，仍推商務印書館，自滬港各廠被毀遷渝，擴充原有分館後，現每週固定出新書一種，重印舊版書一種。其資格甚老之《東方雜誌》，亦已復刊。中華書局亦趕印新出版物，並將《新中華》雜誌復刊，惟教科書，仍供不應求。期刊雜誌，新創甚多，蔚爲全國中心」，出現了一批較著名的出版發行機構。」〔註 42〕到 1942 年 9 月，陪都重慶共有書店出版社 114 家，雜誌社 193 家，印刷所 122 家。〔註 43〕

「國定本中小學教科書七家聯合供應處（簡稱『七聯處』），是抗日戰爭時期原教育部爲解決大後方中小學校教科書的供應問題，特指定在重慶的商

〔註 36〕　張毓黎：《商務印書館總管理處遷渝時期的工作概況》，《重慶出版紀實》第一
　　　　　輯。
〔註 37〕　唐愼翔：《抗戰期間重慶的出版發行機構及圖書業》，《抗戰時期西南的文化事
　　　　　業》，成都出版社 1990 年版。
〔註 38〕　吳鐵聲：《對中華書局在重慶的片斷回憶》，《重慶出版紀實·第一輯》。
〔註 39〕　沈谷身：《渝廠憶舊》，《重慶出版紀實·第一輯》。
〔註 40〕　李介蕃：《回憶中華書局重慶分局》，《重慶出版紀實·第一輯》。
〔註 41〕　唐愼翔：《抗戰期間重慶的出版發行機構及圖書業》。
〔註 42〕　《陪都工商年鑒》第 6 編第 10～11 頁。
〔註 43〕　《國民政府年鑒·地方之部》第 15 頁，1943 年印發。

務印書館、中華書局、世界書局、大東書局、開明書店、正中書局、文通書局七家出版單位組成的聯合機構，承擔印行國立編譯館主編國定本中小學教科書的任務。造貨資金由教育部介紹向四聯總處（戰時中央、中國、交通、農民四個國家銀行的聯合機構）貸款，並爲之作保」。「關於各家應承擔供應教科書的數量是按各家的資歷和資金協商分配的」。〔註44〕

七聯處各出版社出版狀況對照表（1937.7～1945.9）〔註45〕

名稱	註冊資本（萬元）	渝版書（種）	教科書份額（％）
商務印書館	500	1011	23
中華書局	500	629	23
正中書局	5000	826	23
開明書店	30	38	7
大東書局	400	53	8
世界書局	300	不詳	12
交通書局	45	8	4

七聯處各出版社是陪都重慶出版機構中聞名全國者，其渝版書約占整個抗戰時期渝版書的一半左右。〔註46〕

這表明，出版事業的發展同時也是從編輯、印刷到發行三個向度上的全面發展。至於出書種類的多少跟資本的多少並無直接相關性：中國文化服務

〔註44〕 張志毅：《談談抗戰時期的七聯處》，《重慶出版紀實・第一輯》。
〔註45〕 此表據唐愼翔：《抗戰期間重慶的出版發行機構及圖書業》一文統計製作。又：世界書局在抗戰時期出版了《大時代文藝叢書》,《羅曼・羅蘭戲劇叢書》,《莎士比亞戲劇全集》等（《中國大百科全書・新聞出版》第 284 頁），其渝版書當在百種以上。
〔註46〕 據重慶市圖書館編《抗戰時期圖書書目（1937～1945）第一輯》，就所收書目共 11752 種進行統計，渝版書 4386 種。雖然係不完全統計，因爲「本書目編完後，在館藏舊書當中又清理出該項圖書約數千餘種，準備作爲本書第二輯編印」。但是，《抗戰時期圖書書目（1937～1945）第二輯》「所收圖書共計 5481 種，全部爲我館入藏的圖書，凡第一輯上收有的書而後面未注『C』字者（表明當時我館未入藏），也多在本輯內。另外，凡著錄項中有一項與第一輯所列之書不同者，亦一律編入此輯。」另據唐愼翔：《抗戰期間重慶的出版發行機構及圖書業》一文稱：經有關機構註冊行文審批的出版發行機構共 404 家，再加上未登記註冊者，出版書刊的單位共有 644 家，出書 8000 餘種，出期刊 2000 餘種。由上述可見抗戰期間正式出版的渝版書當在 4 千多至 8 千餘之間。

社，自 1938 年 12 月 25 日在重慶成立到抗戰結束，總資本高達 3000 萬元，僅出書 151 種；而三民主義青年團書店，資本爲 50 萬元，1942 年創辦至抗戰勝利，共出書 148 種。如果官方出版機構還難以令人信服，那麼民間出版機構則更能予以充分證明；上海雜誌公司自 1938 年 4 月遷渝後，註冊資本爲 19 萬元，共出渝版書 48 種；五十年代出版社，1941 年 3 月開辦，註冊資本爲 5 萬，共出渝版書 52 種。〔註47〕

　　可見，出書數量固然受到資本總額的限制，卻也並非總是要形成某種正比的，尤其是對非官方出版機構而言，在更大程度取決於實際的出版活動，而這一活動則與抗戰的現實變化有著直接關係，1942 年後對於實際的出版來說，戰時環境的限制已經開始有所減退。1944 年 8 月 7 日，國民政府主席兼行政院院長蔣中正就發布了《廢止戰時圖書雜誌原稿審查辦法令》，〔註48〕即表明審查管制的相對鬆動，這也是在世界民主潮流衝擊下，陪都重慶民主運動掀起中，必然如此的正常現象。

　　「最近一年以來，文化界頗有一種蓬勃的氣象，刊物不斷的增加，新書爭先恐後的出版，出版社的紛紛成立；雖然書刊的價格逐月高漲，而書鋪子裏卻整天擠滿了顧客，印刷所日夜開工，仍然應付不了出版界的要求，新書一出，旋踵即罄，眞有所謂『洛陽紙貴』的氣勢，據出版界的人說，近來書刊的銷路，不僅數量上較戰前擴增三四倍，即流通的速度也增加了幾倍。這種現象，不管怎麼說，總是可喜的，至少這裡是顯示出一個事實，即國民文化水準一般的提高，因而對文化的要求也更迫切。」

　　以重慶爲中心的出版事業雖然保持著與戰時文化的現實發展之間的天然一致，來促進歷史的偉大變動中民族意識大覺醒與國民思想大進步，「但是由於現實發展的不平衡，這種進步還不能普遍滲入到全國國民生活和文化中間，一般國民的思想還未能應和著這種進展而前進，特別是在大後方所謂文化中心的都市中間，文化思想顯示非常空虛和混亂」。因此，「除了一些時髦的政論，除了一些講義式的學術著作，除了一些公式主義的或單純描寫現象的文藝作品以外，我們是否有一二部可以作爲這個時代思想的記錄或指路碑的著作呢？這答案怕難以滿意罷」。

　　同時，「持久抗戰中，需要的那種韌性的戰鬥精神，在文化上表現非常薄

〔註47〕唐慎翔：《抗戰期間重慶的出版發行機構及圖書業》。
〔註48〕《國民政府公報》渝字 699 號，1944 年 8 月 7 日。

弱」。「這還不過是說明文化上健康情感的衰退，而尤甚的，在這大敵當前國難方殷的時候，竟有人泰然地在高談明哲保身的道理，咀嚼宋明理學的殘渣，那種無動於衷的冷漠態度和太平觀念，實在叫人驚心。據出版界的人說，目前銷行最盛的正是這種市儈意識與奴隸思想的處世哲學底書籍，在民族抗戰的艱苦途徑中，這種消散群體意識的毒素底流播，不能不說是一種可怕的現象。這種現象的發展，不但會使文化萎縮，而對於民族的德性尤可能發生危險的影響。」

這表現為出版事業商品化的消極傾向：「商業勢力控制了文化生產，利潤的追求成為文化生產事業的主要目標，出版界成為小市民低級欲求的尾巴，處處講究『生意眼』，講究迎合市民階級讀者的脾胃，這樣便產生了投機，盜版，翻版，亂編書籍，剝削作家，種種惡劣作風。市場的評價掩蓋了文化的評價，於是淺薄無聊的小冊子和低級趣味的刊物到處風行，而學術巨著反因產銷的困難而為出版商所冷視。即使比較有意義的書籍的出版，也大多陷於散漫無計劃的狀態。商業勢力不僅支配了文化的市場，並且也影響了文化人的創作活動，於是粗製濫造的風氣漸漸養成，甚至有出版商出題目，著作家寫文章的怪現象，這好比急火燒飯，非生即焦，那裡能收穫什麼好的東西。這種現象的發展，自然也就影響到一般文化創作水準的低落」。〔註49〕

在歷史促進的社會大變革中，出版事業作為大眾傳播事業，雖然應該商業化，但不能夠商品化，否則不只是降低了民族文化的創造水準，更為可慮的是阻礙了民族文化的正常發展，甚至造成某種程度上的倒退。歷史是驚人的相似。出版事業走向市場並不是為了控制文化生產，而是為了面向大眾進行傳播，為民族文化的健康發展提供必要的傳播手段。然而，出版事業在走向市場的過程中，過分追求經濟效益，就必然會造成商品化的負面效應。這可以說是具有普遍性和規律性的。

所幸的是，在 1942 年開始抬頭的這一「以市場的評價掩蓋了文化的評價」的出版怪現象，隨即遭到了陪都重慶文化界的反擊，開始由文化工作者自己起來創辦出版社，出版文化品位較高的各類叢書以促進文化創造水準的提高，推動戰時文化的發展。此外，國民政府也頒佈了《修正著作權法》等一系列法令，來保護著作者的合法權益，顯然是有助於陪都重慶文化工作者抵制出版中的惡劣傾向的。

〔註49〕荃麟：《對於當前文化界的若干感想》，《文化雜誌》第 2 卷 5 號，1942 年 7月 25 日。

同樣也是對「這一年來的文學活動，如果站在書店商人所持有的『賺錢第一』的角度來觀察，那麼，據他們的經驗，科學書刊的銷行數遠不如文學；文學之中，詩歌不如小說，小說不如劇本，而以文學的技術所寫出的『處世經驗』，『成功秘訣』，『戀愛哲學』……這一類的雜書，其行銷之速，實尤在劇本之上」。

而文學的園地，除文藝期刊及各報文藝副刊之外，「還有一件值得提起的事，就是公私出版界都競相從事於文藝叢書的發行。這一個風氣的開端，是起於三年前商務印書館大時代文藝叢書的出版。該叢書的執筆者，在文學上都有較好的素養，而表現的技術，又因為經過長時間的訓練已是相當的純熟，所以，每一部印成的作品，無論是詩歌、小說、戲劇、報告文學、散文和雜文，均得著讀書界的重視，公認為大時代的最忠實的記錄。本來是在香港的商務分館印行的，自港埠淪陷，即在商務的駐渝辦事處繼續出版。」

「這以後，叢書風行了，在重慶，就有上海雜誌公司出版的《每月文庫》，文林出版社發行的《文學叢書》，文藝獎助金保管委員會主編的《中國文藝叢書》，此外，互生書店，國民圖書出版社，獨立出版社，正中書局均有成套的文藝叢書先後出版。」〔註50〕

陪都重慶出現的「叢書熱」表現出這樣的走向：從「公」辦官方出版機構轉向「私」營民間出版機構，從偏重政治性的叢書轉向注重文藝性的叢書。

1942 年以前開始印行的叢書，大多與陪都重慶黨、政、軍各部門及其所屬出版機構有關，如中國文化服務社的《中國國民黨叢書》，獨立出版社的《國民精神總動員會叢書》，正中書局的《縣政叢書》，青年書店的《三民主義叢書通俗讀物》等待。〔註51〕

1942 年以後出版的文藝叢書，據不完全統計，至少在 120 種以上，而此時新創辦的出版機構的數量也與之不相上下，其中由作家、學者等文化工作者組建機構並自行出版的文藝叢書佔了這兩者的大多數。〔註52〕

〔註50〕王平陵：《展望烽火中的文學園地》，《抗戰五年》軍事委員會政治部編印，1942
　　　　年 10 月。互生書店由吳朗西的夫人柳靜主持，本身未出版過書。王平陵顯然
　　　　是將文化生活出版社渝處誤認為互生書店了。

〔註51〕這裡的青年書店即 1938 年設立於三民主義青年團中央團部的青年出版社，而
　　　　非三民主義青年團書店，參見唐慎翔《抗戰期間重慶的出版發行機構及圖書
　　　　業》。

〔註52〕重慶市圖書館編：《抗戰時期出版圖書書目（1937～1945）第一輯》，《抗戰時
　　　　期出版圖書書刊（1937～1945）第二輯》。

文化生活出版社渝處 1942 年 4 月由巴金、吳朗西等人建立後，除繼續出版戰前就開始印行的《文學叢刊》、《文化生活叢刊》、《譯文叢書》之外，相繼出版了《現代長篇小說叢書》、《文季叢刊》、《文學小叢書》、《翻譯小文庫》。

群益出版社於 1942 年 8 月由郭沫若創辦，出版了《群益現代劇叢》、《群益創作文叢》、《群益文藝小叢書》、《詩家叢刊》及《創作新叢》。

作家書屋於 1943 年 10 月，由老舍、姚蓬子、顧頡剛合辦，出版了《當代文學叢書》、《法國文學名著譯叢》、《兒童文庫》、《文心叢書》、《中國文學史叢書》和《魯迅研究叢刊》。

美學出版社於 1942 年 8 月，由馮亦代，袁水拍，徐遲創建，出版有《海濱小集》、《現代英美小說譯叢》、《美學戲劇叢書》等。

此外，春草詩社出版了《春草詩叢》，詩焦點社出版了《詩焦點叢書》，駱駝社出版了《駱駝文藝小叢書》，突兀社出版了《突兀文藝叢書》。

在文藝叢書的出版方面，以上出版機構可以說是具有一定代表性的。

首先，從這些出版機構可以看出，無論是從外地遷渝重建，還是在本地直接創辦，無論是以作家個人名義，還是由文學團體出面，都各盡所能地組織叢書的出版，其目的在促進抗戰文藝創作以推動戰時文化的向前發展，從而在出版這一環節上對出版商品化的惡劣傾向起到了不可小看的抑制作用。同時，它們也在出版界發揮了表率作用，促成了陪都重慶的新出版業的盡快形成。

1943 年 12 月，由作家書屋、群益出版社等 13 家出版發行機構聯合發起成立新出版業聯合總處，到 1944 年 4 月，共有成員 19 家。5 月 1 日，又設立聯營書店，作為聯合發行機構。到 1945 年 5 月，參加聯營的出版機構共 32 家。

其次，從所出版的文藝叢書也可以看到，這些叢書中的一大類系推出國內新老作家的作品，形成強有力的創作群體，堅持文化陣地，從而促進了藝術上較為成功的作品不斷問世，並且迅速地產生較大的社會影響。同時，這些作品本身也成為中國新文藝發展過程中具有文學史地位的代表作品，如文化生活出版社渝處出版的《現代長篇小說叢書》，就包容了老舍的《駱駝祥子》，沙汀的《淘金記》，靳以的《前夕》，巴金的《憩園》等優秀之作。

這些叢書中的另一大類是譯介美英法俄等國的優秀文學作品，既有經典性的世界文學名著，又有反法西斯主義的代表作品。通過評介，不僅有助於國人視野的開拓，對異域文化的把握，進行民族與民族之間的精神交流，從而確認提高文化素質的必要性；而且有利於增進中國人民與堅持正義與和平

的各國人民之間的團結，堅信最後的勝利必將到來，完成民族意識的自覺轉換，從而確立民族文化發展的未來方向。這樣，就逐步奠定了中國走向世界的現實起點。

更具現實重要性的是，通過譯介，激發起廣大文化工作者進行文化創造的熱情高漲，並爲抗戰文藝注入新的營養，使之不僅更有效地服務於抗戰，同時也促進抗戰文藝自身的發展。抗戰文藝在本時期所取得的前所未有的進步，外來文學作品所產生的巨大影響也是重要原因之一。

文藝叢書的大量出版與文藝期刊創刊激增是同步的。1942 年後陪都重慶創刊的文藝期刊共 33 家，較之 1942 年以前的 17 家，增加了將近一倍。〔註53〕這說明本時期陪都重慶的出版事業發展確實是今非昔比了。一落葉而知秋，但整個圖書出版狀況更能全面地證明這一點。

抗戰時期重慶圖書出版狀況對照表〔註54〕

類別	1937.7～1941.12	1942.1～1945.9	合計
總類	65	122	187
哲學	75	173	248
宗教	4	22	26
自然科學	41	57	98
應用科學	98	245	343
統計	2	7	9
教育	65	121	186
禮俗	6	15	21
社會	68	109	177
經濟	157	268	425
財政	46	94	140
政治	188	346	534
法律	33	113	146

〔註53〕重慶市圖書館編：《抗戰期間重慶版文藝期刊篇名索引》。

〔註54〕據重慶市圖書館編《抗戰時期出版圖書書目（1937～1945）第一輯》統計。所統計者均注明重慶出版，凡未注明出版日期者均歸入 1942 年以前統計；所統計者以「種」計算，重版、再版者均算爲一種，不以「冊」爲計算單位；以劉國鈞氏原編中國圖書分類法爲準。

軍事	133	113	246
中國史地	42	124	166
世界史地	62	203	265
傳記	69	175	244
考古	0	5	5
語文學	156	398	554
小說	59	308	367
藝術	30	69	99
總計	1299	3087	4386

　　有人認爲「文化中心以編輯出版事業爲標誌」，〔註55〕而事實上抽掉三位一體中的印刷與發行，也就去掉了出版事業的傳播可能性，所以難以令人信服。較爲準確的表述應該是文化中心同時也是出版中心，出版中心的形成與出版事業作爲大眾傳播事業所達到的文化信息交流水平直接相關；文化中心控制著文化信息，出版事業傳播著文化信息，正是出版物使二者統一起來。因此，出版物既是信息源的物化形式，又是信息傳播的現實手段，出版物的質與量就具體地決定著文化信息交流的水平。在這樣的意義上，可以說只有出版物才是文化中心的標誌，因爲它能反映出文化發展的變化來。

　　從《抗戰時期重慶圖書出版狀況對照表》中可以看到，圖書出版種類數量呈上升的總趨勢，這表明中國抗戰形勢發生了有利於戰時文化發展的變動。唯一看起來反常的是軍事著作反而有所減少，與此同時，教育、政治、法律、世界史地，小說方面的圖書則異乎一般地激增，這統統不過證實戰時文化的需要從偏重軍事轉向多方面的發展，不但要求提高國民的文化素質，而且也要求培養國民的政治法律意識，從而形成民主運動開展的必要前提。

　　不可否認的是，陪都重慶出版的圖書質量一般往往被歸之於其內容蘊涵，加之戰時環境的影響，更加強化了審查過程中的意識形態色彩以及政治傾向性，因而導致對言論自由與出版自由進行種種干擾。通過戰時審查制度控制圖書的編輯出版成爲普遍的現象，審查者與被審查者都將彼此的注意力執著於其上。1944 年 5 月和 9 月包括出版界在內的陪都重慶文化界，一再提出要求取消戰時審查制度。但是，當局由於顯而易見的政治原因而堅持預先

〔註55〕姚福申：《中國編輯史》第 410～411 頁，復旦大學出版社 1990 年版。

審查，這一要求實際上只能再次被拒絕。

　　然而，圖書質量還包括印刷與發行的因素在其中，否則就會導致類似「言之不文，行之不遠」的現象發生。但這並非是言文之爭，而是出版三要素的整體調適的問題，從傳播功能的角度來講，固然編輯是第一位的，但只有經過印刷與發行，圖書才從手稿轉變爲進入市場的商品，可見三者的不可或缺。同時，印刷與發行更容易受到政治經濟的限制，在種種變相的壓制中失去了出版事業的自由權利。

　　1945 年 6 月，聯營書店所的屬下 29 家出版社，聯名以廣告的形式在《大公報》和《新華日報》上刊登《出版業的緊急呼籲》，並呈報國民政府行政院和中國國民黨中央宣傳部。《出版業的緊急呼籲》中提出了四項要求，平價供應紙張；限制印刷費用上漲；取消對郵寄書刊的限制；設立出版業文化貸款。由於這些要求是從改善出版的經濟條件的角度提出來的，中國國民黨中央宣傳部於是召開座談會，使出版界得以與財政部，交通部，社會局，印刷工會進行對話，用實際的行動來爭取民主權利和自由權利。

　　當然，戰時審查制度本身就意味著對於出版自由的限制，而戰時環境又使之具有一定的合理性。因此，不在於去爭論對於出版自由是應該限制還是不應該限制的話題，關鍵在於將這種限制保持在什麼樣的程度上，也就是審查者與出版者雙方都能接受的最低限度。正是在這一點上，由於審查者運用手中掌握的權力來剝奪出版者所應擁有的權利，自始至終雙方處於尖銳的衝突之中。中央圖書雜誌審查委員會「自廿七年十月至卅二年十二月列表取締之書刊共一千六百二十種」，其中「一千四百一十四種中，經各地查獲沒收者僅五百五十九種，其餘八百五十五種，則虛有取締之名，而毫無所獲」。〔註56〕

　　儘管有人稱抗戰期間陪都重慶被查禁的圖書達 2000 多種，期刊 200 餘種〔註57〕。然而，隨著抗戰勝利的到來，陪都重慶出版界仿法成都同仁，採取了自動拒檢不送審的行動，遂使整個在抗戰中建立起來的審查制度及有關機構徒具虛名。國民政府於 1945 年 10 月 1 日宣佈，即日起廢除戰時新聞檢查和書刊檢查制度，原審查人員全部轉移到收復區。〔註58〕這樣，困繞陪都重慶出版界 7 年之久的審查夢魘終於消退了。

〔註56〕張克明：《國民黨中央圖書雜誌審查委員會》，《重慶文史資料》第 27 集。
〔註57〕唐慎翔：《抗戰期間重慶的出版發行機構及圖書業》。
〔註58〕《重慶大事記》第 244 頁。

第三章　文藝運動蓬勃開展

一、為自由生活而創造

　　太平洋上侵略戰火突然蔓延，一貫堅守「保衛文化和創造文化的崗位」的中國文藝工作者，〔註1〕又一次經歷血與火的考驗，懷著堅韌不拔的抗戰意志與堅定不移的必勝信念，開始了更加猛烈的吶喊與無畏的求索。

　　1941年12月12日，中華全國文藝界抗敵協會舉行詩歌晚會，依然按照事先的安排有條不紊地進行：郭沫若報告《中國音樂之史的檢討》，安娥、方殷朗誦藏雲遠的詩劇《霧海》，江村、陳天國朗誦方殷的詩《平凡的夜話》。〔註2〕

　　這令人難忘的「平凡的夜話」，顯示了處變不驚的自信與冷靜，烈火真金般的英雄本色，因而具有異乎尋常的意義，它預示抗戰文藝運動即將進入一個新的藝術創造時期。果然，在1942年的元旦後不久，中華全國文藝界抗敵協會舉行新年第一次詩歌座談會，縱談新詩的用字和造句，音韻和情調，結構和表現方式。〔註3〕於是，時代的歌者與戰鬥的鼓手，將以心靈的吟唱鑄就藝術的利劍，在新詩的創作中披荊斬棘。抗戰文藝將面對現實的挑戰，更好地承擔起歷史的使命。

　　與此同時，中華全國電影界抗敵協會，中國木刻研究會，中華全國戲劇界抗敵協會，中華全國文藝界抗敵協會，先後以各種形式引導廣大文藝工作者去認真思考：「如何加強文化界總動員」？在團結抗戰的大前提下，可能的

〔註1〕《致全世界反法西斯侵略戰爭的作家電》，《抗戰文藝》第4卷2期。
〔註2〕《新華日報》1941年12月12日。
〔註3〕蘇光文：《抗戰文學歷程》第125頁，西南師範大學出版社1986年版。

回答就是保障生存權利和創作自由。〔註4〕

　　這樣，抗戰文藝不但是抗戰現實的形象反映，也是個人體驗的獨特表現，抗戰文藝運動將由此而走上民主之路。在這新的時代中，文藝工作者正是在理想與現實之間創造那自由的境地：

　　　　從遠古，灰色的山城
　　　　便哺育著灰色的鷹

　　　　山城衰老了
　　　　城角流水裏的影子啼泣著……

　　　　山城衰老了，而鷹在高天仍漫飛
　　　　天藍色的夢裏滑下嘹亮的歌音

　　　　鷹飛著，歌唱著
　　　　「自由，便是生活呵……」

　　　　於是山城在罪惡的霧中
　　　　哭泣著遠古的生命底悲哀

　　　　以後，山城都在鷹底歌聲的哺育下
　　　　復活了，而鷹是山城生命的前哨……〔註5〕

　　1942年1月31日，兩個月前剛成立的中國實驗歌劇團，〔註6〕與中國電影製片廠合作，在陪都公演了由陳定編劇，臧雲遠、李嘉作詞，黃原洛作曲的「大歌劇」《秋子》，參演人員中演唱人員102人，演奏人員32人，以聲樂和器樂的藝術手段來塑造人物與展開劇情。〔註7〕這是陪都抗戰音樂運動中具有劃時代意義的演出盛事。

　　首先，《秋子》一劇是取材於《群眾》週刊所載報導《宮毅與秋子》，經

〔註4〕　文天行：《國統區抗戰文學運動史稿》第271〜272頁；《抗日戰爭時期國統區
　　　　文藝大事記（續）》《重慶師院學報》1981年第3期第11〜12頁。
〔註5〕　牛漢：《詩星》2集4〜5期合刊，1942年4月。
〔註6〕　《新華日報》1941年12月1日。
〔註7〕　《重慶市市中區文化藝術志》第257頁。

過劇、詞、曲創作人員的精心創作，與陪都音樂、舞蹈、戲劇、電影、舞臺美術等方面的專業人員的通力合作，在陪都舞臺上展現了一對日本新婚夫婦的悲催遭遇（在侵華戰爭中，宮毅應徵作炮灰，秋子被迫充當軍妓），以及他們的覺醒反抗，揭示了侵略戰爭對中日兩國人民均造成了巨大的災難，讚揚中日兩國人民共同反對法西斯的犧牲精神，因而產生了藝術上的轟動效應，劇中《秋子的心》一歌隨即在社會上廣為傳唱。1943 年 1 月，再次上演《秋子》一劇時，連演 16 場，場場暴滿，真是盛況空前。〔註 8〕更為值得注意的是，《秋子》一劇的推出促發了關於「今後歌劇路向」的討論。這是《秋子》一劇的執行導演，舞蹈家吳曉邦在《談今後歌劇的路向問題》一文中提出來的，特別強調了在藝術上大膽創新的重要性。〔註 9〕《音樂月刊》等一些報刊上紛紛發表有關文章進行討論。

其次，《秋子》一劇的演出確立了以「大歌劇」為代表的現代歌劇在陪都抗戰音樂運動發展中的地位。從 1937 年 6 月，現代歌舞劇團，藝化旅行歌劇團，蝴蝶歌劇團相繼在重慶演出歌劇開始，〔註 10〕到 1941 年 11 月，孩子劇團公演歌劇《農村曲》，〔註 11〕現代歌劇與傳統的「歌劇」（即戲曲）相比較，無論在表演水平上，還是在演出規格上，都顯得處於落後狀態。此次《秋子》演出的成功，不但表明現代歌劇作為外來藝術形式同樣能夠服務於抗戰，更說明抗戰音樂即將轉入一個藝術發展的新時期。1943 年 2 月，由中國實驗歌劇團演出的第二個「大歌劇」《苗家月》，其中就包括了 70 餘首具有少數民族特色的歌曲，並插入少數民族舞蹈，在載歌載舞的場面中歌頌加強民族團結，發揚抗戰建國精神。〔註 12〕此外，還陸續上演了《大海之歌》、《女騎士》、《塞外春曉》、《荊軻》等現代歌劇。〔註 13〕這樣，就開始了現代歌劇中國化和民族化的藝術嘗試，不但對抗戰音樂運動，而且對抗戰文藝運動都發生了不可低估的深遠影響，創作自由的根基正是文藝工作者的藝術個性的獨特表現需要。

1942 年 3 月，國民政府行政院教育部音樂教育委員會在陪都從 3 月 5 日

〔註 8〕　《重慶市市中區文化藝術志》第 257 頁。
〔註 9〕　《新華日報》1942 年 3 月 16 日。
〔註 10〕　《重慶大事記》第 153 頁。
〔註 11〕　沈惠：《〈農村曲〉觀感記》《新華日報》1941 年 11 月 28 日。
〔註 12〕　《新華日報》1943 年 2 月 9 日。
〔註 13〕　《新華日報》1942 年 11 月 6 日。

至 4 月 5 日開展音樂月活動，在歌詠運動的現有基礎上進一步促進抗戰音樂運動的全面發展。在這一空前盛舉中，陪都音樂界舉行了各種類型的演唱，演奏音樂會。值得注意的是，在這次活動中，是以專業人員的演出為主，既有軍事委員會政治部抗敵歌詠團、中國國民黨中央訓練團軍樂隊，中華交響樂團等專業音樂團體，又有楊仲子、蔡紹序等演奏家、歌唱家，分別舉行大型或個人的演奏，演唱音樂會。〔註 14〕

4 月 5 日，中國音樂學會的成立更是將音樂月活動推向高潮，進而要求國民政府「明定音樂活動為正當社會教育活動。」〔註 15〕同時，4 月 5 日隨後也成為中華民國音樂節，每年 4 月為音樂月。這樣，從 3 月初開始的音樂月在陪都一直延續到 4 月底，參加演出的專業音樂團體和個人也大為增多，特別是首次舉行了室內樂演奏會，國樂演奏會。公演曲目中也出現了《木蘭從軍》、《海濱吹笛人》、《中國人》等一些具有民族特色的現代音樂作品，在大力倡導西洋音樂與民族音樂的同時，進行了將西洋音樂與民族音樂相融合的藝術探索。〔註 16〕

自此以後，隨著一年一度的音樂節的到來，音樂月活動的積極進行，陪都抗戰音樂運動得到較為迅速的發展，中國音樂界開始出現具有世界水準的音樂家與音樂作品，而陪都民眾的音樂素質與音樂欣賞水平均有所提高。

陪都重慶不僅是抗戰音樂運動的中心，同時也為二十世紀的中國音樂的發展作出了應有的貢獻，尤其是在民族音樂方面，由中央廣播電臺音樂組發展成的「新型國樂隊」，就是「我國近代第一支專業新型民族管絃樂隊」；〔註 17〕國立音樂院的山歌社、中國音樂社等音樂社團，一方面收集、整理、出版民歌，推行民歌運動，以盡快提高民族音樂的地位，〔註 18〕另一方面通過對西洋音樂的學習，借鑒和轉化，來進行創作，以促進民族音樂體系的建立。〔註 19〕

〔註 14〕《新華日報》1943 年 3 月 11 日、12 日、14 日、19 日、20 日、24 日、26 日、28 日；4 月 2 日。

〔註 15〕《重慶市市中區文化藝術志》第 258 頁。

〔註 16〕《新華日報》1942 年 4 月 7 日、24 日、25 日、26 日、27 日、29 日；《重慶市市中區文化藝術志》第 257～258 頁。

〔註 17〕鄭體思：《我國第一支新型民族管絃樂隊的誕生與發展》，《重慶文化史料》1992 年第 2 期。

〔註 18〕伍雍宜：《國立音樂院的「山歌社」》，《重慶文史資料》第 27 輯，西南師大出版社 1993 年版。

〔註 19〕余尚清：《憶「中國音樂社」》，《重慶文化史料》1990 年第 1 期。

　　1945 年 2 月，馬思聰在陪都重慶舉行個人音樂會，演奏了自近年來所創作的《綏遠組曲》，《西藏音詩》等一系列作品，並以其高超精湛的音樂造詣和獨特多樣的演奏風格征服了廣大聽眾，〔註 20〕開始顯示出現代中國音樂融通古今中外藝術境界的無窮魅力。這表明中國音樂只有在個人自由創造的藝術實踐中來不斷發展，才有可能走向世界，實現人類心靈的直接溝通。

　　1942 年 1 月 1 日，國立中央大學各美術會主辦的元旦畫展開幕，11 日，育才學校又舉行圖畫展覽，掀起了美術展覽的熱潮，顯示了「藝術的新生命」。〔註 21〕隨後，從 1 月到 3 月，一方面是陸儼少、吳一峰、周圭、陸傳紋、陳之佛、陳忠萱、許士騏等畫家舉行了個人畫展，〔註 22〕一方面是中國木刻研究會的木刻展覽會，中華全國美術會的春季美術展覽會，軍事委員會政治部的第三次長沙大捷歷史畫稿展覽會。〔註 23〕在陪都各界人士大飽眼福的同時，也進行了學術活動，宗白華就進行了《中國藝術之寫實，傳神與造境》這樣的專題講座。〔註 24〕這種濃鬱的審美文化氛圍顯然有助於陪都抗戰美術運動的進一步發展。不過，這種展覽熱的現象，卻有著更為深刻的現實原因，之所以能夠熱起來，就在於美術界大家的雲集山城和國民政府有關機構的空前重視。

　　首先，在中華全國美術界抗戰協會，中華全國美術會，國立中央大學嘉陵美術會，蜀山美術會等美術團體中，薈萃了不少全國美術界的精英，而太平洋戰爭爆發後，更有大批美術界名人來到陪都重慶，從而使陪都擁有了于右任、傅抱石、李可染、潘天壽、林風眠、徐悲鴻、豐子愷、葉淺予、廖冰兄、吳作人、劉開渠等中國美術界的一代翹楚，以之為核心形成了龐大的創作群體，囊括了書法、篆刻、國畫、油畫、漫畫、版畫、宣傳畫、雕塑、攝影等各個門類。

　　在欣欣向榮的創作與展出活動的同時，特別注重在中西藝術取長補短的前提下融匯貫通。

　　徐悲鴻主張在國畫創作中，「西方繪畫可採入者融之」，創作了《窮婦》、《洗衣》、《抬舉》等作品，重現了陪都重慶的芸芸眾生及街頭小景，在刻意

〔註 20〕　《新華日報》1945 年 2 月 11 日、12 日、13 日、16 日、18 日。
〔註 21〕　《新華日報》1942 年 1 月 3 日、12 日、19 日。
〔註 22〕　《新華日報》1942 年 1 月 22 日、27 日；2 月 21 日；3 月 1 日、8 日、16 日。
〔註 23〕　《新華日報》1942 年 2 月 13 日、21 日；3 月 21 日。
〔註 24〕　《新華日報》1942 年 3 月 10 日。

揮灑中不乏熱情的踴動與冷峻的審視，把握住了市井生活後面深埋著的辛酸與嚴酷。〔註 25〕

豐子愷在漫畫的信筆寫意之中，不但有著辛辣明快的犀利，也有著詩情畫意的溫馨，留下了《粒粒皆辛苦》、《蜀江山碧水更青》、《草草杯盤供笑語，昏昏燈光話生平》這些韻味悠長的作品，顯露了身在戰時生活的重負之下仍不失一份雍容與自得的處之泰然。〔註 26〕

1942 年 10 月 14 日開展的全國木刻展覽會，其藝術水準已經在開始「漸漸地接近世界水平」。〔註 27〕這才形成了自此以後一年一度的檢閱木刻創作成就的展覽盛會，從而推動了木刻運動的發展，同時，在中國國民黨中央宣傳部的支持下，選送作品出國，在美國、英國、印度展出，得到各國人民的好評。

抗戰美術，正是紮根於戰時生活，在美術家的個人創作與展覽之中展現其特有的風采，奠定了中國現代美術走向世界的基礎。

其次，在全世界反法西斯陣線團結戰鬥氣氛的影響下，國民政府進一步加強了抗日宣傳和對外交流，美術無疑成為最佳的戰時文化傳播手段。教育部設立抗戰美術製作委員會、美術教育委員會、美術採訪團、敦煌藝術研究所，而中國國民黨中央宣傳部、軍事委員會政治部、後方勤務部、兵役署及勵志社等機構，「凡與政治宣傳有關機關，大都均有美術組科設立。」〔註 28〕在國內，確定每年 3 月 25 日為美術節，每年舉行兩次大型美術展覽，此外，個人展覽會幾乎每週都有，在國外，組辦了在英國的純藝術的美術品展覽與在美國的抗戰美術作品展覽，「都博得了不少的讚譽，並加深歐美人士對中國和中國美術的認識」。〔註 29〕

中央文運會於 1942 年 9 月 18 日舉辦聯合國藝術展覽，展品達 600 餘件，其中有林森、羅斯福的巨幅畫像，蔣中正、宋美齡、陳納德三人並立的巨幅油畫，中英美蘇各國戰時攝影照片，吸引了重慶民眾「甚為勇躍」的參觀，以至展出時間由原定的 3 天延長到 5 天。〔註 30〕

〔註 25〕《重慶市市中區文化藝術志》第 239～240 頁。
〔註 26〕魏仲雲：《豐子愷抗戰時期在重慶》，《重慶文化史料》1990 年第 1 期。
〔註 27〕毓林：《漫談木刻展覽》，《新華日報》1942 年 10 月 15 日。
〔註 28〕汪日章：《一年來的藝術》，《抗戰五年》軍事委員會政治部 1942 年編。
〔註 29〕張道藩：《抗戰八年來陪都文化界概況》，《正言報》1945 年 11 月 29 日。
〔註 30〕《新華日報》1942 年 9 月 19 日。

　　教育部在 1942 年 12 月 25 日舉辦了第三屆全國美術展覽會。這是陪都重慶有史以來規模最大的一次美術展覽，也是八年抗戰中唯一的一次，展品包括現代類計 600 餘件和古代類 274 件，從現代美術創作到古代藝術文物，眞是琳琅滿目，美不勝收，所以參觀者日逾萬人，各報均用「擁擠不堪」加以形容。〔註31〕繼國民政府主席林森「涖臨參觀」之後，〔註32〕1943 年 1 月 11 日，蔣中正、于右任等人「均抽暇前往參觀」。〔註33〕由此足見第三屆全國美術展覽會水準和規格之高，並且達到了相當的藝術品位。儘管因有關抗戰題材的作品較少而受到輿論界的非議，但在民眾的美術的欣賞能力與水平均有所提高的情況下，更加有必要提高美術創作的藝術標準，抗戰美術必須以其藝術質量爲其生命的保證，抗戰美術運動更應該是中國美術向現代邁進，與世界美術不斷縮小差距的自由創造運動。

　　陪都重慶的抗戰音樂運動和抗戰美術運動的持續高漲，可以說是具有代表性的。它表明本時期抗戰文藝運動之所以能興旺發達，其主要原因之一就在於：隨著文藝工作者對現實把握的程度與內心體驗的深度都已經不同於抗戰初期，在文藝服務於抗戰的前提下，對於文藝自身的發展有著更自覺更執著的追求，從而成爲推動抗戰文藝運動迅速發展的巨大內驅力。

　　無論是從抗戰音樂美術所達到的藝術創作高度來看，還是從抗戰文學戲劇藝術復現水平來看，抗戰文藝已經眞正成爲中國抗日戰爭時期的文藝。特別是在二十世紀的中國文藝向現代形態過渡的歷史進程中，通過戰時環境的考驗，更加證明服務於抗戰的文藝，其立命安身之處依然只能是堅持自身的發展。此時，中國化與民族化對於抗戰文藝來說，是決定其發展的必經之路：〔註34〕沒有對現代文藝營養的汲取，抗戰文藝就會缺乏盎然的生機，沒有對傳統文藝基因的承傳，抗戰文藝就會失去生長的根基。因此，在古今中外文藝的交融中堅持個人自由創造，是抗戰文藝發展的唯一方向，而這正是每一個文藝工作者的職責與使命之所在。專業文藝工作者與各階層民眾，隨著他們的文化素質和藝術修養的水平在實際上已取得程度不等的提高，同樣也呼

〔註31〕《新華日報》1942 年 12 月 26 日、27 日、28 日；《中央日報》1942 年 12 月
　　　　26 日。
〔註32〕《新華日報》1942 年 12 月 29 日。
〔註33〕《中央日報》1943 年 1 月 12 日。
〔註34〕從文化變遷的角度看：中國化是橫向的以外來文化爲主的交融；民族化是縱
　　　　向的本土文化爲主的交融。

喚著抗戰文藝向藝術的高度上升。

這一上升正是以對個人的自由創造的確認為前提的：現代舞蹈在重慶的開拓者吳曉邦就是以其「新舞蹈的表演」，通過民眾對「個人舞蹈作品欣賞」來逐漸擴大這一藝術樣式的影響；而諧劇的創始人王永梭，正是以其個人藝術風格的形成奠定了這一嶄新的藝術形式的基礎，不但使諧劇得到了不斷的發展，〔註35〕同時對提高整個民間曲藝的文化品位也作出了有益的嘗試。〔註36〕

本時期抗戰文藝運動以個人的自由創造為基點。從自由創造的個人方面來講，就是對於文藝自身發展的自覺追求；從自由創造的社會方面來看，就是必須確保個人的一切自由權利，而這正是個人自由創造的首要前提。沒有這樣一個前提，抗戰文藝就只能胎死腹中，抗戰文藝運動也將走向末路。

在個人自由權利中，對文藝工作者來說有兩方面的要求是最為迫切的：一是保障生存權益，一是取消審查制度。

由於戰時經濟的需要，通過加強稅收來充實國力以堅持抗戰，是在所難免的。但同時也給文藝工作者維持日常生活造成一定困難，如美術展覽的展出稅，音樂會的演奏稅，戲劇電影的上演稅，直接影響著抗戰文藝的創作，甚至抗戰文藝運動的順利開展。

為此，陪都文藝工作者要求當局從維護生存權利以推進文藝服務於抗戰出發，要求進行稅收減免，〔註37〕特別是反對以娛樂稅的名義變相地損害文藝工作者的合法權益：

「戲劇事業在我們的國家已被承認為建立民族文化的主力之一，並且，政府是正企圖以種種方法來推進它，扶植它，使它發展，使它鞏固的。」「然而事實使我們不能不懷疑，為什麼政府一方面認為戲劇是一種文化事業，一方面卻又把它當作消遣娛樂的東西來看待呢？在我們演劇的時候，為什麼國家的徵收機關又要向我們徵抽『娛樂捐』，而且是這樣重的——百分之五十的『娛樂捐』呢？就我們常識來說，『娛樂捐』的徵收，其意義與一般的完糧納稅不同，顧名思義，實含有『寓禁於徵』的意思。如果是這樣，那麼，無異於是：政府一面在提倡戲劇，一面卻又是限制戲劇了。」

〔註35〕《重慶市市中區文化藝術志》第 268、95 頁。
〔註36〕文化品位是文藝的社會品位、藝術品位、文化品位中層次最深者，參見郝明工：《文學的雅與俗》、《重慶師院學報》1993 年第 4 期。
〔註37〕《新華日報》1943 年 8 月 27 日。

「我們認爲，爲了正視聽，爲了戲劇眞正能得到政府的積極的扶植，更爲了解除那種不合理的矛盾事實，我們有權利向政府呼籲：戲劇不是娛樂！演劇不應該徵收娛樂捐！」〔註38〕

相對音樂界，美術界，戲劇界的同人而言，無稅可徵的文學界筆耕者更加勉爲其難，他們必須通過出版發行的環節才能夠從經濟上得到生活的起碼收入。所以，在所有的文藝工作者中，作家的日子是最難過的。

早在 1940 年就說過「我是一個詩人，做詩人實在苦得很」的高蘭，〔註39〕在他 6 歲的愛女因貧病夭折，永遠離開他的時候，也許是詩人那敏銳的思緒長於捕捉時代的足音，也許是詩人那熾熱的激情易於鎔鑄滾燙的詩句，也許是詩人那冷靜的目光善於透視現實的根底，也許是詩人那堅韌的意志急於化爲憤怒的霹靂，促使他在一年後將所有的這一切都化爲「哭亡女蘇菲」的如杜鵑啼血般的詩句：

　　「你哪裏去了呢？我的蘇菲！
　　去年今日
　　你還在臺上唱『打走日本出口氣』！
　　今年今日啊！
　　你墳頭已是綠草蔓迷！」
　　……
　　「告訴我！孩子！
　　在那個世界裏，
　　你是否還是把手指頭放在口裏，
　　呆望著別人的孩子吃著花生米？
　　望著別人的花衣服
　　你憂鬱的低下頭去？」
　　……
　　「寫作的生活呀！
　　使我快要成爲一個乞丐！
　　我的脊背有些佝僂了，
　　我的頭髮已經有幾莖斑白，

〔註38〕馬彥祥：《爲演劇徵捐呼籲》，《中央日報》1944 年 2 月 15 日。
〔註39〕《新蜀報》1940 年 1 月 31 日。

　　　　在這個世界裏，依舊是：

　　　　富貴的更爲富貴，

　　　　貧窮的更爲貧窮。」

　　　　……

　　　　「夜更深，

　　　　露更寒，

　　　　曠野將捲起狂飆！

　　　　雷雨閃電將振撼著千萬重山！

　　　　我要走向風暴，

　　　　我已無所繫戀！

　　　　孩子！

　　　　假如你聽見有聲音叩著你的墓穴！

　　　　那就是我最後的淚滴入了黃泉！」〔註40〕

　　這首詩在一次又一次的朗誦會上激起聽眾的強烈共鳴，〔註41〕如泣如訴的心聲醸成了催人淚下的氣氛，無論是廣大民眾，還是文藝工作者，都發出這樣的叫聲：維護作家的生存權利！〔註42〕

　　1942年10月11日，中華全國文藝界抗敵協會舉行茶會，商討提高作家稿費及版稅的辦法，〔註43〕並由理事會於28日通過《保障作家稿費版權版稅意見書》，以「保障作家生活發揚文化運動。」〔註44〕

　　這一保障作家生活權益的要求，得到了社會各界人士的響應與國民政府的支持。

　　1943年3月27日，在中華全國文藝界抗敵協會成立五週年紀念會上，「通過取締任意編選偷印、救濟貧困作家、籌募文藝基金等要案多起，及向主席、委員長及前方將士致敬電三通」；〔註45〕並於1944年7月發起「募集援助貧病作家基金運動」，「測量而且加強文藝工作和社會人士的聯繫」，「我們不但看到了響應者這樣的廣泛，同時還看到了響應者的眞誠」，「本會認爲，從文藝運動

〔註40〕　《哭亡女蘇菲》，《高蘭朗誦詩》建中出版社1949年版。

〔註41〕　魏仲雲：《高蘭與朗誦詩運動》，《重慶文化史料》1991年第2期。

〔註42〕　龍鑽：《作家勞動保障問題》，《新華日報》1942年4月17日。

〔註43〕　文天行：《國統區抗戰文學運動史稿》第275頁。

〔註44〕　《抗戰文藝》第8卷4期。

〔註45〕　《抗戰文藝》第8卷4期。

以及民主運動的立場說，是一個令人感奮的勝利」。〔註46〕1944 年 11 月 5 日成立的中國著作人協會，也通過了關於稿費，著作人權益的議案多起。〔註47〕與此同時，國民政府於 1944 年 4 月 27 日頒佈了《修正著作權法》，9 月 5 日又頒佈了《著作權法施行細則》，通過立法來予以更具體的法律保障。〔註48〕

戰時審查制度的建立應該是有益於抗戰建國的進行，特別是要根據戰時客觀條件來制訂有關法規以進行必要的審查。否則，將直接影響到抗戰文藝的創作與出版，不利於文藝服務於抗戰。

無獨有偶，品嘗審查甘苦的仍然是以作家為最。特別是進行原稿審查，在太平洋戰爭爆發後，由圖書雜誌擴展到劇本，僅 1942 年，當局就頒佈了《劇本出版及演出審查監督辦法》、《演出劇本審查辦法》。到 1943 年 7 月 23 日，中央圖書雜誌審查委員會規定：從 8 月 1 日起，中央機關及文化團體出版不公開發售的中英文刊物，不論適合免審規定與否，一律將原稿送重慶市圖書雜誌審查處審查。〔註49〕這實際上有違《中國國民黨抗戰建國綱領》中有關言論出版自由的承諾，較大地限制了創作的自由。

為了爭取自由權利，一方面在陪都各界人士的支持下，文藝工作者通過為洪深、老舍等人舉行祝壽或創作週年紀念活動，來發揚「敢說、敢寫、敢做」的精神，〔註50〕「以文藝創作為終身事業，矢志不貳」，〔註51〕因為，「掃除法西斯細菌須賴筆桿」。〔註52〕藉此強調了給予作家創作自由的必要性。

另一方面，文藝工作者以個人聯合的方式團結其他文化界人士，多次要求取消原稿審查，保障創作權利。1944 年 5 月 3 日，孫伏園、曹禺等共 50 餘人，集會商討言論出版自由等問題，一致要求取消對新聞圖書雜誌及戲劇演出的審查，尤其是要廢止原稿審查。〔註53〕這就表現出要求保障合法權利的積極性。

〔註46〕《為宣佈結束募集援助貧病作家基金運動公啟》，《抗戰文藝》第 10 卷 2=3 期合刊。
〔註47〕《大公報》1944 年 11 月 6 日。
〔註48〕《國民政府公報》渝字第 677，707 號。
〔註49〕文天行：《國統區抗戰文學運動史稿》第 279 頁。
〔註50〕曹禺：《洪深先生五十壽辰賀詞》，《新蜀報》1942 年 12 月 31 日。
〔註51〕《新華日報》1944 年 4 月 18 日。
〔註52〕郭沫若：《文章入冠——祝老舍先生創作生活二十週年》，《新華日報》1944 年 4 月 17 日。
〔註53〕《大公報》1944 年 5 月 4 日。

在強大的社會輿論的壓力下，國民政府也相應作出對策，於 1944 年 7 月 1 日明令公佈《修正中央圖書雜誌審查委員會組織條例》，8 月 7 日明令《戰時圖書雜誌原稿審查辦法》即行廢止，〔註 54〕對審查機構與原稿送審進行具有針對性的調整，使這一限制有所鬆動。

1941 年 5 月 30 日，詩人節的正式設定就是爲了要效法屈原的偉大愛國精神，「詛咒侵略，謳歌創造，讚揚眞理」，因而得到陪都各界人士和文藝工作者的一致響應，這正如老詩人于右任先生所說的那樣：「詩人也應該是戰士啊！」〔註 55〕這同時也是對前一個時期陪都抗戰文藝運動的一個形象的總結：爲爭取中華民族的獨立自由而歌唱，並成爲陪都抗戰文藝運動在後一個時期的發展起點。

這樣，到 1945 年 5 月 4 日，第一次文藝節的舉行，就是在四年來抗戰文藝運動爲爭取民主生活而奮鬥的基礎上，堅持科學與民主的鬥爭方向，發揚新文藝的光榮傳統——「文藝是人民的心靈的聲音」，「文藝是人民的事業」，「文藝的對於民族，對於人民的服務，非通過文藝本身的發展力量不可」，〔註 56〕從而預言著一個文藝屬於人民的時代的終將到來。

二、並非是文藝的貧困

戰爭無非是政治的繼續，政治的衝突最終以戰爭的方式來解決，從而成爲政治衝突雙方之間力量的較量。因此，戰爭的正義性正是基於政治的合理性，即是否體現出人類社會在特定時代的發展趨勢。正義戰爭的勝利將促進合理政治的進步，力量對比成爲政治穩定的首要前提。太平洋戰爭提供了力量重組的契機，正義之戰將迎來民主政治的普遍出現。

「指環就是力量」——「假如你問我什麼是四年來奮勇抗戰的中心意義，我以爲莫過於借敵人的『不正義』，來硬鑄出我們的『指環』，先有了指環，然後才配談正義。」陳銓在《指環與正義》一文中作如是說。也許是該文的意志哲學面紗太重，難免引發種種的揣測與誤解，應該予以再闡釋。

首先，「一個國家或民族，圖謀自全以至發展，第一步辦法就要取得指環。沒有指環，只渴望正義來救，它的生命和自由必被斷送。德國狂飆時代有一部著名的小說，名叫《馬丁黑羅》。裏面講一尊蠟做的神，立在燒陶器的爐火

<hr>

〔註 54〕 《國民政府公報》渝字第 688、698 號。
〔註 55〕 老舍：《第一屆詩人節》，《宇宙風》第 119～120 期合刊。
〔註 56〕 《爲紀念文藝節公啓》，《抗戰文藝》第 10 卷 2～3 期合刊。

旁邊，陶器燒好了，蠟神卻燒壞了。蠟神埋怨火太無正義，偏愛陶器。火的回答和簡單：你應當埋怨自己沒有抵抗的能力，我呢，無論在那裡我都是火！」「我所望於中國出版界與作家，也就是一點『馬丁黑羅』的看法。少作些蠟神的抱怨，多提倡些陶器的精神。莫要怨火無情，因爲到處都是火。」〔註57〕

其次，「政治理想要崇高，但是理想政治卻要切實。」「崇高的政治理想，是政治生命的源泉，它可以教人生，它可以教人死，因爲它追隨了歷史演進的進程。」「但理想政治並不是要拋棄政治理想，乃是要把實現政治理想的步驟，清楚劃分出來，依次實行，以達到理想的境界。」

「抗戰以來，中國最有意義，最切合事實的口號，莫過於『軍事第一，勝利第一』，『國家至上，民族至上』，『意志集中，力量集中』」。「孫中山先生雖然講世界大同，他同時更提倡民族主義，世界大同是他的政治理想，民族主義才是他的理想政治」。「遼遠的政治理想，外交官的辭令，暫時不必對民眾宣傳，先實行能夠應付時代環境，爭取中華民族獨立自由的理想政治。」〔註58〕

從上述引文中可以見出在大敵當前之下要求進行精神總動員，特別是文化界總動員的一種強烈而迫切的願望，應該說這正是與抗戰的現實發展和需要保持著一致。〔註59〕

獨及（林同濟）在《寄語中國藝術人——恐怖、狂歡、虔恪》一文中提出了「你們要開闢一個『特強度』的嶄新局面嗎？」——「猛把恐怖，狂歡與虔恪揉著一團畫出來！」《大公報》的編者在按語中指出：「抗戰以來，中國藝術，由繪畫，雕刻，以至詩歌，戲劇，音樂，是不是確有嶄新的發展——這是文化再造中的一個絕篤重要的問題。工具，取材，技術，這都是枝節，關鍵尤在企圖一種精神上心靈上的革命。」

三大母題的提出，就是針對「兄弟們」那「一味的安眠」，「數千年的『修養』與消磨」，「四千年的聖訓賢謨」所造成的「虛無」，這樣的精神狀態進行療救。〔註60〕因此，「恐怖，狂歡，虔恪，煞是生活奮鬥的三部曲。恐怖是懾服，也正是醒覺的開始，狂歡不是醉生夢死，而是情緒的奔放，能予勝利途

〔註57〕《指環與正義》，《大公報》1941 年 12 月 17 日。

〔註58〕《政治理想與理想政治》，《大公報》1942 年 1 月 28 日。

〔註59〕所謂「戰國派」的意志至上論哲學，文化形態學史觀是否具有一個法西斯主義的「實質」，顯然是應該予以科學的討論，決非是攻擊一點而不及其餘，甚至冠以罵名以收借鍾馗打鬼之效所能蓋棺論定的。

〔註60〕獨及：《寄語中國藝術人——恐怖、狂歡、虔恪》，《大公報》1942 年 1 月 21日。

中的邁進者以其所必須而應由之勇氣。至於虔恪的境界，倒超出尋常成敗得失的心理以外，古往今來大聖大賢，以及肩荷天下重任而成就百代的大事業者，庶幾近之，所謂與造化同其功也」，從而「啓發中國新文化」。〔註61〕

這實際上已經認識到抗戰文藝運動與中國文化的現代轉型之間的直接聯繫，尤其是在抗日戰爭走向最後的勝利的過程中，文藝工作者更應該承擔起重塑中國文化人格的時代使命，促進由傳統向現代的意識轉換。

陳銓於此時倡導「民族文學運動」，企圖將抗戰文藝運動引向民族主義的軌道。在這裡，民族主義正是在「大戰的世紀」中成爲「個人意識的伸張與政治組織的強化」的「調人」，既「富於自覺性，自動性」，又「富於組織性，實力性」，「不僅僅是一個概念，乃擁有一個社會制度以爲其執行意志的機關的」。在國際上，民族主義的出路「有待於聯合國家的政治家」。在國內，由於「在二千年大一統皇權下，我們的民族意識未得充分發揚，年來剛露新芽，實不容中輟。我們的問題是必須在繼續發展強烈的民族意識裏求一個與世界合作之方」。於是乎，民族文學運動將成爲反對「希特勒東條的武力威脅」，解除那民族主義「空前的危機」的增進民族意識的具體運動。〔註62〕然而，事與願違。

首先，民族文學運動在理論倡導上的失誤，致使其成爲紙上的運動。儘管陳銓認識到「文學是文化形態的一部分」，「各時代有各時代的文化」，「各民族有各民族的文化」，因而「時代的精神」和「民族的性格」對文學「有偉大的支配力量」。

但是，正確的認識而結出自相矛盾的果實：一方面是「一個人要認識自我，才能夠創造有價值的文學；一個民族也要認識自我，對於世界文學然後才有眞正的貢獻」；強調「沒有民族文學，根本就沒有世界文學；沒有民族意識，也根本沒有民族文學」。另一方面是「政治的力量支配一切，每一個民族都是一個嚴密組織的政治集團。文學家是集團中一分子，他的思想生活，同集團息息相關，離開政治，等於離開他自己大部分的思想生活，他創造的文學，還有多少意義呢？所以民族意識的提倡，不單是一個政治問題，同時也是一個文學問題。」這樣就將民族意識等同於政治意識，民族文學囿於政治文學，成爲政治的時代傳聲筒與民族號角，從而有悖於文學是嶄新的自由創

〔註61〕沈來秋：《讀〈寄語中國藝術人〉後》，《文藝先鋒》第 2 卷 5～6 期合刊。
〔註62〕林同濟：《民族主義與二十世紀》，《大公報》1942 年 6 月 17 日、24 日。

造，使時代精神無從表現，民族性格也難以重建。〔註 63〕

　　同時，陳銓認爲：「在某一個時代，民族意識還不夠強烈，時代精神把一般作者領導到另外一個方向，使他們不能認識他們自己。在這種時候，眞正的民族文學就不容易產生，它對於世界文學的貢獻，因此也不能偉大。文學的情狀既然這樣，政治的情狀當然也陷於一種苦悶的境界。全國民眾意見紛歧，沒有中心的思想，中心的人物，中心的政治力量，來推動一切，團結一切。這是文學的末路，也是民族的末路。」〔註 64〕顯然，這是偏離了「時代精神有轉變，民族特性表現的方式也有轉變」的正確認識基點，過於注重民族意識與時代精神之間的衝突，堅持民族意識的形成與中心的思想、中心的人物，特別是中心的政治力量的確立直接有關。

　　這樣，以文學即政治，民族意識即政治力量的視角來考察二十世紀的中國新文化的發展，無論是學術思潮，〔註 65〕還是文學運動，〔註 66〕都是由個人主義經社會主義達到民族主義，「不以個人爲中心，不以階級爲中心，而以全民族爲中心。中華民族是一個整個的集團，這一個集團，不但要求生存，而且要求光榮的生存。在這樣一個大前提之下，個人主義社會主義，都要聽它的支配。」顯然，由於忽視二十世紀的中國新文化是一個具有連續性和一致性的發展過程，而進行三階段的分割與超越的推演，其結論只能是──「我們可以不要個人自由，但是我們一定要民族自由，我們當然希望全世界的人類平等，但是我們先要求中國人和外國人平等」。〔註 67〕然而，眞正的自由正是源於個人自由的確立，眞正的平等是基於人類的平等。如此本末倒置，以致於所謂「中華民族第一次養成極強烈的民族意識」竟然帶有反民主主義的傾向，與這一時期中時代與民族的需要是背道而馳的。在這樣的民族主義感情中是不可能產生眞正的民族文學，在這樣的民族主義範疇中也不能形成所倡導的文學運動。

　　其次，民族文學運動在進行嘗試中的含混使其成爲無人響應的運動。陳銓認爲：「民族文學運動的提出，在中國還只是一種嘗試」。「這次抗戰發生後，由於民族意識的普遍覺悟，正是中華民族感覺到自己是一個特殊民族的時

〔註 63〕　《民族文學運動》，《大公報》1942 年 5 月 13 日。
〔註 64〕　《民族文學運動》，《大公報》1942 年 5 月 13 日。
〔註 65〕　林同濟：《第三期中國學術思潮──新階段的展望》，《戰國策》第 14 期。
〔註 66〕　《民族文學運動》，《大公報》1942 年 5 月 13 日。
〔註 67〕　《民族文學運動》。

候，也正是民族文學運動應運而生的時候。」

　　從民族文學運動倡導者所提出的關於民族文學的原則來看，「否定的三點」是：民族文學運動不是口號的運動，「一定要埋頭苦幹，多多創作出示範的作品」；不是排外的運動，對外來文化採取「批評的接受，把它好的部分，經過選擇消化，補充自的不足」；不是復古的運動，「前人的遺產固應該繼承，但總以獨出機杼為本。」至於「肯定的三點」是：民族文學運動要發揚固有精神，固有道德，民族意識，然則抱「仁者見仁，智者見智」的態度，於含糊其辭中語焉不詳。〔註68〕就否定的三點與肯定的三點而言，前三點不過是民族文學運動的方法論，而後三點卻正是民族文學運動的本質論，對這些原則闡釋的明確與含混的不協調，是與所謂中國二十世紀文化及文學發展三階段論的理論主張直接相關的。自然會受到這樣的批評：「陳銓先生雖然口裏說著『民族文學運動』，然而卻不知道抗戰文藝，就正是中國民族解放鬥爭的英雄史詩的真實的文學表現；而且抗戰文藝運動，也就正是繼承了五四以來的新文學的歷史傳統，更向前發展的中國新文學運動，陳銓先生居然無視了這一點，實令人大惑不解。」〔註69〕

　　正是由於對民族文學運動的本質未能進行認真的把握與闡述，楊華在當時就指出：「在『民族主義文學』這籠統的稱號之下也包含著兩種完全不同的內容。一種是帝國主義者，侵略主義者，獨裁主義者宣揚黷武，鼓吹侵略弱小民族的文學（例如這一次世界大戰前鼓吹『第三帝國』的德國文學和今日宣傳『大亞細亞主義』的日本文學之類），另一種則是被壓迫的弱小民族以及侵略國陣營內部的反侵略份子所致力的宣揚民族解放的文學。前者以帝國主義的侵略為中心，後者則以民族主義的解放、民主主義的自由為基幹。」然後指出「民族主義文學」作為「官家文學」，「早在十年前就已『應運而生』了！」〔註70〕

　　儘管陳銓所倡導的「民族文學運動」主張雖然因其含混被人誤認為官家文學之流，並指責其「中華民族感覺到自己是一個特殊民族」之說是提倡「法西斯式的侵略精神」。〔註71〕但是，陳銓使用「特殊民族」，一語是用來討論

〔註68〕　《民族文學運動試論》，《文化先鋒》第1卷9期；《民族文學運動的意義》，
　　　　　《大公報》1942年6月20日。
〔註69〕　戈矛：《什麼是「民族文學運動」》，《新華日報》1942年6月30日。
〔註70〕　《關於文學底民族性——文藝時論之一》，《新華日報》1943年2月16日。
〔註71〕　《關於文學底民族性——文藝時論之一》，《新華日報》1943年2月16日。

民族文學運動的必要性，關於「特殊」的理解也只能在這樣的語境中進行：「一國的文學，如果不把握到當時的特殊性，或者光跟著別人跑，是不會有成就的。中華民族有中華民族的特殊環境與特殊環境下所形成的特殊條件，一定要運用自己的語言和題材去創作，才能成為真正有價值的文學」。〔註 72〕因此，「特殊」，對於民族來說是空間性，對於時代來說是時間性，對於文學來說是形象性，對於作家來說是個體性……由於民族文學運動的性質不明確，難以引發社會性的反響，結果只能進行在以《民族文學》為陣地的範圍內，成為少數人的活動。〔註 73〕

儘管民族文學運動本身停頓於理論倡導之中，但是，它以其特有的方式提出了有關抗戰文藝運動發展的兩個至關重要的問題：一個是抗戰文藝與現實政治的關係，一個是文藝工作者與戰時文化的關係。這兩個問題如何解決，將直接影響到抗戰文藝的自身發展與文藝工作者的創作方向，實際上也就是如何從社會與個人兩方面來保證文藝自由的實現。

此時，在陪都重慶已經開始對這兩個問題進行討論。

艾青認為：「在為同一目的而進行艱苦鬥爭的時代，文藝應該（有時甚至必須）服從政治，因為後者必須具備了組織和彙集一切力量的能力，才能最後戰勝敵人。但文藝並不就是政治的附庸物，或者是政治的留聲機和播音器。文藝和政治的高度的結合，表現在文藝作品的高度的真實性上。」「真實的形象，只能產生於文藝作者對於客觀世界更緊密地關照中。所謂藝術價值，既是指那作品所包含的形象的豐富與真實——這是每一個真正的藝術家所曾經使自己痛苦和快樂的東西，也是他用來使自己效忠於他的政治理論的東西」。

這樣，從真實性原則出發，就必須遵循「時代的政治方向」，堅持「抗日的立場」，「忠實地反映現實（不是現象）；客觀地描寫現實」；「寫抗日戰爭所帶給社會的變化，和各個階層的變化，這些變化不僅表現在日常生活的習慣改變上，同時也表現在人與人之間相互的心理關係變化上」；「提倡新穎，提倡創造，用新的思想、情感、感覺，去和新的事物，新的世界擁抱」。

在這裡，真實性不再局限於抗戰文藝的創作層面上，而是擴張到抗戰文藝的運動層面上去：「假如說，革命的理論是從思想上去影響人朝向革命，組

〔註 72〕陳銓：《民族文學運動試論》。
〔註 73〕1943 年 7 月 7 日，陳銓主編的《民族文學》月刊創刊於重慶，1944 年 1 月終刊。

織人爲革命而行動；那麼，革命的文藝創作則是從情感開始到理智去影響人走向革命，組織人爲革命而生，爲革命而死。」〔註74〕

同時，抗戰文藝運動也是戰時文化發展過程的主要運動形態之一。正如郭沫若所指出的那樣：「一般說來，反侵略性的戰爭，便和人類的創造精神，或文藝藝術的活動合拍，人類的文藝藝術活動，在他的本質上，便是一種戰鬥，是對於醜惡的戰鬥，對於虛僞的戰鬥，對於橫暴的戰鬥，對於破壞的戰鬥，對於一切無秩序無道理無人性的黑暗勢力的戰鬥，因此在進行著反侵略性的保護戰的國家中，即在戰爭的期間，必然有一個文藝藝術活動的高潮，戰爭要集中一切力量，而這些活動根本就是戰鬥機構的一體，戰爭即是創造，創造即是戰爭，兩者相得益彰，文藝藝術便自然有一段進境」。

「這種戰爭的藝術性或創造性，集中了人民的意志和一切的力量，特別是對於文藝藝術家們，使他們獲得了一番意識界的清醒，認清了自己所從事的文藝藝術的本質和尊嚴，在和平時期對於文藝藝術的曲解或濫用，冒瀆了文藝藝術的那些垃圾，在戰爭的烈火中都被焚毀了。」這就是正義戰爭中的創造性原則。

因此，「抗戰對中國的文藝界起了一番淨化的作用」──「中國的新舊文藝，在抗戰前可以說都是和生活現實脫了節，舊的文藝局限於古代作品的摹擬，老早封閉了它的生命；新的文藝也局限於外國作品的摹擬，都是一些紙糊泥塑玩具，新舊的作家們同樣也和生活現實脫了節，他們不是集中在上海北平等少數近代化了的都市，便是錮閉在書齋畫室保守著自己的『象牙之塔』，無論新舊左右，一律都是高蹈，一律都在賣弄玄虛，然而抗戰的號角，卻把全體的作家解救了，把他們吹送到了十字街頭，吹送到了前線，吹送到了農村，吹送到了大後方的每一個角落，使他們接觸了更廣闊的天地，得以吸收更豐腴而健全的營養，新的藝術到這時才生了根，舊的藝術到這時才恢復了它的氣息，新舊的壁壘到這時才逐漸的化除了。」

儘管可以說郭沫若對抗戰前中國文藝無論「新舊左右」的「一律」貶低未免太過絕對（這也許是他留居海外多年對這期間的國內文藝狀況不夠熟悉的緣故），但他依據創造性法則作出如下判斷：「爲文藝而戰鬥，爲戰鬥而文藝，成爲了一而二，二而一的東西，作家仍增進了他們的自信自覺，這些精神便是可能產生高度藝術作品的母胎」。這無疑是很有見地的，跟他積極投入

〔註74〕《對於目前文藝上幾個問題的意見》，《文藝陣地》第 7 卷 1 期。

推動戰時文化發展的各種運動直接相關。文學藝術展示了形象化的第二自然，通過眞實地創造而創造出眞實的僅屬於人的世界，以適應正義之戰「肅淸魔鬼，掃蕩獸性，美化人生」的緊迫需要。〔註 75〕

　　1942 年 9 月 1 日，張道藩發表了《我們所需要的文藝政策》，其文稱：「未講新的文藝政策以前，得先解除一個障礙。這個障礙就是文藝與政治怎樣發生關係問題。如果這個問題不解決，不僅使文藝作家不能接近三民主義，且使三民主義的信徒無從確立自己的文藝理論。」他認爲三民主義既然是抗戰建國最高指導原則，而文藝運動又必須配合政治經濟的需要，因而抗戰建國的文藝運動必然是三民主義文藝運動，抗戰建國的文藝也必然是三民主義文藝。於此前提下，提出了具體的「六不」和「五要」的三民主義的文藝政策：「六不」即「不專寫社會的黑暗」、「不挑撥階級的仇恨」、「不帶悲觀的色彩」、「不表現浪漫的情調」、「不寫無意義的作品」、「不表現不正確的意識」；「五要」即「要創造我們的民族文藝」、「要爲最苦痛的平民而寫作」、「要以民族的立場而寫作」、「要從理智裏產作品」、「要用現實的形式」。〔註 76〕

　　丁伯騮就此文藝政策發表「讀後感」，首先考察世界各國，發現「本世紀來，能確定一個文藝政策而且行之有效——確能有助於整個國策之運用的，自然要數蘇聯。這個國家對文藝政策的重視，證明了這話的正確——『一個具有完整建國理論的國家必需有一個與那理論一致的文藝政策』」。其次指出「六不政策」，「可以說是在消極方面樹立一個不違背三民主義意識的寫作準則；而『五要政策』，則是從積極方面樹立一個有建設性的寫作依據。」最後提出三民主義文藝政策的意義在於：「文藝可以達成輔佐政治完成國民革命和新中國社會建設的任務」；「在消極方面無形阻止了再有不正當作品的產生」；「在積極方面因爲有正確的寫作標準，健全了作家的意識，故易於產生爲時代所需要大眾所歡迎的偉大作品」。〔註 77〕

　　僅從這些有關文藝政策的論述來講，似乎並沒有對抗戰文藝進行多少限制，但問題卻在於，對於作爲文藝政策意識形態基礎的三民主義作了壟斷性的規定：以「謀全國人民的生存」、「事實定解決問題的方法」、「仁愛爲民生

〔註 75〕《中國戰時的文學與藝術——二十七日在中美文化協會演講詞》，《新華日報》
　　　　　1942 年 5 月 28、29 日連載。
〔註 76〕《文化先鋒》創刊號。
〔註 77〕《從建國的理論說到文藝政策——〈我們所需要的文藝政策〉讀後感》，《文
　　　　　化先鋒》第 1 卷 8 期。

的重心」、「國族至上」這「四種基本意識」爲「文藝所要表現的意識形態」，〔註78〕實際上從思想上對文藝創作進行了限制，不利於抗戰文藝的全面發展，由此而引發了對這一文藝政策的討論。

梁實秋在《關於「文藝政策」》一文中指出：「站在文藝的立場上看，現今世界各國只有兩個類型，一個是由著文藝自由發展，一個是用鮮明的政策統治著文藝活動。」這樣，「在英美，各種各樣的文藝作品都可以自由的創作，自由的刊印，自由的銷行，政府不加限制」；而在蘇聯，德國和意大利，作爲「他們的文藝政策應有的結果」，「不合於某一種『意識沃洛基』的作品是不能刊行的，有時還連累作者遭受迫害，不能在本國安居，或根本喪失性命」，從而提出保障自由權利的要求。〔註79〕

吳往（歐陽凡海）在《關於「文藝政策」與「文藝武器論」》一文中認爲「梁先生這篇文章所表現出來的自由民主主義的精神，我個人起碼是覺得很寶貴的。他那種反對站在文藝之外來干涉文藝的主張是可以同意的」，不過，他表示並不苟同梁實秋的文藝超功利觀點，堅持「中國新文藝在理論上所指出的文藝的宣傳和組織作用，是文藝本身的客觀性能，理論家即使不指出來，客觀事實不是一樣存在麼？現在明確的把這種性能指出來了，我們有了明確的認識，就可以有目的有意識地把這種性能予以發揮。這是順水推舟，而不是硬把文藝拿來做什麼工具」。〔註80〕

與此同時，沈從文發表了《文學運動的重造》，要求文藝「從商場和官場解放出來，再變成爲學術一部門」，強調要抱住這樣的創作態度不放：「寫作不苟且，文章見出風格和性格，對人生有深刻理解而又能加以表現。」他又反對「由『表現人生』轉而爲『裝點政策』」，「用一種制度來消極限制作品」，以及「先用金錢搶作家，再用作家搶群眾」，從而指出了文藝工作者始終應該在政策與金錢面前保持清醒，以保障精神自由的必要性。〔註81〕

楊華在《文學底商業性和政治性——文藝時論之二》中，一方面贊同沈從文的正確看法，另一方面也指出他所主張的局限性：「總之，我們認爲：以政治權力從外面去限制作家寫作，固然得不到好結果；而作家在自己底作品

〔註78〕 張道藩：《我們所需要的文藝政策》。
〔註79〕 《文化先鋒》第 1 卷 8 期。
〔註80〕 《新華日報》1943 年 1 月 4 日。
〔註81〕 《文藝先鋒》第 1 卷 2 期。

之中表現政治見解，使自己底政治觀念成為作品底骨幹，作品底血肉，不是附加上去的贅疣或尾巴，卻是當然也是必然的」；同時，「縱在將作品當作商品的社會條件之下，也不會完全妨礙了忠實的作家產生比較優秀的作品，及這些作品在讀者之中引起『愛好與敬重』」。〔註82〕

　　為了推行三民主義文藝政策，《中央日報》於 1942 年 11 月 14 日轉載了《我們所需要的文藝政策》，中國國民黨中央宣傳部及文化運動委員會又通過召開文藝政策座談會，出刊文藝政策討論專輯或專欄等形式，來擴大其社會影響；同時，中國國民黨中央組織部制定《全國高中以上三民主義文藝競賽辦法》，通過各地學校黨部執行，以實施其創作效應，企圖由此形成全國性的三民主義文藝運動。

　　然而，「凡是文藝運動，不能單有運動而無文藝」，「如果不以作家底自發的要求和文學的現實的作品做基礎，而以文學以外的力量（不論是政治力量或經濟力量）來發動一種文藝運動，它的結果必須是落空的。因為一國的文學自有它本身底發展法則，自有它自己底歷史軌道，如果違反了這種法則、逸出了這種軌道，而向它提出應急的要求，是必然不能兌現的」。抗戰文藝運動正是以廣大文藝工作者的行動和作品來「實證」的，決非是拿不出貨色來的「文學貧困」的運動。〔註83〕由此而進行具有針對性的批評。

　　其實，施蟄存發表《文學之貧困》，既非發懷古之幽情，「我並不主張文學觀念之復古」，也非專在指責抗戰文藝的貧困，而是指出「顯然可見文學愈『純』，愈貧困。」他不過是要求文學作為文化的表達方式應該充分展現文化內涵的豐富，並由之而提高個人文化素質：「歷史、哲學與政治應該與小說詩歌戲劇同樣地成為一個有文學修養的學者底表現。」並且，「文學家也不應該僅僅是小說詩歌戲劇散文底寫作者的尊稱。甚至，文學家也不應該是一種職業。」這樣就會促進抗戰文藝文化品位的提高，「因為文學家的知識和生活豐富起來，文學的內容自然也充實起來了」。〔註84〕這種呼籲看起來在此時頗有點不合時宜，難免「隱士們優游在雲端」之譏。〔註85〕實際上他已提出了文藝工作者必須更嚴於解剖自己才能承擔起以先覺覺後覺的使命，同時也觸及

〔註82〕《新華日報》1943 年 2 月 17 日。
〔註83〕楊華：《「拿貨色來看」和「文學貧困」論——文學時論之五》，《新華日報》
　　　　1943 年 2 月 27 日。
〔註84〕《文藝先鋒》第 1 卷 3 期。
〔註85〕白塵：《讀書隨筆——文學的衰亡》，《文藝先鋒》第 1 卷 6 期。

到了文藝工作者的學者化的文化走向。

1943 年 3 月，在中華全國文藝界抗敵協會成立五週年之際，已經產生了這樣的共識：「我們的能力終很有限，我們的路子可是走對了」──「建設起民族高度的新文藝來。」〔註 86〕「但是我們的努力還不夠，我們還須得繼續奮鬥，增進發揚踔厲的精神，爭取自由平等的實質」，〔註 87〕「必須表現生活的整體，而不是片面，人生現實是光明與黑暗交錯的，生活的每一角莫不是光明與黑暗交錯著，單寫了光明，不現實，單寫了黑暗面，也不現實。」〔註 88〕「今天，除專用我們的筆來動員民眾打擊敵人外，解放文化上的纏腳，戒絕精神上的鴉片，從千百年的封建壓迫和一百年的帝國主義侵略下恢復我們民族健全自由的體魄和精神，已經是無可旁貸地加在我們肩上的責任了」。〔註 89〕由此可見抗戰文藝運動依然保持著向前發展的勢頭，任何外來的干擾都不可能阻擋它的不斷進步。

但是，「既然戰爭變成了持續的日常生活，文藝家就要在經營一種日常生活的情況下從事創作，或者為了從事創作而勉力地經營一種日常生活」。然而，它「並不是能夠誘發創造力的廣大的戰鬥生活，而是能夠麻痹創造力的狹小的沉滯生活，這就有了被這種日常生活包圍、疲乏、腐蝕、俘虜的可能。再聯繫到思想限制和物質困苦這雙重的重壓，這個可能就更大了。結果當然會引起主觀戰鬥精神底衰落，主觀戰鬥精神底衰落同時也就是對於客觀現實的把握力、擁抱力、突擊力的衰落」。因此，只有提高「人格力量或戰鬥要求」，「深入並且獻身到現實生活」，〔註 90〕才能達到戰時文化及抗戰文藝發展所必需的真實性與創造性。

這樣，「置身在為民主的鬥爭裏面」，「從對於血肉的現實人生的搏鬥開始」，鞭撻「幾千年的精神奴役的創傷」，「引起了深刻的自我鬥爭」，在「精神擴展」中去進行「現實主義的鬥爭」。於是，在抗日戰爭中，「舊的人生底

〔註 86〕 老舍：《五年來的文協》，《抗戰文藝》文協成立 5 週年紀念特刊。
〔註 87〕 郭沫若：《新文藝的使命──紀念文協五週年》，《抗戰文藝》文協成立 5 週年紀念特刊。
〔註 88〕 茅盾：《抗戰以來文藝理論的發展──為「文協」五週年紀念作》，《抗戰文藝》，文協成立 5 週年紀念特刊。
〔註 89〕 社論《祝「文協」成立五週年》，《新華日報》1943 年 3 月 27 日。
〔註 90〕 《文藝工作底發展及其努力方向──「文協」理事會推舉五位理事商討要點，由研究部執筆草成在第六屆年會上宣讀的參考論文》，《抗戰文藝》第 9 卷 3～4 期合刊。

衰亡及其在衰亡過程上的掙扎和苦痛，新的人生底生長及其在生長過程上的歡樂和艱辛，從這裡，偉大的民族找到了永生的道路，也從這裡，偉大的文藝找到了創造的源泉」。〔註91〕

二、古樹的花朵

1942 年 1 月 13 日，一場無情的大火在中國電影製片廠內猛烈地燃燒，損失達 30 萬元之巨。〔註92〕這就使得該廠本來就經費拮据的狀況猶如雪上加霜，直接導致這個當時大後方最大的製片廠的拍攝工作陷於停頓，直到 1942 年 10 月底才開始續拍《日本間諜》，開拍《還我晴空》及《祖國之戀》，〔註93〕逐漸走上了正軌。到 1945 年，已拍成《日本間諜》、《氣壯山河》、《血濺櫻花》、《還我故鄉》和《警魂歌》等 5 部故事片。

此外，中央電影攝影場在 1944 年趕拍《建國之路》的外景時，整個外景隊讓湘桂大撤退中的難民潮一沖即散，攝影器材及膠片也隨之全部損失，從而使原先在各方面條件均遠遜於中國電影製片廠的中央電影攝影場，〔註94〕實難為繼，在本時期中未能拍出一部故事片。

《日本間諜》一片是根據報告文學《「神明的子孫」在中國——一個日本情報人員的自述》改編成電影的，展示了一個加入中國國籍的意大利人，在「九一八」之後的東北，在被迫為日本人工作的同時又積極進行反日活動的內心歷程。〔註95〕未完成的《還我晴空》則是以陪都重慶為背景，再現一個輾轉來到大後方的普通中國家庭，在日機的狂轟亂炸中益發堅定了抗戰到底這一信念的變化過程。〔註96〕

這表明，本時期的抗戰電影開始向著揭示人物的意識活動的方向發展。

《祖國之戀》在拍攝時即更名為《還我故鄉》。這部影片如實描寫了生活在淪陷區的主人公由受騙作日軍順民，終於在嚴峻的現實面前覺悟，加入了

〔註91〕在這裡，現實主義早已超出了所謂創作方法的概念範疇，從而引發了一場關於現實主義的論爭，直接影響著抗戰勝利後中國文藝的發展。胡風：《置身在為民主的鬥爭裏面》，《希望》第 1 期。參見唐弢、嚴家炎主編《中國現代文學史（三）》第 461～478 頁，人民文學出版社 1980 年版。

〔註92〕《新華日報》1942 年 1 月 17 日。

〔註93〕《新華日報》1942 年 10 月 7 日。

〔註94〕羅學濂：《抗戰四年來的電影》，《文藝月刊》第 11 期 8 月號。

〔註95〕陽翰生：《日本間諜》，《中國抗日戰爭時期大後方文學書系‧電影》第 18 卷，重慶出版社 1989 年版。

〔註96〕蘇怡：《還我晴空》，《天下文章》第 2 卷 4 期。

抗戰的行列的全過程；並將這一過程置於侵略者與愛國者的你死我活的針鋒相對的激烈搏鬥中，著重揭示主人公意識深層所受到的傳統文化負面的影響：「中國人的心理，只要能夠不離開家鄉，能夠太平過活，就滿足了」，「中國人不多管閒事，不隨便亂動，這些，日本人知道得很清楚，是中國人的最美的德性」。從侵略者的不懷好意的讚頌中足見這一影響的危害性。果然，主人公頗為得意地宣稱：「順民？我們祖上不也做過兩次順民？元朝、清朝，打進關來做了我們的皇帝。到頭了，還不是都給我們漢人同化了。」這樣，合群的自大與十足的奴性就冠冕堂皇地混合為亡國奴的心安理得。但是，主人公在委曲求全中保持一點尊嚴的企圖一次又一次地破滅，正是在老友慘死的憤怒與游擊隊襲擊的興奮中，主人公認識到：「當國家在受敵人欺侮的時候，老百姓要各顧自是萬萬不能的！」〔註97〕

《還我故鄉》的意義並不只在於完成了對「這一個」的較為完滿的展示，更為重要的是，它揭示了戰時文化發展的內在需要：通過抗戰文藝的心靈化，進行文化意識的剖析與再造。這樣，抗戰文藝將展現出中華民族新舊嬗變的心靈史，抗戰文藝運動將成為中華民族意識更新的心靈探索。所有這一切，都要求著文藝工作者在形象地表達戰時文化的過程中必須更加開闊深入，更加豐富多彩地再現抗戰現實生活，大力促進抗戰文藝自身的發展，從而使之成為二十世紀的中國文藝不可缺少的關鍵性的一環。

由於紀實性與正面性的審美特徵對抗戰文藝的發展具有自我的約束，就導致了抗戰詩歌出現了散文化的趨勢和展望勝利的趨勢。

所謂散文化，也就是以民間化的明白曉暢的大眾接受效果為前提，形成了詩歌體式上的「複沓」和「鋪敘」，「現在的詩多用複沓，卻只取其接近歌謠，取其是民間熟悉的表現法，因而可以教詩和大眾接近些。還有，散文化的詩用了重疊，便散中有整，也是一種調劑的技巧。詳盡的鋪敘是民間文藝裏常見的，為的是明白易解而能引起大眾的注意。簡短的含蓄的寫出，是難於訴諸大眾的。」老舍先生的《劍北篇》即以大鼓調進行景物的鋪敘。

所謂展望勝利的趨勢，也就是以抗戰必勝這個全民族的情緒要求為中心，只不過「一般詩作者所熟悉的，努力的，是在大眾的發現和內地的發現。他們發現大眾的力量的強大，是我們的抗戰建國的基礎。他們發現內地的廣博和美麗，增強我們的愛國心和自信心，像艾青先生的《火把》和《向太陽》，

〔註97〕 史東山：《還我故鄉》，明華出版社 1946 年版。

可以代表前者，臧克家先生的《東線歸來》以及《淮上吟》，可以代表後者。
《劍北篇》也屬於後者」。〔註 98〕

　　這些長詩絕大多數（除《向太陽》外）都是所謂「報告長詩」，即詩體訪
問記或詩體通訊，主要是因為「純粹出於要把長途旅行的見聞作成有詩為證。
那麼，也許有人要問：為什麼不用散文寫呢？回答是：行旅匆匆，未能做到
每事必問；所以不敢一板一眼的細寫。我所得的只是一些印象，以詩寫出，
或者較為合適。」〔註 99〕顯然，這就意味著抗戰文藝的發展必須進入更高的
階段，有所突破，有所創新，以更深刻更鮮明地揭示新形勢下全民族的情緒，
而不是停留在某一個層面上，進而從整體上顯現出民族的靈魂。

　　然而，這不是通過抗戰詩歌散文化，甚至小說化就能解決的問題，相反，
應當擴大詩歌作為一種文學樣式的藝術功能，「中國四年來爭取民族解放英雄
的史實，必然要求著英雄史詩的產生。同時中國在抗戰中可歌可泣的事情與
日俱增，而這些悲壯的史實，不是抒情詩一個門類所能包容，且必須簡切而
更熱情的，更強烈的反映了它，作為詩歌的另一門類的敘事詩，它的存在和
提倡也是必要的。同時，在亟求反攻的今日，我們更應動員藝術部門的所能
動員的門類，集中力量，為中國抗戰，為整個世界反法西斯而服役也是必要。
敘事詩的充分的使用，當然更有必要。」

　　因此，一方面要進行「敘事詩與小說的區別」：「小說家在處理故事的時
候，他創造了故事中的人物個性，把他自的情感寄託於故事中的人物身上，
使他們全人格化，他自己是多置身於故事之外的；使人們每當敘述一樁故事，
我們不是在看見這作者在講述，即看見他與這故事相適而不可分的。」「小說
注重在細節、描繪，連細節動作都弄得有聲有色，它是側重故事，且很客觀
的冷靜的述說。詩歌呢，它的故事不過發一個引子，是一個骨骼，作者並不
重視它，也不重視細節，即使注意了這些，他也是用他的熱情專注於他要反
映的點上面，並誇張他的某一點，而且是用的更精練的語言。」

　　另一方面，要克服詩歌的散文化，反對「胡亂雜湊成篇，亂分章句，而
自己也並不下苦功，虛心習作，去向活生生的生活裏探求」的惡劣詩風；更
要認真體驗生活，造成散文化的最終根源就在於「詩人們太急於成名了。詩
人們對現實隔著相當的距離，有的甚至還未『下凡』呢！至於有一些人，不

〔註 98〕　朱自清：《抗戰與詩》，《新詩雜話》三聯書店 1984 年版。
〔註 99〕　《附錄·致友人函》，《老舍文集》第 13 卷，人民文學出版社 1988 年版。

敢面對現實甚至有意歪曲現實，系列詩林，而把詩歌作為『敲門』，『登記』的工具。」〔註100〕

抗戰詩歌的發展要求著深化對文藝基本原理的認識，更要求著強化對抗戰現實生活的體驗。實際上這一事實表明，由於抗戰現實的變化，本時期抗戰文藝必須加快自身的發展才能在民主主義的潮流中完成把握生活，復現現實的文化使命。

詩人王亞平提出不但要「寫抒情敘事詩」，〔註101〕而且還要寫政治諷刺詩，以便「詩人為了抒發自己的，民眾的，以及民族的悲苦，仇恨，而不能或不願用正面謳歌的創作方式的時候，於是就採用了從側面，背面給予銳利的諷刺。這樣產生的作品，便是政治諷刺詩。」「之所以能發生藝術的政治效果，是因為他們在『詩歌與人生』，『詩歌與政治』合而為一的理解下，創造了具有諷刺性的作品」。因此，稱「當前是『諷刺詩』的時代呵！」固然重點是在反法西斯與爭取民主的政治層面上，〔註102〕但從戰時文化發展的角度來看，這還是不夠的，更準確地講，還應包括對於人生與社會的更為廣泛更為全面的諷刺。

同時，政治諷刺詩正是通過諷刺來加強詩歌的政治性傾向的，對於文藝諷刺的審美本質的把握，是創作一切形式的諷刺文藝的必不可少的前提，那就是魯迅先生所主張的「諷刺的生命是真實」。因此，「在創造這類作品的時候，或寫政治諷刺詩的時候，要從真實出發，同時要觸到所寫的最本質的東西，這是不可不注意的」。〔註103〕

至此，堅持抗戰文藝發展的創造性與真實性原則的必要性已經從理論上予以了闡釋，從而構成了考察如何消解抗戰文藝既存的紀實性和正面性相一致的審美格局，去發現並描述適合本時期抗戰文藝運動需要的審美追求的一個支撐點。

隨著1942年6月18日第二屆詩人節的來臨，臧克家創作了「平生最賣力氣」的敘事長詩《范築先》，這是「抗戰以來第一篇試驗的五千行的英雄史詩」，〔註104〕歌頌了中華民族「一個新的英雄。他以驚人的老齡和毅力推開過

〔註100〕柳倩：《中國新詩歌的檢討及其前途》，《新華日報》1942年1月1日、6日。
〔註101〕《寫抒情敘事詩》，《新蜀報》1942年3月4日。
〔註102〕《論政治諷刺詩》，《新華日報》1942年3月20日。
〔註103〕柳倩：《論政治諷刺詩──詩歌通信之一》，《新蜀報》1942年9月22、23日連載。
〔註104〕臧克家：《我的詩生活》，《學習生活》第3卷5期、6期，第4卷1期連載。

去，用戰鬥爲國家民族和自另闢一個嶄新的生命。」范築先這樣的英雄是「古
樹的花朵」——抗戰以來，以轟轟烈烈的死，表現了中華民族的氣節與人格
的英雄——「人的花朵，先後開放了許多，而范築先，是這些人花中燦爛的
一朵」。〔註 105〕

范築先，不僅是現實中的抗日民族英雄，〔註 106〕也是「藝術上的人的人
型」，因之而成爲中華民族在二十世紀的「人花」——「古樹的花朵」。這不
但說明英雄史詩也是從生活眞實經過藝術創造而成爲藝術眞實，從而形象化
爲中華民族戰鬥精神的個性之花；更加強調了戰時文化需要確立理想文化人
格，使之成爲文化追求的楷模。

在敘述英雄業績的同時，身居歌樂山麓的臧克家也以抒情的方式吟唱著
「泥土的歌」，這是「從我深心裏發出來的一種最眞摯的聲音，我昵愛，偏愛
著中國的鄉村，愛得心癡、心痛，愛得要死。」這同樣也是來自心靈裏的關
於中華民族的吟唱：「土氣息」、「人型」、「大自然的風貌」組成了追憶文明古
國的悵惘三部曲，鏤刻出新舊交替時代中掙扎著的中國良心。〔註 107〕

與臧克家由敘事而抒情相映成趣的，是力揚由抒情轉敘事，進行著同樣
的關於中華民族心靈的詠唱。這就是從《我底豎琴》要唱出「對於寒冷的仇
恨」，〔註 108〕到《射虎者及其家族》中用筆復仇：寫出了一代又一代冤屈所淤
積成的仇恨，一代又一代汗血所灌漑成的好夢。〔註 109〕

這仇恨是深埋在心底的冤屈釀成的，但卻依然一代又一代地深埋；這好
夢是縈繞在腦海的虛榮織成的，但卻仍舊一代又一代的縈繞：

　　　　「這是被壓迫得過久的人們

　　　　　在仇恨的日子

〔註 105〕《范築先》從 1942 年 6 月到 8 月在《詩創作》第 12、13、14 期上連載，後
　　　　　於 12 月底在重慶改名《古樹的花朵》由東方書社出版，上述引文即自其序。
〔註 106〕范築先，1881 年生，山東館陶人。1936 年冬任國民政府山東省第六區行政督
　　　　　察專員，保安司令兼聊城縣縣長。抗戰爆發後，堅持聯合抗日，建立以聊城
　　　　　爲中心的根據地進行敵後游擊戰，於 1938 年 11 月 5 日，在日軍侵犯中壯烈
　　　　　殉國，時年 57 歲。參見黃美眞、郝盛潮主編：《中華民國史事件人物錄》第
　　　　　668～669 頁，上海人民出版社 1987 年版。
〔註 107〕《序句》，《泥土的歌》今日文藝社 1943 年版。
〔註 108〕《詩墾地》第 10 期，1942 年 6 月 20 日出版。
〔註 109〕《射虎者及其家族》，《文藝陣線》第 7 卷 1 期；《射虎者及其家族續編》，《詩
　　　　　文學》第 1 輯。

哭泣得太久，哭泣得太久
想用這溫暖的夢來拭去淚痕

這是被鞭打得過久的人們
有冤屈無處可伸
想用那微末的虛榮
來洗滌心頭上的悲憤」〔註110〕。

　　這就展示了古老民族精神上的負面：在「忍辱負重」中進行生存的苟延，在「造反有理」中揮霍刀劍的餘威，在「奮發圖強」中追求富貴的流轉，在「善良寬厚」中迎來死神的降臨。所有這些令名裝飾之中的怯懦，麻木，勢利，愚昧，足以使人戰慄，「復仇」於是就擁有了更深刻的時代意義：重建中國文化。這就是為什麼詩人要發出這樣的叩問：

「可是，當我寫完這悲歌的時候
我卻又在問著我自己
『除了這，是不是
還有更好的復仇的武器？』」〔註111〕

　　對於中華民族心靈的藝術探索，可以借助敘事和抒情的詩歌形式來進行。前者如《問媽媽》，〔註112〕《爸爸殺日本強盜去了》，〔註113〕《賣唱的盲者和一個流浪的孩子》，〔註114〕《漁夫和漁婦》，〔註115〕《這裡的日子莫有亮》，〔註116〕《白廟子》〔註117〕等；後者如《晨歌》，〔註118〕《嘉陵江夜曲》，〔註119〕《高粱熟了》，〔註120〕《海路歷程》，〔註121〕《火霧》，〔註122〕

〔註110〕《射虎者及其家族續編》。
〔註111〕《射虎者及其家族》。
〔註112〕胡來，《國民公報》1942 年 11 月 3 日。
〔註113〕羅泗，《航程》文藝週刊，1943 年 9 月 23 日。
〔註114〕白岩，《文藝雜誌》新 1 卷第 2 期。
〔註115〕王採，《詩月報》之二。
〔註116〕沙歐，《文哨》第 1 卷 1 期。
〔註117〕夏漻，《春草詩叢》第 3 輯《鐘聲》。
〔註118〕屈楚，《新蜀報》1943 年 1 月 11 日。
〔註119〕禾波，《新蜀報》1943 年 2 月 25 日。
〔註120〕魯丁，《文藝先鋒》第 3 卷 6 期。
〔註121〕胡風《希望》第 1 輯。
〔註122〕1944 年作，《王亞平詩選》。

《白鳥頌》，〔註123〕等。從這些出現在陪都重慶的長篇詩作來看，無一不盡情地描繪或傾訴了戰時生活的方方面面在不同個人心中所引發的種種震動，從時間與空間兩個向度上構成了關於中國戰時文化的詩意概觀。

　　從這個激情澎湃的詩歌世界裏，可以抽繹出這樣的兩方面的發展：從紀實性生成為史詩性，它以真實性為前提，通過對個體性形象內心世界的揭示，來描述民族文化心態的現實；從正面性生成為重構性，它以創造性為前提，通過對典範性形象主體意志的高揚來建立民族文化人格的理想。

　　正是在人的基點上，真實性與創造性融為一體，於個體性與典範性的互補之中，達到現實與理想的協調一致。

　　在這裡，民族文化意識構成中的形而下的文化心態與形而上的文化人格，將在民族個體以英雄典範為具體目標進行追求的過程中最終完成民族文化意識向著現代階段的轉換，這就是抗戰文藝運動——以形象表達來實現以先覺覺後覺的歷史使命的文化運動——的具體目標。因此，史詩性與重構性也就成為本時期抗戰文藝的審美特徵。

　　由於無論在時間跨度和空間廣度上，還是在群體關係和個體性格上，小說對人及其生活的復現，較之其他文學樣式及藝術門類，是最具整體性的。早在十九世紀二十年代，黑格爾就曾預言小說將成為現代史詩：「史詩以敘事為職責，就須用一件動作（情節）的過程為對象，而這一動作在它的情境和廣泛的聯繫上，須使人認識到它是一件與一個民族和一個時代的本身完整的世界密切相關的意義深遠的事蹟。所以一種民族精神的全部世界觀和客觀存在，經過由它本身所對象化成的具體形象，即實際發生的事蹟，就形成了正式史詩的內容和形式。屬於這個整體的一個方面是人類精神深處的宗教意識，另一方面是具體的客觀存在，即政治生活，家庭生活乃至物質生活的方式，需要和滿足需要的手段。史詩把這一切緊密地結合到一些個別人物身上，從而使這一切具有生命」——「關於現代民族生活和社會生活，在史詩領域裏有最廣闊天地的要算程度不同的各種小說。」〔註124〕顯然，作為現代史詩的小說將成為從整體上表達一種民族文化的藝術方式。

　　同時，從小說創作來看，對於新時代中急劇發展的民族生活進行藝術的把握，需要經過較長時間的醞釀與較大範圍的觀察，才能夠在揭示生活的底

〔註123〕程鏗，《文藝先鋒》第 4 卷 4 期。

〔註124〕〔德〕黑格爾：《美學》第 3 卷下冊第 107、187 頁，商務印書館 1981 年版。

蘊的基點上進行總體上的現實觀照,從而進入形象的塑造之中,最終完成藝術的復現。這就是說,小說的創作必須要保持一定的審美距離。

首先,這是小說作為現代史詩的需要。從小說在人類文明史上出現的時間來看,它是人類文明較高階段中才出現的文藝表達手段,因而小說對文化的呈現,不可能意在即事而發,直接將生活事變迅速轉換為藝術形象,而是一個漸進的深入拓展的創造過程。如果不這樣,就會使小說失去反映生活的整體性,從而也就不再成其為現代史詩,陪都文化運動第一時期中的抗戰小說對戰時生活的描寫多拘束於某一層面,與缺乏與現實保持審美距離是有著極大關係的。

其次,這是小說作為個人創作的需要。從創作的起點看,小說要求著作者更為長期地進行人生的體驗和思考,因此,作者通常是在其藝術個性的前提下,對特定的生活領域反覆挖掘來完成題材的選擇,進入獨立而艱苦的寫作過程。這樣,通過創造出來的小說世界形象生動地展現民族生活,特別是民族精神的現實狀態,小說也就成為名符其實的史詩,陪都文化運動第二時期中的抗戰小說注意到了對現實保持應有的審美距離,開始對戰時文化進行較為全面而又深入的反映。

1980 年,巴金在《關於〈火〉──〈創作回憶錄〉之七》中寫道:「《火》一共三部,全是失敗之作」,主要原因之一「就是考慮得不深,只看到生活的表面,而且寫我自己並不熟悉的生活。我動筆時就知道我的筆下不會生產出完美的藝術品。我想寫的也只是打擊敵人的東西,也只是向群眾宣傳的東西,換句話說,也就是為當時鬥爭服務的東西。」〔註125〕

巴金無疑是真誠的。當年他寫作的動機和目的即在於:「我寫這小說,不僅想發散我的熱情,宣洩我的悲憤,並且想鼓舞別人的勇氣,鞏固別人的信仰。我還想使人從一些簡單的年輕人的活動裏看出黎明中國的希望。老實說,我想寫一本宣傳的東西。但是看看寫完的十八章,自也覺得這工作失敗了。也許我缺少充足的時間,也許我更缺少充分的經驗和可以借用的材料。」〔註126〕「為了宣傳,我不敢掩飾自的淺陋,就索性讓它出版,去接受嚴正的指責。」〔註127〕「它的罪名應該是『發展不夠』。但我想,我的企圖是不壞的。倘使我

〔註125〕香港《文匯報》1980 年 2 月 24 日。
〔註126〕《〈火〉第一部後記》,《火》第一部,開明書店 1940 年版。
〔註127〕《〈火〉第二部後記》,《火》第二部,開明書店 1941 年版。

再有兩倍的時間，我或許會把它寫成一部比較站得穩的東西。」〔註128〕

這表明遵循小說的創作規律與否是藝術上成功與失敗的分水嶺。然而，這已成爲一個具有代表性的普遍現象。

茅盾在小說創作中也有著類似的感覺。他在創作《腐蝕》時有意拉長就主要是出於「宣傳策略」的需要。〔註129〕1942 年寫成的關於香港脫險的中篇小說《劫後拾遺》，就是通訊報導式的「特寫」。〔註130〕至於被他無意中腰斬了的《霜葉紅似二月花》，〔註131〕與《走上崗位》，〔註132〕雖難以揣度全豹，但由「從那天報上的形形色色中採取一小小插曲來作爲題材」的《清明前後》發表後，〔註133〕所引發的爭議來看，〔註134〕還是可以看出他對戰時生活的把握是立足於某一現象層面上的。

即使如老舍，在抗戰已五年多後寫成第一部長篇小說《火葬》，「它要關心戰爭，它要告訴人們，在戰爭中敷衍與怯懦怎麼恰好是自取滅亡。可是，它的願望並不能挽救它的失敗。它的失敗不在於它不應當寫戰爭，或是戰爭並無可寫，而是我對戰爭知道得太少。我的一點感情像浮在水上的一滴油，蕩來蕩去，始終不能透入到水中去！」在這樣的自我反省中，老舍認爲出路就在於：「我應當寫自己的確知道的人與事。但是，我不能因此而便把抗戰放在一旁，而只寫我知道的貓兒狗兒。」〔註135〕

1943 年元旦，有人就提出小說創作應該挖掘工人和農民的靈魂深處的變化，揭露社會中依然存在著的腐爛層，寫出眞實的戰時生活來。〔註136〕這樣，在抗戰小說，特別是中長篇小說的大量湧現之中，對新作新人的及時評論也是前所未有的，促進了小說影響的不斷擴大。

1943 年 3 月，《鴨嘴澇》的出版引起了一定的反響。〔註137〕這是因爲它「叫我們看到不少活生生的人，也看見一個活的社會」，「便見出那社會的經

〔註128〕　《〈火〉第三部後記》，《火》第三部，開明書店 1943 年版。

〔註129〕　《〈腐蝕〉後記》，《腐蝕》人民文學出版社 1954 年版。

〔註130〕　《新版後記》，學藝出版社 1942 年版。

〔註131〕　《文藝陣地》第 7 卷 1～4 期連載。

〔註132〕　《文藝先鋒》第 2 卷 2～6 期，第 4 卷 1、3、5 期，第 6 卷 1～2 期合刊，3、4、5 期連載。

〔註133〕　《〈清明前後〉後記》開明書店 1945 年版。

〔註134〕　《新華日報》1945 年 12 月 19 日。

〔註135〕　老舍：《我怎樣寫〈火葬〉》，《火葬》重慶出版公司 1944 年版。

〔註136〕　碧野：《對小說創作的一點期望》，《新華日報》1943 年 1 月 11 日。

〔註137〕　吳組緗著，建國書店出版。

濟、文化形態來。」同時，它如果對「禮教與生活力量寫得更深厚強烈一些」，這樣，鄉民們「由怕戰爭到敢抗戰——才顯著自然有力。」〔註138〕這就將對民族文化負面的揭示與抗戰直接聯繫起來的要求提了出來。因此，這部小說不僅是「表現抗戰初期江南農村的蛻化過程」，還較深入地揭示了鄉民們逐漸覺醒的內心歷程，在一定程度上反映出小農意識的消極影響。〔註139〕

與此同時，穗青的《脫繮的馬》中的主人們在時代的變革，民族的抗戰中打開了眼界，通過這位農民士兵的心理變化來預示中國農村已經開始的由舊而新的變化：「不問這一點新覺醒的東西是多麼微弱，多麼模糊，他說不出來，甚至有時不自覺意識到，但是這東西確是生了根了，使他再也不能和兩年前的自己一樣了。」〔註140〕於是，這位北方的農村小夥子，在新舊意識的衝突中更加堅定了信念：「只有趕走了鬼子，消滅了壞人，一切才會好起來。」〔註141〕

從江南到西北，農村的變動和農民的變化，都程度不等地顯現出戰時文化發展的趨向。然而，在《淘金記》中，〔註142〕在大後方的鄉鎮上，作為權勢者的士紳們卑鄙無恥與陰險毒辣都達到極點，在唯利是圖中互相傾軋，堪稱無惡不作，暴露了中國封建社會殘留下來的最黑暗的一面。這樣的一夥人居然還成為政權柱石，就從否定的方面強調文化重建的必要。

這陰森森的畫面與1943年重新修改出版的《邊城》中的明麗溫馨的景象形成強烈的對照。〔註143〕在那充滿樸質、勤儉、和平、正直的人性氛圍的湘西世界中完全是禮讓與仁愛的世外桃源。在這別一天地中，懷古之幽情油然而生，或許使人平添些許生活的勇氣甚至奮鬥的信念，但恐怕面對現實時，仍然會做出噩夢來。因為此時湘西早已不是「中國的瑞士」，而是充滿了血腥和殺戮的人間地獄。〔註144〕

因此，必須開闢生路，以頑強的意志力衝破和克服種種有形與無形的束縛。這對於一個傳統的中國女性來說，常常是燃燒「原始的強力」；這對於一

〔註138〕老舍：《讀〈鴨嘴澇〉》，《時事新報》1943年6月18日。

〔註139〕以群：《〈鴨嘴澇〉讀後》，《抗戰文藝》第9卷1～2期合刊。

〔註140〕茅盾：《關於〈脫繮的馬〉》，《脫繮的馬》自強出版社1943年版。

〔註141〕以群：《評〈脫繮的馬〉》，《抗戰文藝》第9卷1～2期合刊。

〔註142〕沙汀：《淘金記》，文化生活出版社1943年版。

〔註143〕沈從文：《邊城》，開明書店1943年版。

〔註144〕〔美〕金介甫：《沈從文傳》第235～236頁，時事出版社1991年版。

個現代的中國女性來說，常常是獻身於崇高的理想。

當精神的饑渴甚於肉體的需求的「飢餓的郭素娥」狂呼「我是女人，不准動我！」的時候，〔註 145〕她的呼聲「充滿著那麼強烈的生命力！一種人類靈魂裏的呼聲，這種呼聲似乎是深沉而微弱的，然而卻叫出了多少世紀來在舊傳統磨難底下中國人的痛苦、苦悶與原始的反抗，而且也暗示了新的覺醒的最初過程。」〔註 146〕

與之相對應的是羅維娜，〔註 147〕「她唾棄那兩人廝守著的狹小的自私的愛，她的愛是擴大了，而且在擴大的愛人民愛祖國的事業中她再不能允許自把一個從這大事業中脫逃的人作為私情的愛的對象。然而這一昇華，卻需要代價。」取代內心痛苦的是「醇厚深遠的對於人生的熱愛，對於崇高的理想的執著」，這就為「這偉大時代的新型的女性描出一個明晰的面目來了。」〔註 148〕

同時出版於 1944 年的《風砂之戀》與《春暖花開的時候》都試圖塑造新女性形象。前者「一方面是指那在隴海線彌漫的風砂中迷失了道路的一些青年，他們的眼睛有些被風砂打瞎了，因此徬徨而墮落；另一方面是指那奮鬥的一群，勇敢地踏上了征途，投奔到那大風砂的地方去。」〔註 149〕後者要表達「春天是青年人的春天，未來是青年人的未來。我們不怕一切挫折，打擊，跌倒了爬起，從荊棘中踏出一條路。將來的勝利者是我們，我們是未來世界的主人！」〔註 150〕對這二者茅盾以「潦草」一言以蔽之，〔註 151〕其根源則在於那過度浪漫的情調而顯得不真實。較之同樣是由二人分別所作的《沒有花的春天》〔註 152〕及《牛全德與紅蘿蔔》中〔註 153〕所塑造出來的粗獷而真實的農民戰士形象，所謂的新女性竟似溫室裏嬌弱的花，形成截然不同的形象對比。

至此，似乎抗戰小說關於戰時文化的描應該畫上一個完滿的句號，但還不能。《四世同堂》中將人放到淪陷區的放大鏡下來見出「北平人」與「道地

〔註 145〕路翎：《飢餓的郭素娥》，生活書店 1943 年版。
〔註 146〕邵荃麟：《評〈飢餓的郭素娥〉》，《青年文藝》第 1 卷 6 期。
〔註 147〕郁茹：《遙遠的愛》，自強出版社 1944 年版。
〔註 148〕茅盾：《關於〈遙遠的愛〉》，《青年文藝》第 1 卷 1 期。
〔註 149〕碧野：《前紀》，《風砂之戀》，群益出版社 1944 年版。
〔註 150〕姚雪垠：《春暖花開的時候》，現代出版社 1944 年版。
〔註 151〕茅盾：《讀書雜記》，《文哨》第 1 卷 1 期。
〔註 152〕碧野：《沒有花的春天》，建國書店 1946 年版。
〔註 153〕姚雪垠：《牛全德與紅蘿蔔》，文座出版社 1942 年版，1944 年重新修訂版。

中國人」的巨大人格差異：前者苟安、忍隱、麻木，後者敢爲一個信念而殺身成仁。這樣，老舍就通過他對於自己的確熟悉的生活的描寫，展示了「眞正中國的文化的眞正力量」。〔註154〕同時，《憩園》中不無同情地揭示了新舊園土必然沒落的病根，〔註155〕《第四病室》裏生命的危崖邊緣透出人性之光，〔註156〕巴金也同樣選擇了他所習慣的題材進行創作，顯示出戰時文化發展在縱橫兩個方向上的局限所造成的社會心理缺陷：惰性與壓抑。

本時期陪都重慶以中長篇小說爲主的抗戰小說已經能夠對戰時文化進行整體性的表達，不但展示了戰時生活的歷史長卷，建立了各階層諸色人等的形象畫廊，更爲重要的是揭示了文化心態的負面，塑造了理想的文化人格，簡言之，顯示出中國文化發展的方向來。

在這樣的前提下，可以說《財主底兒女們》是可以稱作具有代表性的小說的。首先，正如路翎所說的那樣：「我不想隱瞞，我所設想爲我的對象的，是那些蔣純祖們。對於他們，這個蔣純祖是舉起了他底整個的生命在呼著。我希望人們在批評他底缺點，憎惡他底罪惡時候記著；他是因忠誠和勇敢而致悲慘，並且是高貴的。」其次，正如胡風所指出的那樣：「在這裡，作者和他底人物們一道身在民族解放戰爭底偉大的風暴裏面，面對著這悲痛的然而偉大的現實，用驚人的力量執行了全面的追求也就是全面的批判。」〔註157〕這樣，在宏大的結構中充分體現史詩性與重構性的和諧統一，《財主底兒女們》不僅復現了民族的心靈，而且還肯定了民族文化發展的方向。

四、祖國在呼喚

戲劇的藝術綜合性，將其他文學樣式與藝術門類之所長集萃於一身，並通過二度創作在舞臺上直接訴諸觀眾，造成了當時涵蓋面最大的社會傳播效果。特別是話劇，更是通過重現活生生的人生而發生著廣泛影響，較之傳統戲劇的「高臺教化」更有過之，以至成爲進行文化啓蒙的有效途徑。抗戰戲劇更是顯示出進行抗日宣傳和民眾動員的巨大作用，以至陳誠在抗戰初期任

〔註154〕老舍：《四世同堂‧惶惑》，《掃蕩報》1944年11月10日開始連載：良友復興圖書公司1946年版。
〔註155〕巴金：《憩園》，文化生活出版社1944年版。
〔註156〕巴金：《第四病室》，《文藝復興》第2卷1期。
〔註157〕路翎於1944年上半年即完成《財主底兒女們》，1945年8月與1948年2月，分別由南天出版社、上海希望社出版上卷與下卷。引文見張以英：《路翎的生平、小說和書信（——代序）》，《路翎書信集》，灕江出版社1989年版。

職軍事委員會政治部部長時，曾有十個演劇隊能「當作十個師使用」之說；值此反法西斯戰爭全面展開之機，田漢進而贊成將演劇隊擴充為一百隊，即「一百個『文化師』」來「有效地爭取抗戰勝利」。〔註 158〕

因此，抗戰戲劇運動實際上成為抗戰文藝運動中社會影響最大，而創作成績也最為豐富的中堅性運動，陪都抗戰話劇運動就完全而充分地證明了這一點：據不完全統計，僅上演的多幕劇即共約 120 部，〔註 159〕其中三分之二以上在 1941 年 10 月後上演；〔註 160〕所見到的戲劇文學作品約 1200 餘種，絕大多數是話劇劇本，〔註 161〕重慶出版者為數甚多。〔註 162〕

陪都重慶的抗戰話劇演出活動，由於戰時環境的限制，特別是為避免敵機轟炸，相對集中在當年秋末到來年夏初的所謂霧季。從 1937 年 10 月 1 日首演《保衛盧溝橋》始，到 1938 年的「五月抗敵宣傳大會」，演出的話劇劇目即達 30 餘種，其中多幕劇計 17 個。從 1938 年 10 月 10 日第一屆戲劇節到 1939 年 5 月，與第二屆戲劇節到 1940 年 5 月，演出的多幕劇劇目也在 10 個以上。從第三屆戲劇節到 1941 年 2 月，上演的多幕劇達 10 餘個。〔註 163〕

有鑒於此，軍事委員會政治部於 1941 年 2 月 20 日向部屬戲劇各單位發出訓令稱：「為指導部屬各戲劇團體業務，並推進一般劇運起見，特設立戲劇指導委員會。主任委員由部長張治中自兼。並派何廳長浩若，郭主任委員沫若兼任副主任委員。田漢、洪深、鄭用之、熊佛西、馬彥祥、王端麟、應雲衛、魯覺吾為常務委員。」同時，擬特設部立戲劇學院，孩子劇團併入該院；又擬合併中國三民主義青年團所屬中央青年劇社與重慶衛戍總司令部政治部抗敵劇團，成立話劇實驗劇團，然終未成。〔註 164〕此後，其所下屬的中國萬歲劇團為增加演員舞臺實踐，繁榮話劇演出，發起星期公演，並組成星期公

〔註 158〕田漢：《響應黃少谷先生的號召——擴充演劇隊到一百隊》，《戲劇春秋》第 2 卷 4 期。

〔註 159〕田進：《抗戰八年來的戲劇創作》，《新華日報》1946 年 1 月 16 日。

〔註 160〕石曼：《抗戰時期重慶霧季公演劇目一覽（1941 年 10 月～1945 年 10 月）》，《抗戰文藝研究》1983 年第 5 期。

〔註 161〕廖全京：《中國戲劇啓示錄——大後方演劇的總體歷史把握》，《抗戰文藝研究》1987 年第 4 期。

〔註 162〕僅重慶市圖書館編《抗戰時期出版圖書書目·第一輯》中即為百種以上，不包括僅在報刊上發表者。

〔註 163〕石曼：《重慶抗戰劇壇紀事》，《重慶文化史料》1990 年第 1 期，1991 年第 1 期。

〔註 164〕石曼：《重慶抗戰劇壇紀事》，《重慶文化史料》1991 年第 1 期第 43 頁。

演委員會，於 5 月 24 日首次公演，〔註165〕實開霧季公演之嚆矢。

從 1941 年的第四屆戲劇節到 12 月 8 日太平洋戰爭爆發時，就演出多幕劇《陌上秋》、《北京人》、《愁城記》、《范築先》、《反間諜》、《棠棣之花》、《天國春秋》、《美國總統號》，包括了喜劇、悲劇、正劇的戲劇類型，及現代劇和歷史劇的題材形式。這表明抗戰話劇的創作與演出開始形成完備的藝術體制，直接推動著陪都重慶的抗戰話劇運動在本時期中的進一步繁榮。

從 1941 年 12 月到 1942 年 1 月，陪都重慶的話劇舞臺上出現了《閨怨》、《遙望》、《欽差大臣》、《杜玉梅》、《表》、《大雷雨》等外國話劇（其後又陸續上演了《天網》、《黃金時代》、《生財有道》），〔註166〕一方面通過這樣的演出，特別是改編演出，來提高編劇與演出水平，另一方面是根據戰局的變化和政策的變動，來進行話劇創作的調整。

隨著 1942 年 2 月 7 日國家總動員文化界宣傳周的開始，當天即上演《原野》一劇，又相繼推出《面子問題》、《重慶二十四小時》等喜劇新作，歷史劇《忠王李秀成》，現代劇《江南之春》，《戰鬥的女性》。〔註167〕

但是，2 月 28 日出版的《教與學》雜誌，刊登教育部訓令，要求各教育廳轉飭各學校暫停上演曹禺所著劇本《雷雨》，其理由亦如 1941 年 9 月中國國民黨中央直屬重慶市執行委員會公函所稱：「不獨思想上違背時代精神，而情節上有礙於社會風化，此種悲劇自非我抗戰所需，即應暫禁上演，劇本不得准其再版。」不過，曹禺的《日出》一劇仍於 4 月 3 日上演，共演出 13 場，觀眾 5560 人。〔註168〕由此可見，對於上演話劇及其劇本出版的審查，雖然堅持主要是以政治標準為取捨，但也不乏道德倫理方面的考慮，採取了保守的文化姿態。

自 2 月 16 日，中國國民黨第 5 屆中央常務委員會通過《劇本出版及演出審查監督辦法》以來，由於該辦法規定所有戲劇劇本之出版或演出審查，重慶市統歸中央圖書雜誌審查委員會辦理，經過 3 月 31 日，4 月 11 日的兩次會議，確定了重慶市劇本審查檢查的具體措施，於 4 月 15 日起，由中央圖書雜誌審查委員會和重慶市社會局分別主持審查並聯合進行監督抗戰戲劇活動的進行。這樣，3 月 21 日，童話趣劇《禿禿大王》經修改並另名《猴兒大王》，

〔註165〕《新華日報》1941 年 6 月 1 日。
〔註166〕石曼：《重慶抗戰劇壇紀事》，《重慶文化史料》1991 年第 1 期。
〔註167〕石曼：《重慶抗戰劇壇紀事》，《重慶文化史料》1991 年第 1 期。
〔註168〕石曼：《重慶抗戰劇壇紀事》，《重慶文化史料》1991 年第 1 期第 53 頁。

通過重慶市圖書雜誌審查處審查後再次上演。到 5 月 17 日，五幕喜劇《結婚進行曲》由於作者不同意中央圖書雜誌審查委員會的代爲修改，因而在連演 12 場後停演。〔註 169〕這表明，在中央機構直接控制的雙重審查體制下，對陪都抗戰話劇演出進行日益強化的審查監督，顯然是不利於抗戰話劇活動的正常開展的。

值得注意的是，這一審查制度由於此時並沒有相應的文化思想體系及文藝政策作爲現實依據，對於法令條文的解釋還帶有因人而異的相當大的隨意性。這就導致了第一次霧季公演中掀起高潮的竟是伴隨著《野玫瑰》和《屈原》兩劇先後上演後出現的評價對抗。

1942 年 3 月 5 日，《野玫瑰》在抗建堂上演，共演出 16 場，觀眾 10,200 人；4 月 3 日，《屈原》在國泰大戲院上演，共演出 22 場，觀眾達 32,000 人（首輪演出 3 日至 17 日，第二輪演出從 5 月 13 日至 15 日）。〔註 170〕

兩劇的演出均產生了轟動效應，引起了毀譽參半的激烈爭論。

有人認爲《野玫瑰》是鼓吹「漢奸也大有可爲」的「糖衣炮彈」，「企圖篡改觀眾讀者的抗戰意識」。〔註 171〕同時也有人認爲《屈原》不真實，「與歷史相差太遠」，「牽強」、「滑稽」、「草率」、「粗暴」、「所表現的完全是『恨』」。〔註 172〕從而形成了互不相讓的對攻局面。

到 4 月下旬，由於教育部學術審議會評定《野玫瑰》一劇爲學術三等獎，陪都戲劇界 200 餘人聯名致函中華全國戲劇界抗敵協會，要求向教育部提出抗議，撤消獎項。5 月 16 日，中央文運會和中央圖審會聯合舉行招待戲劇界同人茶會，戲劇界同人再度提出嚴重抗議，要求撤消獎勵，禁止上演。教育部長陳立夫稱審議會獎勵《野玫瑰》乃投票結果，給予三等獎，自非認爲「最佳者」，不過「聊示提倡」而已。文化運動委員會主任委員張道藩稱「抗議是不對的，只能批評」。中央圖書雜誌審查委員會委員潘公展則說《野玫瑰》不惟不應禁止，反應提倡，倒是《屈原》劇本「成問題」，這時候不應鼓吹「爆炸」〔註 173〕——說什麼「什麼要把黑暗劈開，要爆炸，要把一切燒毀，這就

〔註 169〕石曼：《重慶抗戰劇壇紀事》，《重慶文化史料》1991 年第 1 期第 53～57 頁。
〔註 170〕石曼：《重慶抗戰劇壇紀事》，《重慶文化史料》1991 年第 1 期第 54～57 頁。
〔註 171〕方紀：《糖衣毒藥——〈野玫瑰〉觀後》，《時事新報》1942 年 4 月 8 日、11 日、14 日連載。
〔註 172〕王健民：《〈屈原〉、〈孔雀膽〉和〈虎符〉》，《中央週刊》第 5 卷 28 期。
〔註 173〕潘公展：《戲劇界茶會速記》，《時事新報》1942 年 5 月 20 日。

是要造反！」〔註174〕不久，《解放日報》以「獲得教育部學術審議會獎勵的爲
漢奸製造理論根據之《野玫瑰》一劇」爲導語，報導了上述內容，並稱「《野
玫瑰》現在後方仍到處上演」。〔註175〕

在這場針鋒相對的思想交鋒裏，曲折地反映出世界反法西斯陣線形成過
程中對於進行民族解放與實行民主政治之間的微妙衝突。如果不是僅僅停留
在政治的層面上，而是從更爲廣闊的文化視野來看，那麼或許會發現：《野玫
瑰》與《屈原》之間，並非主題的對立，也非人物的對立，而是主題理解上
的對立。

《野玫瑰》中的「野玫瑰」是一個將現實浪漫化之後的戰鬥在秘密戰線
上的民族鬥士，〔註176〕要表達出作者這樣的思想：「凡是對民族光榮生存有利
益的，就應當保存，有損害的，就應當消滅。」〔註177〕

《屈原》中的「屈原」則是一個把歷史現實化之後的爲人民解放而吶喊的
政治性詩人，〔註178〕要顯示出作者這樣的意願：「中國由楚人來統一，由屈原
思想來統一，我相信自由空氣一定要濃厚，學術的風味也一定更濃厚。」〔註179〕

在這首次的霧季公演中，特別是進入 1942 年以來，上演的劇目基本上都
是著眼在服務於抗戰的。國內作者創作的劇本都能從不同角度來反映抗戰現
實的需要，較爲完整地展現出從前線到後方，從普通民眾到抗戰英雄，從行
動到思索，這樣的抗戰全景，即使是在演出外國話劇時，也力圖通過改編使
之與抗戰有關。同時，在表演中克服了形式主義傾向，舞美設計開始了風格
化的探索；但是，話劇演出質量的參差不齊，顯示出話劇演出走向正規化的
必要性。〔註180〕

陪都重慶第一次霧季公演，「在短短五個月中，竟演出了將近四十齣戲、
創造了從未有過的成績。如果我們細細回想過去造成那種盛況的原因；除了
部分應該歸功於戲劇工作者的努力與成就之外」，「很重要的條件是當時的客
觀環境助長了劇運的發展」。由於適應了國民總動員的現實需要，發揮了抗戰

〔註174〕張瑞芳：《舞臺・銀幕生活回顧》，《戲劇藝術》1980 年第 2 期。
〔註175〕《〈野玫瑰〉一劇仍在後方上演》，《解放日報》1942 年 6 月 28 日。
〔註176〕潘顯一：《陳銓及其創作》，《四川大學學報》1993 年第 2 期。
〔註177〕陳銓：《民族文學運動》，《大公報》1942 年 5 月 13 日。
〔註178〕郝明工：《「反抗既成的權威」──從「創造」走向「批判」的郭沫若》，《郭
　　　　沫若學刊》1990 年第 4 期。
〔註179〕郭沫若：《論古代文學》，1942 年 9 月作，收於《今昔集》。
〔註180〕劉念渠：《重慶抗戰劇運第五年巡禮》，《戲劇月刊》第 1 卷 1 期。

話劇運動的社會傳播作用，不但引起了「政府的重視與統制」；更提示了在藝術上再上一層樓的前景：「當時爲了推使劇運經更正確的方向邁大步這是完全有可能的，我們要求，在可能範圍內應該選擇更有積極教育意義的劇本，提高演出的藝術技巧。同時爲了鞏固陣容，齊一步伐，我們要求克服粗製濫造的趕場現象，並且反對那種把演戲當作商業的買賣。」〔註181〕

這樣，就奠定了繼續進行一年一度的霧季公演的現實基礎：在客觀環境既定條件的前提下，有意識地推動抗戰戲劇運動的向前發展。

儘管在 1942 年 9 月三民主義文藝政策的出臺，對包括話劇在內的文藝創作從意識形態方面進行了規定，如《北京人》就被當作「表現不正確意識」的作品。〔註 182〕同時，國民政府社會部以「戲劇節未便與國慶節合併舉行」爲由，宣佈撤消每年 10 月 10 日的戲劇節。但是，這對於已經成爲常年性戲劇活動的霧季公演來說，並未造成實質性的影響，10 月 17 日，即以夏衍新作《法西斯細菌》一劇的上演，拉開了 1942 年至 1943 年度的第二次霧季公演的序幕。

《法西斯細菌》的演出雖然引發了一場關於抗戰話劇眞實性的爭論，〔註183〕然而該劇以太平洋戰爭爆發爲契機，來揭示「法西斯與科學勢不兩立」的現實命題，卻能充分展示出從學者到戰士的人的意識自覺，從而建構了同類題材作品的反法西斯主義的時代主題。在于伶新作《長夜行》一劇於 11 月 24 日上演後，「人生有如黑夜行路，失不得足！」竟成爲人人傳說的警句，〔註184〕表明了人的意識自覺應該立足於現實與時代的共同需要之上。

特別是在 1943 年 2 月 4 日，主要由太平洋戰爭後從香港、上海等地來重慶的戲劇工作者於 1942 年 12 月 29 日成立的中國藝術劇社，首次演出了宋之的新作《祖國在呼喚》一劇，更是將人的意識自覺與反法西斯戰爭緊密地聯繫起來，深刻地揭示出在高昂的愛國熱情促動下，人的心靈的復甦與思考，不僅有著對於法西斯侵略者殘暴行爲的憎恨，而且有著對於固有的生命價值觀念的重估，並統一到對於個人進行重新的自我反省之中：「不管我墮落到什

〔註181〕章罌：《劇季的過去和現在》，《新華日報》1943 年 10 月 21 日。
〔註182〕張道藩：《我們所需要的文藝政策》，《文化先鋒》第 1 卷 1 期。
〔註183〕黃燕茵在《談夏衍底〈法西斯細菌〉》，（《新華日報》1942 年 12 月 30 日）一文中指責作者的「前線主義」，夏衍作《公式，符咒與「批評」》進行反駁（《邊鼓集》美學出版社 1944 年版）；《法西斯細菌》，《文化生活》第 3 卷 3 期。
〔註184〕于伶：《長夜行》新知書店 1942 年版。

麼程度，我總還是一個中國人。老實說，這次打仗叫我懂得了許多事情，要是不打仗，我還不知道敵人是這麼可恨，祖國是這麼可愛呢！」〔註185〕這就充分顯示了正義戰爭對於文化人格重塑的巨大驅動力，在以生命的奉獻來回報祖國的呼喚中，實現了心靈的淨化，情操的昇華，意識的自覺。

1942 年，《蛻變》在重慶再次演出，取得了較之 1940 年首次演出大為不同的演出效果。〔註186〕這是令人不難理解的：隨著抗戰現實的發展，《蛻變》中展現的「我們民族在抗戰中一種『蛻』舊『變』新的氣象」，開始為愈來愈多的人所認同。〔註187〕這正如巴金在《蛻變‧後記》中所寫的那樣：「一口氣讀完了《蛻變》，我忘記夜深，忘記疲倦，我心裏充滿了快樂，我眼前閃爍著光亮。作家的確給我們帶來了希望。」〔註188〕顯然，中華民族「蛻舊變新」已成為抗戰現實的必然。1941 年 10 月 10 日，孤島上海演出《蛻變》，每天日夜兩場，連續 35 天客滿（後遭公共租界工部局的禁演），每次都在「中國中國，你是應該強的」所喚起的同仇敵愾中達到群情激奮的高潮。〔註189〕

1942 年 12 月 21 日，抗建堂改建後由 860 座增至 1000 座，中國萬歲劇團上演《蛻變》，達 28 場。其間引發了強烈的而又廣泛的社會反響，不但報刊上一片盛讚之聲，而且中國萬歲劇團也因演出該劇，「抗戰建國增加莫大效果」，榮獲張治中頒發的獎狀與「力爭上乘」立軸一副。與此同時，中央圖書雜誌審查委員會於 1943 年 1 月決定對《蛻變》「頒發榮譽獎狀及獎金 1000 元」，「分別函請中央宣傳部及教育部，通令各劇團、學校獎勵上演。4 月 21 日，蔣中正觀看《蛻變》後也予以稱讚。」〔註190〕

〔註185〕宋之的：《祖國在呼喚》遠方書店 1943 年版。

〔註186〕沈蔚德在《新文化史料》1979 年第 1 輯上發表的《回憶〈蛻變〉首次演出》稱首次在渝演出為 1939 年「秋冬之際」，顯然有誤。這說明對於史實的把握不應僅憑個人回憶，而應查尋與史實有關的報刊與檔案材料，才能減少主觀性的失誤。參見石曼：《重慶抗戰劇壇紀事》，《重慶文化史料》1990 年第 1 期第 54 頁。

〔註187〕曹禺：《關於〈蛻變〉二字》，《蛻變》文化生活出版社 1941 年版。

〔註188〕巴金：《後記》，《蛻變》文化生活出版社 1941 年版。

〔註189〕柯靈、楊英梧：《回憶「苦幹」》，《中國話劇運動五十年史料集》第 2 輯，中國戲劇出版社 1959 年版。

〔註190〕石曼：《重慶抗戰劇壇紀事》，《重慶文化史料》1991 年第 1 期第 62 頁。1943 年 6 月 22 日《新華日報》刊出《蛻變》暫時禁演的消息，實際上是蔣中正要求對該劇進行修改。田本相等人編著的《曹禺年譜》（南開大學出版社 1985 年版）第 54 頁至 55 頁對此亦有所介紹，但在時間上顯然有誤，不是 1939

《蛻變》一劇所獲得的巨大成功，已經說明對於「蛻舊變新」的必要已經成爲舉國一致的共識。這樣，《蛻變》所著力讚美的主人公也就爲戰時文化的發展樹立了人格楷模。

可見，對於重塑文化人格的呼聲正是發自處於「蛻舊變新」狀態之中的全民族的心聲，同時也是來自開始走上強國之路的祖國母親的呼喚。在這裡，歷史的必然性與現實的可能性，通過時代的紐帶緊密地聯繫在一起，將產生如同《蛻變》所顯示出來的鐵一般的事實：「抗戰非但把人們的外形蛻變了，還變換了他的內質。」

1943 年 2 月 15 日，陪都重慶各報均發表了中國國民黨中央宣傳部新聞處提供的《抗戰以來的話劇運動》一文，它強調抗戰話劇的根本性質在於「一直是現實主義的藝術，是服務於革命的藝術」，並由於「差不多每一個劇本都是指向著這一目標的」，「顯然已有極大的成就與貢獻」，最主要的是體現在對於中國抗戰進行了全面地不斷深入的動態反映：堅持「正面的反映了英勇抗戰」，「揭發敵寇罪行」，「暴露了漢奸的醜態」，「描寫了後方工業的建設」，進而「盡著加速摧毀封建殘餘的作用」，素描了「淪陷區人民生活及其艱苦鬥爭」，特別是「太平洋戰爭爆發以來」，「這一過程的發展」。

這樣就揭示出抗戰話劇新的審美趨向：從紀實性和正面性開始轉向史詩性和重構性。同時，對於如何促進這一審美趨向的不斷發展，也開始了有益的探討。

1942 年 12 月來重慶的《紐約時報》駐中國特派員，戲劇評論家愛金生，於 1943 年 3 月發表了《一個外國人論中國戲劇》，他綜述了兩個月來自己在重慶所看到的戲劇演出，認爲搬上舞臺的話劇都有宣傳意義，顯示了集體向共同目標努力，因而成爲抗戰戲劇運動中的最佳活動；同時也承認「中國戲劇界是有技能和天才的」，但由於戰時條件的限制，即使如《蛻變》這樣的「傑出」之作，也還是存在著種種不足，結果「不是戲劇表現出來思想，只是劇本對觀眾影響的測量」，進而指出「假如他們有較現在更適宜而自由的工作條件，顯然他們是有燦爛的未來。」〔註191〕眞可謂旁觀者清。

年而是 1943 年，因爲所稱導演與演員均係再次演出成員。顯然又一次證明個人回憶之不可靠。

〔註191〕《風雲》第 1 卷 2 期，轉見石曼：《重慶抗戰劇壇紀事》，《重慶文化史料》1991 年第 2 期第 45 頁。

　　然而，當局者也並非總是迷。劉念渠在《一九四三年的重慶舞臺》一文中指出：第二次霧季公演進入 1943 年，話劇演出「主要的，依然是由五個劇團在三個劇場裏表現著它的成就的。」這五個劇團是國營的職業劇團中國萬歲劇團，中電劇團，中央青年劇社和民營的職業劇團中華劇藝社、中國藝術劇社。〔註 192〕三個劇場是抗建堂、銀社、國泰大戲院。

　　「五個劇團各有其自的作風，不能強同也不必強同。從演出次數上，從演出目錄的選擇上，從舞臺的成就上，從各個份子的生活和思想上，我們不難分辨各種作風之間的差異與距離」。

　　「儘管藝術上的成就有高下低劣之別，舞臺上的表現正直接的或間接的向廣大的觀眾盡其教育的作用，從而完成了演劇的社會任務。」

　　「歷史劇提出了民族英雄的典型（《正氣歌》與《金鳳剪玉衣》），汲取了歷史的教訓（《孔雀膽》與《石達開》）；現代劇展開了多方面的生活場景與人生形象，或為淪陷區的（《杏花·春雨·江南》與《還鄉記》），或為大後方的（《大地春回》與《繁菌》），或揭開了大家庭的悲劇（《家》與《金玉滿堂》），或表現了某一部門事業的艱苦奮鬥（《桃李春風》與《戲劇春秋》），或涉及了戰時兒童教育（《小主人》），外國劇《復活》控訴著舊的社會並指示著未來的道路，《安魂曲》更號召人類為著幸福而搏鬥。」〔註 193〕

　　「積極的主題，現實的題材，正確的啓迪，響亮的號召——這一切，是通過了藝術形象來完成的。而效果的宏偉有無，永遠與藝術的高下優劣成正比。」而「編劇，導演，演技與裝置，同樣的，還存在著種種或大或小的弱點。原因呢？不是主觀上才力不足，就是客觀上限制太多，或者兩項兼俱。才力不足可能在不斷的學習和研究中彌補」，一方面是「新人的出現，給重慶舞臺帶來了新的力量與新的光輝」，另一方面是「在實踐中提高一般的技術水準與文化水準」。「客觀的限制可能隨著時間推移而逐漸減少」，要進行「節約運動」，「免除捐稅運動」，「保障劇人生活福利運動」。「不管怎樣艱辛，依然為了演劇運動與演劇藝術而戰鬥，是戲劇工作者的義務，為了演劇運動與演劇藝術而要求改善環境與生活，是戲劇工作者的權利！」

〔註 192〕中華劇藝社於 1943 年底離開重慶去成都演出。

〔註 193〕該文是就 1943 年全年演出而論的，所以也提到了第三次霧季公演中演出的若干劇目，如《杏花·春雨·江南》，《還鄉記》，《桃李春風》，《戲劇春秋》等，但仍以第二次霧季公演為重點進行探討。

　　可見，抗戰話劇的發展與爭取創作和生存的自由權利是互爲依存，互爲促進的，它是戲劇工作者一身而二任的歷史使命，更是抗戰戲劇運動的現實需要：「這需要人，這需要戰鬥，這需要人的戰鬥，這需要戰鬥的人。歷史傳統加諸人的精神與生活的枷鎖必須粉碎，人得是自由的人，是堂堂正正的人。」〔註194〕無論是在舞臺上，還是在現實中，都呼喚著這樣的「人」的出現。

　　1943 年到 1944 年度的第三次霧季公演，就是在這樣的時代氛圍中拉開序幕的，走向了更加貼近生活描寫現實，更加注重個人塑造形象的藝術道路。這就是以陪都重慶的人和事爲藝術復現對象的《山城故事》與《重慶屋檐下》的創作演出，較之《霧重慶》和《重慶二十四小時》，對生活揭示的深度與反映的廣度都有所提高，尤其是《重慶屋檐下》不但引起一次又一次的對號入座者的干涉，以至發展到對簿公堂的地步，而且引發了關於該劇是否具有真實性的激烈爭論。〔註195〕

　　中國藝術劇社於 10 月 8 日上演于伶新作《杏花·春雨·江南》，展示了淪陷區人民在 1942 年新戰爭局勢的驅動下終於走向戰鬥的艱苦歷程。爲此，中央圖書雜誌審查委員會以演出該劇，提倡人倫氣節，激勵捐輸報國，特頒以榮譽獎狀。

　　中電劇團於 10 月 10 日上演袁俊新作《萬世師表》，塑造了老中青三代教育工作者敢於爲民族獨立解放獻身的忠勇無畏的形象，激起強烈反響，蔣經國看後，邀請中電劇團在蔣中正生日前夕進行專場演出；在 10 月 30 日又上演了老舍、趙清閣合作《桃李春風》一劇，則因合於提倡教育的宗旨，且藝術造詣亦深，中央文運會文藝獎助金管理委員會獎給該劇作者及導演與演出者各 4 千元，中央圖書雜誌審查委員會也予以獎勵。

　　中央青年劇社繼 10 月 13 日在新建劇場青年館演出吳祖光的《少年遊》之後，又於 10 月 21 日在銀社上演朱彤根據《紅樓夢》改編的《鬱雷》，對不同時代中國青年的命運進行形象的揭示，對各界青年產生了不小的影響。〔註196〕

　　此時，夏衍在 11 月 11 日創刊於重慶的《戲劇時代》上發表《論正規化》一文，主要針對陪都重慶的戲劇工作者已經從「業餘」逐漸轉向職業化，話劇運動因此而處於「轉形期」，提出應該著重技藝的提高，爲將來的正規化劇

〔註194〕劉念渠：《一九四三年的重慶舞臺》，《時與潮文藝》第 2 卷 5 期。
〔註195〕石曼：《重慶抗戰劇壇紀事》，《重慶文化史料》1991 年第 2 期第 52 頁。
〔註196〕石曼：《重慶抗戰劇壇紀事》，《重慶文化史料》1991 年第 2 期第 52～53 頁。

院作準備；應該養成職業道德，端正做人態度和工作態度，從而使話劇運動走上正軌，推動抗戰戲劇運動的向前發展。〔註197〕

但是，職業化固然使戲劇工作者走上戲劇藝術正規化的道路，同時也使戲劇演出成為商業化的活動。因此，有必要解決好這兩者之間的關係：適度的商業化是有助於加快正規化的進程的，而過渡商業化則會造成適得其反的後果，特別是在戰時經濟體制下，更容易走向反面，走向「市儈化」──「為了維持經常演出的組織和開支，就不得不把演出本身來犧牲。」〔註198〕

這表明，陪都重慶的話劇運動已經面臨著怎麼辦的問題。

《戲劇春秋》兩度演出的成功則表明，〔註199〕中國話劇運動既是中國社會發展的縮影，又是中國戲劇工作者個人成長的過程。這樣，戲劇工作者就通過對自身生活的藝術加工，展現了對於「人」的重塑。可以說抗戰話劇的確開闢了中國戲劇發展史上的新時代。

國民政府社會部於此時明令確立每年2月15日為戲劇節，中華全國戲劇界抗敵協會於12月24日組成1944年戲劇節演出委員會，籌備戲劇節的慶祝演出，由此促進霧季公演的進行。1944年2月14日，中華全國戲劇界抗敵協會在陪都重慶通過廣播電臺向全國發出「攜起手來，更勇敢地前進」的號召，表示要「永遠永遠站立在中國民族中國人民的立場，為民族自由，民權平等，民生幸福的新中國而工作，而創造，而奮鬥」。〔註200〕

魯覺吾在《抗戰七年來之戲劇》一文中，主要是根據中國話劇運動在抗戰時期的發展狀況，從「量、質、用三方面作一個概況的總檢討」。該文對「量」和「用」分別進行了簡單的介紹：一方面是為著抗戰宣傳與民眾動員，就產生了「全力利用戲劇的必要」，全國「至少有五六千個」各類劇團，創作了「兩千五百種左右的獨幕劇及多幕劇」；另一方面是反映人生的抗戰劇，「在時代的使命上有大用」，「即使是與抗戰無關的戲，也多數是間接有助於抗戰的」。

該文以主要篇幅對「質」進行了重點檢討，指出大後方，特別是陪都重慶，「大劇團因為劇藝水準的提高規模一天天的擴大，從戲劇本身講是一種進

〔註197〕石曼：《重慶抗戰劇壇紀事》，《重慶文化史料》1991年第2期第54頁。

〔註198〕焦菊隱：《擴大抗戰戲劇的領域》，《新華日報》1944年2月15日。

〔註199〕石曼：《重慶抗戰劇壇紀事》，《重慶文化史料》1991年第2期第54、55、58頁。

〔註200〕《攜起手來，更勇敢地前進！──中華全國戲劇界抗敵協會三十三年戲劇節廣播詞》，《戲劇時代》第1卷4～5期合刊。

步」，即使是燈光道具化裝諸部門也進步多了。至於「劇本的重要性是不可否認的」，出現了對戰時生活進行較爲深刻與廣泛的反映的藝術趨向。但是，「大部分演員是不合符客觀要求的」，「半路出家的太多」，以至「優秀的停滯而退步，後起的又沒有幾個人接得上」。關於導演，「多數還是勉強的」，「不得已而登臺拜師，結果許多好劇本，往往給他弄糟，許多可以將就的演員無法夠水準」。〔註201〕

　　這樣，編、導、演的脫節勢必造成舞臺演出質量的降低，對霧季公演構成潛在的威脅。果然，在 1944 年至 1945 年度的霧季公演，就因爲眾多話劇在上演過程中，「沒有能夠達到最完美的創造」，難以在「整體的完美中得到眞實的意義」，從而使這一次的霧季演出「乃是歉收的一季」。要從根本上改變這種狀況，當務之急，就是要有這樣的認識：「小之整個戲和園的動靜，大之整個國家與世界的變化，無一不影響著每一個人所從事的藝術創造。不去正確的理解這一串相互關聯相互影響的大事小事，劇作者寫不出好劇本，演員創造不出人物，就是戲劇行政負責人也將無法籌劃並推進他的演出工作」。

　　「不能只是一個希望，而是再進軍的目標；不能只是你等我待，而要並肩攜手的戰鬥與爭取。再接再勵的實踐將保證著在一片清新的天地裏從舞臺上響起人民戲劇的宏亮的聲音！」〔註202〕

　　在這裡，走向自覺的人將把握住生活的眞實，創造出完美的天地，實現文化意識的轉換，走進現代。抗戰話劇、抗戰文藝……都同樣展現了這一文化重建的全過程。

〔註201〕《文化先鋒》第 3 卷 23 期。
〔註202〕劉念渠：《歉收的一年——論抗戰第八年重慶演劇》，《時與潮文藝》第 5 卷 4期。

餘論　中國文化轉型與陪都戰時大學

一、「現代國家」的轉型導向

　　中國文化現代轉型的最終目標，就是在破除傳統皇權帝國專制的歷史進程之中，一步步走上現代民族國家的自由發展之路，從而在不斷消解自身文化發展的滯後狀態的同時，與世界各國的現代化進程得以逐漸保持同步。

　　對於這一文化現代轉型的中國暢想，當始於梁啓超在 1900 年初發表的《少年中國說》。該文開篇即指出：「日本人之稱我中國也，一則曰老大帝國，再則曰老大帝國。是語也，蓋襲譯歐西人之言也。嗚呼！我中國其果老大矣乎？任公曰，惡，是何言！是何言，吾心中自有一少年中國在，」這是因爲此時被視爲老大帝國的中國，已經是步履蹣跚地開始了少年中國的跨世紀之行。

　　少年中國之國，絕對不是固有的帝國——誠如梁啓超所說「夫古昔之中國者，雖有國之名，而未成國之形也，或爲家族之國，或爲酋長之國，或爲諸侯封建之國，或爲一王專制之國」，由此而考察中國歷史上諸多所謂的國，其結論自然無疑就會是——「且我中國疇昔，豈嘗有國家哉？不過有朝廷耳。」那麼，與傳統帝國相對立的國家，又應該是什麼樣的呢？在梁啓超看來就是：「夫國也者爲何物也？有土地，有人民，以居於其土地之人民，而治其所居之土地之事，自制法律而自守之；有主權，有服從，人人皆主權者，人人皆服從者。夫如是，斯謂之完全成立之國。」這就表明，梁啓超所說的「完全成立之國」，就是要建立完全實施民主民治的公民之國與法治之國這樣的現代國家。所以，「地球上之有完全成立之國也，自百年來以來也。完全成立者，壯年之事也；未能完全成立而漸進於完全成立者，少年之事也。故吾得一言

以斷之日：歐洲列邦在今日為壯年之國，而我中國在今日為少年之國。」這樣，少年中國就是處於文化現代轉型過程中的中國。

最後，梁啟超提出了這樣一個現實命題：「製出將來之少年中國者，則中國少年之責任也。」由此指出中國少年面臨著兩相悖離的個人選擇：「使舉國之少年而果為少年也，則吾中國為未來之國，其進步未可量也；使舉國之少年而亦為老大也，則吾中國為過去之國，其澌亡可翹足而待也。故今日之責任，不在他人，而全在我少年。」顯然，中國少年只有承擔起這樣的責任，才有可能推動少年中國的不斷成長——「少年智則國智，少年富則國富，少年強則國強，少年獨立則國獨立，少年自由則國自由」。中國少年的個人發展將成為少年中國成長的基本前提，非如是，方能如梁啟超那樣來歡呼：「美哉我少年中國，與天不老！壯哉我中國少年，與國無疆！」〔註1〕至此，可以說《少年中國說》實際上在中國首次倡導了現代中國的建立與現代青年的培養必須同時進行。

只不過，《少年中國說》的這一倡導，雖然令人激情澎湃而又耳目一新。但的確也難免使人有說理粗淺而美中不足之感。因此，梁啟超在一年之後發表《十九世紀之歐洲與二十世紀之中國》一文，指出「十八世紀之末，法國大革命起」，「而自由之空氣，遂遍播蕩於歐洲」，「俄羅斯之民，前此不知有所謂平等主義自由思想者，故相與習而安焉，謂為固然，雖經百數十年不動可也。及經一度改革之後」，「終不能不行歐洲大陸之政體，此全世界有識者所同料也，吾中國亦若是而已」，〔註2〕這就明確提出建立現代中國必須沿著平等自由的歷史軌道前行。

如果說，梁啟超不僅注重政體改革以推進中國文化轉型，在1902年初創辦《新民叢報》，發表系列文章以大力鼓吹「新民說」。在第一篇發表的《論新民為今日中國第一急務》之中，就強調「新民云者，非新者一人，而新之者又一人，則在吾民之各自新而已。孟子日：『子力行之，亦以新子之國。』自新之謂也，新民之謂也」。企圖通過人人各自新而力行，來達到這樣的政治目的——「然則苟有新民，何患無新制度，無新政府！」〔註3〕由此可見，在

〔註1〕 梁啟超：《少年中國說》，《清議報》第35冊，1900年2月10日。

〔註2〕 梁啟超：《十九世紀之歐洲與二十世紀之中國》，《清議報》第93冊，1901年10月3日。

〔註3〕 梁啟超：《論新民為今日中國第一急務》，《新民叢報》創刊號，1902年2月8日。

新世紀之初，梁啟超從倡導「少年中國說」，到鼓吹「新民說」，雖然主要是在文化轉型的制度層面上進行個人言說，但是其社會影響還是較爲深遠的，在1915年新文化運動興起之後，先後出現的少年中國學會、新民學會等社團，無疑證實了這一影響在現實中的依然存在。

不過，隨著「中國少年」在新文化運動中被替換爲「新青年」，本應該成爲新青年中一員的青年學生，卻使新文化運動的倡導者感到失望——「本志經過三年，發行已滿二十冊，所說的都是極平常的話，社會上卻大驚小怪，八面非難，那舊人物不用說了，就是呱呱叫的青年學生，也把《新青年》看作一種邪說、怪物，離經叛道的異端，非聖無法的叛逆。本志同人，實在是慚愧得很，對於吾國革新的希望，不禁抱了無限悲觀。」〔註4〕這是爲什麼呢？

從1901年以來，清政府開始大力推行「新政」，並於1905年廢除科舉制度，中國的學制便從傳統的權力等級制的三級學堂，逐漸轉換爲現代的教育分級制的三級學校，即便是大學與大學生在數量上不斷增加，但是並沒有能夠隨之造就出相應的大批具有現代意識的新青年。也許，陳獨秀等先生們面對如此大學教育的中國現狀，便「抱了無限悲觀」，也就成爲難以避免之事。這是因爲，新青年的成長需要時間，更需要人生體驗，如果與先生們的求學與人生的經歷相比較，似乎多少有點兒苛求意味在其中吧。

梁實秋在《清華八年》一文之中這樣寫道：「清華是預備留美的學校，所以課程的安排與眾不同」，上午的英語、數學、生物、物理、化學、政治學、社會學、心理學等等，「一律用英語講授」；下午的國文、歷史、地理、哲學史、倫理學、修辭、中國文學史等等，「都一律用國語」，「上午的老師一部分是美國人，一部分是能說英語的中國人。下午的老師是一些中國的老先生，好多都是在前清有過功名的」。按照英語和國語進行分別上課，「但是也有流弊，重點放在上午，下午的課就顯得稀鬆。尤其是在畢業的時候，上午的成績需要及格，下午的成績則根本不在考慮之列。因此大部分學生輕視中文的課程，這是清華在教育上最大缺點」。

再加上中文教師「薪給特別低，集中住在比較簡陋的古月堂，顯然中文教師是不受尊重的。這在學生的心理上有不尋常的影響。一方面使學生蔑視本國的文化，崇拜外人；另一方面激起反感，對於洋人偏偏不肯低頭」。所以，「我下午上課從來不和先生搗亂，上午在課堂裏就常不馴服」。不過，求學生

〔註4〕陳獨秀：《〈新青年〉罪案之答辯書》，《新青年》6卷1號，1919年1月15日。

涯之中令人最難以忘懷的，則是梁啓超先生演講的《中國韻文裏表現的情感》，「我個人對中國文學的興趣就是被這一篇演講所鼓動起來的」。這當然是因爲「任公先生的學問事業是大家敬仰的，尤其是他心胸開朗思想趕得上潮流，在『五四』以後儼然是學術重鎮」。〔註5〕

實際上，就在 1922 年 4 月，梁啓超寫成《五十年中國進化概論》一文，來討論中國文化現代轉型的跨世紀進程。儘管此文是爲《申報》創刊 50 週年而作，但實際上考察了從十九世紀下半葉興起「師夷之長技」的洋務運動，到世紀交替之中鼓吹「變法維新」的變法運動，再到二十世紀初呼喚「吾人最後之覺悟」的新文化運動，也就是半個世紀以來中國文化現代轉型的三期歷程——首先，「第一期，先從器物層面上感覺不足」，因爲「外國的船堅炮利，確是我們所不及，對於這方面的事項，覺得有舍己從人的必要」；其次，「第二期，是從制度上感覺不足」，「所以拿『變法維新』作一面大旗，在社會上開始運動」，儘管「他們的政治運動，是完全失敗」；最後，「第三期，便是從文化根本上感覺不足」，也就在於「文化是整套的，要拿舊心理運用新制度，決然不可能，漸漸要求全人格的覺悟」。〔註6〕

顯而易見的是，梁啓超關於中國文化轉型進程的「三期說」，無疑提出了兩大重要的文化研究命題。第一個文化研究命題是有關中國文化轉型研究的現實命題，中國文化的現代轉型是逐層遞進式的，即從洋務運動到變法運動再到新文化運動，經過層層運動的推進，才形成了從器物層面到制度層面再到心理層面這樣「整套的」文化現代轉型。第二個文化研究命題則是關於文化構成的理論命題，文化的基本構成具有三大層面，即器物層、制度層、心理層，器物層是文化構成的表層，制度層是文化構成的中層，而心理層爲文化構成的深層，三者之中器物層最爲活躍，心理層最爲穩定，而制度層作爲中介層面將表層的活躍與深層的穩定緊密地聯繫起來，從而爲中國文化爲何呈現出逐層遞進的現代轉型，提供了理論探討的學術思路。

問題在於，梁啓超即使在此時，實際上更爲注重的是如何「運用新制度」這一政治問題，事實上揭示出中國文化現代轉型過程中已經產生出政治化傾向。對於這一文化轉型政治化傾向的大力促動，在新文化運動倡導者的言說

〔註5〕 梁實秋：《清華八年》，楊揚等選編：《文人自述》，杭州大學出版社 1998 年版。
〔註6〕 梁啓超：《五十年中國進化概論》，抱一編：《最近之五十年》，申報館 1923 年版。

之中，就已經顯現出來：儘管早在 1916 年，陳獨秀就提出「以倫理覺悟爲吾人最後覺悟之最後覺悟」，強調政治覺悟當以倫理覺悟爲基礎，〔註 7〕但是，在一年之後所發表的《文學革命論》一文中，他則高聲吶喊「今欲革新政治，勢不得不革新盤踞於運用此政治者精神界之文學」，「由此而求革新文學，革新政治」的趨向一致，〔註 8〕最終促成了同人文化刊物的《新青年》轉爲中國共產黨的理論刊物，無疑也就證實了文化現代轉型政治化的中國存在。

中國文化現代轉型的政治化傾向直接影響著大學生這一青年群體。盧隱在《大學時代》一文中這樣寫道：「各種新學說如雨後春筍般，勃然而興。我對於這些新學說最感興趣，每每買些新書來看，而同學之中十有八九是對於這些新議論，都畏如洪水猛獸」；「這個時候正是國家多事之秋」，可「我整天爲奔走國事忙亂著」，「這些事我是頭一遭經歷，所以更覺得有興趣，竟熱心到飯都不吃，覺也不睡」；然後，「我整天的看書，研究社會問題」，「因此我的思想眞有一日千里的進步了。我瞭解一個人在社會上的所負責任是那麼大，從此我才決心要作一個社會的人」。〔註 9〕中國文化現代轉型的政治化對於大學生的影響由此可略見一斑。

除了中國文化現代轉型呈現出政治化的傾向之外，引人關注的另一話題就是文化現代轉型之中如何推進中國的現代化。首先，是否需要「中國本位的文化建設」呢？1935 年，「新年裏，薩孟武、何柄松先生等十位教授發表一個《中國本位的文化建設宣言》，在這兩三個月裏，很引起了國內人士的注意。我細讀這篇宣言，頗感失望」。這主要是因爲「十教授在他們的宣言裏，曾表示他們不滿意於『洋務』『維新』時期的『中學爲體西學爲用』的見解。這是很可驚異的！因爲他們的『中國本位的文化建設』正是『中學爲體西學爲用』的最新式的化裝出現」——「『根據中國本位』，不正是『中學爲體』嗎？『採取批評態度，吸收其所當吸收』，不正是『西學爲用』嗎？」然而，「我的愚見是這樣的，中國的舊文化的惰性實在大的可怕，我們正可以不必替『中國本位』擔憂。我們肯往前看的人們，應該虛心接受這個科學工藝的世界文化和它背後的精神文明，讓那個世界文化充分和我們的老文化自由接觸，自由切磋琢磨，借它的朝氣銳氣打掉一點我們的老文化的惰性和暮氣。將來文化

〔註 7〕　陳獨秀：《吾人最後之覺悟》，《青年雜誌》1 卷 6 號，1916 年 2 月 15 日。
〔註 8〕　陳獨秀：《文學革命論》，《新青年》2 卷 6 號，1917 年 2 月 1 日。
〔註 9〕　盧隱：《大學時代》，楊揚等選編：《文人自述》，杭州大學出版社 1998 年版。

大變動的結晶品，當然是一個中國本位的文化，那是毫無可疑的。」〔註10〕

這實際上涉及到這樣一個現實問題，如果否認「中國文化的本位建設」，是否應該主張「全盤西化」呢？早在1929年，胡適就進行這樣的思考——「主張全盤的西化，一心一意的走上世界化的路」。只不過，由於此時「各地雜誌報章上討論『中國本位文化』『全盤西化』的爭論」，胡適提出「為免除許多無謂的文字上或名詞上的爭論起見，與其說『全盤西化』，不如說『充分世界化』」。〔註11〕然而，陳序經則與胡適針鋒相對，堅持為「全盤西化」進行辯護，批評「充分世界化」這一說法，「很容易被一般主張折衷，或趨於復古者當作他們的護身符」，因為只是強調「充分」，而無視汲取「全盤」的西洋文化，故而堅守「全盤西化」這一個人立場。〔註12〕不過，陳序經對「全盤西化」的頑強守護，更多地出於文字之爭中的個人意氣，而不是來自如何進行中國文化現代轉型的慎密思考。

這是因為早在兩年前的1933年，陳序經所發表的《教育的中國化與現代化》一文中，就指出「所謂沒有經過現代化的中國，不外是舊的中國。舊的中國，是舊時代的產兒。從新的時代或現代看去，舊的中國，若不是落後的中國，至少也是『古董』的中國」，因而「適合現代的中國，就是新的中國。要是整個中國是新了，是現代化了，那麼教育也必定是現代化了」。「我們的見解是：全部的中國文化是要徹底的現代化的，而尤其是全部的教育，是要現代化的，而且是要徹底的現代化」，「低級教育固是要如此，高等教育也是要如此」，「惟有現代化的教育，才能叫做新的教育」。〔註13〕

儘管陳序經所堅持的「全盤西化」，所指的是全部西洋文化，也僅僅是「充分世界化」中國視野之中的世界文化重要組成部分之一，但是，當「全盤西化」從名詞演變為動詞，自然容易引起從時人到後人的不斷誤認。問題在於，陳序經所提出的現代化是中國及其教育由舊而新的轉型必經之路，顯然是集從少年中國到現代中國，從中國少年到現代青年之大成的個人開端，無疑是具有高度建設性的，在促成現代中國與現代青年並重這樣的文化意識開始趨向舉國認同的同時，更是激勵著生活在大學中的青年們去身體力行。

〔註10〕 《試評所謂「中國本位的文化建設」》，《胡適論學近著》，上海商務印書館1935年版。

〔註11〕 胡適：《充分世界化與全盤西化》，《大公報》1935年6月23日。

〔註12〕 陳序經：《全盤西化的辯護》，《獨立評論》第160號，1935年7月。

〔註13〕 陳序經：《教育的中國化和現代化》，《獨立評論》第43號，1933年3月。

　　葉君健在《去國行》中寫道：「1943 年我在中央大學（現改爲南京大學）外文系教書，第二次世界大戰打得正酣，但已開始發生了不利於以德國、意大利和日本所組成的、貫串東西方世界的所謂『軸心』法西斯聯合陣線的轉變」。於是乎，「英國的文化委員會開始初步嘗試著開展中英的文化交流。它派來了兩位學者來中國與中國的學術界人士接觸」，其中，英國牛津大學的希臘文學教授道茲「來到中央大學住了一陣」，「我那時只有二十九歲。我們交談了多次。他覺得我既是研究西方文學的，而且還譯了一些西方文學名著，如果能有機會去英國進修一陣，將大有助於我的研究工作，也有助於提高和擴大我在這方面的修養和視野」。爲此，道茲特地「代表英方戰時宣傳部對我邀請」，「赴英國演講中國人民的抗戰事蹟」；而「作爲我戰時工作的報酬，我可以獲得一筆研究費進英國大學進修，這就屬於文化交流的範圍」。

　　經過了種種磨難，「不久我就接到指定的醫院去進行全面體檢的通知，看來出國有希望了」。不過，國民政府教育部又發來一個通知──「自費留學生必須參加『出國人員培訓班』」。「蔣介石很重視這次對未來高級『建國』人才的思想訓練。他每星期一必親自來做『紀念週』，由他的公子蔣經國陪同。這『思想工作』做的那麼認眞，對我說來，倒是一次不尋常的經歷」。「但眞正成行的時候，我又猶豫起來」──「我離開這些苦難中的人，隻身去國外，在感情上，在道義上如何能說服自己？但一想到現在能有一個機會到國外去宣傳絕大部分中國人」，如何「與日本侵略者展開鬥爭的業績，我又覺得有必要離開。我終於決定去英國」。〔註14〕在這裡，確實使人能夠看到一個大學青年教師「去國」前後的個人心路歷程，展現出抗戰時期的中國青年一心爲國爲民的現代文化底蘊。

　　更爲重要的是，作爲國民黨總裁與國民政府主席的蔣中正爲何如此重視這樣的「思想訓練」呢？事實上，在抗戰期間，蔣中正不僅僅是要重視如此「思想訓練」，更是關注整個中國教育的戰時發展，提出了如何建立現代中國與培養現代青年的戰時教育基本方針。1939 年 3 月 3 日，蔣中正在陪都重慶舉行的第三次全國教育會議上發表訓詞，稱「我們第一次全國教育會議，是民國十七年五月招集的。第二次全國教育會議是在民國十九年四月招集的，這次是第三次全國教育會議，距離前屆的會議，已有八年餘，會議的舉行，這在我們全國抗戰建國積極革命的時期，所以使命是特別重大」，隨後對戰時

─────────────────────

〔註14〕葉君健：《去國行》，楊揚等選編：《文人自述》，杭州大學出版社 1998 年版。

教育基本方針進行了兩方面的具體闡釋。

首先，「我們爲適應抗戰需要，符合戰時環境，我們應該以非常時期的方法，來達成教育本來的目的，運用非常的精神來擴大教育的效果，這是應該的」。因此，「切勿爲應急之故，而丟卻了基本。我們這一戰，一方面是爭取民族生存，一方面就要於此時期中改造我們的民族，復興我們的國家，所以我們教育上的著眼點，不僅在戰時，還應當看到戰後。我們要估計到我們國家要成爲一個現代國家，那麼我們國家的智識能力應該提高到怎樣的水準，我們要建設我們的國家，成爲一個現代的國家」。

其次，「我們不能因爲說因爲戰時，所有一切的學制、課程和教育法都可以擱在一邊；因爲在戰時了，我們就把所有的現代青年，無條件的都從教室、實驗室、研究室裏趕出來，送到另一種境遇裏，無選擇無目的地去做應急的工作。我們需要兵員，必要時也許要抽調到教授或大學專科學生。我們需要各種抗戰的幹部。我們不能不在通常教育系統之外去籌辦各種專門人才的訓練。但同時我們也需要各類深造的技術人才，需要專精研究的學者，而且尤其在抗戰期間，更需要著各種基本教官」。〔註15〕

從這一戰時教育基本方針的提出，可以看到的就是：無論是在抗戰期間之內，還是在抗戰勝利之後，推進並堅持現代國家的中國建立與現代青年的大學培養，無疑都是中國現代文化轉型過程之中不可或缺的原動力。更爲重要的是，現代國家與現代青年並重的現代意識，終於在抗戰時期形成舉國上下的一致共識，從而使如何建設「現代的國家」成爲中國文化現代轉型在抗戰時期的文化導向。

二、「現代青年」的戰時搖籃

二十世紀的中國文化現代轉型，面臨著形形色色的政治暴力，乃至戰爭陰雲的不斷威脅，成爲文化轉型政治化的負面構成。在這裡，儘管可以對任何戰爭進行正義與非正義之分，但是，通常能夠形成人類社會共識的，戰爭的正義性與非正義性主要是針對侵略戰爭而言的。因此，無論是中國抗日戰爭，還是第二次世界反法西斯戰爭，因爲同屬抗擊侵略者的戰爭，也就必定是正義的，凡是侵略者發動的戰爭必定是非正義的，然而，勝利最終屬於正

〔註15〕《第二次中國教育年鑑》，第二編第四章第 52、53 頁，上海商務印書館 1946年版。

義的反侵略的中國與世界各國這一方。

　　儘管戰爭給遭受侵略的中國及世界各國帶來民族劫難，但是，國家與民族在承受戰爭種種危機的同時，也迎來種種生機——固有的本土文化秩序在戰爭進程之中一邊被破壞，一邊又促成了前所未有的文化秩序的戰時重建，而抗戰時期以陪都重慶爲中心的大後方高等教育體系正是在重建之中成爲「現代青年」的戰時搖籃，所謂抗戰時期大後方以大學爲主體的文化四壩——沙坪壩、夏壩、白沙壩、華西壩——前三壩都先後歸屬於重慶的行政區劃。

　　抗日戰爭全面爆發之前，全國包括國立、省立、私立在內的專科以上的高等學校 108 所，「大都集中在都市及沿海省份，例如上海就有 25 校，北平 14 校，河北省 8 校，廣東省 7 校」。自從 1937 年 7 月 7 日盧溝橋事變之後，到 1938 年 8 月，短短的一年間，「在 108 校中，有 25 校事實上不得不因戰爭而暫行停頓，繼續維持者尚有 83 校」，「其中 37 校被迫遷移於後方」。與此同時，抗戰全面爆發前高校教師、職工、學生三者的人數分別爲 7560 人、4290 人，41900 餘人；抗戰全面爆發後，教職工的總人數在一年間，起碼減少了五分之一，學生則更是縮減了一半以上；而「我國高等教育機關之損失，就其可知者，已達 3360 餘萬元之巨」，「關於中國各方面所搜集之材料」，「均爲極足珍貴之物，今後亦無重行收集之可能，故不能徒以金錢數字爲之表現」。總而言之，高等學校「關係我國文化之發展，此項之損失，實爲中華文化之浩劫」。〔註16〕這就無可辯駁地證實，在這一中華文化浩劫之中，損失最大者在事實上就是作爲現代青年主體之一的大學生群體的迅速流失，從而直接威脅到抗戰時期中國高等教育的生死存亡，更是動搖著建設現代中國的文化根基。

　　這是因爲，無論是校園，還是教室，都可以在短短時間內恢復，而大學生從在校到畢業的人數恢復則需要長達數年的培養週期，更不用說，在戰火紛飛之中失去學習機會，甚至失去生命的眾多莘莘學子。所以，爲了保護建設現代國家的青年棟樑，更爲了保存中華文化的青春血脈，抗戰時期的中國大學，不得不開始由東向西的遷徙。這首先是中華民族爲了持久抗戰而進行的戰略大轉移，在抗戰時局的急劇變動之中，盡可能地保護戰火摧殘之中的各類高等學校，爲其發展保留一線生機；這其次是中華民族爲了抗戰到底而進行的政略大調整，在戰時體制的不斷改進之中，盡可能地重建碩果僅存的

〔註16〕顧毓繡：《抗戰以來我國教育文化之損失》，《時事月報》19 卷 5 期，1938 年10 月。

各類高等學校，爲其發展提供現實契機；最後是中華民族爲了文化復興而進行的現代大轉型，在抗戰建國的意識引導之中，盡可能地布局舉國一體的各類高等學校，爲其發展促成良機。因此，在整個抗戰時期，只有通過各類高等學校不斷地進行由東向西的戰時轉移，才有可能促使中國大學在戰爭陰霾的危機重重之中，開闢出一條走向抗戰勝利的生機盎然的發展之路來。

中國大學在抗戰時期是如何走出這樣的生路來的呢？首先，取決與戰爭態勢的風雲變幻，最先遭受日本侵略者鐵蹄踐踏的地區，被迫率先向大後方的中國西部撤離。此時，距離盧溝橋事變最近的平津地區，諸多高校隨即遭到了日軍的暴力摧殘——在北平，北京大學、清華大學等高等學校的校園紛紛被日軍搶佔爲兵營、傷兵醫院，北京大學的紅樓甚至成爲日本憲兵隊的駐地，而其地下室則成爲關押抗日人士的地牢，與此同時，北京大學的圖書、儀器、教具被日軍破壞與焚毀；〔註17〕在天津，南開大學更是遭到了日軍的大肆蹂躪，據中央通訊社報導，從 1937 年 7 月 29 日至 30 日，「兩日來，日機在天津投彈，慘炸各處，而全城視線，猶注意於八里臺南開大學之煙火」，與此同時。7 月 29 日，「日炮隊亦自海光寺向南大射擊，其中四彈，落該院圖書館後刻已起火」，7 月 30 日，「日方派騎兵百餘名，汽車數輛，滿載煤油到處放火」，最終導致整個校園成爲一片廢墟。〔註18〕

正是在日本侵略者殘暴擴張戰爭陰影的緊逼之中，平津兩地的諸多高校在有關當局的支持下陸續開始撤離。在這一撤離過程之中，平津兩地的高校分爲兩個方向隨著戰局的進展而逐漸轉移：一個轉移方向是長沙，然後轉向昆明；另一個轉移方向是西安，然後轉向漢中。

1937 年 7 月底北平淪陷之後，國民政府教育部指令國立北京大學、國立清華大學、私立南開大學遷往長沙，成立長沙臨時大學。隨即在南京成立長沙臨時大學籌備委員會，以教育部部長王世杰爲主任委員，以北京大學校長蔣夢麟、清華大學校長梅貽琦、南開大學校長張伯苓爲常務委員，湖南省教育廳廳長朱經農、湖南大學校長皮宗石、教育部代表楊振聲爲委員。隨後，長沙臨時大學籌備委員會致函中英庚款董事會商借 100 萬元作爲開辦費，先借得 25 萬元。9 月 13 日，長沙臨時大學籌備委員會在長沙舉行第一次會議；

〔註17〕 顧毓繡：《抗戰以來我國教育文化之損失》，《時事月報》19 卷 5 期，1938 年
10 月。
〔註18〕 《申報》1937 年 7 月 31 日。

11 月 1 日，長沙臨時大學正式開課，全校共有教師 148 人，學生 1459 人。〔註 19〕1937 年底，隨著上海、南京的相繼淪陷，長沙臨時大學奉命遷往昆明。1938 年 5 月 4 日，長沙臨時大學在昆明正式開學，更名爲國立西南聯合大學。

　　與此同時，國民政府教育部指令國立北平大學、國立北平師範大學，國立北洋工學院遷往西安，成立西安臨時大學。西安臨時大學籌備委員會以教育部部長王世杰爲主任委員，北平大學校長徐誦明、北平師範大學校長李蒸、北洋工學院院長李書田。教育部特派員陳劍爲常務委員。9 月 10 日，在西安舉行西安臨時大學籌備委員會第一次會議；11 月 15 日，西安臨時大學正式開課，全校共有教師 159 人，學生 1553 人。〔註 20〕由於日機連續轟炸西安，1938 年 3 月，西安臨時大學不得不遷往陝西城固，4 月 3 日，國民政府教育部頒令稱：「爲發展西北高等教育，提高邊省文化起見，擬令該校院逐漸向西北陝甘一代移布，並改稱國立西北聯合大學」。〔註 21〕

　　在這裡，可以看到的就是，從臨時大學到國立聯合大學，由東向西的高校轉移，不再僅僅是應對戰局激變的臨時措施，而更應該是政府主導之下的高等教育與文化建設的西部擴張，承載著培養一代現代青年的中國使命。當然，必須看到的是，同樣是由東向西的高校轉移，出現了區域差異——與平津地區將私立高等學校納入國立高等學校體系進行戰略大轉移不同的是，在上海地區的私立高等學校則是以政府倡導的方式展開。

　　1938 年 8 月 13 日，日本侵略者悍然在上海發動淞滬戰役，國民政府教育部指令私立復旦大學、私立大同大學、私立大夏大學、私立光華大學組建臨時聯合大學西遷。可是因爲經費原因，只有復旦大學與大夏大學分別組成臨時聯合大學第一部與第二部，聯大第一部以復旦大學爲主體，遷往江西廬山；聯大第二部以大夏大學爲主體，遷往貴州貴陽。1937 年 12 月初，聯大第一部師生 500 餘人再度隨校西遷，擬與聯大第二部在貴陽合校，但是，最終乘輪船至宜昌候船半月後，分爲三批陸續出發，於 12 月底到達重慶聚齊，遂以復旦大學名義在重慶復校。

　　復旦大學在重慶復校時，辦學經費十分困難，不僅學生因戰亂無法及時

〔註 19〕清華大學校史編寫組：《清華大學校史稿》第 290 頁，中華書局 1981 年版。
〔註 20〕《西安臨時大學概況》，《教育雜誌》第 28 卷第 3 號，1938 年 3 月 10 日。
〔註 21〕西北大學校史編寫組：《西北大學校史稿》第 5 頁，西北大學出版社 1987 年版。

繳納學費，而且政府補貼的每月 1.5 萬元也只能到賬 70%。儘管如此，仍然能克服經費困難，在恢復了原有的 4 個學院 16 個學系之外，還適應戰時需要，先後增設了史地、數理、統計、園藝、農藝等專業。〔註 22〕顯而易見的是，復旦大學之所以最終選擇重慶作為復校之地，主要是因為無論是從辦學資源來看，還是從辦學環境來看，至少這兩方面都是適應了私立大學的基本需求的。這也是私立大學與國立大學在西遷過程中，對於辦學之地的最終選擇權存在著明顯不同的一個客觀原因。

相對於平津地區和上海地區的高校西遷，中央大學在西遷重慶中表現出與眾不同的明顯特徵，其正如南開大學校長張伯苓的幽默之語：「抗戰開始後，中央大學和南開大學都是雞犬不留」。〔註 23〕事實上，這幽默之語內蘊的意思就是——南開大學被日本侵略者的暴虐戰火摧殘到雞犬不留的地步，成為當時中國東部大學飽受日本侵略者踐踏的鮮明縮影；而中央大學在西遷過程中所受到損失卻能夠減少到最小，連雞犬等實驗動物也全部運抵重慶，成為中國東部高校西遷最為成功的一個典範。這是為什麼呢：從客觀原因來看，不僅在國民政府的主持下，能夠隨同國民政府及相關行政、教育、科研等機構一起西遷重慶，得到統籌安排；而且還獲得西遷途中從安全到交通的種種保障，尤其是能夠利用西部後方支持東部前線的大量返程交通工具。

更為重要的是從主觀原因來看，中央大學的校長羅家倫早在 1937 年春，就預見到中日之間必有一戰，一方面要求將用於學校擴建的木料製成 550 個大木箱，在木箱外釘上鐵皮使其更為牢固，以備長途搬運物資之用。盧溝橋事變剛剛爆發，擔任中國國民黨中央執行委員的羅家倫隨即向總裁蔣中正建議，將東南沿海的幾所主要大學和科研機構西遷重慶，蔣中正接受了這一建議，要求教育部指令中央大學、浙江大學等大學立即遷往重慶。8 月 13 日滬淞戰役爆發以後，正值暑假師生離校，羅家倫立即發出函電，催促師生立即返校，準備西遷重慶。與此同時，所有的圖書儀器和教學設備，也開始裝進早已做好的大木箱，時刻等待起運。

8 月下旬，羅家倫在教授會上正式提出遷校重慶的方案，強調遷往重慶的理

〔註 22〕 鄧登雲編著：《中國高等教育史》第 258～259 頁，華東師範大學出版社 1994 年版。

〔註 23〕 劉敬坤：《中央大學遷川記》，中國人民政治協商會議西南地區文史資料協作會議編《抗戰時期內遷西南的高等學校》，貴州民族出版社 1988 年版。

由有三：首先，抗戰是長期的，文化機關與軍事機關不同，不便一搬再搬；其次，遷校的新校址應以水路運輸能夠直達為宜；最後，重慶地處軍事要地，再加上地形複雜，有利於防空。因此，遷校重慶的方案得到教授會的一致通過，會後羅家倫再向蔣中正提出遷校重慶的請求，再次得到了允准。與此同時，四川省劉湘主席率大批川軍請纓抗敵，其中一路主力乘坐民生公司提供的輪船，由重慶經武漢趕赴滬淞戰場，羅家倫請求民生公司總經理盧作孚將返回重慶的運兵輪船，提供給中央大學裝運早已裝箱的圖書儀器及教學設備。盧作孚不僅同意無償提供輪船，而且派員工打通艙房，以便裝運大件設備。到 10 月中旬，中央大學師生及圖書儀器已經陸續抵達重慶，而位於嘉陵江畔的沙坪壩松林坡新校舍也同時建成。12 月 1 日，中央大學正式開課，在校學生共 1072 人。〔註24〕

更讓人喜出望外的是，中央大學西遷重慶時本來打算放棄的農學院牧場的大批良種牲畜，歷經輾轉一年以後，在 1938 年 11 月抵達重慶，羅家倫是這樣表達自己激動的心情的——「在第二年的深秋。我由沙坪壩進城，已經黃昏了，司機告訴我說，前面來了一群牛，很像中央大學的，因為他認識趕牛的人」；只見趕牛的人「鬚髮蓬鬆，好像蘇武塞外歸來一般，我的感情振動得不可言狀，就是看見牛羊亦幾乎看見親人一樣，要向前去和它擁抱」。〔註25〕於是乎，便成就了「雞犬不留」卻一個都不能少的幽默意味。

1938 年，國民政府成立全國戰時教育協會，推進東部、中部各個高等學校的西遷。隨著中央大學遷入沙坪壩，復旦大學遷入夏壩，大批外地高等學校紛紛遷往重慶的沙坪壩、夏壩、白沙壩——在整個抗戰八年期間，先後遷來重慶的外地高校，總數就達到 39 所，不僅大大地改變了中國西部的高等教育面貌，更是扭轉了重慶高等教育發展滯後的現狀，從戰前僅存的省立重慶大學、省立四川教育學院、私立西南美術專科學校這 3 所高校，進入迅速擴張的戰時發展。隨著 1940 年國立女子師範學院在白沙壩成立，整個八年抗戰時期，陪都重慶新建的高校多達 12 所。〔註26〕這也就是說，抗戰時期的陪都重慶高等學校，在 8 年之內，從抗戰爆發前的 3 所。劇增到抗戰勝利時的 54

〔註24〕羅家倫：《炸彈下長大的中央大學》，《教育雜誌》第 31 卷第 7 號，1941 年 7 月 10 日。

〔註25〕羅家倫：《抗戰時期中央大學的遷校》，《羅家倫先生文存》第 8 冊，國史館 1989 年版。

〔註26〕李定開：《抗戰時期重慶的教育》第 101～102，109～110，113 頁，重慶出版社 1995 年版。

所。這不僅爲戰後重慶高等教育的正常發展奠定了堅實的基礎，更是爲戰後中國高等教育的合理布局提供了豐富的資源。

這一點，正如蔣中正在抗戰勝利以後舉行的教育復員會議上所說：「今後國家建設，西北和西南極爲重要，在這廣大地區，教育文化必須發展提高。至少須有三四個極充實的大學，且必需儘量充實。除確有歷史關係應遷回者外，我們必須注意西部的文化建設。戰時已建設之文化基礎，不能因戰勝復員一概帶走，而使此重要地區復歸於荒涼寂漠。」〔註27〕這一高等教育戰時發展，無疑是有助於現代中國的戰時建設，同時也有利於現代青年的戰時培養。面對這一中國高等教育體制的戰時轉軌，一個不可忽視的現實問題也就必然會凸顯出來：戰時中國大學應該怎樣辦？

有人就主張：「在抗戰期間，大學教育應以修業兩年爲一階段，使各大學學生輪流上課，及輪流在前線或後方服務，滿一年或兩年後再返回院校完成畢業。各大學教授亦應分別規定留校任教及調在政府服務兩部分。」〔註28〕這就是要求進行大學教育必須直接服務於抗戰的戰時轉軌，從而促成論戰。於是，有人就針鋒相對地指出：「一個大學生去當兵，其效果尚不及一個兵；反之，在科學上求出路，其效果有勝於十萬兵的時候」，再加上「無作戰經驗，冒失的跑上前線，豈但送死而已，還妨礙整個軍事」，其結論就是——「若學生都參戰，教育本身動搖」。〔註29〕學界人士之間發生的這場論戰，實際上是由政界人士引發並平息的，因而成爲中國高等教育進行戰時體制的政略大調整的一個縮影。

這一論戰的發生，其實是由國民政府教育部部長陳立夫引起的，1938 年3 月上任伊始，就發表《告全國學生書》，稱「今諸生所應力行之義務實爲修學，此爲諸生所宜身體力行之第一義」，「斷不能任意廢棄，致使國力根本動搖，將來國家有無人可用之危險」。〔註30〕剛好一年以後，促成這一論戰趨向平息的則是——1939 年 3 月 3 日，蔣中正在重慶舉行的第三次全國教育會議上發表的訓詞，他一再強調：「目前教育上一般辯論最熱烈的問題，就是戰時

〔註27〕 《第二次中國教育年鑒》第 103 頁，上海商務印書館 1946 年版。
〔註28〕 李蒸：《抗戰期間大學教育之方式》，《教育雜誌》第 28 卷第 9 號，1938 年 9 月 10 日。
〔註29〕 吳景宏：《戰時高等教育問題論戰總檢討》，《教育雜誌》第 30 卷第 1 號，1940 年 1 月 10 日。
〔註30〕 陳立夫：《告全國學生書》，《教育通訊》創刊號，1938 年 3 月 28 日。

教育和正常教育的問題。亦就是說我們應該一概打破所有正規教育的制度呢？還是保持著正常的教育系統而參用非常時期的方法呢？關於這個問題，我個人的意思，認爲解決之道很是簡單，我這幾年來常常說，『平時要當戰時看，戰時要當平時看』。我又說，『戰時生活就是現代生活。現在時代無論個人或社會，如不是實行戰時生活，就不能存在，就要被淘汰滅亡』。我們若是明瞭了這一個意義，就不會有所謂平時教育與戰時教育的論爭。因爲我們過去不能把平時當作戰時看，這兩個錯誤實在是相因而生的。」〔註31〕

　　這就表明，從 20 世紀初進入中國文化的現代大轉型以來，一直面臨著侵略戰爭的威脅，抗日戰爭的全面爆發，才將這一威脅具體而直接地展現出來。在這樣的意義上，可以說平時和戰時並沒有區分的必要，兩者始終處於戰爭的威脅之中，只不過，是從沒有硝煙轉向硝煙彌漫的戰爭狀態而已，誠所謂「戰時生活就是現代生活」。更爲重要是，無論是現代國家的建立，還是現代青年的培養，都需要隨時保持一種敢於面對一切挑戰的戰鬥姿態，才有可能走向現代生活中的個人自覺。當然，戰時教育既然是平時教育在抗戰時期的延續，也就需要進行相應的教育體制調整以適應中國高等教育的現實需要。

　　事實上，1938 年 4 月，中國國民黨臨時全國代表大會就通過了《戰時各級教育實施方案綱要》，一方面要求「對現行學制大體應該維持現狀」，因此，不僅教學課程不能變，而且教學秩序也不能變，以保障教學效率的穩步提升；另一方面更是提出「對於自然科學，依據需要，迎頭趕上，以應國防與生產急需」，「對於吾國文化固有精粹所寄之文史哲藝，以科學方法加以整理發揚，以立民族之自信」，〔註32〕最終促進學術水準的不斷提高。這就表明中國高等教育體制的戰時調整導向，就是在學制穩固的基礎之上，不斷充實學術含金量。

　　因此，有必要加強扶持大學研究院所與研究生培養的力度。1939 年，教育部從「抗戰建國正在邁進之際，學術研究需要尤大」這一基本點出發，「對國立各大學原設有研究院所者，除令充實外，近並令人才設備較優各校，增設研究所，由部酌給各校補助費用，統令於本年度開始招收新生。爲獎勵研究所學生起見，每學部並由部給予研究生生活費五名，每名每年四百元。各學部之其他研究生，並令各校自行籌給津貼」。於是乎，當年在中央大學等 8

〔註31〕《第二次中國教育年鑑》第 53 頁，上海商務印書館 1946 年版。
〔註32〕《教育通訊》第 4 期，1938 年 4 月 16 日。

個國立大學所招收的研究生之中，就有 160 人得到由教育部給予的「研究生生活費」。〔註33〕這就證實了中國高等教育在抗戰時期仍然堅持不懈地努力，從而提升辦學層次與研究水準。

國立中央大學遷入重慶沙坪壩之後，不僅辦學實力繼續提高，而且辦學規模更是不斷擴大。到抗戰勝利之時，不僅保持了 7 個學院 44 個學系的固有院系設置，連續 8 年均招收新生，從 1941 年起，每年招收新生 1000 餘人，在校學生最多時高達 4000 以上；而教師隊伍更是頗爲龐大——總計教授 364 人，副教授 63 人，講師 85 人，助教 204 人，生師比達到 7 比 1。〔註34〕由此可見，眞正是做到了以一流的師資來培養一流的學生。與此同時，爲了中國高等教育在抗戰時期能夠持續發展，將部分省立大學與私立大學改爲國立大學，1941 年 1 月，私立復旦大學改爲國立復旦大學，此後全校由過去的 4 個學院 16 個學系增加到 5 個學院 18 個學系，以及銀行、統計、茶葉、墾殖等 4 個專修科，擴大了辦學規模及辦學實力。〔註35〕1942 年 2 月，省立重慶大學改爲國立重慶大學，此後全校由過去 3 個學院 12 個學系增加到 6 個學院 20 個學系，同樣也擴大了辦學規模及辦學實力。〔註 36〕上述大學的戰時發展，無疑從一個側面上顯現出抗戰時期的眾多重慶高等學校，已經向著大學培養現代青年的戰時搖籃發展。

更爲重要的，抗戰時期的重慶高等教育在整個中國高等教育中是否眞正佔據了極爲重要的地位呢？1942 年，國民政府教育部將全國高等學校分爲 17 個學業競試區——重慶區、成都區、樂山區、昆明區、貴陽區、桂林區、辰溪區、長汀區、坪石區、城固區、龍泉區、泰和區、鎮平區、蘭州區、藍田區、武功區、恩施區。〔註 37〕在這裡，所謂的「全國」是指與淪陷區相對的抗戰區，包括大後方的西南地區與西北地區，以及前線的各個戰區，而陪都重慶被列爲首位，並非是偶然的，不僅是因爲大後方是以陪都重慶爲中心的，

〔註33〕 《國立各大學擴充研究院所》，《教育雜誌》第 29 卷第 12 號，1939 年 12 月 10 日。

〔註34〕 鄭體思、陸雲蒸：《抗戰時期的國立中央大學》，中國人民政治協商會議西南地區文史資料協作會議編《抗戰時期西南的教育事業》，貴州文史書店 1994 年版。

〔註35〕 鄧登雲編著：《中國高等教育史》，華東師範大學出版社 1994 年版，第 260 頁。

〔註36〕 伍子雲：《抗戰烽火中的重慶大學》，中國人民政治協商會議西南地區文史資料協作會議編《抗戰時期西南的教育事業》。

〔註37〕 李定開：《抗戰時期重慶的教育》第 100 頁，重慶出版社 1995 年版。

而且更是因爲高等學校雲集抗戰時期的陪都重慶。根據相關統計，到抗戰勝利之時，包括國立、省市立、私立這三類高等學校在內，「全國」高等學校共計 141 所，〔註38〕較之戰前的 108 所，增加了 30.5%；而重慶區則高達 54 所，較之戰前的 3 所，增長了 18 倍。因此，抗戰時期的陪都重慶不僅成爲大後方的高等教育中心，而且成爲整個抗戰區的高等教育核心，昭示著抗戰時期中國高等教育發展的現代方向，從而爲現代青年的戰時培養提供了必不可少的大學搖籃。

〔註38〕《第二次中國教育年鑒》第 1406 頁，上海商務印書館 1946 年版。

附錄：主要參考資料

一

1. 《商務日報》、《新蜀報》、《國民公報》、《新民報》、《時事新報》、《大公報》、《新華日報》、《中央日報》、《掃蕩報》、《國民政府公報》、《重慶市政府公報》、《群眾》週刊、《中央》週刊。

2. 《抗戰文藝》、《文藝陣地》、《文藝月刊》、《時與潮文藝》、《春雲》、《戲劇春秋》、《戲劇崗位》、《戲劇新聞》、《戲劇月刊》、《抗戰電影》、《中國電影》、《文藝先鋒》、《中蘇文化》、《文化先鋒》、《重慶報史資料》、《重慶出版志》、《重慶文化史料》。

二

1. 〔美〕G・W 施堅雅：《中國封建社會晚期城市研究》，吉林教育出版社1991年版。

2. 〔美〕阿歷克斯・英格爾斯等：《人的現代化》，四川人民出版社1985年版。

3. 〔日〕竹內郁郎：《大眾傳播社會學》，復旦大學出版社1989年版。

4. 〔匈〕阿諾德・豪澤爾：《藝術社會學》，學林出版社1987年版。

5. 《第二次世界大戰紀要——起源、進程與結局》，解放軍出版社1990年版。

6. 周開慶：《四川與對日抗戰》，臺灣商務印書館1972年版。

7. 王斌：《四川現代史》，西南師範大學出版社1988年版。

8. 李松林等編：《中國國民黨大事記》，解放軍出版社1988年版。

9. 劉健清等編：《中國國民黨史》，江蘇古籍出版社1992年版。

10. 《中共中央抗日民族統一戰線文件選編》，檔案出版社1986年版。

11. 肖一平等編：《中國共產黨抗日戰爭時期大事記》，人民出版社 1988 年版。

12. 《陪都年鑒》1945 年版。

13. 《重慶要覽》1943、1945 年版。

14. 《重慶大事記》科學技術文獻出版社重慶分社 1989 年版。

15. 《重慶市市中區文化藝術志》文化藝術出版社 1991 年版。

16. 《重慶出版紀實・第一輯》重慶出版社 1988 年版。

17. 《簡明中國新聞史》福建人民出版社 1986 年版。

18. 周勇：《重慶・一個內陸城市的崛起》，重慶出版社 1989 年版。

19. 隗瀛濤：《近代重慶城市史》，四川大學出版社 1991 年版。

20. 張弓、牟之先主編：《國民政府重慶陪都史》，西南師範大學 1993 年版。

21. 文天行：《國統區抗戰文學運動史稿》，四川教育出版社 1988 年版。

跋（一）

歷史就是歷史，但是，歷史總要由人來加以描述。於是，史料的收集與史實的重現都無不經歷了描述者的選擇。這樣，一切進入文本的歷史都難免其偏頗。儘管如此，一代又一代的人都將繼續進行各種在不同層面上對歷史的描述。或許，歷史將由之而得到較為完整的把握，顯現出近乎逼真的原貌來。較之其他歷史對象，這對於民族文化發展過程的考察來說，更是不能不加以注意的。

陪都文化，作為二十世紀的中國特定歷史階段的產物，具有三重特殊性：首先，陪都重慶作為戰時首都是抗日戰爭時期民族文化發展的中心；其次，陪都文化發展與國民政府的戰略和政略之間具有直接關係；最後，陪都文化運動表現出從愛國主義到民主主義的時代傾向。

雖然本書在此不能，實際上根本不可能，對陪都文化進行較為全面而深入的描述，但畢竟從新聞出版與文學藝術這兩方面對陪都文化運動進行了簡略的勾勒，或許能留下一副粗陋的地圖，以作為踏進陪都文化這一迷宮的參考。果真如是，才不虛此作。否則，筆者個人不但沒有成為歷史的描述者，反而成為歷史的作偽者，而本書將成為筆者個人永久的恥辱柱。

玩弄歷史者終將為歷史所嘲弄。

跋（二）

　　《陪都文化論》能夠以全豹出現在讀者眼前，實有賴於時世的風雲變幻、斗轉星移。

　　有時候，並非時過境遷，就能愈見佳境，反而會每況愈下。於是乎，從上個世紀九十年代初的《陪都文化論》遭遇難產而天生缺陷，難見全豹；到了這個世紀的前不久，《抗戰時期的重慶文化》無端閹割而面目全非，已然是不見此豹，成就出每況愈下！凡此種種，無任唏噓。

　　好在終究是天無絕人之路，綠野自然就在眼前，更得有心人諸般呵護，天時地利人和與共。於是乎，《陪都文化論》得以按照自己的心願問世，不再殘缺，更不再遮蔽，以完滿的面貌呈現於世，其瑕瑜互見，任人評說，不亦快哉！

　　當然，雖不乏敝帚自珍之心，倒也頗多歡迎切磋之意，由此方能臻心滿意足之境。心滿意足之餘，理當繼續努力，如今總是期盼著繼續的耕耘，因為這已經是自己的園地。